No Coração da Selva

AYANA GRAY

Tradução
Karine Ribeiro

1ª edição

— Galera —
RIO DE JANEIRO
2022

EDITORA-EXECUTIVA
Rafaella Machado

COORDENADORA EDITORIAL
Stella Carneiro

EQUIPE EDITORIAL
Juliana de Oliveira
Isabel Rodrigues
Lígia Almeida
Manoela Alves

PREPARAÇÃO
Gabriela Araujo

REVISÃO
Jorge Luiz Luz de Carvalho

LEITURA SENSÍVEL
Lorena Ribeiro

DIAGRAMAÇÃO
Abreu's System

ILUSTRAÇÃO E DESIGN DE CAPA
Douglas Lopes

TÍTULO ORIGINAL
Beasts Of Prey

CIP-BRASIL. CATALOGAÇÃO NA PUBLICAÇÃO
SINDICATO NACIONAL DOS EDITORES DE LIVROS, RJ

G82n

Gray, Ayana
  No coração da selva / Ayana Gray ; tradução Karine Ribeiro. – 1. ed. – Rio de Janeiro : Galera, 2022.

  Tradução de: Beasts of prey
  ISBN 978-65-5981-095-6

  1. Ficção americana. I. Ribeiro, Karine. II. Título.

22-75755

CDD: 813
CDU: 82-3(73)

Meri Gleice Rodrigues de Souza – Bibliotecária – CRB-7/6439

Copyright © 2021 by Ayana Gray

Publicado mediante acordo com G. P. Putmam's Sons, um selo da Penguin Young Readers, divisão da Penguin Random House LLC.

Todos os direitos reservados.
Proibida a reprodução, no todo ou em parte, através de quaisquer meios.
Os direitos morais do autor foram assegurados.

Texto revisado segundo o novo Acordo Ortográfico da Língua Portuguesa.

Direitos exclusivos de publicação em língua portuguesa somente para o Brasil adquiridos pela
EDITORA GALERA RECORD LTDA.
Rua Argentina, 120 – Rio de Janeiro, RJ – 20921-380 – Tel.: (21) 2585-2000, que se reserva a propriedade literária desta tradução.

Impresso no Brasil

ISBN 978-65-5981-095-6

Seja um leitor preferencial Record.
Cadastre-se no site www.record.com.br e receba informações sobre nossos lançamentos e nossas promoções.

Atendimento e venda direta ao leitor:
sac@record.com.br

Dedicado às raízes da árvore da qual uma flor desabrochou.

FRUTO PROIBIDO

ADIAH

Meu pai diz que apenas coisas perversas acontecem depois da meia-noite, mas sei que não é bem assim.

Prendo a respiração, aliviada porque a porta da frente não range quando a abro, e aprecio a brisa noturna na minha pele. A essa hora da noite, o seu cheiro é marcante, uma mistura forte de ozônio e pinho. Espio por cima do ombro. No cômodo ao lado, meus pais dormem pesado; os roncos da minha mãe são gentis, os do meu pai, estrondosos. É fácil imaginá-los, dois corpos negros abraçados sob um cobertor puído, ambos cansados depois de um dia intenso de colheita nos campos. Não quero acordá-los. Talvez no descanso dos sonhos a filha deles seja diferente, uma garota responsável em vez de uma que escapa no meio da noite. Às vezes eu queria *ser* aquela garota responsável. Hesito mais um segundo antes de deslizar para o abraço da noite.

Do lado de fora, o ar está ameno, as nuvens cinzentas densas com a promessa da temporada de chuvas, mas Lkossa continua sendo uma cidade banhada pelo luar prateado, mais do que o suficiente para mim. Zanzo pelas estradas vazias, disparando em meio às sombras das ruas pouco iluminadas por arandelas, e rezo para não dar de cara com um dos Filhos dos Seis patrulhando a cidade. É improvável que me encrencasse se os guerreiros ungidos me pegassem, mas com certeza me fariam voltar, e não quero isso. Caminhar por aqui sem que os sussurros sigam meu rastro é um prazer raro, e há outra razão para não ser mandada de volta para casa ainda: Dakari está esperando por mim.

Enquanto sigo para o norte, noto os novos estandartes decorando a maior parte da cidade, trançados juntos em cordas verdes, azuis e douradas: verde para a terra, azul para o oceano e dourado para os deuses. Alguns estão pendurados em varais tão finos e desgastados quanto um fio; outros estão pregados de qualquer jeito nas portas de casas de tijolos de barro, tão modestas quanto a minha. É um esforço cativante. Em algumas horas, quando o amanhecer chegar, os moradores se reunirão para começar a observação do Dia do Vínculo, uma data sagrada em que celebramos a nossa conexão com os deuses desta região. Ambulantes venderão amuletos para os devotos e darão bolsinhas com arroz para as crianças jogarem. O recém-indicado Kuhani oferecerá bênçãos do templo, e músicos encherão as ruas com sua sinfonia desafinada. Sei que mamãe fará batata-doce assada com mel e salpicada com canela, como sempre prepara em ocasiões especiais. Papai provavelmente vai surpreendê-la com um presente que economizou para comprar; e ela provavelmente vai dizer a ele que não precisava. Ignoro a dorzinha no peito quando penso em Tao, perguntando-me se ele passará em nossa casa como geralmente faz nos feriados. Não tenho certeza se vai; Tao e eu não estamos nos falando.

A cidade escurece conforme alcanço a fronteira, uma grande clareira que separa Lkossa dos primeiros pinheiros pretos da Selva Maior. Eles parecem observar com uma concentração atemporal enquanto me aproximo, tão estoicos quanto a deusa que dizem habitar entre eles. Nem todos ousariam se aventurar aqui (alguns acreditam que a selva não é segura), mas não me importo. Meus olhos inspecionam o terreno em expectativa, mas, quando percebo que estou sozinha, preciso reprimir uma breve decepção. Dakari me disse para encontrá-lo exatamente aqui depois da meia-noite, mas não está aqui. Talvez esteja atrasado, talvez tenha decidido não...

— Passarinha.

Meu coração bate forte com o apelido familiar, e, apesar do frio da noite, um rubor opaco aquece minha pele quando uma figura se afasta de um dos pinheiros próximos e entra em um ponto mais iluminado.

Dakari.

É difícil distinguir suas feições em meio à noite, mas minha imaginação consegue visualizá-las de maneira fácil. Metade de seu rosto é banhada pelo luar, que traça os contornos afiados de sua mandíbula, a suave inclinação de seus ombros largos. Ele é mais alto que eu, com o porte esguio de um atleta. Sua pele negra radiante é alguns tons mais clara que a minha e seu cabelo, preto como um corvo, acaba de ser cortado em um *dégradé*. Ele se parece com um deus e, julgando pelo sorrisinho convencido que me dá, sabe disso.

Em alguns passos confiantes, Dakari acaba com a distância entre nós e o ar ao meu redor se enche com o cheiro dele de imediato: aço, terra e couro de seu treinamento nas forjas do Distrito Kughushi. Ele me olha de cima a baixo, visivelmente impressionado.

— Você veio.

— Mas é óbvio. — Tento parecer calma. — Nós combinamos depois da meia-noite, não foi?

— Foi sim. — A risada dele é baixa, quase musical. — Então, está pronta para ver a surpresa?

— Está de brincadeira? — Minha risada imita a dele. — Estive esperando por isso o dia inteiro. É melhor valer a pena.

— Ah, *vale sim*. — De repente, a expressão de Dakari fica mais séria. — Você precisa *prometer* manter segredo. Nunca mostrei para mais ninguém.

Isso me surpreende. Afinal de contas, Dakari é atraente e popular; ele tem muitos amigos. Muitas *amigas*, para ser mais precisa.

— Você quer dizer que nunca mostrou para ninguém mesmo?

— Não — responde ele baixinho. — Isso é realmente especial para mim, e eu... eu acho que nunca confiei em alguém o bastante para compartilhar.

Ajeito a postura depressa, esperando parecer madura, como o tipo de garota em que se *pode* confiar.

— Não vou contar para ninguém. Prometo — sussurro.

— Ótimo. — Dakari dá uma piscadela, gesticulando. — Então, sem mais delongas, aqui está!

Espero um segundo antes de franzir a testa, confusa. Os braços de Dakari estão estendidos como se ele estivesse prestes a alçar voo, sua expressão cheia de júbilo. É óbvio que ele gosta de seja lá o que está vendo, mas *eu* não consigo ver nada.

— Há... — Depois de mais alguns segundos desconfortáveis, rompo o silêncio: — Desculpe, estou perdendo alguma coisa?

Dakari olha na minha direção, os olhos brilhando de divertimento.

— Quer dizer que não consegue sentir o esplendor ao nosso redor?

Assim que as palavras deixam os lábios dele, há um tamborilar bem dentro de mim. É como o primeiro acorde de um corá, reverberando por todo o meu corpo. E então entendo, é óbvio. Forasteiros chamam de *magia*; meu povo chama de *esplendor*. Não consigo ver, mas o sinto (grande parte dele) se movendo abaixo da terra como ondas na água. Há muito mais dele aqui do que já senti com os outros darajas nos gramados do templo.

— Como...? — Estou com medo até de me mover, de perturbar seja lá qual for essa maravilha estranha. — Como é possível ter tanto dele aqui?

— É um evento raro e natural, acontece apenas uma vez por século. — Os olhos de Dakari estão fechados, como se saboreasse um fruto proibido. — É por isso que o Dia do Vínculo é tão especial, Passarinha.

Olho ao nosso redor, atônita.

— Achei que o Dia do Vínculo fosse simbólico, um dia de reverência por...

Dakari balança a cabeça em negação.

— É muito mais do que um dia simbólico. Em algumas horas, uma quantidade imensurável de esplendor se elevará até a superfície da terra. O poder será glorioso de se contemplar, embora eu duvide que a maioria das pessoas será capaz de senti-lo da forma como *você* pode. — Ele me lança um olhar astuto, de quem sabe do que fala. — Afinal de contas, poucos darajas são tão dotados como você.

Algo agradável se contorce dentro de mim com o elogio. Dakari não é como a maioria das pessoas em Lkossa. Ele não tem medo de mim ou do que consigo fazer. Ele não se intimida com as minhas habilidades.

— Feche os olhos. — As palavras são mais um convite do que um comando. — Vamos lá, experimente.

Faço o que ele diz. Meus pés descalços balançam e o esplendor responde como se estivesse esperando que eu tomasse a iniciativa. Espalha um formigamento enquanto flui por mim, me preenchendo como o chá de mel preenche a porcelana preta. É *divino*.

— Passarinha. — Em minha nova escuridão, a voz de Dakari mal é ouvida, mas sinto a emoção nela, o *desejo*. — Abra os olhos.

Obedeço e o ar deixa meu corpo.

Partículas concentradas de esplendor estão flutuando ao nosso redor, brilhando como diamantes transformados em pó. Sinto um milhão de seus pequeninos pulsares no ar, e quando as batidas de seus corações encontram as minhas, sinto um inconfundível senso de conexão com elas. A poeira vermelha sob meus pés tremula enquanto mais dela paira no ar, dançando pelos meus membros e se infiltrando em meus ossos. Uma corrente de sua energia cobre o meu corpo, intoxicando-me. Instantaneamente, quero mais. Ao meu lado, algo faz cócegas na minha orelha. Dakari. Não percebi ele se aproximar de mim. Quando se inclina e sua mão toca a minha lombar, mal consigo conter o arrepio.

— Imagine o que você poderia fazer com isto. — Os dedos dele, entrelaçados aos meus, são cálidos, seus lábios suaves contra a minha bochecha. Penso neles, tão perto dos meus, e me esqueço de como respirar. — Imagine o que poderia fazer as pessoas *verem* com esse tipo de poder. Poderia mostrar a todos que o esplendor não é perigoso, só incompreendido. Poderia provar que eles estavam errados sobre tudo, sobre *você*.

Você poderia provar que eles estavam errados. Engulo em seco, lembrando. As lembranças vêm com força total; os irmãos do templo e sua repreensão, as crianças que correm quando me veem, os anciões cochichando. Penso nos meus pais em casa, adormecidos. Eles me amam, sei disto, mas até eles sussurram um para o outro quando acham que não estou ouvindo. Todos têm medo de mim e do que posso fazer, mas Dakari... ele não tem medo. Sempre acreditou em mim. Foi a primeira pessoa a me ver por completo. Para ele, não sou uma garota a ser castigada, mas uma mulher a ser respeitada. Ele me entende, ele me *compreende*, ele me ama.

Eu *o* amo.

O esplendor diante de nós se torna mais definido agora, formando uma coluna alta de luz branca e dourada que parece alcançar um reino além do céu. Emite um zumbido baixo. Eu poderia tocar se estendesse a mão. Ensaio fazer isso quando...

— Adiah!

Uma voz diferente irrompe a paz (uma voz cheia de medo) e desvio o olhar do esplendor. A mão de Dakari aperta a minha, mas me afasto e procuro na clareira, até encontrar um garoto magrelo em uma túnica manchada de terra. Seus dreadlocks curtos estão desgrenhados e ele está parado a alguns metros de distância, com a cidade atrás de si, as mãos nos joelhos como se descansasse de uma corrida. Não o vi chegar e não sei há quanto tempo está aqui. Seus olhos estão arregalados de horror. Ele me conhece e eu o conheço.

Tao.

— Adiah. — Meu melhor amigo não me chama de Passarinha; ele usa meu nome real. Sua voz está rouca, desesperada: — Por favor, não toque nisso. É... é perigoso.

Tao me ama também e de certa forma eu o amo. Ele é inteligente, engraçado e gentil. Ele tem sido como um irmão para mim durante toda a minha vida. Odeio magoá-lo. Odeio termos nos afastado.

— Eu...

Algo me impede de falar e as palavras de Tao ecoam no espaço entre nós. *Perigoso*. Ele não quer que eu toque o esplendor porque acha que é perigoso. Ele acha que *eu* sou perigosa, assim como todos acham. Mas Tao não entende, não compreende. Dakari não dissera nada, mas agora a voz *dele* preenche meus pensamentos:

Você poderia provar que eles estavam errados.

Percebo que posso e *vou*.

— Sinto muito.

As palavras saem dos meus lábios, mas são engolidas pelo súbito rugido do esplendor. A coluna crescera e ficara mais barulhenta; engolindo a resposta de Tao. Observo o brilho iluminar o rosto dele, as lágrimas nas bochechas, e tento amenizar aquela mesma dor no meu peito. Meu amigo sabe que fiz minha escolha. Talvez não importe agora, mas espero que me perdoe algum dia.

Torno a fechar os olhos enquanto meus dedos tocam os fragmentos mais próximos do esplendor. Desta vez, ao meu toque, eles passam por minhas veias com uma pressa ávida e inebriante. Meus olhos se arregalam enquanto me consomem, um êxtase tão cativante que mal assimilo a dor até que seja tarde demais.

PARTE UM

LEÃO QUE RUGE NÃO CAÇA

CAPÍTULO 1

BONS ESPÍRITOS

A cabana fedia a morte.

Era um cheiro nauseante, fétido e enjoativo de tão doce, denso no entardecer enquanto enchia os pulmões de Koffi. Quinze minutos haviam passado desde que ela se mexera pela última vez; as pernas estavam rígidas, a boca seca. De vez em quando, o estômago revirava, um prelúdio ao vômito. Mas não importava; ela continuou imóvel como uma pedra. Os olhos estavam fixos no que estava caído no chão sujo alguns metros à sua frente: a vítima.

O nome do garoto era Sahel. Koffi não havia trabalhado com ele por muito tempo no Zoológico Noturno, mas reconheceu seu rosto nu, negro como o dela, emoldurado pelo cabelo crespo e preto. Quando vivo, tivera um sorriso torto, uma risada irritante que soava como o zurrar de um burro. Essas coisas o abandonaram na morte. Koffi estudou o corpo esguio dele. Como era o costume gedeziano, a maior parte do corpo fora coberta pela mortalha, mas sangue seco ainda manchava partes do linho branco, indicando as feridas horrendas por baixo. Ela não conseguia vê-las, mas sabia que estavam lá; os arranhões, as *mordidas.* Dos cantos mais sombrios da mente dela, uma imagem aterrorizadora se tornou mais vívida. Imaginou Sahel cambaleando em uma selva, sem fazer ideia do que esperava por ele entre as videiras. Imaginou uma criatura grotesca surgindo sob a luz do luar, a língua passando entre os dentes serrados enquanto observava a presa fácil.

Ela ouviu o grito.

Um calafrio violento passou por seu corpo, apesar do calor abafado. Se os rumores que ouvira mais cedo eram verdade, a morte de Sahel não fora nem rápida nem indolor.

— Kof.

Do outro lado da cabana quente, a mãe estava de joelhos ao lado do corpo de Sahel, olhando para o cobertor esfarrapado diante dele. Ali havia seis estatuetas de animais esculpidas em madeira (uma garça, um crocodilo, um chacal, uma serpente, uma pomba e um hipopótamo), um familiar para cada deus. A lamparina a óleo à direita banhava um lado de seu rosto com uma luz brilhante; o outro estava obscurecido pelas sombras.

— Está na hora.

Koffi hesitou. Concordara em ir até lá e fazer os rituais de despedida para Sahel, como mandava o costume gedeziano, mas a ideia de chegar mais perto do corpo a enervava. Mas bastou um olhar rápido da mãe e Koffi se ajoelhou com ela. Juntas, elas roçaram os dedos em cada uma das estatuetas antes de unir as mãos.

— Levem-no — sussurrou a mãe em oração. — Levem-no para seus ancestrais na terra dos deuses.

A cabeça dela ainda estava inclinada quando Koffi murmurou:

— É verdade?

A mãe lhe lançou um olhar cauteloso.

— Koffi...

— Alguns dos outros estavam falando — continuou Koffi antes que a mãe pudesse interrompê-la. — Disseram que outros foram mortos, que...

— *Cale-se.* — A mãe ergueu a cabeça de súbito e disparou as palavras como se fossem moscas tsé-tsé: — Cuidado ao falar dos mortos ou trará desgraça para eles.

Koffi comprimiu os lábios em uma linha fina. Diziam que, para ingressar na próxima vida, um dos familiares animais dos deuses (representados pelas estatuetas diante delas) carregaria cada alma para o deus da morte, Fedu. Em seguida, cada alma teria que pagar a Fedu antes de ser levada para o paraíso na terra dos deuses. Se a alma não tivesse dinheiro para pagar pela passagem, era condenada a andar pela Terra como um espírito errante por toda a eternidade. Assim como Koffi, Sahel fora um aprendiz de guardião de feras no Zoológico Noturno, o que significava que ele tivera pouco dinheiro em vida e provavelmente menos ainda em morte. Se a fé dizia a verdade, isto significava que suas desgraças estavam apenas começando, Koffi sendo cautelosa ao falar ou não. Ela começara a dizer isso quando a porta de palha da cabana se abriu. Uma mulher robusta, usando tranças nagôs no cabelo grisalho, pôs a cabeça para dentro. A túnica simples que usava era cinza e ia até pouco acima dos joelhos, assim como a delas. Ao vê-las, ela franziu o nariz.

— Hora de ir.

A mãe gesticulou para as estatuetas.

— Não terminamos...

— Vocês tiveram tempo suficiente para essa bobagem. — A mulher fez um gesto de desdém com a mão. Ela falava zamani, a língua do Leste, como elas, mas seu dialeto yabahari dava às palavras um tom afiado e estalante. — O garoto está morto, rezar diante de brinquedos não muda isso, e há trabalho a ser feito antes do espetáculo, que Baaz espera que comece na hora certa.

A mãe assentiu, resignada. Juntas, ela e Koffi ficaram de pé, mas quando a mulher foi embora, as duas olharam para Sahel outra vez. Se não fosse pela mortalha ensanguentada, poderiam pensar que estava dormindo.

— Vamos voltar e terminar nossas orações mais tarde, antes que o enterrem — disse a mãe. — Ele merece isso.

Koffi puxou a gola puída de sua túnica, tentando atenuar o instante de culpa. Todos no Zoológico Noturno já haviam rezado por Sahel, mas ela implorara à mãe para esperar. Havia justificado que era por causa das tarefas, então uma dor de cabeça, mas a verdade era que não quisera ver Sahel assim, destruído, vazio e destituído das coisas que o fizeram ser real. Koffi erguera os próprios muros para se proteger da lembrança quase constante de que ali havia morte, mas ela invadira a fortaleza da mesma forma. Agora, a ideia de deixar Sahel deitado ali na terra, tão sozinho quanto estivera nos últimos segundos pavorosos de sua vida, a perturbava. Ela pensou de novo no que ouvira os outros guardiões de feras sussurrando mais cedo naquele dia. Estavam dizendo por aí que Sahel esperara até tarde na noite anterior para fugir. Disseram que ele fora à Selva Maior esperando encontrar liberdade, e em vez disto deparara com uma criatura que matava por diversão. Koffi se encolheu. A reputação assassina de Shetani era assustadora o suficiente, mas o que a deixava em pânico de verdade era o fato de que há anos tentavam capturar o monstro, sem sucesso. Interpretando a expressão dela de modo errado, a mãe apertou a mão de Koffi.

— Prometo que voltaremos — sussurrou. — Agora anda, vamos.

Sem dizer mais nada, ela saiu da cabana. Koffi olhou para trás, para o corpo de Sahel, uma última vez antes de segui-la.

Lá fora, o sol estava se pondo, lançado contra um céu ferido por estranhas e curiosas fissuras pretas entre as nuvens. Essas fissuras desbotariam, até se tornarem um violeta mais suave com a proximidade da temporada de chuvas, mas nunca desapareciam completamente. Estiveram lá por toda a vida de Koffi, a marca inextinguível deixada pela Ruptura.

Ela não estivera viva um século antes, quando acontecera, mas os mais velhos, embriagados por vinho de palma, ainda falavam sobre o assunto de vez em quando. Bêbados e com vozes arrastadas, relembravam os tremores violentos que racharam a terra como um vaso de argila, os mortos espalhados pelas ruas de Lkossa depois que acabara. Eles falavam de um calor implacável e escaldante que havia feito os homens perderem a razão. Koffi, e toda criança de sua geração, sofrera as consequências daquele furor. Depois da Ruptura, o povo dela (os gedezianos) diminuíra por conta da guerra e da pobreza, alvos fáceis de serem divididos e controlados. Os olhos da menina viajaram pelas rachaduras no céu, entrelaçando-se acima de si como finos fios pretos. Por um segundo, ela pensou ter sentido algo enquanto olhava...

— Koffi! — chamou a mãe por cima do ombro. — Vamos!

Tão rápido quanto surgira, a sensação passou e Koffi continuou andando.

Em silêncio, ela e a mãe passaram por cabanas de tijolos de barro amontoadas ao redor do Zoológico Noturno; outros guardiões de feras estavam se preparando também. Cruzaram com homens e mulheres vestidos em túnicas esfarrapadas, alguns cuidando de ferimentos recém--enfaixados, resultados de encontros com feras, alguns marcados por feridas mais permanentes, como velhas cicatrizes e uns dedos a menos. Eles andavam com ombros curvados e cabeça baixa, como se carregassem um fracasso silencioso, o que Koffi odiava, mas entendia. A maioria dos trabalhadores do Zoológico Noturno era gedeziana como ela, o que significava que o espetáculo desta noite teria que continuar, mas a ausência de Sahel seria sentida. Ele não tivera família de verdade ali, mas fora um deles, preso àquele lugar graças à má sorte e más escolhas. Ele merecia mais que orações rápidas em uma cabana caindo aos pedaços; merecia um enterro adequado com moedas simbólicas colocadas na palma das mãos para garantir que chegaria à terra dos deuses. Mas ninguém podia se dar ao luxo de doar uma moeda. Baaz garantira isso.

Um coro de gritos, rugidos e rosnares encheu o entardecer enquanto elas se aproximavam do poste de madeira torto que marcava o fim das cabanas dos guardiões de feras, a poeira vermelha sendo trocada por um espaço aberto de grama verde preenchido com gaiolas de todos os tamanhos, formas e cores. Koffi olhou para uma próxima e a cobra nyuvwira de oito cabeças encontrou seu olhar com curiosidade. Ela seguiu a mãe, ziguezagueando pelas gaiolas de elefantes pigmeus brancos, chimpanzés e um par de girafas pastando silenciosamente no cercado. Elas passaram por um aviário em forma de domo, cheio de impundulus preto e brancos, mal se lembrando de cobrir a cabeça enquanto os pássaros batiam as asas enormes e enviavam faíscas de relâmpagos pelo ar. O Zoológico Noturno de Baaz Mtombé tinha a fama de ter mais de cem espécies peculiares em seu perímetro; em seus onze anos de ofício, Koffi nunca se dera ao trabalho de contar.

Elas se moveram rapidamente entre outras gaiolas, mas, quando chegaram aos limites do terreno, seus passos diminuíram. A gaiola de aço preto mantida ali estava separada das outras por uma boa razão. Na luz que se esvaía, apenas uma silhueta rígida era visível; o que se encontrava dentro estava oculto pelas sombras.

— Está tudo bem — garantiu a mãe, mesmo quando Koffi instintivamente se encolheu. — Vi o Diko mais cedo hoje e ele estava bem.

Ela se aproximou da gaiola ao mesmo tempo em que algo lá dentro se moveu. Koffi ficou tensa.

— Mãe...

— Venha, Diko.

A mãe manteve a voz baixa enquanto pegava uma chave enferrujada do bolso e a inseria no enorme cadeado. Em resposta, houve um silvo ameaçador, polido como uma lâmina. Os dedos dos pés de Koffi se fincaram na grama enquanto das sombras da gaiola emergia uma linda criatura.

O corpo dela era reptiliano e musculoso, todo adornado por escamas iridescentes que pareciam capturar centenas de cores toda vez que se mexia. Olhos espertos de citrino dançavam para lá e para cá enquanto a mãe mexia na fechadura, e quando a fera balançou a língua preta bifurcada entre as barras, um cheiro como o de fumaça tomou conta do ar.

Koffi engoliu em seco.

Da primeira vez que vira um jokomoto, quando menina, ela pensara serem criaturas feitas de vidro, frágeis e delicadas. Estivera errada. Não havia nada delicado em um lagarto soprador de fogo.

— Pegue a folha de hasira — instruiu a mãe. — Agora.

De imediato, Koffi pegou três folhas secas com veios de prata de uma bolsa amarrada nos quadris. Eram extraordinárias, brilhando com uma resina branca que grudava na ponta dos dedos ao amassá-las. As batidas de seu coração martelaram quando a porta da gaiola do jokomoto se abriu e ele virou a cabeça. A mãe cobriu o nariz com a mão, a outra erguida em aviso.

— Calma...

Koffi ficou imóvel quando o jokomoto disparou gaiola afora e se esgueirou em direção a ela com pés longos em forma de garras. Ela esperou que ele estivesse a alguns metros de distância antes de jogar as folhas alto no ar. Os olhos de Diko as seguiram e ele se lançou, incrivelmente rápido. Houve um lampejo de dentes pontiagudos, uma trituração implacável, e então as folhas deixaram de existir. Com rapidez, Koffi enfiou as mãos de volta no bolso. Os jokomotos não eram nativos daquela parte de Eshōza; eram criaturas da parte ocidental do continente, supostamente filhos de Tyembu, o deus do deserto. Quase do mesmo tamanho de um lagarto monitor comum, Diko não era o maior, mais rápido ou mais forte animal mantido no Zoológico Noturno, mas era o mais temperamental (o que também o tornava o mais perigoso). Um movimento errado e ele poderia atear fogo no lugar inteiro; bastava olhar para as queimaduras feias nos guardiões de feras que haviam se esquecido disso. As batidas do coração de Koffi só desaceleraram depois que as folhas de hasira fizeram efeito e o lúrido brilho amarelo nos olhos dele diminuiu um pouco.

— Deixa comigo agora. — Koffi já estava indo para trás de Diko, segurando os arreios e a correia que pegara de uma pilastra ali perto. Curvando-se, ela prendeu as tiras gastas por baixo da barriga escamosa e as ajustou, enfim relaxando. Confiar nas frágeis amarras era uma bobagem (não adiantariam de nada se Diko se irritasse), mas ele estava controlado, ao menos por enquanto.

— Veja se as amarras estão bem presas.

Koffi ergueu o olhar.

— Pronto.

Satisfeita, a mãe deu batidinhas no focinho de Diko.

— Bom garoto.

Koffi revirou os olhos enquanto se endireitava.

— Não sei por que você fala com ele assim.

— Por que não? — A mãe deu de ombros. — Jokomotos são feras incríveis.

— São perigosos.

— Às vezes, coisas que parecem perigosas são só incompreendidas. — A mãe falou com uma estranha tristeza antes de acariciar Diko outra vez. Agora, como se para confirmar o que fora dito, ele gentilmente se esfregou na mão dela. O gesto pareceu animá-la. — E olhe para ele. Está de bom humor hoje.

Koffi começou a reclamar, mas pensou melhor. A mãe sempre tivera uma estranha empatia pelos habitantes do Zoológico Noturno.

— Sabe, aquela era a última folha de hasira. — Koffi mudou de assunto, tocando a bolsinha vazia para enfatizar. — Não temos mais nada até a nova entrega.

Nuvens da fragrância enjoativa das folhas impregnavam o ar até agora. Sem perceber, ela inspirou e foi tomada por uma sensação agradável.

— Koffi! — A voz da mãe saiu afiada, cortando aquela felicidade momentânea. Ela ainda segurava a correia de Diko com a testa franzida. — Você sabe que não deve inspirar.

Koffi se chacoalhou, irritada, e então balançou a mão no ar até que o cheiro se dissipasse. As folhas de hasira eram ervas sedativas colhidas de arbustos nas fronteiras da Selva Maior e, quando consumidas, eram potentes o suficiente para derrubar um elefante adulto; não era uma boa ideia inalar a fragrância tão de perto, mesmo em pouca quantidade.

— Devemos ir. — O olhar da mãe buscou a tenda iluminada do outro lado do terreno do Zoológico Noturno; outros guardiões de feras já estavam indo naquela direção, conduzindo animais. Dali, não era maior do que a chama vermelha e dourada de uma vela, mas Koffi reconheceu: o espetáculo da noite aconteceria na tenda. A mãe tornou a olhar para Koffi. — Pronta?

A garota sorriu. Nunca estava pronta para os espetáculos no Zoológico Noturno, mas isso pouco importava. Ela tinha acabado de se mover para ficar do outro lado de Diko quando percebeu algo.

— O que foi? — perguntou a mãe, percebendo que a outra arqueava a sobrancelha.

— Me diz *você*. — Agora Koffi estreitava os olhos. Havia algo de estranho na expressão da mãe dela, mas não dava para saber exatamente o quê. Ela observou com mais atenção. As duas se pareciam (twists pretos na altura dos ombros, nariz largo e lábios cheios emoldurados por um rosto em formato de coração), mas havia algo a *mais* na mãe naquela noite. — Você parece... diferente.

— Ah.

A mãe parecia estranhamente agitada, sem dúvida. E então Koffi reconheceu a emoção incomum nos olhos da mãe. Ficou envergonhada ao perceber que a coisa não reconhecida era felicidade.

— Aconteceu... alguma coisa?

A mãe passou o peso do corpo de um pé ao outro.

— Bem, eu ia esperar até amanhã para contar. E depois do que aconteceu com Sahel mais cedo, não parecia certo comentar, mas...

— *Mas?*

— Baaz me chamou para conversar há algumas horas — disse ela. — Ele calculou nossa dívida e... estamos quase quitando.

— O quê? — Algo semelhante a choque e alegria emergiu em Koffi. Diko bufou em uma manifestação repentina, jogando espirais de fumaça no ar, mas ela o ignorou. — Como?

— Aquelas horas extras que fizemos ajudaram. — A mãe deu um pequeno sorriso. Até sua postura estava mais ereta, como uma planta florescendo. — Só temos que fazer mais dois pagamentos e provavelmente poderemos quitar nos próximos dias.

Pura descrença passou por Koffi.

— E depois disso estaremos livres?

— *Livres.* — A mãe assentiu. — A dívida estará paga, com juros e tudo.

Koffi sentiu a tensão que segurava há tanto tempo ser liberada enquanto expirava. Como a maioria das coisas no Zoológico Noturno, os termos e condições impostos aos funcionários beneficiavam apenas uma pessoa. Onze anos de trabalho com a mãe a ensinaram isso. Mas elas ganharam, venceram Baaz em seu próprio jogo perverso. Elas *iam embora*. Era tão raro guardiões de feras conseguirem pagar suas dívidas (fazia mais ou menos um ano desde que a última pessoa conseguira), mas agora era a vez delas.

— Para onde vamos? — perguntou Koffi. Ela mal podia acreditar que estava mesmo fazendo essa pergunta. Nunca haviam ido a lugar algum; ela mal se lembrava de uma vida fora do Zoológico Noturno.

A mãe se aproximou e tomou a mão de Koffi entre as suas.

— Podemos ir *para onde quisermos*. — Ela falava com um fervor que Koffi nunca havia ouvido. — Você e eu deixaremos este lugar e recomeçaremos em outro, e nunca, *nunca* olharemos para trás. Nunca voltaremos.

Nunca voltaremos. Koffi pensou nas palavras. Por toda a vida ela as desejara, sonhara com elas. Mas ouvi-las agora causava uma sensação estranhamente diferente.

— O quê? — A mãe notou a mudança na expressão de imediato. — O que foi?

— É só que... — Koffi não sabia se eram as palavras certas, mas tentou: — Nunca mais veremos as pessoas daqui.

A expressão da mãe se suavizou.

— Você sentirá saudades.

Koffi assentiu, secretamente chateada por se sentir assim. Não amava trabalhar no Zoológico Noturno, mas era o único lar que conhecia, a única *vida* que conhecia. Pensou nos outros guardiões de feras, não exatamente uma família, mas pessoas com as quais se importava.

— Também sentirei saudade — disse a mãe, gentil, lendo os pensamentos da filha. — Mas eles não iriam querer que ficássemos aqui, Koffi, não se não fosse preciso.

— Só queria que pudéssemos ajudá-los — murmurou Koffi. — Queria que pudéssemos ajudar todos eles.

A mãe deu um pequeno sorriso.

— Você é solidária. É guiada pelo coração, assim como o seu pai.

Koffi se remexeu, incomodada. Ela não gostava de ser comparada ao pai. Ele se fora.

— Mas às vezes você não pode se deixar guiar pelo coração — disse a mãe com gentileza. — Precisa pensar com a *cabeça*.

O som áspero de uma trombeta cortou o ar sem aviso, seu chamado emanando do distante Templo de Lkossa para reverberar pelos gramados do Zoológico Noturno em notas longas e sonoras. As duas ficaram tensas quando os sons das feras agitadas encheram os arredores e Diko expôs os dentes em um sinal de ansiedade. A trombeta da cidade enfim anunciara a chegada da noite. Era hora. De novo, os olhos da mãe passaram da tenda para Koffi.

— Está quase acabando, sementinha ponya — disse, suave, uma nota de esperança na voz. Não chamava a filha assim havia anos. — Sei como tem sido difícil, mas está quase acabando, prometo. Vamos ficar bem.

Koffi não respondeu enquanto a mãe agarrava a correia de Diko para conduzi-lo até a enorme tenda. Ela seguiu, mantendo-se atrás. Os olhos estavam arregalados, contemplando os últimos instantes de um céu da cor de sangue. As palavras da mãe ecoavam em sua mente:

Vamos ficar bem.

Elas ficariam bem, Koffi sabia disto agora, mas seus pensamentos ainda estavam presos em outra coisa, em outra *pessoa*. Sahel. Ele não estava bem; ele nunca ficaria bem outra vez. Não podia evitar pensar nele naquele momento, no garoto com o sorriso torto. Não conseguia evitar pensar no monstro que o matara e em quem mataria na próxima vez.

CAPÍTULO 2

DA RAIZ

Nos anos antes de seu desaparecimento, eles chamaram Satao Nkrumah de louco.

Mais tarde, os colegas dele sugeririam que os sinais evidentes de seu declínio estavam logo abaixo da superfície, destruindo em silêncio a mente do sábio como musgo em uma árvore podre. Os sintomas se tornaram cada vez mais aparentes com o tempo: crises, mudanças bruscas de humor, o agravamento da amnésia. Mas quando o velho Mestre Nkrumah, de 87 anos, começara a se referir à Selva Maior como "ela", *aquela* fora a gota de água. Cuidadores foram buscados, planos de intervenção feitos. Um grupo de pessoas bem-intencionadas marchara até a porta da frente do idoso em uma tarde chuvosa para conduzi-lo (voluntariamente ou à força) a uma instituição que proporcionaria os cuidados adequados. Eles depararam com uma surpresa perturbadora.

Satao Nkrumah tinha desaparecido.

Ele deixara sua casa modesta levando somente as roupas que vestia. Sequer levara seu diário, que mais tarde se tornaria valioso por seus incomparáveis relatos da história natural da Região Zamani. As equipes de resgate não encontraram nada e depois de vários dias as buscas foram suspensas.

Décadas depois, os estudiosos de Lkossa ainda mencionavam ocasionalmente o velho Nkrumah, discutindo sua morte e desaparecimento infames. Alguns acreditavam que yumboes de cabelo prateado, saídos das profundezas da Selva Maior, haviam levado o homem embora e ainda dançavam com ele, descalços sob a luz do luar. Outros tinham uma opinião mais sinistra, certos de que uma criatura maligna o arrancara da cama. É óbvio que essas histórias eram só isso, uma coleção de mitos e lendas. Ekon Okojo, que *não* era um estudioso, sabia que não devia acreditar em mitos e lendas (não podiam ser provados), mas *havia* uma coisa na qual ele acreditava com certeza.

A Selva Maior era um lugar maligno no qual não se podia confiar.

O suor escorria pelas costas enquanto ele caminhava, focando no barulho constante das sandálias contra o solo em vez das sinistras árvores de tronco preto à direita. *Exatamente 573 passos, um bom número.* Ele tamborilava os dedos contra a lateral do corpo em um ritmo contínuo enquanto contava.

Um-dois-três. Um-dois-três. Um-dois-três.

Apesar do calor, seus braços desnudos se arrepiaram, mas ele fez o possível para ignorar isso também, dedicando-se à contagem.

Um-dois-três. Um-dois-três. Um-dois-três.

Ele rezara aos Seis para não ser designado a um turno de patrulha aquela noite, mas parecia que os deuses não tinham o escutado ou não se importavam. Era quase entardecer agora, o momento em que o sol laranja-sangrento de Lkossa se punha atrás das árvores e incandescia suas silhuetas, o momento que ele *menos* gostava de estar perto da selva. Engoliu em seco, apertando o cabo de couro do hanjari preso no cinto.

— Encontramos o último corpo mais cedo.

Kamau caminhava ao lado dele, ombro a ombro, seu olhar de águia fixo à frente. Ele parecia despreocupado com a selva, mas se mostrava cansado.

— Era uma velha, com tendência a perambular por aí à noite.

Ekon inspirou fundo.

— Estava em que estado?

— Bem ruim. — Kamau balançou a cabeça. — Tivemos que enrolar o que sobrou dos restos em um cobertor para retirá-la do templo e levá-la para a cremação. Não foi... bonito.

Os restos. Ekon desviou o olhar das árvores, lutando contra a onda repentina de náusea. A expressão de Kamau continuou impassível. A maioria das pessoas dizia que Ekon e Kamau, de 17 e 19 anos, respectivamente, se pareciam mais com gêmeos do que com um irmão mais velho e um mais novo; ambos tinham pele da cor da terra molhada pela chuva, olhos marrom-ferrugem e cabelo enrolado e preto, curto nos lados, à moda yabahari. Mas era aí que a similaridade acabava; Kamau era mais musculoso, enquanto Ekon, mais magro. Kamau gostava da lança; Ekon preferia os livros no tempo livre. E havia outra diferença visível entre eles naquela noite.

O cafetã de Ekon estava limpo. O do irmão, ensanguentado.

— Não vi você no jantar ontem à noite — comentou Ekon, tentando se distrair.

Kamau não respondeu. Estava encarando um arbusto de folhas com veios prateados perto das raízes de uma árvore próxima. Quando o olhar dele continuou focado ali, Ekon pigarreou.

— Kam?

— O que foi?

— Eu... perguntei onde você estava ontem à noite.

Kamau franziu a testa.

— Padre Olufemi tinha um trabalho para mim, confidencial. — Ele olhou para os dedos de Ekon, ainda tamborilando na lateral do corpo. — Você está fazendo aquela coisa estranha de novo.

— Desculpe.

Ekon fechou a mão em punho, forçando os dedos a se aquietarem. Não conseguia se lembrar de quando começara a fazer aquilo, a contagem, só era uma coisa que não conseguia evitar. Era impossível explicar, mas havia algo tranquilizador no hábito, um conforto que encontrara no trio.

Um-dois-três.

Três. *Três* era um bom número, assim como qualquer número divisível por ele.

Ekon deixou a nova contagem em sua mente preencher o silêncio constrangedor que se seguiu. Era mais fácil pensar sobre os números do que sobre o fato de que Kamau não respondera à pergunta. Houvera um tempo em que ele e o irmão compartilhavam tudo um com o outro, mas aquilo vinha acontecendo cada vez menos. Quando ficou evidente que o irmão não diria nada, Ekon tentou outra vez:

— Então… ainda não há novas pistas? Nenhuma testemunha?

— Nunca há. — Kamau chutou uma pedrinha, frustrado. — É sempre assim. Sem pistas, sem testemunhas, só corpos.

Um arrepio passou por Ekon e um silêncio solene se instaurou entre eles como poeira enquanto prosseguiam. Fazia quase um dia inteiro desde que a última vítima de Shetani fora resgatada na fronteira da selva. A essa altura, deveria ser menos chocante (a fera já ameaçava Lkossa bem antes de Ekon nascer), mas na verdade era impossível se acostumar com a carnificina que ela deixava para trás. De alguma forma as poças de sangue na terra sempre eram horríveis, os corpos mutilados sempre nauseantes. O estômago de Ekon revirou ao se lembrar do relatório de mortalidade que lera havia algumas horas. Oito vítimas. A mais jovem um garotinho, um servente contratado de não mais que 12 anos, encontrado sozinho. Aquelas eram o tipo de pessoas que as feras pareciam sempre escolher: as sem proteção, as vulneráveis.

Eles chegaram a uma curva do caminho ainda iluminada pela luz do sol. De pronto, Ekon ficou tenso. À direita, as árvores da selva ainda pairavam como sentinelas; à esquerda, uma extensão estéril de terra avermelhada se estendia por vários metros entre a divisa da cidade e a fronteira da selva para criar uma terra de ninguém. Era um lugar familiar. Quando eram pequenos e se sentiam corajosos ou inconsequentes, ele e Kamau iam até lá para brincar. Eles fingiam que galhos eram lanças e que os dois juntos podiam defender a cidade das criaturas da Selva Maior, as feras monstruosas da lenda. Mas essas aventuras eram coisa do passado; os tempos haviam mudado. Agora, quando Ekon olhava para o emaranhado de árvores, raízes e videiras da selva, não se lembrava de nenhuma lenda.

Ele se lembrava de uma voz.

Ekon.

Ekon levou um susto. Toda vez que ouvia a voz de seu pai na cabeça, ela era arrastada como a de um homem que bebera demasiado vinho de palma.

Por favor. Ekon, por favor.

Não era real, ele sabia, mas seu coração bateu mais forte mesmo assim. Recomeçou a tamborilar os dedos, mais rápido, tentando usar a contagem para se centrar e se preparar para o que sabia que viria a seguir.

Um-dois-três. Um-dois-três. Não pense nisso. Um-dois-três. Um-dois-três.

Não funcionou. Sua visão periférica começou a ficar desfocada, uma névoa crescente enquanto o antigo pesadelo retornava. Ekon se sentiu ceder, lutando para separar a realidade da lembrança, o presente imediato do passado distante. Em seus pensamentos, não estava mais na fronteira da selva, estava *dentro* da selva agora, ouvindo tudo, *vendo* tudo, coisas que não queria...

Ekon, por favor.

Então viu um corpo, encharcado de sangue escuro. Ouviu um amedrontador farfalhar de árvores pouco antes de um cheiro pútrido azedar o ar, o cheiro de algo morto havia muito tempo. Ele viu uma figura sombria se movendo entre as árvores, um monstro.

Tudo levava de volta ao monstro.

Em protesto, seus pulmões buscaram ar, e então Ekon se esqueceu de vez de como respirar. As árvores pareciam tentar alcançá-lo agora, galhos pretos nodosos esticados como garras, famintos...

— Ekon?

Tão depressa quanto surgira, a névoa opaca na mente de Ekon retrocedeu, devolvendo-o ao presente. Ele estava de volta à fronteira da selva, a voz do pai se fora, e Kamau parara de caminhar. A preocupação criava um vinco entre as sobrancelhas do irmão.

— Você está bem?

— Há, sim. — Ekon se chacoalhou, se livrando do que sobrara do pesadelo como quem afasta teias de aranha. — Estava só... pensando sobre hoje à noite.

— Ah. — A breve dúvida no rosto de Kamau foi substituída por um olhar compreensivo. — Você está com medo.

— Não.

— É totalmente plausível — disse Kamau de maneira convencida. Ele se esticou e Ekon se ressentiu dos bíceps do irmão serem tão maiores. — Algumas pessoas acham os ritos de passagem do templo os mais difíceis em toda Eshōza. *Eu* não os acho tão desafiadores, é óbvio...

Ekon revirou os olhos. Havia dois anos, seu irmão se tornara elegível a se juntar aos Filhos dos Seis, os guerreiros de elite da cidade. Os ritos dele haviam ido tão bem que, logo após sua iniciação, ele fora promovido a kapteni, um capitão, apesar de ser jovem. Agora Kamau era um guerreiro muito respeitado, um homem. Aos olhos das pessoas, Ekon ainda era um menino irrelevante.

— *Ei*. — Como se pudesse ouvir os pensamentos do outro, a expressão de Kamau ficou pesarosa. — Não se preocupe, você vai passar.

— Você não é obrigado a dizer isso?

Agora Kamau revirou os olhos.

— Não. E com certeza não me daria ao trabalho de dizer se não acreditasse nisso. — Ele deu um soquinho no ombro de Ekon. — Só se solta um pouco, está bem? Relaxa. Você não se meteu em confusão, sabe as escrituras melhor do que ninguém e... seu manejo com a lança é *quase* tão bom quanto o meu. Além disso, você é um Okojo, então basicamente nasceu para isso.

Ekon sentiu como se tivesse engolido uma noz-de-cola inteira. *Nasceu para isso*. Por gerações, todo homem Okojo servira aos Filhos dos Seis, uma tradição mais longa do que a da maioria das outras famílias em Lkossa. Esse legado era fortificado, respeitado; deixava pouco espaço para inaptidão.

— Você vai deixar sua família orgulhosa. — Os olhos de Kamau focavam nas sandálias. — E sei que o pai ficaria orgulhoso, se ainda estivesse aqui.

À menção ao pai deles, Ekon titubeou.

— Obrigado. — Fez uma pausa antes de tornar a falar: — Olha, Kam, sei que não tenho permissão para saber o que acontece com antecedência, mas você não pode...?

— *Não*. — Kamau já balançava a cabeça, um novo sorrisinho erguendo os cantos da boca, por mais que tentasse permanecer sério. — Os ritos mudam a cada ano a critério do presidente Kuhani, Ekkie. O Padre Olufemi escolherá o seu. Nem *eu* sei o que será.

O frio na barriga de Ekon cessou por um momento. Ele ainda estava nervoso, mas saber que não teria que fazer fosse lá o que Kamau fizera durante os rituais de passagem *dele* era um pouco reconfortante.

Eles alcançaram o final do caminho da patrulha e pararam. A alguns metros de distância, os limites da Selva Maior começavam. Kamau olhou para cima e Ekon seguiu o olhar do irmão para ver as estrelas brancas e prateadas começando a brilhar no céu. Na luminescência calma, as cicatrizes deixadas pela Ruptura quase desapareciam. Quase. A ilusão não o enganava.

— É melhor a gente ir — disse Kamau. — Está quase na hora.

Ekon não admitiu em voz alta, mas quanto mais distância colocava entre si e os limites da selva, melhor ele se sentia. A cada passo para longe, a tensão em seus ombros se suavizava. Aos poucos, o ar da noite se encheu com o ruído familiar que era a cidade de Lkossa, com os sons e os cheiros de casa.

Nas ruas livres de terra, merceeiros se posicionavam ao lado de barracas de frutas frescas, barganhando seus últimos itens enquanto as lojas se preparavam para fechar. Ekon analisava cada um. Ele contou quinze comerciantes diferentes balançando tecidos pintados com vela e uma dupla de meninos curvou-se sobre uma prancha de oware de madeira enquanto parava o jogo para acenar com entusiasmo para Kamau quando viram o punho dourado de seu hanjari. Um grupo de jovens mulheres (*quatro jovens mulheres*) deu risadinhas com a mão na frente da boca quando eles passaram, com olhares apreciadores para Kamau, e Ekon tentou atenuar a velha pontada de inveja. Quando garoto, se acostumara a ver pessoas dando ao pai dele esse tipo de atenção quando o viam de uniforme, mas com Kamau era mais difícil. Ekon queria aquele respeito e admiração para si, ser percebido sem tentar.

Quase lá, ele se lembrou enquanto os dedos tamborilavam na lateral do corpo. *Depois que concluir o seu último rito de passagem esta noite, você se tornará um Filho dos Seis, um guerreiro, um homem. Será a sua vez.* Mesmo na privacidade de sua mente, aquela promessa parecia pertencer a outra pessoa.

As ruas se esvaziaram enquanto eles se aproximavam daquelas que levavam ao templo, mas, um pouco antes de alcançarem-no, a expressão de Kamau endureceu.

— Alto!

De repente, o burburinho da rua morreu e olhares apreensivos foram lançados. Até Ekon parou, confuso. De acordo com sua contagem, havia apenas dezoito pessoas naquela estrada. Ele observou por um momento, e então encontrou o que Kamau já encontrara. Havia contado errado.

A garotinha parada a poucos metros deles tinha olhos escuros e fundos, um emaranhado de cabelo preto despenteado emoldurando o rosto magro. Ela usava uma túnica puída, uma manga pendurada em seu ombro muito ossudo, e a pele de suas pernas e pés estava visivelmente seca e rachada. Por um momento, Ekon não entendeu a expressão assustada dela enquanto os olhava, mas então ele viu o bolso protuberante dela, o tremor em suas mãos. Ela tinha a aparência inconfundível de alguém que acabara de ser flagrada.

— Você! — Kamau avançou na direção dela, e Ekon sentiu o coração apertar. — Parada onde está!

Um segundo se passou antes que a garota disparasse pela rua.

— Pare! — Kamau começou a correr e Ekon também. Ninguém mais na rua se moveu enquanto eles serpenteavam entre as pessoas. A garota virou à direita e então desapareceu em uma viela bifurcada. Kamau grunhiu de frustração. — Essas passagens são interligadas. — Ele foi em direção a uma e apontou para que Ekon fosse na direção oposta. — Vá pela outra!

Ekon obedeceu sem hesitar, ignorando a dorzinha de piedade em seu peito. A garota parecia tão jovem, assustada. Ele não sabia se ela tinha mesmo roubado algo de valor, mas isto não importava. Ela desobedecera a uma ordem direta de um Filho dos Seis. Se fosse pega, seria presa. Ele balançou a cabeça, ignorando a emoção para voltar ao foco. A garota os levou até o Distrito Chafu, uma região pobre e complicada de Lkossa. As mãos dele tocaram o hanjari enquanto corria. Ele não se descuidaria a ponto de ser surpreendido ou cair numa emboscada.

Ele virou uma esquina, esperando encontrar Kamau. Em vez disso, deparou com uma viela vazia.

— Olá? — O chamado dele não teve resposta, ecoando sinistramente nos tijolos de barro. — Kam?

— Temo que não, jovem.

Ekon se virou. Uma velha estava sentada de pernas cruzadas contra uma das paredes da viela, quase camuflada na sujeira. O cabelo era branco e felpudo e a pele negra, de textura irregular, como madeira mal esculpida. Um amuleto enferrujado estava pendurado em um cordão no seu pescoço, embora estivesse escuro demais para distinguir os detalhes. Ela deu a Ekon um sorriso gengival enquanto se observavam e ele lutou contra um arrepio; em sua boca faltavam vários dentes.

— Que estranho... — A velha passou o dedo no lábio inferior. Falava zamani, mas seu dialeto tinha quase uma cadência musical. Ela era do povo gedeziano. — Quase não vejo garotos yabaharis nesta parte da cidade.

Ekon endireitou a postura.

— Estou procurando uma garotinha, você viu...

Ekon.

Ekon ficou imóvel, perturbado. Por um segundo, pensou ter ouvido... mas... não, aqui não. Não podia ser. Ele estava longe demais da selva agora para que a voz do pai o seguisse. Ele nunca a ouvira naquela distância. Não era possível. Ele pigarreou.

— Ham-ham. Você...?

Ekon, por favor.

Desta vez, Ekon enrijeceu a mandíbula. Ele não resistiu ao arrepio que passou por seu corpo.

Não. Ele olhou para a direita, na direção da selva, enquanto os dedos dançavam nas laterais do corpo. *Não, aqui não, agora não...*

— Ela o chama com frequência?

Ekon levou um susto. Quase tinha se esquecido da velha. Ela ainda estava sentada diante dele, mas agora a expressão dela era de divertimento.

— Eu... — Ekon pausou, tentando entender as palavras dela. — *Ela?*

— A selva. — A mulher se endireitou, balançando de um lado a outro como se embalada por uma canção inaudível. — Às vezes ela também me chama. Eu não poderia dizer o motivo. A magia é uma coisa peculiar, assim como as coisas que ela toca.

Um tremor subiu pelo braço de Ekon como uma aranha; a boca ficou seca como areia.

— Não... não existe isso de magia — disse, trêmulo.

— É *isso* o que acha? — A velha inclinou a cabeça como um pássaro, esfregando o polegar contra o amuleto. Estava observando Ekon com mais atenção agora. — Que curioso, *muito* curioso...

O instinto de Ekon pedia que ele corresse, mas de repente isto pareceu impossível. Algo na voz, nos *olhos* da velha o manteve preso. Ele deu um passo na direção dela, puxado como um peixe indefeso fisgado por uma linha...

— Ekkie?

Ekon olhou para cima e o estranho transe se quebrou de imediato. Kamau estava se aproximando pela outra extremidade da viela, arandelas acesas lançando sombras que acentuavam o alívio em seu rosto.

— O que está fazendo?

— Eu... — Ekon olhou para onde a velha estivera sentada. Ela tinha desaparecido. Estranhamente, ele teve dificuldade em se lembrar da aparência dela. Era como se nunca tivesse existido. Perturbado, ele encarou Kamau, tentando manter a voz firme: — Eu... não consegui encontrar a garota.

— Nem eu — respondeu Kamau. — Mas não temos tempo para continuar procurando. Vamos.

Caminharam em silêncio, até alcançarem dois pilares dourados que marcavam o começo do Distrito Takatifu, e Ekon endireitou a postura. A cidade de Lkossa era uma coleção de seções ordenadas com perfeição, mas o distrito do templo era diferente. Era a única parte da cidade que mantinha o toque de recolher; depois do pôr do sol, ficava fechada para o público. Eles subiram um caminho sinuoso e mesmo dali Ekon podia discernir o próprio templo. Era seu lar, o local onde crescera, mas naquela noite parecia incomum. Seu enorme domo, coberto sobre a pedra de alabastro branco, parecia determinado a deter o brilho de cada estrela em seu reflexo. Com a brisa, Ekon sentiu o cheiro de bulbos de incenso para oração emanando dos parapeitos e janelas arqueadas. Como o esperado, Ekon distinguiu duas figuras de pé no topo da escadaria principal, de costas, quando se aproximaram. Fahim e Shomari (seus cocandidatos) o esperavam. Era chegada a hora.

— Quando nos encontrarmos de novo, você será um Filho dos Seis ungido. — Kamau parou ao lado dele na base da escadaria, mantendo a voz baixa: — Seremos irmãos de lança, assim como somos irmãos de sangue — proclamou ele sem qualquer resquício de dúvida.

Ekon engoliu em seco. O irmão tinha fé nele; acreditava nele.

Assim como seu pai acreditou um dia, disse uma voz cruel na cabeça de Ekon. *Ele confia em você, como seu pai confiou.*

Ekon abafou aquela voz enquanto assentia.

— Seja forte. — Kamau o conduziu à frente antes de retornar para a noite. — Você consegue. E lembre-se: Kutoka mzizi.

Ekon começou a subir as escadas, as palavras ecoando ao se movimentar. *Kutoka mzizi* significava "da raiz". O velho adágio da família era um lembrete de onde ele viera e as expectativas que vinham junto. Kutoka mzizi.

O pai fora quem ensinara a ele e Kamau aquelas palavras sagradas quando eram pequenos. Ele devia estar ali para dizê-las agora.

Mas o pai não estava lá. O pai estava morto.

Pouco antes de chegar ao patamar, Ekon olhou por cima do ombro. Kamau já se fora e dali a Selva Maior do lado oposto da cidade não era nada mais que um borrão estranho contra a noite cor de obsidiana, longe demais para que suas vozes o atingissem. Mesmo assim, enquanto tornava a se virar, Ekon não conseguiu ignorar o sentimento de que, de dentro das profundezas, algo o observava, à espera.

CAPÍTULO 3

A MENOR DAS RESISTÊNCIAS

Não importa quantas vezes ela a enfrentara ao longo dos anos, Koffi sempre temera a tenda.

Ela mordeu o lábio inferior, a inquietação crescendo enquanto observava as dobras carmesins tremularem com a brisa, percebendo o modo violento com que o mastro central empalava o céu noturno virgem como uma lança dourada. Seus passos se arrastaram enquanto ela e a mãe se moviam para se juntar à fila de guardiões de feras esperando para entrar com seus animais designados.

Quase acabando, pensou ela. *Isto está quase acabando.*

Certa vez, em outros tempos, Koffi acreditava que a tenda podia ter sido considerada grande, até impressionante para alguns. Mas o tempo visivelmente cobrara seu preço; os rasgos nas costuras não foram remendados e a maior parte das estacas de metal, marteladas na grama para mantê-la presa, estava enferrujada. Como a maioria das coisas em Lkossa, os cuidados no Zoológico Noturno haviam piorado com o passar dos anos, e isto ficava visível.

— Sorria — lembrou-a sua mãe, guiando-as para a posição delas na fila enquanto outros guardiões de feras davam passos cuidadosos para trás.

Koffi retorceu os lábios para formar uma careta que esperava ser o bastante. Baaz exigia que todos os guardiões de feras do Zoológico Noturno parecessem alegres durante os espetáculos e punia notoriamente aqueles que não o faziam. Com um arrepio, ela pensou no tronco de açoite, não muito longe dali. A crueldade daquilo (a bizarrice de ser forçado a parecer feliz ao lidar com criaturas que poderiam te matar em um piscar de olhos) — era uma coisa da qual Koffi *não* sentiria falta.

— Não se esqueça de conferir o arreio do Diko — disse a mãe. — Garanta que está bem preso antes que nós...

— Ei, Kof!

Koffi ergueu o olhar, um sorriso genuíno surgindo nos lábios. Um garoto de mais ou menos 14 anos estava se aproximando rápido, cercado por uma matilha de cães selvagens. Ele tinha olhos castanhos inteligentes e brilhantes e um costumeiro sorriso doce.

— Ei, Jabir.

Ao ver os cães selvagens, Diko sibilou, suas escamas multicoloridas ondulando enquanto os via. A mãe o puxou para longe com um olhar reprovador.

— Jabir — disse de forma séria —, esses cães deveriam estar na coleira.

— Que nada, eles não precisam disso. — O sorriso de Jabir continuou intacto. — São bem treinados.

— Um deles não fez cocô nas sandálias do Baaz um dia desses?

Os lábios de Jabir tremeram.

— Como eu disse, eles são bem treinados.

Uma risada verdadeira explodiu na garganta de Koffi, seguida por uma pontada inesperada de dor. Jabir era seu amigo mais próximo no Zoológico Noturno, como um irmão de algumas maneiras. Ela o observou ficar de joelhos para brincar com os cães. Deixar o Zoológico Noturno significaria deixá-lo também; Koffi não estava feliz de ter que dar a notícia, mas precisava. Seria melhor se ele ouvisse por ela.

— Jabir — começou Koffi. — Preciso te contar uma...

— Você ficou sabendo dos visitantes de hoje? — Jabir sorriu como costumava fazer ao começar a fofocar. Um de seus trabalhos no zoológico era executar tarefas para Baaz, então sempre ouvia as novidades primeiro.

— Não — disse Koffi, momentaneamente distraída. — O que têm eles?

— É um casal de mercadores da Região Baridi — respondeu ele. — Parece que são muito ricos. Baaz está tentando um patrocínio. Eu os vi chegando. O velho parece legal, mas a esposa caminha como se tivesse algo enfiado no...

— Jabir!

Koffi riu enquanto Jabir dava à mãe dela um sorriso inocente. As palavras dele permaneceram em sua cabeça, enquanto observava os arredores e mais guardiões de feras se juntavam. Ela não havia percebido antes, no entanto um número maior de animais estava fora de suas gaiolas naquela noite, e o terreno parecia ter sido um pouco mais arrumado. Se esse casal de mercadores concordasse em patrocinar, adicionaria não apenas prestígio, mas recursos adicionais para o zoológico. Baaz estaria especialmente ansioso naquela noite.

De repente um coro de vozes doce, bonito e harmônico se ergueu de dentro da tenda. De imediato, os três ficaram quietos. Aqueles eram os músicos contratados do Zoológico Noturno; a canção significava que o espetáculo havia oficialmente começado. Bastaram segundos para que uma percussão estrondosa de tambores de pele de cabra se juntasse ao canto e o coração de Koffi se sintonizou com a cadência retumbante. Ela ergueu o olhar quando a canção se findou e no lugar dela um silêncio de expectativa pesou no ar.

— Excelente! — disse alguém de dentro da tenda. — Uma apresentação adorável do nosso coral! — Koffi reconheceu a voz forte do apresentador: aquele era Baaz. — Se gostou disso, Bwana Mutunga, você decerto ficará maravilhado com as belezas que tenho para você esta noite. Embora, é óbvio, nem uma chegue aos pés da sua adorável esposa. Bi Mutunga, palavras jamais fariam jus à sua formosura...

Koffi quase não conteve o revirar de olhos. Baaz estava usando Bwana e Bi, os honoríficos formais da língua zamani, obviamente tentando impressionar. A lona da tenda era grossa demais para Koffi discernir qualquer coisa lá de fora, mas ouviu o que soou como dois pares de mãos aplaudindo de forma polida enquanto os músicos saíam. Dois, apenas dois convidados. Baaz teria dito a eles que isso era parte da experiência "exclusiva", mas Koffi sabia a verdade: ninguém mais aparecera. Naquela época, cada vez mais espetáculos eram cancelados devido à falta de público. Depois de um momento, o mestre dela tornou a falar:

— Agora, como tenho certeza de que vocês dois já ouviram falar, meu espetacular Zoológico Noturno possui a mais ampla variedade de criaturas especiais da região, como vocês nunca...

— Só mostre os animais — disse uma voz feminina de sotaque forte. — Não planejamos ficar aqui a noite toda.

Houve uma pausa desagradável. E então:

— Com certeza! Agora mesmo, Bi Mutunga! Sem mais delongas, permitam-me apresentar o Desfile das Feras!

Era uma deixa, e tão logo Baaz falou, se pôs a revelar a abertura da tenda. Decerto Koffi ficou tensa ao vê-lo.

Para seu próprio crédito, Baaz Mtombé com certeza parecia ser o dono de um "espetacular" Zoológico Noturno; tudo a seu respeito exalava grandiosidade, como uma caricatura. Ele era um homem grande como uma montanha, com a pele negra e uma cabeleira de dreadlocks pretos e loiros que se projetavam em todas as direções. Com seu dashiki vermelho e sandálias de seda falsa, ele parecia alegre, ainda que um pouco arrumado demais. Koffi sabia que não podia acreditar nessa artimanha.

— Mexam-se! — Ele acenou para os primeiros guardiões de feras na fila enquanto eles lutavam para guiar um par de gorilas de dorso prateado para dentro da tenda, puxando os arreios. — Do jeito que ensaiamos, com um sorrisão!

A fila à frente deles começou a entrar na tenda e Koffi engoliu em seco. Na verdade, não havia nada a temer; os espetáculos eram os mesmos todas as vezes, e aquele talvez fosse um de seus últimos. Mesmo assim, ela estava estranhamente nervosa. Cedo demais, ela, a mãe e Diko alcançaram a entrada da tenda. Ela tentou não inalar o perfume forte de Baaz enquanto passavam por ele e então estavam lá dentro.

Se o lado de fora refletia o que a velha tenda fora um dia, o interior se agarrava com desespero à antiga glória. A decoração era um pouco ultrapassada, com mobília velha de estampa de oncinha e espreguiçadeiras desgastadas. Velas cuidadosamente organizadas davam ao lugar um oscilante brilho dourado, enquanto escondiam as manchas mais persistentes no tapete, e o inebriante cheiro de vinho de palma mascarava sutilmente o fedor dos animais que por lá passaram e agora estavam. Uma enorme estátua de pavão esculpida em turquesa estava em um canto e no centro havia um espaço aberto que funcionava como palco. Um casal bem-vestido estava sentado em um divã vermelho diante dele, aguardando.

O homem parecia velho o bastante para ser o avô de Koffi. A pele dele era negra e enrugada, seu cabelo curto quase branco. Usava um dashiki cor de ameixa que, embora discreto, Koffi sabia ser caro, e ele emanava uma aura de alguém experiente e refinado. Ao lado dele, a esposa era o contrário, desconfortavelmente jovem e espalhafatosa. Ela parecia gostar de verde, porque estava coberta pela cor desde o vestido estampado até os grânulos de jade tilintando nas pontas de suas tranças. Ela tapou o nariz quando Koffi e a mãe entraram na tenda com Diko, e o pescoço de Koffi queimou de vergonha. Jabir entrou logo atrás com seus cães selvagens, seguido por Baaz.

— Senhoras e senhores! — Baaz disse as palavras ensaiadas como se falasse com milhões, em vez de uma plateia de dois. — Para o seu prazer e deleite, apresento as várias criaturas do meu espetacular Zoológico Noturno! Esta noite, levaremos vocês em uma jornada pelos pântanos do sul, pelas selvagerias da Selva Maior, até mesmo espécimes adquiridos nos confins dos desertos ocidentais. Primeiro, o guiamala!

Koffi relaxou um pouco quando ela e a mãe se moveram para um espaço perto das paredes da tenda enquanto dois guardiões de feras levavam um guiamala, semelhante a um camelo, até o centro. Eles caminharam em círculo várias vezes, deixando o mercador e sua esposa admirarem os brilhantes espinhos pretos descendo pelas costas da criatura, cada um afiado o bastante para arrancar sangue.

— Das Planícies Kusonga — narrou Baaz —, o guiamala é um herbívoro que pode sobreviver semanas sem água. São criaturas graciosas, e reza a lenda que uma princesa ocidental uma vez usou o espinho de um deles para uma poção do amor...

Koffi desviou a atenção dos contos sobre as criaturas do Zoológico Noturno (alguns verdadeiros, a maioria inventada) enquanto mais animais eram trazidos, um a um. Baaz contou uma história particularmente horrível sobre os gorilas de dorso prateado quando foram chamados a seguir, e então compartilhou uma lenda sobre o impundulus, quando um jovem guardião de feras se aproximou com um empoleirado no braço. Koffi prendeu a respiração quando a hiena gritante foi trazida (sem a mordaça, a sua risada podia paralisar o corpo humano), mas por sorte Baaz não sugeriu uma demonstração ao vivo. Logo, ele estava olhando para Jabir.

— E agora, para uma apresentação local e especial — disse com orgulho. — Permitam-me apresentar Jabir e seus cães selvagens de Lkossa!

Uma onda de orgulho passou por Koffi enquanto Jabir dava um passo à frente com seus cães marrons felpudos e dava um sorriso e uma reverência cordial aos Mutungas. Enquanto Koffi não gostava muito dos espetáculos do Zoológico Noturno, Jabir lidava bem com eles, um artista nato. Ele ergueu a mão, os dedos dançando no ar em uma série de sinais complicados, e logo os cães ficaram imóveis. Koffi sorriu. A especialidade de Jabir era comandos não verbais; ele conseguia treinar quase tudo com eles. Ele apontou dois dedos, e os cães começaram a correr ao redor dele em um círculo perfeito; em seguida, um punho fechado os guiou a se erguerem apoiando nas pernas traseiras e latirem. Bwana Mutunga gargalhou quando um dos cães o encarou e dobrou as pernas frontais em uma reverência inconfundível enquanto outro pulava de maneira adorável no lugar. Koffi sentiu outra pontada de dor. Aqueles eram os momentos dos quais teria saudade.

Jabir demonstrou mais alguns truques antes de bater palmas e sinalizar para os cães se sentarem. Ele ofereceu uma última reverência longa enquanto o mercador aplaudia.

— Ora, ora! — disse Bwana Mutunga. — Isso foi muito impressionante, meu jovem!

Jabir sorriu antes de retirar os cães do palco e deixar Baaz retomar a sua posição.

— Uma das estrelas emergentes do zoológico! — disse Baaz, radiante. — E há mais para ver! Para o nosso próximo ato...

— Meu amor.

Koffi ergueu o olhar para a esposa do mercador, Bi Mutunga, abanando o ar com uma expressão impaciente. Ela falava com o marido:

— Está ficando tarde. Talvez a gente deva retornar para a caravana.

— Mas... — A voz de Baaz falhou. — Mas certamente vocês ficarão um pouco mais? Eu sequer os levei para conhecer todo o lugar ainda, uma oferta exclusiva para patrocinadores...

— Ah, temo que minha cara-metade, melhor e mais jovem, esteja certa, Baaz. — Bwana Mutunga deu à esposa um olhar apaixonado. Como ela, suas palavras cheias de sotaque tinham o som forte e agitado de um baridiano, um nortista. — Tenho assuntos a tratar no templo pela manhã. Talvez possamos discutir o patrocínio na próxima vez...

Baaz torceu as mãos, ansioso.

— Mas vocês não viram o *grand finale* ainda! — Ele se virou para a esposa do mercador. — Acho que ficará particularmente interessada nesse, Bi Mutunga. Se eu puder ter mais dez minutos de seu tempo...

— Cinco. — A expressão de Bi Mutunga não mudou.

— Perfeito! — Baaz bateu palmas, revigorado. Koffi sabia o que viria a seguir, mas ainda assim se assustou quando os olhos do mestre pousaram nela. — Me permitam apresentar agora Diko, o jokomoto!

Só fique calma. Koffi pensou nas palavras enquanto ela e a mãe conduziram Diko à frente. Ela segurou a correia, mas a mãe ficou ao lado dele, como apoio. *Você já fez isso mil vezes*, Koffi raciocinou. *É fácil, como você sempre fez...*

Devagar, elas guiaram Diko pelo perímetro do palco. À luz de velas, as escamas dele brilhavam de uma maneira quase hipnotizante. Embora não ousasse levantar o olhar, Koffi ouviu os sons suaves de fascínio do mercador.

— Que criatura *primorosa* — disse Bwana Mutunga. — Baaz, este é de onde mesmo?

— *Ah*. — A animação se renovou na voz de Baaz. — Os jokomotos vêm do Deserto Katili, do oeste; são feras extremamente raras hoje em dia...

— Falando em *feras* — interrompeu o senhor. Koffi deu uma olhada nele enquanto ela e a mãe davam outra volta. — É verdade que o Shetani pegou um dos seus guardiões, Baaz? Ouvi dizer que ele se enfureceu de novo ontem à noite, matou oito pessoas.

Koffi cambaleou quando um silêncio caiu sobre a tenda. Sem ao menos olhar, sabia que todos os guardiões de feras nas proximidades teriam ficado imóveis com a menção de Sahel, esperando para ouvir a resposta de Baaz à pergunta.

— É... verdade. — Baaz manteve o tom leve. — Mas o garoto *escolheu* fugir. Ele foi tolo ao deixar minha generosa proteção.

A mão livre de Koffi se fechou em punho, mas ela continuou andando. O mercador ria enquanto tomava o chá.

— Seria uma bela adição ao seu espetáculo, não?

Koffi viu um desejo inconfundível nos olhos do mestre.

— Bem, um homem pode sonhar — disse ele, avidamente. — Mas acho que teria que barganhar minha alma para conseguir tal aquisição.

— Devo admitir... — O mercador equilibrou a xícara de porcelana sobre o joelho — ...que aquela abominação tem sido uma bênção para o meu negócio.

Os olhos de Baaz se iluminaram.

— Me relembre mais uma vez o que disse negociar, Bwana. Joias inestimáveis? Tecidos finos?

Bwana Mutunga lançou a Baaz um olhar indulgente.

— Eu *não* disse, mas não é nem um nem outro — corrigiu ele. — Minha especialidade são suprimentos administrativos: penas, papiros, tinta baridiana. O Templo de Lkossa sozinho constitui um quarto dos meus negócios, com todos os livros e mapas guardados lá.

— Naturalmente. — Baaz assentiu como se soubesse tudo sobre o assunto.

— Eu costumava ser obrigado a equiparar meu preço com o da minha concorrência — continuou Bwana Mutunga. — Mas agora a maioria deles teme viajar até Lkossa, então tenho o monopólio! Tem sido uma bênção!

A expressão de Baaz era visivelmente gananciosa.

— Bem, Bwana, deixe-me ser o primeiro a parabenizá-lo por sua... *prosperidade.*

Koffi lutou para manter seu sorriso de palco no lugar, mas parecia cada vez mais com uma careta de desprezo. O Shetani não era uma bênção para o povo de Lkossa, era uma ameaça. Quem visse tal monstro como algo bom não passava de lixo, na opinião dela. Koffi pensou em Sahel, em como parecia pequeno coberto com a mortalha. Ele escapara do Zoológico Noturno e entrara na Selva Maior porque sentira que não tinha opção. Algumas pessoas não entendiam isso (Baaz o chamara de tolo), mas Koffi sabia a verdade. Ela sabia que a pobreza podia ser um tipo diferente de monstro, sempre rondando e esperando para devorá--los. Para alguns, a morte *era* a fera mais gentil. Não que homens como aqueles dois entendessem isso.

— Me pergunto, Baaz... — Bwana Mutunga estava se inclinando à frente. — Podemos... dar uma olhada mais de perto no jokomoto?

Baaz se animou.

— É evidente! — Ele se virou para Koffi e a mãe. — Garotas, tragam Diko para nossos convidados verem.

Koffi paralisou com as palavras dele. Elas costumavam conduzir Diko ao redor do palco algumas vezes, então *aquela* era uma quebra na rotina. Por instinto, trocou olhares com a mãe, que não parecia preocupada. Ela assentiu e as duas juntas conduziram Diko em direção ao mercador e à esposa, parando a dois metros deles.

— *Fascinante.* — Bwana Mutunga colocou a xícara de chá na mesinha enquanto ficava de pé para examinar Diko. Com o súbito movimento, o jokomoto se retesou, mas não se moveu.

Calma, garoto. Koffi manteve os olhos grudados em Diko, incentivando-o a se comportar. *A calma basta...*

Se Bwana Mutunga estava impressionado, a esposa com certeza não estava. Ela inspirou fundo e tornou a torcer o nariz.

— Ele *fede* — declarou.

Pegou um pequeno frasco de perfume de uma bolsa ao lado e o espirrou no ar com violência. Dentro da tenda, o cheiro impregnou o ar, forte e pungente. Diko sibilou baixinho e a garganta de Koffi ficou seca quando ela de repente percebeu algo perto do pescoço dele.

Um dos laços de sua correia se desfizera.

— Eu... — Koffi ergueu a mão em direção ao laço, mas então pausou. A mãe pedira que ela conferisse a correia, *duas vezes*. Se Baaz visse que não estava presa...

— *Argh!* — Bi Mutunga se abanou mais rápido, espalhando o perfume. — Sério, o cheiro é completamente...

Aconteceu rápido, mas para Koffi pareceu levar um século. Ela viu um dos olhos amarelos de Diko se mover rapidamente em sua direção antes que ele de repente atacasse, a mandíbula se fechando contra as sandálias de Bi Mutunga. Os dentes agarraram a bainha do vestido. Ela gritou, cambaleando de forma tão drástica que caiu por cima do divã. A mãe engasgou e o coração de Koffi deu pulos. Depressa, puxou Diko para longe. Ele se acalmou de novo quase imediatamente, mas era tarde demais.

— Ele... ele me *atacou!* — Bi Mutunga ficou de pé antes que o marido pudesse alcançá-la, as lágrimas e o delineador manchando seu rosto. Ela olhou para a bainha bordada do vestido, agora em pedaços, e de volta para o marido. — Meu amor, ele tentou me *matar!* Veja o que fez com a minha roupa!

Não. Os pensamentos de Koffi se embaralharam, incapazes de entender o que havia acontecido. Aquilo era ruim, muito, *muito* ruim.

O comerciante pegou a esposa pelos braços e a segurou por um momento, antes de apontar um dedo acusatório para Baaz.

— Você me garantiu que era seguro, Baaz! — disse raivoso. — Me disse que este era um estabelecimento profissional!

— B-B-Bwana. — Baaz, que em geral ficava tranquilo sob pressão, estava gaguejando. — Eu... eu ofereço minhas mais humildes e sinceras desculpas. Da próxima vez que vier, garanto, isso não vai...

— Da *próxima* vez? — Bwana Mutunga ergueu as sobrancelhas, incrédulo. — Minha esposa está traumatizada, Baaz. Nunca mais colocaremos os pés neste lugar maldito. E pensar que até *consideramos* patrociná-lo...

— Espere! — Baaz arregalou os olhos. — Espere, senhor...

Ele sequer conseguiu terminar a frase antes que o mercador pegasse a esposa pelo cotovelo e a conduzisse noite afora. Koffi ouviu os passos, até que cessaram. Por um longo momento, ninguém na tenda se mexeu. Ela ergueu a cabeça para ver que os olhos dos outros guardiões de feras estavam fixos ou nela ou em Baaz. Foi ele quem rompeu o silêncio:

— *Você não o prendeu.*

A voz de Baaz estava perigosamente baixa. Ele não era mais o alegre dono de um espetacular Zoológico Noturno; agora ele era apenas Baaz, o mestre dela, encarando-a.

— *Explique-se.*

— Eu...

Koffi odiava como sua voz soava fraca. Ela procurou em sua mente por uma resposta plausível, mas não encontrou nenhuma. A verdade era que não *tinha* nenhuma boa resposta. Não prendera a correia de Diko porque esquecera. A mãe a lembrara, duas vezes, mas ela não o fizera. A mente tinha estado em outro lugar, distraída pela ideia de ir embora...

— Você *vai* pagar por isso. — As palavras de Baaz cortaram seus pensamentos como uma faca. — Você vai para o açoite e uma multa será adicionada à sua dívida: a soma dos dois ingressos que acabei de perder. Pelas minhas contas, isso é mais ou menos seis meses do seu salário.

Lágrimas arderam nos olhos de Koffi. O açoite já era ruim o bastante, mas a multa... seis *meses* de salário. Ela e a mãe teriam que ficar no Zoológico Noturno; agora, não iam mais embora.

Baaz se voltou para um dos guardiões de feras ao seu lado e então apontou para Koffi.

— Leve-a para o tronco agora. Ela vai aprender uma lição...

— Não.

Vários guardiões se assustaram, inclusive Koffi. Pela primeira vez, ela olhou para a mãe, ainda de pé ao lado de Diko. Havia uma certeza estranha em seus olhos castanhos.

— Não — repetiu ela com calma. — Fui *eu* quem se esqueceu de prender a correia de Diko. A punição e a multa devem ser minhas.

Koffi arfou e lutou contra a súbita onda de dor. A mãe estava mentindo. Iria levar a culpa pela situação, por mais que não tivesse feito nada de errado. Estava se sacrificando, sacrificando literalmente sua liberdade. Koffi piscou para afastar mais lágrimas.

— *Muito bem* — zombou Baaz. — *Você* pode ir para o tronco então. — Ele acenou com desdém. — Levem-na daqui.

Koffi segurou a correia de Diko com força, e seus dedos estavam dormentes enquanto observava um dos guardiões agarrar a mãe pelo braço e lançar a ela um olhar de desculpas. A mãe manteve a cabeça em pé, mas Koffi viu o leve tremor no lábio inferior, o medo.

— Não! — Koffi deu um passo à frente, a voz tremendo: — Mãe, não...

— *Quieta*, Koffi. — A voz da mãe estava firme quando o olhar delas se encontrou. — Está tudo bem. — Ela deu ao guardião outro acenar de cabeça, mais definitivo, e ele começou a escoltá-la para fora da tenda. A cada passo, Koffi sentia uma forte dor.

Não.

Não era certo, não era *justo*. Elas estiveram prestes a ir embora e serem *livres*. Agora a faísca de esperança se fora e era *sua* culpa. Koffi rangeu os dentes e encarou os pés, determinada a não chorar. Aquele Zoológico Noturno roubara muitas coisas dela em 11 anos, as lágrimas não seriam uma delas.

Os pulmões doeram enquanto ela inspirava fundo e segurava o ar bravamente. Em protesto, o sangue rugiu nos ouvidos, o coração bateu mais forte, mas ela se recusou a expirar. Era a menor das resistências, uma batalha perdida desde o início, mas ela desfrutou do gesto. Se não pudesse controlar mais nada em sua vida, por alguns segundos Koffi iria controlar isso, a própria respiração. Uma inconfundível sensação de triunfo encheu seu corpo quando enfim exalou, liberando a pressão em seu peito.

E então, ao seu lado, algo se estilhaçou.

CAPÍTULO 4

FÉ E FORTALEZA

Os olhos dos dois jovens acompanharam Ekon enquanto ele alcançava o patamar do Templo de Lkossa.

Vinte e sete degraus, divisíveis por três, um bom *número.*

Ele se moveu para seu lugar no fim da fila sem dizer uma palavra, mas o garoto mais perto dele ainda ria baixinho. Ele era quase tão alto quanto Ekon, o porte físico parecido com uma pilha de pedras, mas seu rosto longo e estreito tinha a aparência inquieta de um suricato. Depois de muitos minutos, ele assentiu na direção de Ekon.

— Gentileza da sua parte enfim se juntar a nós, Okojo — disse Shomari.

Ekon não respondeu, fixando o olhar nas portas diante deles. Eram esculpidas em madeira iroko envelhecida, tão implacável quanto aço. A qualquer minuto a trombeta da cidade soaria e elas se abririam. Então os ritos começariam. Os seus dedos começaram a tamborilar na lateral do corpo, encontrando um novo ritmo.

Um-dois-três. Um-dois-três...

— Então... — Desta vez, Shomari fez questão de atingir as costelas de Ekon com o cotovelo, forte, atrapalhando a contagem. — Onde estava?

— Nós não deveríamos estar falando, Mensah — disse Ekon entredentes, esperando que usar o sobrenome do garoto fizesse com que ele se tocasse.

— Deixe eu adivinhar. — Os olhos pretos de Shomari endureceram. — Você estava enfiado em algum lugar, lendo as divagações de um velho mestre qualquer. Ah, aposto que as garotas *amam* isso.

— Sua *mãe* ama — murmurou Ekon.

No fim da fila, Fahim Adebayo riu. Shomari rangeu os dentes, como se fosse lutar, e por um segundo pareceu mesmo que tentaria, mas então pensou melhor e encarou a situação. Ekon mal resistiu a um sorrisinho. Como filhos de proeminentes famílias yabaharis, ele e Shomari cresceram juntos, mas isto não significava que gostavam um do outro. Nos últimos tempos, a rivalidade um pouco cordial se transformara de modo drástico. Ela ainda existia, mas faltava a cordialidade.

Um momento de silêncio se passou entre os três antes que Fahim pigarreasse. Ele não era alto como Ekon, ou robusto como Shomari, e o rosto ainda tinha uma suavidade que tornava difícil o levarem a sério.

— O que acham que ele vai querer que a gente faça? — sussurrou. — Para o último rito?

Rápido, Shomari deu de ombros.

— Não sei e não ligo.

Não era verdade, mas Ekon não se deu ao trabalho de desmenti-lo. No fundo, sabia que todos eles tinham bons motivos para temer. Semanas atrás, eles estiveram naqueles mesmos degraus, cercados de outros 14 garotos yabaharis que, como eles, tinham passado a vida sonhando em se tornar Filhos dos Seis. Agora, só restavam eles. A realidade do fato deveria ser empolgante — ainda que um pouco intimidadora —, mas Ekon tinha dificuldade de focar nela. Ele estava no local mais reverenciado da cidade, mas a mente permanecia nas vielas, lembrando-se do que ouvira, das coisas estranhas que a velha dissera.

Ela te chama com frequência?... às vezes ela também me chama. Eu não poderia dizer o motivo. A magia é uma coisa peculiar, assim como as coisas que ela toca.

Pensando no assunto, ele não sabia que parte do encontro achara mais perturbador. De um lado, era assustador ter ouvido a voz do pai tão longe da selva, mas, ainda pior, era a velha *saber* disso. Ela havia o *compreendido* e até dissera que às vezes também ouvia coisas vindas da selva. Como? Como ela soubera? Ekon nunca contara a ninguém sobre o que ouvia quando chegava perto das árvores, as coisas perturbadoras em sua memória. Até pensar nelas agora fazia as palmas de suas mãos suarem. Seus dedos estavam tremendo, ansiosos para recomeçar com o tamborilar, quando um tremor baixo interrompeu seus pensamentos. A audição dele doeu com o som metálico da trombeta em uma das torres do templo, sacudindo seus ossos da cabeça aos pés. Houve uma pausa, e então, como se premeditado, o arrastar de madeira desgastada contra pedra. As portas da frente do templo se abriram e os três imediatamente se endireitaram enquanto uma figura emergia das sombras.

Um homem corpulento vestido com um manto azul esvoaçante encontrou o olhar deles. Ekon ficou tenso. Não havia uma maneira explícita de saber que o Padre Olufemi era velho (sua pele negra não tinha rugas e seu cabelo preto fino exibia apenas alguns fios grisalhos perto das têmporas), mas algo sobre o homem sagrado sempre exalava juventude. Como o Kuhani, ele comandava sozinho os Irmãos da Ordem do Templo e de muitas maneiras ele era o líder da cidade. Ekon sentiu a avaliação perspicaz nos olhos de águia do homem enquanto encarava cada um deles.

— Venham comigo — murmurou ele.

O coração de Ekon batia como um tambor de pele de cabra enquanto eles o seguiam templo adentro.

Dezenas de velas brancas de oração iluminavam a alvenaria do salão de adoração (192 em uma contagem rápida), dispostas em prateleiras embutidas que se estendiam até os tetos abobadados. Flocos de madeira de cedro queimado preenchiam o ar a cada passo enquanto Padre Olufemi os conduzia mais para dentro, e Ekon sabia que o cheiro vinha das fogueiras de oferenda que os irmãos do templo mantinham acesas o tempo todo. Era o cheiro de casa. O Templo de Lkossa abrigava salões de adoração, uma biblioteca, salas de estudo e até um dormitório onde os candidatos e os Filhos dos Seis que eram solteiros dormiam quando estavam de folga. Era magnífico, reverente e como nenhum outro lugar em toda a cidade. Ele observou os estandartes multicoloridos dobrados em cestos trançados, para serem compartilhados com o resto da população em dois meses. O templo já estava se preparando para o Dia do Vínculo, uma celebração para os deuses; ser iniciado nos Filhos dos Seis pouco antes de tal feriado seria uma honra especial.

— Formem uma fila. — Padre Olufemi ainda estava de costas para eles, mas sua voz rompeu o silêncio como um chicote.

Ekon voltou para o seu lugar, ficando ombro a ombro com os outros candidatos. Fechou as mãos em punhos para evitar que os dedos se mexessem. Padre Olufemi tornou a encará-los, avaliando-os.

— Candidato Adebayo, candidato Mensah e candidato Okojo. — Ele assentiu para cada um deles. — Vocês três são os últimos candidatos elegíveis para se tornarem guerreiros nesta temporada. Vocês estão prestes a se juntar a uma irmandade sagrada, uma aliança eterna e divina. Há homens que dariam a vida para se juntar a nós, e muitos já deram.

Ekon engoliu em seco. Pensou no Salão do Memorial, um corredor silencioso do templo que continha uma lista permanente dos Filhos mortos, gravada diretamente nas paredes de pedra. Ele sabia sobre homens dando a vida para a irmandade. O nome de seu próprio pai estava naquela lista.

— Vocês completaram os cinco ritos de passagem sagrados para se tornar um guerreiro. Agora, é hora de passarem pelo último — continuou Padre Olufemi. — Se forem bem-sucedidos, serão ungidos como Filhos dos Seis esta noite. Se não, sua jornada chegará ao fim. Pela lei sagrada, vocês não terão outra chance de passar pelos ritos, e nunca mais devem falar sobre eles.

Ekon sabia que deveria estar prestando mais atenção conforme Padre Olufemi falava, mas era quase impossível naquele momento. A ansiedade e a animação esquentavam sua pele, bombeando sangue com força e velocidade por suas veias e dificultando cada vez mais a tarefa de ficar parado.

É isto, pensou ele. *Está finalmente acontecendo.*

Quando nenhum deles fez qualquer objeção, Padre Olufemi assentiu seriamente:

— Muito bem, então vamos começar.

Ele gesticulou outra vez para que os garotos o seguissem para fora do salão de adoração, seguindo por um dos corredores. Ekon manteve os passos firmes enquanto entravam mais na escuridão, virando e girando por corredores, até ter certeza de que estavam perdidos. Ele passara os últimos dez anos de sua vida ali naquele templo, mas duvidava saber seu tamanho real. Enfim alcançaram uma porta desgastada e iluminada por uma única arandela na parede. O Padre Olufemi a abriu e os conduziu a um cômodo pequeno e sem janelas. Ekon parou quando viu o que havia no centro.

A cesta de ráfia trançada no chão era grande e redonda, similar àquelas que às vezes ele via as mulheres equilibrando sobre a cabeça no mercado, mas algo naquela cesta estava errado.

Ela estava *se mexendo*.

Em silêncio, Padre Olufemi se aproximou dela, deixando os garotos na porta. Se estava minimamente preocupado com o que estava dentro da cesta, não demonstrou quando tornou a encará-los.

— Recite o capítulo três, verso 13, do Livro dos Seis.

A mente de Ekon deu um branco por alguns segundos, antes que as palavras memorizadas saíssem de seus lábios:

— *Um homem justo honra os Seis como honra cada respiração* — disse junto com Fahim e Shomari. — *Ele os honra constantemente com as palavras de sua boca, os pensamentos de sua mente e os atos de seu corpo, pelo tempo em que viverá entre homens tementes aos deuses.*

Padre Olufemi assentiu.

— Um guerreiro sagrado, um *verdadeiro* Filho dos Seis, deve ser obediente o tempo todo. Deve responder apenas aos seis deuses e deusas de nossa fé, e aqueles através dos quais eles falam. Vocês entendem isso, candidatos?

— Sim, Pai — responderam em uníssono.

— E entendem — Padre Olufemi olhou para Ekon — que quando ordenados a agir em nome dos Seis vocês devem *sempre* obedecer, sem perguntar ou hesitar?

Ekon teve a inconfundível sensação de estar se equilibrando no precipício de algo, se preparando para pular em algum abismo desconhecido. Ele olhou outra vez para a estranha cesta se mexendo antes de responder.

— *Sim*, Padre.

— Então vocês estão prontos.

Sem aviso, Padre Olufemi abriu a tampa da cesta. Houve um som fraco, algo se movia. Ele gesticulou para que os três rapazes se aproximassem. Com cada passo dado, Ekon sentia aquilo, um instinto incômodo que o implorava para ir embora, mas ele forçou os pés a se moverem até estar a um metro do Padre Olufemi. Mas, quando viu o que havia dentro da cesta, sentiu calafrios tomarem o corpo.

Um emaranhado de serpentes marrom-douradas engalfinhadas se remexia e se enrolava em um monte indistinguível. Elas não sibilavam nem pareciam perceber que tinham novos espectadores, mas um arrepio subiu pelos braços de Ekon mesmo assim. Era impossível saber onde o corpo de uma serpente começava e onde o outro terminava. Os dedos dele tamborilavam, tentando encontrar uma cadência.

São muitas. Não consigo contar. Não consigo contar. Não consigo contar...

Uma nova onda de ansiedade subiu pela garganta e ele não conseguiu engoli-la. Não entendia muito sobre espécies de serpentes, mas tinha quase certeza de que sabia quais eram *aquelas*. Por cima dos corpos entrelaçados, três pedaços de pergaminho apareciam e desapareciam com os movimentos. Havia algo escrito em cada um deles, mas ele estava longe demais para conseguir ler.

Três pedaços, pelo menos é um bom número.

Shomari se mexeu primeiro, tentando pegar o estilingue preso no cinto, mas, com uma velocidade surpreendente, Padre Olufemi interrompeu a mão dele.

— *Não.*

Os olhos de Shomari se arregalaram em surpresa, mas Padre Olufemi falou antes que ele pudesse:

— Estas são mambas-negras orientais — explicou. — Há seis delas, uma para representar cada um de nossos deuses e deusas. Elas foram ungidas por este templo e não devem ser machucadas.

Ekon ficou tenso. Aquilo não cheirava nada bem. O Padre Olufemi dissera que havia seis serpentes, mas ele não conseguia distingui-las em mente, o que significava que não conseguia contá-las. *Isso* o assustava muito. Cada um de seus instintos dizia para correr ou, pelo menos, se distanciar delas, mas Ekon descobriu que não conseguia se mexer.

— Um Filho dos Seis é um homem de fé e coragem — prosseguiu Padre Olufemi. — Esta noite, testaremos ambas as coisas. Cada um dos nomes de suas famílias foi escrito em um pedaço de pergaminho e colocado dentro da cesta. — Ele apontou. — Seu rito de passagem final requer que vocês peguem o nome sem ser picados por uma das cobras. Prosseguiremos em ordem alfabética, pelos sobrenomes.

Novas gotas de suor desceram pelo pescoço de Ekon e não por causa do calor sufocante do pequeno cômodo. Freneticamente, vasculhou a mente, pensando no que sabia sobre mambas-negras. Diziam que eram as serpentes mais venenosas do continente; uma única picada podia matar em questão de minutos. Por suas breves leituras, ele sabia que não eram de fato agressivas por natureza, mas ao serem provocadas... Ekon olhou para os outros candidatos. As narinas de Fahim estavam infladas enquanto inspirava e expirava com força e as pupilas de Shomari, dilatadas. Era visível que ambos tremiam. Como se ensaiado, uma das serpentes ergueu a cabeça um pouco e os olhou com curiosidade. Abriu sua boca preto-azulada e, na pouca luz, as gotas de veneno brilhavam em suas presas. Ekon congelou.

— Candidato Adebayo — disse Padre Olufemi. — *Proceda*.

Ekon observou Fahim se aproximar da cesta, tremendo dos pés à cabeça. Ele começou a se inclinar, e então, como se pensasse melhor, ficou de joelhos. As serpentes se viraram em direção a ele, seis pares de olhos pretos brilhantes observando e esperando. Fahim estendeu a mão, mas a afastou quando uma das serpentes sibilou. Padre Olufemi balançou a cabeça.

— Elas são *ungidas*, o que significa que picarão aqueles que são indignos — murmurou ele. — Você deve agir sem medo e com *fé*.

Fahim assentiu, o peito subia e descia enquanto se preparava. Ele passou o peso do corpo de um pé ao outro, esticou os dedos, e então, tão rápido que Ekon mal viu, pegou um pedaço de pergaminho do centro da cesta. Ele caiu para trás, aterrissando de bunda no chão, e ergueu o papel até os olhos para ler o nome escrito nele. Cada músculo em seu corpo relaxou no mesmo instante e ele entregou o papel para Padre Olufemi, que assentiu:

— Muito bom. Candidato Mensah, é a sua vez.

Shomari estava mais confiante que Fahim, mas não muito. Ele rodeou a cesta como se fosse uma presa, os olhos cautelosos e focados nos dois papéis restantes enquanto tentava determinar qual deles tinha o nome de sua família. Mas quando chegou a hora de se ajoelhar diante da cesta, ele tremeu tanto quanto o outro. Diferentemente de Fahim, ele colocou a mão lá dentro com um cuidado minucioso, o suor se acumulando sobre o lábio superior enquanto os dedos pairavam sobre os corpos entrelaçados das serpentes. Ele pegou um dos papéis com as pontas dos dedos, retirando a mão com cuidado. Um riso nervoso ecoou pelo cômodo enquanto ele se levantava e o Padre Olufemi pegava o pedaço de pergaminho. Depois de ler, ele tornou a assentir, gesticulando para que Shomari ficasse ao lado de Fahim. Ekon se encolheu quando os olhos do homem santo grudaram nele.

— Candidato Okojo, *aproxime-se*.

Ekon tentou engolir outra vez, mas percebeu que a garganta estava seca. Ele contou os passos: quatro, um número *ruim*. As pernas dele pareciam se mover sozinhas enquanto Padre Olufemi gesticulava em direção à cesta uma última vez e então saía do caminho para abrir espaço. Por fim, Ekon se obrigou a olhar. Lá, bem no centro da cesta, ele viu o último pedaço de pergaminho. O nome estava escrito em tinta preta forte:

OKOJO

Era isso. Aquele pedaço de papel era a última coisa entre ele e tudo pelo que lutara. Ekon se abaixou devagar, ignorando a pedra pressionando seus joelhos com força. De imediato, como se de alguma forma estivessem conscientes de que ele era o último intruso, as mambas sibilaram alto em uníssono, seus olhos frios encontrando os dele como uma pedra ônix arrancada de um céu noturno sem estrelas. Ele se lembrou das palavras do Padre Olufemi, ditas há apenas alguns momentos:

Elas picarão apenas aqueles que forem indignos.

Ekon engoliu em seco. E se *ele* fosse indigno? Pensou na selva, nas coisas que fizera, nas coisas que *não* fizera. Pensou na velha misteriosa, nos segredos que mantinha, e em um monstro, tudo *sempre* parecia levar de volta ao monstro. Pensou na voz que atormentava seus pesadelos.

Por favor. Na mente dele, a voz do pai ainda se arrastava, cheia de dor. *Por favor, meu filho.*

Não. Ekon fechou os olhos com força. Obrigou-se a pensar em Kamau, no templo e na vida que os dois haviam construído ali após a morte do pai. Substituiu as visões da Selva Maior por lembranças das escaldantes sessões de treinamento nos gramados frontais do templo, o cheiro de pão de arroz assando nas cozinhas, uma biblioteca cheia de livros que ele poderia contar para sempre.

Seja forte. Ekon ouviu a voz de Kamau em sua mente, encorajadora e confiante como sempre. *Você consegue. E lembre-se: Kutoka mzizi.*

Kutoka mzizi. As palavras formavam seis sílabas. Seis, um número *bom*. Devagar, ele voltou a abrir os olhos. Com a mão livre, Ekon tamborilou os dedos na lateral do corpo, encontrando um antigo ritmo enquanto entoava as palavras dos ancestrais:

Um-dois-três. Um-dois-três. Um-dois-três. Um-dois-três.
Kutoka mzizi. Kutoka mzizi.

Depois desta noite, tudo mudaria. Depois disto, ele enfim faria parte de algo, de uma irmandade.

Kutoka mzizi. Kutoka mzizi. Kutoka mzizi.

Aos olhos de seu povo, aos olhos da *cidade*, ele seria respeitado como guerreiro e homem. Crianças se inspirariam nele; garotas o notariam. Ele, enfim, deixaria o pai orgulhoso, por mais que não estivesse lá para ver. Ele poderia deixar a mãe orgulhosa, mesmo que ela também não tivesse lá para ver.

Kutoka mzizi.

Ekon se controlou enquanto esticava a mão para o papel, os dedos se estendendo na direção das cobras. Ele faria do mesmo jeito que Shomari, devagar e com cuidado. Contou a distância enquanto a diminuía.

Nove centímetros, seis centímetros, três...

A porta se abriu com um estalo, tão de repente que Ekon ficou de pé com o hanjari em punho antes de sequer discernir quem a havia aberto. Mas quando viu de quem se tratava, abaixou a lâmina, confuso.

O jovem encarando-os segurava uma tocha e usava um cafetã azul da cor do céu, empapado de suor ao redor da gola. Ele era alto, corpulento, negro, arfava enquanto lutava para respirar. Era um Filho dos Seis.

— Kuhani. — O guerreiro bateu o punho contra o peito para saudar e fez uma reverência.

— Guerreio Selassie, o que significa isto? — Ekon nunca vira o Padre Olufemi com tanta raiva. A boca do homem santo estava comprimida em uma linha fina e uma veia grande perto de sua têmpora pulsava perigosamente. — Como você se *atreve* a interromper um rito sagrado de...

— Perdoe-me, Padre. — Fahim e Shomari se entreolharam enquanto o guerreiro fazia outra reverência, inclinando-se mais agora. Pela primeira vez, Ekon percebeu que ele tremia e que, quando falou, a voz estava embargada: — Kapteni Okojo ordenou que eu encontrasse o senhor imediatamente.

O coração de Ekon se sobressaltou. *Kamau* enviara o guerreiro? O pensamento o deixou à flor da pele. Algo estava errado.

A expressão de Padre Olufemi ficou séria.

— O que aconteceu? Fale.

O guerreiro Selassie se endireitou e olhou para Padre Olufemi.

— É o Zoológico Noturno de Baaz Mtombé — sussurrou ele. — Está *pegando fogo.*

COISAS EXTRAORDINÁRIAS

ADIAH

— Bwana e Bi Bolaji, agradeço por virem tão rápido.

Ao lado do Padre Masego, observo meus pais subirem devagar os últimos degraus do Templo de Lkossa e tento acalmar os nervos. Talvez seja o céu da tarde, cinzento como o ferro, espalhando sombras como sempre faz nesta época do ano, mas hoje os dois parecem especialmente cansados.

Talvez seja porque sei que eles sempre estão.

Meus pais saíram do outro lado da cidade a pedido do mensageiro que Padre Masego enviou até eles. Em vez do sorriso usual, meu pai comprime os lábios, e de repente sei que ele está com dor. Escadas como as do templo são difíceis para as costas dele, que estão bastante curvadas por todos os anos de trabalho na colheita. Olho para as mãos dele, calejadas e grandes o bastante para cobrir as minhas. Ele tem pele negra bem escura e rosto redondo; as pessoas dizem que me pareço com ele. Ao lado dele, minha mãe, que usa as tranças grisalhas em um coque alto, o guia pelo cotovelo enquanto eles enfim chegam ao patamar. Seus intensos olhos cor de cobre estão fixos em mim.

Nada bom.

— Kuhani. — Minha mãe cumprimenta o Padre Masego com uma curta reverência. Meu pai faz o mesmo, embora seja um movimento desajeitado. — Ficamos muito surpresos ao receber sua mensagem esta manhã. Meu marido e eu estávamos trabalhando, sabe, e somos pagos por hora...

— Peço desculpas por afastá-los de suas ocupações — diz Padre Masego. Hoje está vestindo um simples robe azul, mas com os dreadlocks brancos presos para trás e a barba aparada, ainda parece irritantemente majestoso. — No entanto, temo que o assunto seja urgente.

Pela primeira vez, minha mãe olha de mim para Padre Masego. A preocupação enruga a pele entre as suas sobrancelhas.

— Está tudo bem? Aconteceu alguma coisa?

— Bem... — Padre Masego faz uma pausa como se estivesse pensando nas palavras. — Posso dizer que sim. Sua filha esteve envolvida em um incidente esta manhã.

Sinto o olhar do ancião em mim, mas me recuso a olhá-lo de volta.

— Depois de conferir com várias testemunhas — continua ele —, pensei que seria melhor se nos falássemos pessoalmente... e imediatamente.

— *Adiah Bolaji*.

Nome completo. Nada bom *mesmo*. Desta vez, não consigo evitar me encolher quando o olhar de minha mãe me atravessa, afiado como uma lâmina. Até meu pai parece infeliz.

— O que fez *desta* vez?

— Nada! — Odeio quão aguda minha voz soa, praticamente admitindo a culpa. Sou quase uma adolescente, mas ainda sou como uma criancinha. Olho do meu pai para a minha mãe antes de acrescentar rápido: — Quer dizer, foi um *acidente*. Irmão Isoke...

— Está na enfermaria do templo, se recuperando neste exato momento — completa Padre Masego, se virando para meus pais. — Pelo que entendi, ele estava trabalhando com Adiah e alguns outros jovens darajas esta manhã quando ela demonstrou uma dose... extra de entusiasmo.

— Entusiasmo? — Meu pai franze as sobrancelhas, confuso.

Padre Masego assente.

— O exercício que os estudantes estavam praticando exigia que invocassem uma pequena quantidade de esplendor da terra e o conduzisse para em seguida soltá-lo. Adiah invocou bem mais do que o Irmão Isoke esperava, e quando ele foi corrigi-la, parece que ela...

— Ah, por favor, o cabelo dele vai crescer de novo! — interrompo, expirando com irritação. — Quer dizer... *mais cedo ou mais tarde.*

Meus pais levam um susto. Minha mãe precisa agarrar o braço de meu pai para evitar que ele role escada abaixo enquanto dá um pulo e então me encara horrorizada. É um olhar que já vi antes e do qual me ressinto. Também me ressinto de Padre Masego por me entregar. Não é culpa *minha* que o esplendor na terra venha até mim com tanta facilidade; tem sido assim a minha vida inteira. Faço uma careta para ele, mexendo os dedos enquanto sinto o pinicar agradável do esplendor nos meus pés. Eu provavelmente poderia arrancar a barba estúpida dele se quisesse. Como se pudesse ler meus pensamentos, ele me lança um olhar sério e se move bem de leve para a esquerda, colocando um pouquinho mais de espaço entre nós.

— *Talvez* devêssemos continuar esta conversa na privacidade da minha sala? — sugere ele com gentileza.

Minha mãe solta meu pai e agarra meu braço sem gentileza enquanto seguimos Padre Masego para dentro do Templo de Lkossa. A esta hora do dia, a maioria dos irmãos e dos Filhos dos Seis está ocupada estudando, rezando ou patrulhando. Seguimos por um lance de escadas (devagar para que meu pai possa acompanhar) e Padre Masego nos conduz através de uma porta de madeira bem polida. Não gosto muito de estar dentro do templo e *menos ainda* de estar na sala do Kuhani. A sala é longa e retangular, mas cercada pelas estantes cheias de livros em ambos os lados, me sinto presa nela. Penso no meu melhor amigo, Tao, e em quanto ele ama estar aqui. Quando não está fazendo tarefas nas cozinhas do templo, sei que ele se esgueira para dentro da biblioteca. *Ele* poderia passar um dia inteiro com o nariz enfiado em um livro. Diferente de mim, Tao não se importa de ficar parado.

Padre Masego se senta em uma poltrona de couro atrás da mesa e gesticula para meus pais se sentarem também. Não queria notar, mas os dois parecem dolorosamente deslocados aqui, usando o uniforme da colheita. Há remendos por toda a túnica do meu pai e o vestido de trabalho da minha mãe está frouxo, um pouco grande demais em seu corpo magro. Por um momento, tenho vergonha deles, e em seguida me odeio por isso. Meus pais sacrificaram muito para que eu estivesse aqui; não tenho direito de estar envergonhada. Não há uma cadeira sobrando para mim, então sou forçada a ficar de pé entre meus pais enquanto Padre Masego falar com eles.

— Quero ser franco com vocês, Bwana e Bi Bolaji. — Ele junta seus longos dedos. — Há dois anos, quando trouxeram Adiah até mim aos 10 anos de idade para avaliação, eu disse que acreditava que ela poderia ser uma daraja talentosa se fosse treinada adequadamente. — Ele olha entre eles, hesitando. — Temo ter sido um erro.

A temperatura na sala parece esfriar de imediato. Observo minha mãe se endireitar na cadeira e meu pai fica tenso. Na minha cabeça, ouço um berro ficar mais e mais alto enquanto os segundos passam e tento acalmar o revirar do meu estômago. Acabou, eu sei. Padre Masego está prestes a me expulsar do templo; ele vai dizer aos meus pais que não tenho mais permissão para treinar aqui. Quase posso ouvir o coração deles se partindo enquanto se dão conta da realidade. Dois anos de infinitos sacrifícios desperdiçados. Eles não terão uma filha que poderia ascender a algo mais do que a colheita, uma filha da qual se orgulhariam. A culpa trava a minha garganta enquanto encaro o chão e lágrimas quentes se acumulam nos meus olhos.

— O que *quero* dizer é…

Ergo o olhar. Padre Masego não está mais olhando para os meus pais, me observa com cautela. Preciso de toda a minha força de vontade para não me encolher. Os olhos castanhos redondos e penetrantes dele me lembram uma coruja.

— Agora acho que subestimei severamente o potencial de Adiah — prossegue ele. — Eu disse que pensava que ela *poderia* ser uma daraja poderosa, mas agora é óbvio que já é. Na verdade, Adiah é um dos prodígios mais poderosos que já encontrei nesses meus 72 anos de vida. Mesmo aos 12, as habilidades dela são extraordinárias.

A sala parecia fria antes, o calor retorna duas vezes mais rápido. Sinto o alívio pulsando no ar, como uma batida de coração trazendo a sala de volta à vida. Meus pais relaxam, e se antes eu estava nervosa, agora sinto um orgulho indiscutível.

Extraordinárias.

Padre Masego, o líder de todo o templo e da cidade, acha que o que consigo fazer com o esplendor é *extraordinário*. *Não* estou sendo expulsa e *não* sou um fracasso. Ainda há tempo de me provar, de encontrar uma maneira de melhorar a vida dos meus pais. Quando eu for uma daraja treinada por completo, conseguirei fazer um bom dinheiro e o compartilharei com eles. Há uma chance de uma vida melhor. Há *esperança*.

— Então você acredita que nossa garotinha ficará... bem? — Meu pai se inclina à frente, o rosto implorando por uma confirmação. Ao som de sua discreta felicidade, algo se aperta no meu peito.

Padre Masego dá a ele um sorriso gentil.

— De fato — confirma. — Acredito que Adiah alcançará muitas coisas em alguns anos, quando completar o treinamento.

Treinamento. Simples assim, estou me coçando para voltar aos gramados frontais para treinar. Quero praticar o exercício que o Irmão Isoke estava tentando me ensinar mais cedo e quero acertar desta vez. Talvez eu possa...

— *Mas.* — Os olhos de Padre Masego ainda estão focados em mim. — Adiah, além de lhe oferecer um elogio muito merecido, também me sinto obrigado a lhe aconselhar: "Àquele a quem muito é dado, muito é exigido." — Ele toca um livro grosso de couro no canto da mesa. — Esse ditado vem das escrituras. Sabe o que significa?

Sinceramente, não sei, então balanço a cabeça. Os cantos dos lábios de Padre Masego se curvam em um grande sorriso.

— O que significa — diz ele — é que, como você tem uma afinidade tão inconfundivelmente forte com o esplendor, terá que trabalhar muito,

muito mesmo para aprender a conduzi-lo de maneira adequada e segura. Você terá que estudar com mais afinco, praticar por mais tempo...

— Farei isso.

— ... *e* seguir as instruções dos seus professores durante as lições. — A expressão dele fica séria. — Também significa que não pode mais haver incidentes como o desta manhã. Entende isso, mocinha?

— Sim, Padre. Não haverá. — Digo as palavras imediatamente e estou falando sério. O Padre Masego me irrita às vezes, mas a verdade é que... *quero* que ele tenha orgulho de mim, assim como quero que meus pais tenham. Não quero ser mandada embora daqui.

Não quero falhar.

— *Ótimo*. — Padre Masego se levanta, assim como meus pais. — Tenho muita fé em você, Adiah. E acredito que, um dia, você fará coisas impressionantes.

CAPÍTULO 5

ATÉ AS ESTRELAS

Koffi encolheu-se quando algo queimou sua pele.

Houve um *bum* retumbante, tão alto que chacoalhou toda a tenda, e um lampejo de luz branca e dourada. Ela levou um momento para entender a pontada da nova dor, o formigamento quente descendo pelo antebraço enquanto as feras e os guardiões gritavam de surpresa. A visão dela ficou turva por um longo momento e Koffi piscou várias vezes antes que o foco voltasse. Devagar, ela absorveu a cena diante de si.

Uma mesa ali perto havia tombado; a toalha de linho antes branca estava agora coberta de terra, parte da mesa estava chamuscada, e perto dos pés de Koffi o chão estava salpicado com algo vermelho, vívido demais para ser sangue. Ela percebeu depois de um momento que era cera, cera de *vela*, e quando olhou mais de perto, viu que havia respingado por toda a parte, inclusive em seu braço. Aquilo explicava a dor, mas não dava para entender o que havia acontecido. Segundos antes, aquela vela estivera tremeluzindo silenciosamente em seu candelabro dourado; agora restavam apenas as pequeninas chamas brilhando no chão. Era como se a vela houvesse *explodido*. Koffi olhou ao redor, confusa. A vela explodira no mesmo momento em que ela exalara, mas... decerto era coincidência, tinha que ser. Não havia outra explicação possível, porém ela se sentia estranha. Sua pele, desconfortavelmente quente antes, estava agora suada, e as solas dos pés formigavam assim como acontecia quando ela se sentava de pernas cruzadas por tempo demais. Quanto mais encarava os restos da vela, mais difícil era ignorar a pergunta se formando em sua cabeça.

Eu *fiz isso?*

Não, óbvio que não. Era uma ideia absurda, ilógica, e mesmo assim... Koffi se lembrou da pressão emergindo no peito, seguida por aquela maravilhosa sensação de libertação. Um calor havia passado pelo corpo, subindo pelos membros e saindo pelas mãos. Algo havia acontecido, mas ela não sabia o quê, e quanto mais pensava, mais inquieta ficava.

Eu fiz isso. Eu causei *isso.*

A maioria dos guardiões ainda encarava o local onde a vela tinha estado, chocados; alguns olhavam ao redor e tentavam entender o que a fizera entrar em combustão. Koffi sentiu um único par de olhos sobre si e ergueu o olhar.

A mãe.

Ela era a única pessoa na tenda que não olhava para a vela, mas sim para Koffi. Havia puro terror no olhar dela.

— Ordem!

Baaz, ainda no meio da tenda, gritou o comando a plenos pulmões e então encarou os focos de incêndio, como se os repreendesse.

— Um dia desses vocês, estúpidos, vão aprender a andar com atenção e parar de derrubar coisas. Fiquem calmos e levem os animais lá para fora em fila única. — Ele se virou para um guardião robusto ao seu lado. — Dosu, vá até o poço e traga água. Gwala, leve Rashida até o tronco. Logo estarei lá...

O olhar de Koffi encontrou Diko, então congelou. Ao lado dela, o jokomoto havia ficado perigosamente quieto enquanto encarava o fogo crescente. Havia uma expressão inconfundível nos olhos amarelos do lagarto, uma *fome*. De imediato, Koffi soltou a guia do arreio dele.

— Precisamos sair. — Ela quase tropeçou nos próprios pés enquanto se afastava dele. Em algum lugar da tenda, ela pensou ter ouvido alguém arfar. — Precisamos todos sair, agora.

Pela visão periférica, viu a careta de Baaz ficar ainda mais ameaçadora.

— Cale-se, garota. Não há necessidade de...

— Estou dizendo, precisamos *sair!* — A voz de Koffi subiu uma oitava sem que ela pudesse evitar. Desviou o olhar de Baaz e tornou a olhar para Diko. O jokomoto ainda não havia se mexido, mas havia um sutil brilho vermelho e dourado por baixo de suas escamas. — Por favor. — Ela olhou por cima do ombro. — Por favor, todos precisam...

Alguém a agarrou com força pelo braço e ela se viu cara a cara com Baaz. O rosto dele estava contorcido pelo ódio. Ou ele não havia notado Diko ou não se importava mais.

— Falei para você *se calar* — disse entredentes. — Este é o *meu* zoológico, não o seu. *Eu* decido quem sai desta tenda e quando, e não você, sua tola imun...

Aconteceu sem aviso. Houve um guincho de estourar os tímpanos, tão estridente que fez vários guardiões caírem de joelhos. Koffi sentiu quando Baaz a soltou e ela caiu no chão enquanto toda a tenda tremia outra vez, um brilho intenso inundava o espaço. Os pelinhos na sua nuca se arrepiaram enquanto ela se encolhia em posição fetal e cobria a cabeça. Um longo grito perfurou o ar, disparando vários outros. Ainda de cabeça baixa, ela ouviu os sons de passos apressados e animais correndo, até que ousou erguer o olhar. E quando o fez, seu coração parou.

Diko.

Ele estava agora no meio da tenda, iluminado como se estivesse de pé sobre uma luz branca invisível. Fogo saía de sua boca em horríveis ondas amarelas e douradas, chamuscando tudo ao seu redor. Ele ia queimar toda a tenda.

— Koffi!

Koffi olhou para a direita. Jabir estava de pé do outro lado da tenda, olhando ao redor, os cães cercando-o e ganindo. Os olhos dele procurando enquanto ele ficava cada vez mais inquieto. Koffi abriu a boca para gritar o nome dele quando um dos gorilas correu em direção a ela e a obrigou a rolar no chão para sair da frente. Quando se endireitou, Jabir sumira.

— Sai da frente!

Alguém lhe deu uma cotovelada nas costelas ao tropeçar nela, caindo no chão com outro grito. Koffi se curvou. O ar na tenda estava ficando mais denso e enfumaçado a cada segundo, tornando difícil respirar e enxergar alguma coisa. À direita, o guiamala (agora abandonado) trotava em círculos, nervosos, até que derrubou a viga central da tenda e a estrutura inteira estremeceu de maneira sinistra. Um tilintar metálico se misturou aos novos gritos enquanto centenas de estacas se erguiam da terra, incapazes de segurar a tenda. Koffi observou, horrorizada.

— *Abaixe-se!*

Alguém a jogou no chão enquanto pedaços da tenda vermelha começaram a se retorcer, se incendiando em uma velocidade alarmante. Um corpo cobriu o dela, protegendo-a do pior dos escombros. Quando Koffi virou a cabeça, o rosto dela estava a poucos centímetros do de outra pessoa. Era a mãe. De alguma forma, havia alcançado a filha.

— Fique atrás de mim — disse ela. — Rasteje!

Ela gesticulou para que Koffi a seguisse, movendo-se de quatro pelos tapetes, enquanto os animais e guardiões presos dentro da tenda incendiada continuavam gritando. A saída já havia desmoronado e mais pedaços da tenda cediam. A vários metros de distância, do outro lado da tenda, havia um buraco entre a extremidade da lona e a terra. Era uma pequena abertura, mas se conseguissem passar por ela...

Abaixo de Koffi, fragmentos de vidro quebrado cortaram suas mãos e joelhos, a fumaça enchia seus pulmões a cada árdua respiração. O incêndio piorou, ainda mais quente, mas ela não parou. Para seu desespero, o buraco parecia estar ficando mais distante, não mais perto. Brasas dançaram ao redor de seu rosto e ela acenou com a mão ensanguentada para afastá-las.

Deuses, por favor, não deixem o meu cabelo pegar fogo, rezou ela.

Um zumbido terrível encheu seus ouvidos quando Koffi abriu a boca para chamar a mãe e, em vez disto, inspirou um bocado de calor ardente. A silhueta da mãe, ainda engatinhando à frente, estava ficando mais fraca, mais difícil de discernir em meio à fumaça e pedaços da tenda caindo ao redor delas. Koffi tentou respirar novamente, mas conseguiu apenas um chiado seco. Queimava. Ela estremeceu outra vez, quando alguém pisou em seu pé. A qualquer momento, seu corpo chegaria no limite, ela sabia. Não seria capaz de continuar.

— Kof! — A mãe gritou o nome dela de algum lugar na escuridão. — Segure em mim!

Mas já era tarde demais. Koffi não conseguia ver ou sentir nada além de fumaça e sangue. A mente estava ficando confusa agora, o mundo entrou e saiu de foco enquanto ela caía para a frente. Esperou pela dor, pela inevitável colisão com o chão, mas nunca aconteceu. Houve um choque alto quando uma nova parte da tenda implodiu, outro longo e agonizante grito. Braços fortes a seguraram, meio puxando, meio arrastando Koffi para o ar frio da noite.

— Koffi!

O mundo ainda estava escuro e embaçado, mas Koffi sentiu alguém bater em sua bochecha gentilmente, tentando forçá-la a se sentar. Ela piscou com força e viu que a mãe a encarava.

— Levante-se! Não podemos ficar aqui!

Koffi inspirou o ar limpo e o mundo voltou ao foco. Estavam do lado de fora agora, a poucos metros da tenda incendiada. Assim que ela se pôs de pé, a mãe a agarrou pelo braço e começaram a correr.

— Os animais — disse a mãe enquanto se apressava. — Me ajude com eles!

Koffi olhou para trás. A tenda estava agora tomada pelas chamas, uma pilha de fogo se espalhando rapidamente pelo terreno do Zoológico Noturno. Ela ouviu os balidos, rosnados e gritos das feras enjauladas quando o calor escaldante as alcançou, e seu estômago se revirou.

— Rápido! — A mãe apontou para o aviário enquanto corria em direção ao cercado de kudus em pânico.

Koffi não parou para pensar quando abriu a porta da gaiola em forma de cúpula e deixou os pássaros voarem alto para a noite em um arco-íris de penas. Um par de guardiões de feras assistiu confuso antes de entender o que ela estava fazendo e correr para ajudar outros animais. Koffi libertou os chimpanzés, um filhote warhyppo e depois uma zebra. Estava tão perdida no pandemônio que, a princípio, não ouviu os gritos. Quando ouviu, sentiu calafrios tomarem o corpo.

Guerreiros.

Sem dúvida eles haviam visto a fumaça e as chamas da cidade e foram investigar. Ela estremeceu. Os guerreiros de Lkossa, os Filhos dos Seis, não eram conhecidos pela compaixão. De repente, a mãe estava ao lado dela outra vez.

— Precisamos ir embora. — A voz da mãe estava tensa, os olhos arregalados. — Agora!

Koffi deu um pulo.

— E nossa dívida?

A mãe a agarrou pelos ombros, seu toque quase doloroso.

— *Não podemos ficar aqui* — insistiu. — O que acabou de acontecer na tenda... se Baaz perceber o que você fez e o que você é de verdade, você nunca sairá daqui.

O que você fez e o que você é de verdade. As palavras soavam estranhas, de alguma forma erradas, mas Koffi não teve tempo para pensar nelas enquanto a mãe disparava pelos gramados do Zoológico Noturno, puxando-a junto. As pernas dela guinchavam, reclamando a cada passo, mas Koffi se esforçou para seguir a mãe bem de perto. Ao redor dela, imagens breves apareciam em cores vívidas. Parecia que o restante das criaturas do Zoológico Noturno fora libertada, correndo, procurando escapar também. Vários outros incêndios haviam começado, e o ar estava tomado pelos sons não apenas de animais, mas também de guardiões. Koffi se arrepiou, seu olhar varrendo o perímetro. Ela se sobressaltou quando os pés começaram a formigar outra vez, e desta vez sentiu um abalo interno, logo abaixo do umbigo, quando algo a transpassou outra vez. Girou a cabeça naquela direção, sendo tomada por uma onda de alívio. Um muro gigante de tijolos cercava o Zoológico Noturno, mas havia uma parte da parede onde videiras rastejantes se penduravam como cordas grossas.

— Mãe! — Koffi apontou para as videiras. Seguindo o olhar dela, a mãe assentiu e mudou de rota. Elas pararam juntas diante do muro alto.

— Suba! — A mãe olhou por cima do ombro. Estavam sozinhas, mas era questão de segundos até que isso mudasse.

Koffi não hesitou. As videiras formavam uma cortina de verde profundo enquanto ela enrolava um dos caules no pé descalço e o usava como apoio para se erguer. Ela estendeu as mãos o mais alto que pôde, mas uma dor pungente atravessou as palmas. Quando tirou as mãos, viu que as videiras tinham manchas escuras de sangue. As mãos estavam arranhadas por ter se arrastado para sair da tenda.

— Depressa! — disse a mãe.

— Minhas mãos estão cortadas!

A mãe arrancou duas tiras da bainha de sua túnica.

— Enrole nelas!

Koffi obedeceu e tentou outra vez. Desta vez, quando agarrou a videira, conseguiu suportar a dor. O ímpeto abaixo do umbigo ainda estava lá, incentivando-a enquanto escalava o muro centímetro a centímetro. Pareceu levar um século, mas aos poucos o topo apareceu. As estrelas brilharam acima da fumaça que subia e Koffi as usou como guia. *Suba*, disse ela a si mesma. *Apenas continue subindo.*

— Não pare! — disse a mãe lá de baixo.

Outra onda de alívio profundo tomou conta de Koffi quando suas mãos enfaixadas enfim encontraram uma saliência, uma pedra plana e longa o suficiente para que ela se empoleirasse como um pássaro. Koffi olhou para baixo, esperando ver a mãe atrás dela, mas seu triunfo se transformou em terror.

A mãe ainda estava muitos metros abaixo, escalando as videiras com pressa e olhando por cima do ombro com uma expressão apavorada. Koffi seguiu o olhar dela, tentando entender. Sua garganta se fechou quando os olhos encontraram o que os da mãe já haviam visto.

Dois jovens em cafetãs marrons estavam atravessando os gramados em direção a elas, as silhuetas borradas contra o brilho laranja-sangrento das chamas atrás deles.

Filhos dos Seis, prontos para detê-las.

— Vamos! — Koffi se inclinou o máximo que pôde, estendendo os dedos. — Pegue minha mão!

Mas se a mãe a viu ou ouviu, não deu sinal. Os olhos estavam indo para lá e para cá como se estivesse presa em uma armadilha, olhando das videiras para os guerreiros que se aproximavam e de novo para as videiras com um pânico visível. Ela deu um meio pulo desesperado e escorregou um pouco mais para baixo.

— Mãe, por favor! — Koffi estendeu a mão, ciente de que, se tentasse um pouco mais, escorregaria; seu corpo já estava na beirada.

Por fim, a mãe pareceu entender. Ela olhou para cima e tentou alcançar a mão de Koffi, sem perceber a pequena pedra preta que ia em sua direção. Com um estalo horrível, a pedra atingiu sua nuca. Um som suave deixou seus lábios e os olhos se reviraram, o branco deles aparecendo, e Koffi soube o que estava prestes a acontecer.

— Não!

A ponta dos dedos delas se tocaram e então se separaram. Pareceu levar mil anos até que o corpo da mãe atingisse o chão. Koffi esperou, o coração martelando, mas a mãe não se mexeu.

— Peguei ela!

Alguém gritou as palavras de longe, mas Koffi não ergueu o olhar para ver quem falava. Um sangue escuro demais estava se acumulando na grama debaixo da cabeça da mãe, como uma coroa. Abriu caminho pelo turbante dela, encharcando os twists pretos que saíam dele. Naquele momento, Koffi entendeu. Era a terrível compreensão que tivera quando os olhos do pai se fecharam naquela cama fazia tantos anos, quando percebeu que ele não estivera caindo no sono, mas sim em um lugar muito mais distante. Um terror lentamente se apoderou de suas entranhas, estendendo seus dedos longos e terríveis até sua garganta.

Não. Koffi encarou o corpo da mãe, tentando registrar a situação. *Não, não, não, não...*

Uma pedra colidiu contra o seu ombro, enviando uma nova dor pelo corpo e trazendo-a de volta ao presente. E assim algo se revirou em seu interior, incentivando-a a dar as costas ao Zoológico Noturno e seguir em direção aos campos abertos além dele. Ela teve uma sensação inconfundível de separação, como duas coisas brigando e puxando-a em diferentes direções. O sentimento estranho no peito exigia que fosse embora; o corpo da mãe implorava para que ficasse.

Mente acima do coração. Coração acima da mente.

Koffi encarou os campos de capim-limão diante dela.

— Ei, espere!

Ela se assustou e olhou por cima do ombro. Um dos guerreiros estava perto agora, seus olhos escuros fixos nela com um foco de caçador. Ele *estava* caçando, *a* caçando. Koffi cambaleou, se esforçando para não cair para a frente.

Vá.

Era uma única palavra na mente dela, mas era certa, se repetindo como ondas na superfície lisa de um lago.

Vá.

Então ela tomou a decisão, mente acima do coração. Sentiu um frio na barriga enquanto pulava do muro em direção às estrelas, rezando para que a segurassem enquanto caía.

CAPÍTULO 6

A COR DA MEIA-NOITE

Ekon correu pelas ruas vazias de Lkossa, ladeado pelos Filhos dos Seis.

Duzentos e oitenta e dois passos desde o Templo de Lkossa, ele contou. *Um bom número.*

Aquele barulho alegre que enchera a cidade mais cedo se fora e os poucos cidadãos ainda do lado de fora das lojas não acenaram ou aplaudiram quando os guerreiros passaram. Não era difícil imaginar a aparência deles: um grupo de homens uniformizados, com lanças e expressões severas, correndo até um perigo desconhecido. Ekon agarrou o cabo de couro de seu hanjari com uma das mãos e tamborilou os dedos na lateral do corpo com a outra.

Duzentos e oitenta e quatro passos. Duzentos e oitenta e cinco passos. Duzentos e oitenta e seis passos...

Não demorou para que alcançassem o Zoológico Noturno, embora Ekon ainda tenha pausado quando a colina entrara em seu campo de visão. É óbvio que ele tinha *ouvido falar* do zoológico (toda criança em Lkossa crescera ouvindo histórias de suas maravilhas e terrores), mas nunca o visitara ou ousara chegar perto. Tinha uma semelhança perturbadora com uma prisão: um complexo grande de paredes de tijolos cercado por muros com pelo menos duas vezes a sua altura. Chamas de cor dourada e laranja estavam visíveis, e mesmo a vários metros de distância o fedor pungente de fumaça e grama queimada fazia seus olhos arderem. Eles continuaram correndo, até alcançarem os ornamentados portões de entrada feitos de aço preto. Kamau, liderando o grupo, parou diante dos portões e se virou. Ele parecia mesmo um verdadeiro kapteni.

— Precisamos agir rápido — disse ele. — A vegetação ao redor da área é muito seca, especialmente os campos de capim-limão. Se o fogo se espalhar, Lkossa será dizimada. Precisamos contê-lo e apagá-lo, então trabalharemos em grupos. — Ele apontou para vários guerreiros experientes. — Vocês se juntarão a mim nas buscas e resgates. Começaremos na fronteira sul do zoológico e seguiremos na direção oeste. — Ele olhou para outro grupo. — Vocês serão os corredores. Levarão baldes de água para as áreas onde o fogo está prestes a se espalhar e trabalharão para contê-lo. Não parem por nenhum motivo...

— Kamau!

Ekon quase se arrependeu de falar quando os olhos de cada um dos guerreiros grudaram nele. Ele não conseguia discernir a expressão no rosto do irmão mais velho, então se esforçou para dizer o resto da frase:

— Desculpe, há... Kapteni, como posso ajudar?

Kamau já estava olhando para dentro dos portões abertos do Zoológico Noturno.

— Deve haver um poço em algum lugar dentro do zoológico, as regras da cidade exigem isso. Você, Shomari e Fahim ficarão encarregados de encher os baldes de água e entregá-los aos corredores. Garantam que sempre haja um balde pronto.

A decepção tomou conta de Ekon. De jeito nenhum ser o garoto do balde seria o suficiente para provar seu valor ao Padre Olufemi e os guerreiros. Ele estava consciente de que não havia retirado seu sobrenome da cesta de mambas no templo antes de serem chamados, o que significava que, tecnicamente, não havia completado o último rito de passagem. Se ele não pudesse se provar ali... Ekon engoliu o bolo na garganta.

Kamau deu a todos eles um olhar comedido.

— Há serventes contratados neste zoológico, chamados de guardiões de feras — continuou ele. — São em maioria gedezianos contratados e sem dúvida alguns deles tentarão escapar neste caos. Se virem um deles e puderem, prendam-nos. Eles estão sob contratos jurídicos e não têm permissão para sair das dependências do zoológico. Movam-se!

Ele deu meia-volta e o restante dos guerreiros yabaharis obedeceu, seguindo-o pela entrada do Zoológico Noturno com gritos de guerra. Assim que entrou, Ekon se retraiu. Não estava apenas calor, e sim sufocante. Ele nunca soubera quão barulhento um incêndio podia ser; seu rugido era estrondoso. Ao redor dele, pessoas em túnicas cinzentas estavam correndo, gritando, e não eram os únicos. Os pelinhos em sua nuca se arrepiaram quando algo brilhante e escamoso passou perto dele com um rosnado, deixando para trás ondas de calor. A alguns metros de distância, outra figura, mais cabeluda, fugiu das chamas lancinantes. As feras do Zoológico Noturno haviam sido libertadas.

— Vão até o poço! — Kamau balançou sua lança em um arco amplo quando algo chifrudo avançou sobre ele. Ekon o viu desaparecer na fumaça.

Por favor, fique bem, rezou em silêncio. *Por favor, fique bem...*

— Okojo!

Ekon pulou quando alguém o empurrou, surpreso e irritado de ver que Shomari o olhava.

— Mexa-se. O poço é ali!

Ekon engoliu uma resposta. Ele e Shomari correram pelos gramados até o poço, onde Fahim já estava, e começaram a encher os baldes. Guardiões também carregavam baldes de água, desesperados, e os jogavam sobre o fogo, em vão. Ekon tomou um balde de um velho perplexo, com pouca gentileza. Os olhos dele pousaram em uma tenda grande totalmente engolida pelas chamas, era provável que fosse a origem do incêndio. Kamau estava certo; eles precisavam contê-lo depressa.

Ele enfiou o balde no poço. A água estava parada e com mau cheiro, mas um corredor já avançava até ele. Assim que passou o balde para ele e encheu o vazio caído aos seus pés, veio mais outro e depois outro. Era um trabalho repetitivo; os músculos de seus braços e a lombar doeram quando se inclinava para repassar baldes cheios e pegar os vazios. O seu coração ficou mais leve quando olhou para os gramados chamuscados do Zoológico Noturno. Um dos incêndios menores já havia diminuído e um time de guerreiros estava agora lutando contra o principal, perto da tenda gigante. Os olhos de Ekon ainda procuravam quando viu, *as* viu.

Duas figuras vestidas de cinza estavam correndo pelo terreno do Zoológico Noturno entre o caos, uma olhando por cima do ombro toda hora.

Dois, um número ruim.

A primeira mulher usava um turbante e parecia velha o suficiente para ser sua mãe, mas a segunda deveria ter a mesma idade dele. Mesmo daquela distância, Ekon viu o medo refletido no rosto delas, o medo de pessoas lutando por sua própria vida.

Elas estavam tentando escapar.

Ekon olhou por cima do ombro enquanto jogava outro balde no poço, alarmado.

— Ei! — gritou ele. — Temos duas possíveis fugitivas indo em direção ao muro!

Fahim ainda estava enchendo os baldes o mais rápido que podia, mas com aquelas palavras Shomari ergueu o olhar, ávido.

— Não por muito tempo.

Ele largou o balde ao mesmo tempo que Ekon e juntos começaram a correr. Seus passos estavam até sincronizados enquanto diminuíam a distância entre eles e as guardiãs de feras que fugiam. A mais jovem das duas já estava no topo do muro do zoológico. A mais velha estava escalando as videiras.

— Elas vão fugir!

Shomari parou, tirando o estilingue do cinto.

— Não vão não.

Ele pegou uma pedra do chão, se agachou e então atirou, com mira perfeita. A pedra voou pelo gramado como uma ave de rapina, atingindo a guardiã mais velha na cabeça com tanta força que ela caiu. Ekon se sobressaltou quando ela atingiu o chão.

— Peguei ela! — Shomari socou o ar e então atirou outra pedra. Esta atingiu a segunda guardiã, a garota, bem no ombro. — Mais uma e ela vai...

— Não!

Ekon já estava correndo. A garota na saliência do muro tinha dado as costas para eles, se balançando perigosamente. Os pulmões queimaram quando ele inalou a fumaça e ficou mais tonto, mas gritou mesmo assim:

— Ei, espere!

A garota apenas olhou por cima do ombro. Ekon sabia o que ela ia fazer, mas ainda assim ficou boquiaberto quando ela pulou para a escuridão.

— Não! — Ekon parou assim que Shomari o alcançou. — Ela pulou.

Shomari praguejou em voz alta, já se virando para a entrada do Zoológico Noturno.

— Ainda podemos alcançá-la. Vou dar a volta, você fica com o muro!

Ekon entrou em ação, avançando até o muro antes que pudesse pensar a respeito. A guardiã mais velha, aquela que Shomari havia atingido, estava caída na grama, imóvel, mas Ekon não parou para olhá-la. Ele escalou a parede coberta de trepadeiras, lutando para subir o mais rápido possível. O mundo escureceu quando ele alcançou a saliência em que a garota havia se equilibrado segundos antes e saltou também, caindo com força no chão do outro lado. Seus olhos vasculharam e então pararam.

Fazia anos desde que Ekon vira a criatura de quatro pernas que o encarava na escuridão, embora isto não tornasse o encontro nem um pouco menos aterrorizador. Ele inspirou fundo enquanto a fera o olhava, iluminada por um horrível brilho de cor vermelha e alaranjada vinda das chamas do outro lado do muro. O corpo era similar ao de um leão, a pele esticada sobre sua figura magra de cor rosa-pálida, como algo que não via a luz do sol fazia anos. Ekon sabia o que era.

O Shetani.

Houve uma pausa de meio segundo enquanto a criatura o observava, expondo uma fileira de dentes amarelos dentro de uma boca preta pegajosa. Isso teria sido assustador o suficiente, mas os dentes do animal não foram o que prendeu Ekon no lugar, e sim os *olhos*. Eles não tinham emoção, dois poços pretos que ameaçavam engoli-lo inteiro. Eles mantiveram Ekon imóvel, indefeso, enquanto a voz familiar emergia em sua mente. Logo descobriu que não podia fazer nada para pará-la; sequer conseguia fazer os dedos contarem.

Filho. A voz do pai estava desesperada como sempre. *Filho, por favor.*

Ekon não estava perto da fronteira da Selva Maior agora, mas não importava. Parecia que a própria essência da selva o procurara, um pesadelo vivo trazido de suas profundezas mais malditas. De repente, ele era um garotinho outra vez, encarando um monstro que pairava sobre o corpo de seu pai.

Por favor, Ekon.

Nas lembranças dele, o corpo do pai estava despedaçado e havia sangue demais.

Por favor, filho.

Mas Ekon não conseguia se mexer, não conseguia ajudar. Enquanto o Shetani sustentava seu olhar, ele sabia que a criatura não seria a coisa que o mataria no final; seria o *medo*. Depois de todos aqueles anos, a criatura ainda tinha posse dele, tomando conta de seu corpo como uma doença incurável. Fechou os olhos com força, esperando que a criatura avançasse e acabasse com ele, e então...

— Vá.

Ekon levou um susto, os olhos tornando a se abrir. A voz que falara não era do pai dele e não tinha vindo de sua mente. Era mais suave, mais leve. Seus olhos se moveram para a direita e focaram em uma figura de pé a alguns metros dele na escuridão, parada como uma pedra. A garota. À luz da lua, ele viu que ela tinha um nariz pequeno e largo, bochechas arredondadas e um queixo ligeiramente pontudo. Twists pretos emolduravam o rosto, parando um pouco abaixo dos ombros. Ela não olhava para Ekon, mas sim para o Shetani, e sua expressão conseguia ser hesitante e calma ao mesmo tempo. Observava a fera como se encarasse algo um pouco familiar. Ekon ficou tenso, esperando por violência, mas o Shetani não fez nada. Parecia tão perplexo com a garota quanto Ekon estava. Um momento se passou entre os três, e então Ekon sentiu. A sensação veio tímida a princípio, um cantarolar baixo, como algo rosnando sob seus pés. Tornou-se palpável no ar, *aquecendo-o*. E então:

— Vá. — A garota repetiu a palavra, mais alto desta vez, com mais certeza. Pareceu surpreendê-la tanto quanto surpreendeu Ekon. Outro segundo se passou antes que o Shetani pulasse sem aviso, voltando para os campos de capim-limão e deixando os dois sozinhos.

Ele a compreendeu. Ekon encarou o local onde a criatura tinha estado, tentando entender o que acabara de ver. Ele queria se beliscar, fazer algo para provar a si mesmo que aquilo era real, mas não conseguia se mexer. *Ele a ouviu*, Ekon se deu conta. *Ela disse para a criatura se mover, e ela... ouviu. Obedeceu.*

A garota ainda não havia se mexido. Ela estava encarando a escuridão, como se visse algo que ele não conseguia. Um longo silêncio preencheu o espaço entre eles antes que o instinto vencesse e Ekon se aproximasse dela. Seus dedos agarraram o braço dela e a garota pulou com o contato repentino. Ele ficou surpreso ao ver que a pele dela estava quente, quase febril. Naquele momento, naquele *toque*, ele sentiu como se algo irradiasse dela para ele, aquela batida peculiar tão forte que o fazia tremer os dentes. O olhar cauteloso dela encontrou o dele, e de algum lugar distante no fundo da mente ele percebeu que os olhos da menina eram da exata cor da meia-noite; se é que tal coisa podia ter uma cor verdadeira. O aperto no braço dela afrouxou, mas Ekon não percebeu que tinha mesmo soltado até que ela se afastou e começou a correr. Ela não era muito rápida, ele poderia tê-la alcançado se quisesse, mas não quis. Ekon observou enquanto ela desaparecia no campo de capim-limão. Um sentimento semelhante ao alívio o agraciou apenas por um momento, antes que uma voz quebrasse o encanto:

— Você a deixou *ir*?

Ekon se virou. Shomari estava a alguns passos de distância, tendo acabado de dar a volta no muro do zoológico. A expressão dele era indecisa enquanto olhava de Ekon para os campos ao redor. Houve uma pausa horrível. Então Shomari se virou e correu.

Não.

Ekon disparou atrás dele, o coração martelando no peito. A fumaça no ar estava diminuindo, o rugir do fogo entorpecendo seus ouvidos. Parecia que grande parte dele fora apagada, mas Ekon não se importava agora. O foco dele era único. Não podia deixar Shomari contar para ninguém o que acabara de fazer. Tinha deliberadamente deixado a guardiã fugir. Se algum outro guerreiro descobrisse, se Padre Olufemi descobrisse...

Correu mais rápido, mas não adiantou. Cedo demais, eles estavam de volta ao perímetro do Zoológico Noturno, parando próximo ao poço. Para o horror de Ekon, vários Filhos dos Seis já estavam lá, cercando um grupo grande de pessoas sentadas na grama, de pulsos atados. Aqueles tinham que ser os outros guardiões, aqueles que não conseguiram escapar ou sequer tentaram. Cada um de seus olhares sérios estava preso em um homem a alguns metros de distância, usando um dashiki vermelho que parecia barato.

— ... vai custar milhares em danos! — estava dizendo o homem. — Vocês devem apelar para o Kuhani esta noite e dizer a ele que preciso de auxílio imediato e ajuda financeira dos cofres do templo! Sou um homem temente aos deuses, pago meu dízimo...

— Você terá que fazer um pedido formal com o Comitê Fiduciário do templo, Baaz. — As palavras de Kamau eram curtas enquanto ele olhava o homem de cima a baixo, com um nojo mal disfarçado. — Não somos responsáveis pela liberação de recursos. Por enquanto, sugiro que salve o que puder. Conseguimos recuperar todo guardião que tentou fugir...

— Nem todos! — As palavras de Shomari cortaram a noite. Ekon observou seu adversário dar um passo à frente, com um sorrisinho. — *Ekon* deixou uma delas fugir.

Cada um dos guerreiros nas proximidades se endireitou, os rostos endurecendo enquanto absorviam as palavras de Shomari. Ekon observou Fahim, de pé ali perto, enquanto seus olhos se arregalavam de horror. Baaz Mtombé parecia confuso. Mas a pior expressão era de Kamau. Em dois passos, ele eliminou o espaço entre si e Shomari e agarrou o garoto pelo cafetã. Puxou-o para tão perto que a ponta de seus narizes quase se tocaram. Quando falou, a voz era um grunhido:

— Se *ousar* acusar meu irmão de uma coisa dessa de novo...

— K-Kamau, é verdade. — Os olhos de Shomari perderam seu brilho convencido quando o toque de Kamau ficou mais firme. — Vi com os meus próprios olhos. Ele deixou uma das guardiãs ir, do outro lado do muro! Ela estava usando um uniforme de guardiã! Juro pelos Seis!

Os olhos de Kamau seguiram o dedo trêmulo que Shomari apontava antes de olhar para Ekon. A raiva passara, a proteção instintiva que o irmão mais velho sempre nutrira por ele. No lugar dela, algo bem pior: choque.

— Ekkie — sussurrou ele. — Isso... isso não é verdade, é?

Ekon sentiu calafrios pelo corpo. Outro rugido encheu seus ouvidos, mas desta vez não era do fogo. A mente dele pareceu se partir em um milhão de pedaços que ele não podia reunir sob o olhar do irmão. Cada instinto em seu corpo o incitava a mentir, mas a confissão escapou antes que ele pudesse pará-la:

— É verdade.

Ekon teria dado qualquer coisa no mundo para não ver a expressão que tomou o rosto do irmão; não havia palavras adequadas para ela. Era uma mistura de decepção, nojo e a inconfundível dor de observar algo quebrar, algo que nunca mais seria inteiro outra vez. Nenhum dos outros guerreiros yabaharis ousou falar; apenas o crepitar restante do fogo preenchia o silêncio.

— Você está dizendo — disse Baaz por fim, indignado — que agora os Filhos dos Seis violam a lei sem consequências? — Ele olhou para Kamau. — Diga-me, com qual comitê devo falar sobre...

— Silêncio.

Todas as cabeças giraram em direção à voz, uma voz que Ekon desejou a cada deus e deusa que não tivesse ouvido. O mundo pareceu desacelerar enquanto Padre Olufemi cruzava os gramados fumegantes do Zoológico Noturno. A boca estava retesada, um vinco profundo marcando a pele entre as sobrancelhas.

— O garoto não é um guerreiro — disse ele. — Mas *será* punido.

Os dedos de Ekon se moveram sozinhos, tamborilando na perna em um ritmo frenético.

Um-dois-três. Um-dois-três. Um-dois-três.

Ele tentou fechar as mãos em punhos para pará-las, mas com tantos olhos sobre ele era impossível. Séculos pareceram passar enquanto Padre Olufemi continuava a se aproximar, e então parou a alguns metros do grupo. O olhar não vacilou quando falou:

— Candidato Okojo. — A voz estava suave demais. — Você ajudou na fuga de um servo legalmente contratado de propósito, e ao fazer isso você roubou desse homem uma dívida justa e devida. Isso é um crime e um ato pecaminoso. Não há lugar para nada disso entre os Filhos dos Seis.

Ekon sustentava o olhar cortante de Padre Olufemi, mas na visão periférica sentiu os outros guerreiros o observando, a desaprovação palpável no ar azedo da noite. Entre eles um sentimento silencioso pareceu crescer e formar uma decisão unânime. Os dedos de Ekon se mexiam tão rápido com a contagem que as juntas das mãos começaram a doer.

Um-dois-três-um-dois-três-um-dois-três.

Padre Olufemi juntou as mãos ao mesmo tempo que Kamau desviou o olhar. Ekon entendeu o que estava para acontecer no instante em que o homem santo abriu a boca e se pronunciou.

Dezessete palavras, um número ruim:

— Ekon Okojo — disse baixinho. — Com efetividade imediata, sua candidatura aos Filhos dos Seis chega ao fim. Você está dispensado.

CAPÍTULO 7

RITMO E FLUXO

Koffi observou enquanto o céu rachado e pálido como a noite se transformava com o amanhecer.

Por alguns segundos frágeis, ela permaneceu tão deslocada quanto as nuvens, suspensa em um espaço intermediário entre pesadelos e sonhos, onde a realidade não a alcançava. Não durou muito; as lembranças da noite anterior logo a encontraram.

E então ela se lembrou dos *olhos*.

Eram de uma escuridão abismal, fixados em sua mente. Koffi se lembrou da sensação de cair depois de pular do muro do Zoológico Noturno, o impacto quando despencara com os pés no chão e tropeçara. Quando tinha se levantado, estava cara a cara com um monstro... e não *qualquer* monstro.

O *Shetani*.

Instantaneamente, ela soubera o que ele era. Quando criança, ouvira histórias sobre ele, mas nada a preparara para a verdade. A criatura que vira era uma coisa digna de pesadelos, uma massa crua e rosada esticada com rigor sobre tendões e ossos. Ela tinha visto os dentes afiados como facas e o rabo peludo, a forma como cada uma de suas garras pretas fincara no solo quando ele se enrijeceu. Talvez tivesse sido atraído pela comoção do incêndio no Zoológico Noturno; talvez tivesse ido até lá por outro motivo. Koffi estava certa de que a criatura a mataria, e então...

— *Vá.*

A palavra saíra dos lábios dela em um sussurro. E mesmo assim ela havia sentido o estranho pinicar nos pés, a adrenalina de algo passando por seu corpo.

— *Vá.*

Koffi não tinha certeza de por que repetira o comando; simplesmente foi o que lhe ocorreu fazer. E então, contra toda a razão... o Shetani *obedeceu*.

Pensou na criatura desaparecendo na noite e tentou relembrar mais detalhes. Alguém a agarrara por um momento (um garoto que ela não percebera antes), mas quando ele a soltara logo depois, Koffi aproveitou a oportunidade e fugiu correndo. O mesmo ímpeto insistente que sentira no zoológico a guiara através dos campos de capim-limão enquanto as altas paredes de tijolos ficavam distantes, até encontrar as favelas nas fronteiras de Lkossa. Com cada passo, encontrara uma cadência, um firme ritmo tamborilante que começara nos pés e subira pelas costelas, até que as batidas do coração estivessem sintonizadas.

Tum-tum. Não pare. Tum-tum. Não pare.

O ímpeto a guiara pelas ruas laterais sinuosas preenchidas com o fedor de lixo e comida podre, até que Koffi encontrara refúgio em uma viela particularmente pequena, cheia de caixas velhas atrás das quais podia se esconder. Agora, estava sentada lá, encolhida, abraçando os joelhos.

Ao se mover, sentiu a dor pulsante perto da clavícula, um lembrete doloroso da pedra que a atingira, e Koffi mordeu o lábio até que a ameaça das lágrimas passou. Ela *não iria* chorar, decidiu, não ali. Chorar agora libertaria uma coisa, um dilúvio que não sabia se conseguiria conter. O estômago revirou enquanto ela reprimia dois diferentes tipos de dor, se recusando a deixar que a consumissem. Depois de um momento, o primeiro atenuou, mas o segundo permaneceu.

A mãe estava morta.

A revelação não veio da forma como ela esperava: total e devastadora. Em vez disso, tomou conta dela em ondas, cada uma mais cruel que a anterior, até que alcançasse o torpor. Koffi e a mãe haviam chegado perto, *tão* perto, de uma vida completamente diferente. Ela se lembrou da esperança que vira nos olhos da mãe quando contara que iriam embora.

Podemos ir para onde quisermos, a mãe havia dito. *Você e eu deixaremos este lugar e recomeçaremos em outro, e nunca,* nunca *olharemos para trás. Nunca voltaremos.*

No fim, aquele sonho sequer conseguira passar dos muros do Zoológico Noturno.

Koffi encarou as mãos, ainda enfaixadas com tiras frouxas de tecido ensanguentadas que a mãe arrancara da própria túnica para ajudá-la a escalar as videiras. Koffi estremeceu ao vê-las. Aqueles dois tecidos esfarrapados eram literalmente pedaços de sua mãe, as únicas coisas que tinha agora. Novas verdades tomaram forma quanto mais ela os encarava. A mãe entendera que havia uma chance de as duas não conseguirem sair do Zoológico Noturno, então seguira o instinto maternal e dissera a Koffi para escalar o muro primeiro. Esse sacrifício havia feito toda a diferença, mas não fora o único. Koffi de repente se lembrou de todos os pequenos momentos, as vezes em que a mãe havia compartilhado a comida, quando as refeições eram escassas, e o cobertor, em noites mais frias. Mesmo na noite anterior, antes de fugirem, a mãe estivera preparada para receber uma punição que não merecia e desistir da própria liberdade para que Koffi não tivesse que desistir da dela. Era isto o que a mãe sempre fizera: colocara os outros em primeiro lugar. Ela nunca recebera retribuição por nem um desses gestos bondosos e agora nunca receberia.

E é tudo culpa sua.

Koffi se afastou da acusação em sua mente, da condenação nela. A sensação de vazio era uma coisa, mas a culpa a cortou como uma faca. Nada da noite passada teria acontecido se ela tivesse se lembrado de conferir o arreio de Diko. A vela que explodira, o incêndio, a repercussão, tudo levava de volta para um erro, um descuido. Ela pensou na expressão que vira no rosto da mãe segundos depois da explosão da vela, o que ela dissera enquanto elas corriam da tenda, lado a lado:

Se Baaz perceber o que realmente fez e o que realmente é, você nunca sairá daqui.

Koffi focou naquelas palavras agora, deixando-as ecoarem em sua cabeça. A mãe soubera algo sobre ela, mas *o quê?* Algo importante acontecera na noite passada, um fio que se entrelaçou em seu interior, o Shetani, aquela sensação estranha em seus pés, mas Koffi não conseguia entender a conexão. Uma nova onda de dor a atingiu enquanto ela percebia que não importava. Aquela sensação estranha, fosse lá o que fosse e o que quer que a causara, desaparecera agora. Aquela verdade provavelmente morrera com a mãe.

Cada músculo no corpo de Koffi gritou em protesto enquanto ela se colocava de pé, reunindo o pouco da tenacidade que restara. Os pés estavam doloridos, a túnica pegajosa, e ela tinha certeza de que os twists em seu cabelo estavam se desfazendo, mas ergueu o queixo com uma nova determinação. Não podia permanecer naquele beco. O último presente que recebera da mãe fora uma segunda chance na vida e esse presente não poderia ser desperdiçado. Ficar sentada esperando por algo ou alguém não era uma opção. Precisava se *mexer.*

Os olhos lacrimejaram quando ela saiu dos becos da favela devagar, ajustando-se à nova luz da manhã. Parecia que o movimento nas ruas de Lkossa estava apenas começando, as pessoas deixavam suas casas e preparavam mercadorias para o dia. Vendo em primeira mão, Koffi achou tudo estranho. Afinal, ela era do lugar (a família morara na cidade antes de se mudar para o Zoológico Noturno), mas anos se passaram desde que estivera ali. Saber que um lugar era seu lar sem conhecê-lo nem um pouquinho era peculiar.

Ela vagou pelas ruas em silêncio, tentando formar um mapa em sua mente. Parecia que cada parte de Lkossa tinha seu próprio estilo e personalidade. Ela passou por uma rua que tinha cheiro de tecidos e sabão, uma cheia de carnes amarradas e peles de animais, e mais outra cheia de artistas e trabalhos em cerâmica. Com cada descoberta de algo novo ou inesperado ela observava a cidade ganhar vida. A terra vermelha sob seus pés parecia zumbir e os cheiros misturados ao redor formavam sua própria fragrância. Koffi ainda estava cansada e à flor da pele, mas algo sobre a cidade a acalmava. Não era tão diferente do Zoológico Noturno, percebeu; Lkossa tinha seu próprio ritmo e fluxo. Fechando os olhos, pôs-se a ouvir a multidão de pessoas caminhando nas ruas, um coro de vendedores gritando preços para os clientes, o som de pés marchando...

Os olhos de Koffi se abriram de repente. Aquele *novo* som, a marcha, era diferente do resto do barulho matinal da cidade. Ela procurou pela rua, tensa, até encontrar de onde vinha. Um trio de jovens tinha acabado de entrar pelo lado oposto da rua, caminhando em fila única. Eles usavam cafetãs azuis e cintos de ouro que os indicavam como guerreiros, e cada um tinha uma adaga hanjari presa no cinto. Alguns dos vendedores saíram do caminho enquanto eles passavam, mas a maioria prestou pouca atenção. De onde estava, Koffi enrijeceu. Aqueles eram os Filhos dos Seis em plena luz do dia, talvez alguns dos mesmos que entraram no zoológico. Eles pareciam presunçosos, *soberbos*, como homens acostumados a terem poder. Nem um deles sequer olhou para Koffi quando passaram, ainda assim ela se escondeu atrás de um carrinho de frutas até que eles estivessem mais adiante na rua. A raiva recém-descoberta ferveu seu sangue enquanto ela os observava se afastarem e se lembrava de mais um pedaço da noite anterior. Dois guerreiros vieram atrás dela e da mãe, perseguindo-as como animais. Ela mordeu o lábio inferior até sentir o gosto de sangue, até não poder mais ver os três guerreiros. A visão deles provocou um lembrete desagradável.

Ela era uma fugitiva.

Ao fugir do Zoológico Noturno, quebrara seu contrato legal com Baaz, aquele que ela e os pais haviam assinado no passado, o que significava que também infringira a lei. O que fizera era considerado roubo e deserção, e se fosse pega, seria açoitada, presa ou pior. Instintivamente, Koffi olhou por cima do ombro, e uma nova pontada de tristeza quase a esgotou. A mãe não estava ali. Ninguém estava. A partir daquele momento, teria que se virar sozinha. Ela pressionou os dedos nas têmporas, tentando pensar. *Pensar*. A mãe dissera algo para ela na noite anterior, algo sobre *pensar*. Koffi tentou se lembrar das palavras.

Mas às vezes você não pode se deixar guiar pelo coração. Precisa pensar com a cabeça.

Koffi decidiu então que era o que faria. *Pensaria* com a cabeça e bolaria um plano. Ela e a mãe um dia sonharam em deixar Lkossa, então era isto o que ela faria.

Ela iria encontrar uma maneira de escapar.

O sol ficou mais alto no céu conforme a manhã passava, extraindo calor de cada fenda das estradas e prédios da cidade. Por fim, Koffi encontrou um poço público onde podia se lavar. Ela não tinha como trocar de roupa, então o melhor que pôde fazer foi jogar alguns baldes de água no corpo, mas pelo menos isto eliminou a terra e o cheiro insistente de fumaça. Pouco podia ser feito com o cabelo dela sem manteiga de carité e um bom pente, mas tentou no mínimo refazer alguns dos twists que estavam se desenrolando. Ainda estava torcendo as roupas quando chegou ao fim de uma rua e parou.

Se Lkossa havia sido projetada como uma torta (um círculo cortado em fatias grossas e iguais), então aquele tinha que ser o centro. Era diferente de tudo o que já vira. Tendas em todos os tamanhos, formas e cores estavam agrupadas, tão perto uma das outras que era difícil discernir onde uma terminava e a outra começava. Koffi inspirou e seus pulmões se encheram com mil cheiros de uma vez. Ela sentiu o cheiro de sopa de egusi borbulhando (encorpada com cebola, tomates e pimentão fresco), junto com arroz jollof e banku. Mulheres com olhos delineados por kohl estavam ao redor de carrinhos com potes multicoloridos, enquanto homens barbados em trajes extravagantes pechinchavam sobre tecidos pintados que brilhavam à brisa. Ver tudo isso era ao mesmo tempo exorbitante e magnífico. Koffi estava tão distraída que não percebeu nada ao redor de si, até tropeçar.

— Ah, desculpe, eu...

Ela levou um susto. Não tinha visto a pessoa sentada sobre um cobertor perto do pé dela. Era uma velha e à sua frente havia uma miscelânea de bugigangas brilhantes. Eram braceletes de contas, brincos de argola e vários prendedores de cabelo com joias, mas os olhos de Koffi focaram nas seis figuras de madeira dispostas em um semicírculo no centro do cobertor (uma garça, um crocodilo, um chacal, uma serpente, uma pomba e um hipopótamo), representando os familiares dos deuses.

— Está tudo bem, pequenina. — A mulher deu um pequeno sorriso. A túnica dela era simples como o cobertor e tufos de cabelo branco escapavam das beiradas de seu turbante de algodão. Um amuleto enferrujado estava pendurado em seu pescoço. — É normal não me notarem. — Ela seguiu o olhar de Koffi e assentiu para as figuras. — Você crê?

— Sim. — Koffi engoliu um nó na garganta. As figuras, nitidamente esculpidas de boa madeira marula, eram muito parecidas com aquelas para as quais ela e a mãe haviam rezado ontem. A sensação agora era de que a lembrança pertencia a uma vida diferente. — São adoráveis — sussurrou.

— Obrigada, querida. — A voz da mulher tinha um toque de orgulho e Koffi relaxou quando reconheceu a forma fluida com a qual ela falava zamani. A mulher era gedeziana, como ela.

Em forma de respeito, Koffi inclinou a cabeça.

— Bom dia, Tia — disse ela, usando uma saudação respeitosa para uma pessoa mais velha.

— *Ah.* — Os olhos escuros da velha dançaram. — E bom dia para você, menina. Os deuses foram gentis ao nos unir hoje. — Ela observou Koffi com mais atenção. — Você é magrinha. — Não era uma pergunta, mas também não era uma acusação. — Está com fome?

— Eu...

Antes que Koffi pudesse responder, a velha estava revirando uma bolsa ao seu lado e retirando de lá um pedaço de pão embrulhado. Apenas o cheiro fez Koffi salivar.

— Tenho mais que o suficiente, se quiser.

— Hum... — Koffi fez uma pausa. Ela ainda estava sendo cuidadosa e um pouco cautelosa com estranhos. A mãe havia lhe ensinado a regra do próximo. Nunca se recusava uma refeição oferecida por outro gedeziano. Além disso, estava faminta. Como se tivesse lido a mente dela, a velha dividiu o pão no meio sem dizer nada. Koffi se sentou ao seu lado no cobertor enquanto comiam. Quase suspirou. A comida nunca a fizera chorar antes, mas aquele pão estava tão delicioso que quase o fez. Cada mordida pareceu devolver algo pequeno a ela, revitalizando-a. Quando ergueu a cabeça, Koffi viu que a velha a observava.

— Você parece um pouco jovem para vir ao mercado sozinha — observou ela.

Koffi se endireitou.

— Tenho 18 anos — mentiu. — Sou perfeitamente capaz.

Uma das sobrancelhas brancas da mulher se ergueu.

— Sério? Eu teria chutado uns *16*.

Koffi estava feliz por sua pele negra não mostrar o rubor de constrangimento. Ela apontou para as bugigangas no cobertor, ansiosa para mudar de assunto.

— Por quanto você as vende?

— Ah. — A velha limpou as migalhas do colo e se apoiou na parede do prédio atrás delas. — Suponho que depende do comprador. Aceito pagamentos em espécie, mas às vezes me oferecem barganhas.

— *Bar... barganhas?* — Koffi repetiu a palavra. Soava de algum modo familiar, mas ela não conseguia se lembrar de quando a ouvira antes.

— Significa uma troca — explicou a velha. — Uma coisa dada em troca de outra com o mesmo valor.

Koffi a encarou.

— Dá para fazer isso aqui? Trocar uma coisa por outra, sem usar dinheiro?

A velha sorriu.

— Dá sim. Qualquer coisa pode ser barganhada, *se* você souber o verdadeiro valor dela.

Koffi se recostou por um momento, pensando. Por toda sua vida, a moeda havia sido uma só. Ela e a mãe trabalhavam todos os dias por uma moeda, que usavam para pagar a própria dívida. A ideia de pagar por coisas de outras maneiras, com *trocas*, era totalmente estranha para ela. Ainda estava pensando nisso enquanto o olhar estudava os objetos no cobertor, parando em um específico. Era um anel de prata, simples à primeira vista, mas a gema em seu centro era primorosa. Lembrou Koffi de uma opala, só que mais brilhante, muito mais bonita. Logo de cara ela se sentiu atraída por ela. Pela segunda vez, a velha seguiu seu olhar.

— Ah, sim, a pedra dunia — explicou. — É modesta, mas chama atenção. Recebi várias ofertas por ela na semana passada, mas nem uma valia a pena.

Koffi fez uma pausa.

— Você disse... *pedra dunia?*

— Disse. — Havia um brilho nos olhos da mulher agora. — Já ouviu falar delas?

— Sim, em histórias. — Koffi pensou no que a mãe havia dito sobre pedras dunia quando ela era pequena. Diziam que elas vinham bem do centro da Terra e só podiam ser encontradas em... — Você esteve nas Planícies Kusonga — afirmou em voz alta.

A mulher assentiu:

— Estive.

Agora foi Koffi quem se recostou na parede. Havia acabado de deixar o Zoológico Noturno pela primeira vez desde que ela e os pais foram contratados, então parecera impossível imaginar algo tão distante quanto as Planícies Kusonga. Ela tinha certeza absoluta de que nem mesmo Baaz tinha ido tão longe na direção oeste. Encarou a velha, era evidente que estava impressionada.

— Como é lá?

— Ah, é lindo — respondeu a velha. — Há campos de capim-limão por quilômetros, a comida tem gosto de paraíso. — Ela fechou os olhos, saudosa. — Penso que é como as terras dos deuses podem ser um dia, se eu tiver sorte de chegar lá. É realmente um lugar de maravilhas. — Ela olhou para Koffi com um único olho aberto. — E um lugar de magia.

Koffi fez uma careta de deboche antes que pudesse evitar, e então tentou disfarçar tossindo. A velha abriu o outro olho, comprimindo os lábios.

— Não acredita em magia?

— Bem... não — respondeu Koffi. — Magia não é real. É só história.

Agora a mulher parecia ofendida.

— E quem te falou *essa* bobagem?

— Minha... — Koffi vacilou. — Minha mãe.

— *Tsc!* — A mulher cruzou os braços e fungou. — Bem, sua mãe está *bastante* incorreta.

Koffi encarou as mãos. Quando falou, a voz mal passava de um sussurro:

— Minha mãe está morta.

— Ah.

Koffi ergueu o olhar e viu que a expressão da velha mudara. O rosto estava contido e os olhos cheios de tristeza. Por um momento, pareceu estar sem palavras.

— Eu... sinto muito por isso, pequenina — murmurou ela. — Sei o que significa perder um ente querido.

— É... — Koffi hesitou.

Estivera prestes a falar que estava tudo bem, porque pensou ser a resposta educada, mas não pareceu certo dizer isso. As coisas não estavam bem; *ela* não estava bem. Não tinha certeza se ficaria bem um dia. Outro segundo se passou antes que a velha falasse outra vez:

— Tenho certeza de que sua mãe disse apenas o que ela sabia ser verdade — continuou mais gentilmente. — Mas você deve saber que a magia nem sempre esteve confinada nas páginas das histórias. Em outro tempo, estava aqui, tão real quanto o ar que respiramos.

Koffi se endireitou.

— Estava?

A velha assentiu.

— Um dia foi parte da rotina de cidades como Lkossa. As pessoas usavam magia para curar doentes e feridos, para proteger fronteiras, e era até mesmo parte da educação de algumas crianças. Yabaharis e gedezianos podiam herdá-la, e aqueles que herdavam eram treinados no Templo de Lkossa pelos irmãos da ordem. Eles eram chamados de darajas.

Koffi franziu a testa. A mãe certamente não havia lhe contado nada disso. Ela olhou ao redor e tentou imaginar como seria a cidade com a magia borbulhando logo abaixo da superfície. A magia brilhava, ela se perguntava, ou era invisível? Perigosa ou totalmente comum? Era difícil sequer imaginar.

— O que aconteceu com ela? — Koffi perguntou.

A velha ergueu o olhar para o mercado cheio, como se estivesse vendo além dele.

— A *Ruptura*.

— A Ruptura? — repetiu Koffi. — O que um terremoto tem a ver com magia?

A velha lhe lançou um olhar astuto.

— Com certeza você ouviu as histórias — disse ela. — Contos de lágrimas na Terra e nos céus, ondas de calor consumindo corpos inteiros. Sou velha o bastante para me lembrar e posso dizer que foi uma coisa horrível de se ver.

Koffi estremeceu. Ela ouvira a história muitas vezes e de muitas maneiras, mas nunca era bom pensar no assunto.

— Até hoje ninguém sabe o que de fato causou a Ruptura — continuou a velha. — Mas depois disso as coisas mudaram em Lkossa. As pessoas pararam de procurar por darajas como recursos, e em vez disto os viram como ameaças. Ao longo dos anos, eles foram banidos, caçados como…

— Como animais — completou Koffi. — Então foi assim que a magia se perdeu.

— Não se perdeu. — Os olhos da mulher brilharam. — Foi *escondida*.

Koffi franziu a testa.

— Escondida?

A velha começou a se balançar de um lado ao outro.

— Muitos darajas fugiram de Lkossa quando sentiram que não era mais segura, mas acredito que ainda há magia nesta cidade *e* aqueles com a habilidade de controlá-la, por mais que eles mesmos não saibam disso.

Koffi não respondeu. Ela pensou no que acontecera na tenda, a forma como se sentira. Lembrou-se da sensação de libertação quando a vela explodira, a umidade, as palavras da mãe:

Se Baaz perceber o que você fez e o que você é de verdade...

Houve um tempo em que a magia existiu naquela cidade, que as pessoas eram capazes de usá-la. A ideia de talvez ser uma dessas pessoas parecia impossível, mas... Koffi não tinha outra explicação para o que havia feito. Durante toda a vida, ela fora levada a acreditar em certas verdades, mas havia coisas que a mãe nunca contara, coisas que ela até mesmo escondera. Por quê? O quanto ela sabia? Koffi olhou para as próprias mãos.

— Está se sentindo bem, querida?

Koffi ergueu a cabeça. A mulher a observava com muito mais atenção agora. Quase fez a garota ficar incomodada. Devagar, ela ficou de pé e se limpou.

— Muito obrigada pelo pão — agradeceu. — Foi muito gentil da sua parte.

A velha inclinou a cabeça.

— Eu chateei você, criança?

— Não. — Koffi se ouviu responder rápido demais, mas não retirou o que disse. Na verdade, mal sabia como se sentia. Estava cansada, confusa, até mesmo com raiva. Por que a mãe não lhe contou a verdade? Por que criou a filha em meio à ignorância durante todo aquele tempo?

Koffi pigarreou ao perceber que a velha ainda a observava. — É só que... tenho certeza de que já tomei muito o seu tempo.

— Bobagem. — A mulher acenou com a mão. — Gostei bastante da sua companhia, e *na verdade*... — Ela gesticulou para as bugigangas. — Eu poderia ter uma assistente como você, se estiver interessada.

Koffi parou, pega de surpresa. A oferta era generosa e incrivelmente tentadora, mas... mesmo assim algo a fez hesitar. Por toda a vida, ela confiara em outros para abrirem caminhos, para ajudá-la a entender quais seriam os próximos passos. Se iria aprender a sobreviver neste mundo, pensou ela, teria que começar a encontrar o caminho sozinha.

— Obrigada. — Koffi inclinou a cabeça. — Mas... preciso ir.

— Muito bem, pequenina. — A velha assentiu e de novo havia um toque de tristeza em sua voz. — Saiba que a oferta continua de pé e espero que os deuses nos reúnam outra vez algum dia. Cuide-se.

Koffi olhou por cima do ombro uma última vez antes de seguir pelas estradas sinuosas do mercado.

Se a cidade de Lkossa estivera se espreguiçando quando Koffi se aventurou por suas ruas pela primeira vez, tinha enfim acordado enquanto ela conversava com a velha. As estradas, lotadas de vendedores, pareciam ainda mais cheias do que antes, com tantas pessoas que era impossível andar sem ser empurrado. Alguém caminhando rápido pela multidão trombou em Koffi com tanta força que fez outra pessoa gritar com ela, aconselhando-a a olhar por onde andava. Não era mais um ritmo e fluxo bonitos; quanto mais Koffi ficava ali, mais esgotada se sentia. Quase saudosa, pensou outra vez na velha sentada calmamente em seu cobertor de bugigangas, quase melancólica. Era estranho; apenas alguns poucos minutos haviam se passado, mas Koffi já estava com dificuldade de se lembrar dos detalhes do rosto da mulher. Cada vez mais o encontro parecia um sonho, embora Koffi tivesse certeza de que acontecera. Ela focou nas palavras da mulher, na oferta de trabalho, e sentiu uma pontada de arrependimento. A oportunidade fora generosa, mas Koffi recusara sem pensar de fato no assunto. Mais uma vez, reagira em vez de pensar direito.

Ser assistente seria um bom trabalho, uma voz em sua cabeça cogitou. *Você teria uma renda fixa, talvez até um jeito de sair de Lkossa.*

A velha dissera que havia estado nas Planícies Kusonga, talvez até planejasse voltar lá; um plano começou a se formar rapidamente na cabeça de Koffi. *Sim.* Voltaria e encontraria a velha, aceitaria a oferta. Talvez pudesse aprender um novo ofício e, só talvez, a mulher pudesse contar mais sobre magia. Alguém trombou nas costas de Koffi quando ela parou de repente no meio da estrada, mas não se importou. Tinha um plano, um jeito de prosseguir, *esperança.* Deu meia-volta para seguir na direção da qual tinha vindo.

Então a mão de alguém tapou a sua boca.

Koffi deu um pulo. Um grito subiu por sua garganta no momento em que o toque do atacante ficou mais firme, foi abafado no barulho das multidões ao seu redor. Mãos grandes agarraram o braço de Koffi e os puxaram para trás com um aperto, arrastando-a para fora da rua principal. Ela se encolheu quando uma risada baixa alcançou seus ouvidos, e quando sentiu o cheiro familiar de colônia pungente, os calafrios tomaram seu corpo.

— *Olá,* Koffi — disse Baaz Mtombé.

CAPÍTULO 8

UM ESTUDIOSO DO DESTINO

Quando Ekon voltou ao Templo de Lkossa, o amanhecer havia mergulhado o lugar em névoa.

Ele encarou o prédio antigo, a grandiosa escadaria de alabastro brilhando à luz da manhã. Era composta de 27 degraus; em teoria um número bom.

Essa era a *única* coisa boa em que ele pensara nas últimas horas.

Pela maior parte da noite Ekon vagara pelas ruas vazias da cidade, deixando a contagem dos passos entorpecer sua mente.

Setenta e cinco mil, seiscentos e vinte e um passos, na última contagem.

A caminhada o ajudara a atrasar o inevitável por um tempo, mas agora o sol estava aparecendo no horizonte. Ele não mais poderia evitar o dia.

Ekon passou pelas mesmas portas pelas quais entrara na noite anterior, mas, em vez de seguir pelo corredor que levava ao salão de adoração, continuou por uma escadaria mais estreita, subindo para os dormitórios. Estavam silenciosos naquele horário, uma fila de portas fechadas abafando os sons dos outros candidatos adormecidos. Ele caminhou pelo corredor até a última porta à direita, então a abriu, suspirando.

Na verdade, nunca tinha sido um quarto pra valer. De uma parede a outra tinha apenas dois metros de comprimento e havia sempre um cheiro fraco de mofo no ar. A mobília era escassa: uma cama estreita, uma mesinha de cabeceira cambaleante e um baú de segunda mão para roupas e livros. Sentiu um aperto no peito enquanto olhava ao redor. Depois de hoje, aquele não seria mais o quarto dele; não teria mais permissão para ficar no templo. Em algum momento daquela manhã, enquanto Fahim e Shomari eram transferidos para os quartos maiores e mais agradáveis, próprios para Filhos dos Seis ungidos, *Ekon* seria transferido para... ele percebeu que não tinha certeza. Ele e Kamau praticamente cresceram no templo. Não podia contar com a casa de sua família, fora vendida logo após a morte do pai. Aquela casa pertencia a um capítulo de sua vida que não existia mais, o capítulo em que sua mãe havia vivido. Uma dor lancinante passou por ele ao pensar *nela*. Ele não conseguia mais se lembrar dos detalhes do rosto da mulher; tinha apenas quatro anos quando ela fora embora uma noite. Na memória, havia breves vislumbres dela (a imagem de olhos cor de cobre, cabelo curto e cacheado, uma marca de nascença no ombro), mas nunca duravam muito. Isso o forçou a se agarrar com força às coisas de que *conseguia* se lembrar, como pulseiras de prata refletindo a luz do sol, um cheiro doce que ele conhecia, mas não conseguia identificar. O que a mãe teria pensado se tivesse ficado para ver o que Ekon se tornara?

Outra vez, ele ouviu a voz de Padre Olufemi:

Com efetividade imediata, sua candidatura aos Filhos dos Seis chega ao fim. Você está dispensado.

Cada palavra o atingiu como uma flecha, atravessando todas as partes frágeis de seu ego. Ekon não havia apenas falhado, havia sido formalmente expulso diante de todos os guerreiros. Em uma única noite ele quebrara um legado de gerações em sua família. Não seguiria os passos de Kamau e do pai. E não *provaria* sua masculinidade.

Ekon se jogou no colchão, deixando as penas irritantes do enchimento cutucarem suas costas enquanto olhava para o teto e tentava descobrir como tudo tinha dado errado tão rápido. Cada momento da noite se repetia em sua mente, se misturando como as páginas de um livro; uma em particular ficou marcada.

A garota.

Mesmo agora, pensar nela fazia o sangue de Ekon ferver; afinal de contas, o desastre da noite anterior tinha sido culpa *dela*. Mas... havia outro sentimento, incômodo e mais difícil de identificar. Algo se desprendeu dentro dele ao se lembrar dos olhos dela, estranhamente brilhantes contra a noite. Eram castanhos como os dele, mas... havia algo mais dentro deles, um brilho, como dois carvões em brasa esfriando na lareira. Por horas, Ekon tentara se esquecer deles, mas...

Você a deixou escapar.

A acusação de Shomari se revirou dentro dele como leite estragado, deixando um gosto ruim em sua boca. *Por quê?* Era a única pergunta que Ekon não tinha sido capaz de responder enquanto caminhava sozinho pelas ruas da cidade. *Por que você a deixou escapar?*

Pensar na garota também o fez pensar nos eventos que aconteceram pouco antes que a deixasse ir, quando ele encontrou um par diferente de olhos na escuridão. *Aquele* par não era castanho ou cálido, era frio, sombrio e totalmente cruel. Pertenciam a algo que ele conhecia.

O Shetani.

Ekon tremeu. Fizera dez anos desde que vira a criatura pela última vez, não que mais alguém soubesse disto. Ele se lembrava do medo que sentira ao ver a criatura de novo, a forma como o desmantelara por completo. Sem serem convidadas, todas as antigas lembranças retornaram. Ele viu vislumbres da Selva Maior com sangue nas folhas, viu videiras cobertas de espinhos. Viu um cadáver que se parecia com...

Não.

Ekon balançou a cabeça, mal percebendo que os dedos automaticamente começaram a tamborilar.

Um-dois-três.

Viu o rosto do pai.

Um-dois-três.

Viu os dentes do Shetani.

Um-dois-três.

Viu a garota.

Ele estreitou os olhos. A garota, fosse lá quem fosse, havia dito para o Shetani *ir embora* e, sem hesitar, a criatura *obedecera*. Ele nunca vira algo assim. O Shetani era um monstro primordial, responsável pela morte de inúmeras pessoas. Devia ter matado os dois, mas não fizera isto, e sim o oposto. A mesma pergunta persistente ricocheteava na cabeça dele:

Por quê?

— Ekon?

Alguém bateu na porta do quarto de leve e Ekon se sentou quando ela abriu. Um velho frágil entrou, o fantasma de um sorriso no rosto murcho. A pele negra era enrugada e manchada, como se a idade tivesse sido recebida como uma amiga, em vez de uma adversária. Ekon se encolheu. No caos da noite anterior, ele havia se esquecido do Irmão Ugo.

— Torci para encontrá-lo. — O homem idoso assentiu para cumprimentá-lo. — Saí o mais rápido que pude dos meus aposentos depois das orações da manhã, mas estas pernas velhas não são mais o que eram. — Ele ergueu a bainha da túnica. Era de um azul profundo, tão primorosa quanto a do Padre Olufemi, mas bem mais frouxa sobre seu porte magro. — Sabe, ultimamente elas estão roncando.

— Roncando? — Ekon estreitou os olhos. — Suas pernas estão *roncando*?

— Sim. — Irmão Ugo coçou a barba branca, franzindo a testa enquanto as observava. — É uma coisa engraçada. Você poderia dizer que tenho uma… lesão na *barriga* das pernas. — Ele ergueu o olhar, sorrindo. — Entendeu? Porque a panturrilha também é chamada de…

— Você só pode estar brincando.

— Ah, *me* desculpe! — O Irmão Ugo apontou um dedo torto para ele, fingindo estar magoado. Ekon percebeu, com uma pontada de dor, que o leve tremor na mão cheia de varizes do velho estava piorando. — Lembro que você gostava das minhas piadas quando era um garotinho!

Ekon tentou engolir o nó que embargava sua garganta, uma nova onda de dor. O Irmão Ugo era o membro mais velho da ordem fraterna do templo e nada parecido com o Padre Olufemi. O velho fora um mentor para ele durante a vida toda, um constante defensor. Ekon abaixou a cabeça, envergonhado.

— Queria falar com você — disse Irmão Ugo, mais gentil. — Venha comigo, por favor.

Em silêncio, Ekon seguiu Irmão Ugo para fora do quarto e pelos corredores com paredes de pedra. Em passos lentos (Irmão Ugo já não era tão rápido quanto antes), prosseguiram para um corredor que levava à biblioteca do templo. Ekon tinha pensado que era para onde estavam indo (recebera a maioria das lições da infância lá), mas um toque de travessura cruzou os olhos do Irmão Ugo quando ele fez uma curva abrupta para a direita.

— Talvez devamos ter uma... visão mais *elevada* hoje — murmurou ele, se aproximando de uma porta comum e abrindo-a.

Lá dentro, Ekon se surpreendeu ao descobrir que o que ele sempre achara ser um armário de vassouras na verdade continha um grupo de degraus estreitos e inclinados. Surpreendeu-se ainda mais quando Irmão Ugo os subiu sem hesitar. Ekon o seguiu. Chegaram a um alçapão no topo da escada e o velho deu um empurrão firme com o ombro. Um súbito raio de luz dourada se derramou sobre eles e o senhor se contorceu através da abertura com uma flexibilidade inesperada. Ekon repetiu o gesto e enfiou a cabeça pela porta. Então parou, atordoado.

O jardim circular ali era diferente de tudo que ele já tinha visto. Não era grande (provavelmente ele poderia percorrer o perímetro em menos de um minuto), mas quase cada centímetro estava coberto de flores. Rosas exuberantes, tulipas de caule longo e até um grupo de lírios de fogo na cor vermelha e dourada, em plena floração, brotavam do solo escuro e cintilante, tal qual um pedaço de paraíso sobrenatural. Olhando além dos muros baixos do jardim, viu o topo de cada edifício da cidade. Ekon pensou que estavam em um dos pontos mais altos do templo.

— O quê...? — Ele olhou ao redor. — O que *é* este lugar?

— É chamado de jardim do céu — explicou Irmão Ugo, alegre. Fechou os olhos por um momento e sorriu, a própria personificação da felicidade. — De acordo com as minhas leituras, já foi muito popular entre a classe alta, embora sinta dizer que saíram de moda no último século, mais ou menos.

Ekon estava maravilhado com o lugar. Quando olhou o solo mais de perto, percebeu que, apesar da ilusão, centenas de pequenos canteiros de flores foram organizados de forma a simular que as flores cresciam direto da pedra, mas ainda assim era uma paisagem impressionante.

— Eu... não fazia ideia de que isso estava aqui.

— Para ser justo, a maioria das pessoas não sabe — disse Irmão Ugo, lançando um olhar expressivo a Ekon. — E eu não me importaria de *manter* as coisas assim, na verdade. Um velho amigo me apresentou a este lugar há muitos anos, e desde então se tornou um dos meus lugares favoritos na cidade, perfeito para meditação *e* para observar os pássaros!

Ele se aproximou de um longo banco de pedra no centro do jardim e deu uma batidinha no espaço ao lado. Por vários minutos, eles ficaram sentados em silêncio, lado a lado, até que Ekon sentiu o olhar de Irmão Ugo.

— Você quer conversar?

— Na verdade, não.

— Presumo que a noite passada não foi do jeito que esperava.

— Foi um *desastre*. — Ekon massageou as têmporas. — Um pesadelo completo e absoluto.

Irmão Ugo olhou para uma flor branca cheia de espinhos diante deles.

— *Pesadelos caçam como predadores, derrotados à luz do dia.* — Ele ergueu o olhar. — Sabe quem disse isso?

— Você?

— Bom palpite! — Irmão Ugo sorriu. — Mas não, essas palavras vêm de um poema escrito pelo estimado poeta e linguista Mestre Lumumba. Sabe o que significam?

Ekon balançou a cabeça.

— É uma alegoria. Esses *predadores* representam nossos problemas mundanos — explicou o outro. — Por vezes, tentamos escapar de coisas dolorosas e esperamos que elas se cansem de nos perseguirem. Mas, na verdade, evitar nossos problemas apenas dá a eles mais poder, permitindo que mais cedo ou mais tarde nos consumam. Só quando lançamos luz sobre eles e os reconhecemos é que eles podem ser totalmente derrotados, permitindo que nossos espíritos se libertem.

Ekon não sabia de onde as palavras vieram de fato, apenas que surgiram e deixaram seus lábios antes que pudesse detê-las.

— Irmão, posso perguntar uma coisa?

Irmão Ugo sorriu.

— É óbvio.

— Me pergunto o que você sabe sobre... o Shetani.

— O Shetani? — A voz do velho ficou mais intensa e Ekon se arrependeu de imediato.

— Desculpe, eu...

— Não, não. — Irmão Ugo balançou a cabeça, embora Ekon pensasse ter visto algo minúsculo mudar nos olhos do velho. — Não precisa se desculpar. Apenas me surpreendi. Embora talvez eu não devesse. Você, de todas as pessoas, certamente teria dúvidas sobre a criatura. Fiquei triste ao ouvir sobre o último ataque, uma violência sem sentido. — Ele se inclinou um pouco para trás no banco, entrelaçando os dedos. — O que quer saber?

Ekon fez uma pausa, pensando. Parte dele queria contar ao Irmão Ugo tudo o que vira a noite passada (sobre a velha, a garota estranha *e* seu real encontro com o Shetani), mas algo o impediu. Em vez disso, disse:

— Só quero saber o que se sabe de verdade sobre ele, de onde veio.

O Irmão Ugo lançou a ele um olhar contido, como se estivesse ponderando, antes de responder:

— Os ataques do Shetani começaram há quase um século, logo depois da Ruptura — disse baixinho. — Na verdade, grande parte do motivo de yabaharis e gedezianos não se darem bem hoje é *por causa* da criatura;

um culpa o outro pelo terror. Ao longo dos anos, tentaram encontrá-la, derrotá-la, até barganhar com ela por várias vezes, mas nada deu certo. Nós no templo fizemos o possível para manter um registro do número de mortes, mas até isto é uma tarefa difícil às vezes. Que eu saiba, ninguém que viu o monstro pessoalmente viveu para contar.

Exceto eu, pensou Ekon. *Eu e aquela garota.*

Irmão Ugo suspirou.

— Com certeza é uma fera terrível, talvez o mais inteligente predador que já caminhou por estas terras.

Ekon sufocou uma súbita e inexplicável raiva. Ouvir o próprio mentor falar sobre o Shetani com algum tipo de respeito ou admiração o irritava. Aquela fera, aquele *monstro*, tirara tanto dele: primeiro o pai e agora sua chance de se tornar um guerreiro. Se o Shetani não tivesse ido ao Zoológico Noturno, Ekon teria prendido a garota sem hesitar e garantido seu lugar como um leal Filho dos Seis. Ele tinha pensado que tudo levava de volta a *ela*, mas estivera errado.

Tudo levava de volta ao monstro.

— Não quis chateá-lo. — Irmão Ugo estava olhando para ele com mais cuidado agora, como se visse algo pela primeira vez. — Não precisamos falar mais sobre o assunto, se preferir...

— Eu o *odeio*. — Ekon bateu os punhos com força contra o banco. — Queria que estivesse morto. — Ele ouviu a própria raiva soar e se calou. — *Você* deve achar que eu preciso ser mais disciplinado.

— O que *acho* — disse o velho gentilmente — é que não tenho direito de julgá-lo, Ekon. Acho que está sofrendo. E se quiser falar do assunto, sempre estarei aqui para ouvir.

Ekon suspirou. *Aquilo* não era o que esperava daquela manhã. Se alguém tinha o direito de ficar com raiva dele era o Irmão Ugo. Seu mentor passara anos moldando-o como o mais forte candidato possível para os Filhos dos Seis; agora tudo fora desperdiçado.

As palavras transbordaram dele:

— Minha vida *acabou*.

Uma pitada de surpresa, depois de divertimento, tocou os olhos do Irmão Ugo.

— Bem, isso parece exagerado, considerando a sua idade...

— Acabou, Irmão. — Ekon queria olhar para qualquer outro lugar, mas os olhos do velho estavam fixos nos dele. — Tive a chance de *ser* algo, a única coisa que sei ser. Nasci para me juntar aos Filhos dos Seis. Era o meu destino...

— *Engraçado*. — As sobrancelhas brancas de Irmão Ugo se juntaram como duas lagartas se beijando. — Não sabia que você era um estudioso do destino, capaz de adivinhar o futuro.

Ekon abriu a boca, mas o velho prosseguiu:

— O destino não é um único caminho, mas vários, Ekon. Alguns são retos como uma flecha, outros tortos e emaranhados como um fio. Nosso dever não é questioná-los, mas sim *segui-los*.

— Pra *você* é fácil dizer.

Os pés de galinha do velho apareceram; ele achava graça.

— Também sigo um caminho, Ekon, e acredito que um dia ele me permitirá completar meu mais honrado trabalho. A jornada é longa, mas cada dia é um presente. E falando em *presentes*... — Ele colocou a mão nas dobras do robe.

Para a surpresa de Ekon, quando Irmão Ugo tirou a mão, estava segurando um hanjari em uma capa de couro. Era uma arma simples, sem quaisquer joias ou padrões intrincados em seu cabo de madeira, ainda assim Ekon perdeu o ar quando viu o nome esculpido nele:

Asafa Okojo

— Isto... — Ekon sentiu um aperto na garganta. Piscou rápido, odiando o ardor das lágrimas. — Isto era do meu...

— Do seu pai — confirmou Irmão Ugo. — Encontrei nele depois do... acidente. Guardei por muitos anos. Em circunstâncias tradicionais, teria sido do seu irmão quando ele alcançou a maioridade há dois anos, mas... — Ele deu um sorriso triste a Ekon antes de pressionar o cabo em suas mãos. — Perdoe o sentimentalismo de um velho.

Ekon encarou a lâmina, sentindo o novo peso em sua palma. Era feita em um estilo mais antigo, não sofisticado como ele estava acostumado, mas instantaneamente sentiu um profundo apego ao objeto.

— Obrigado, Irmão.

Irmão Ugo assentiu para a adaga.

— *Um homem sábio mantém suas armas afiadas e sua mente mais afiada ainda.* — Ele fez uma pausa, pensativo. — *Essas* palavras foram ditas por um mestre bastante entusiasmado deste templo, chamado Garvicus, um sujeito curioso. Acredito que o Padre Olufemi tem várias de suas obras em seu escritório; ele mantém os volumes mais antigos lá. Realmente devo perguntar...

Ekon deixou as palavras do velho se transformarem em um zumbido fraco e distante. Ainda estava encarando o hanjari, sentindo o arrepio na pele. O pai dele havia segurado aquela lâmina e a mantido consigo até o fim. Ele não sabia se ficava boquiaberto por saber disso ou aterrorizado.

— Ekon?

Ele ergueu o olhar. O Irmão Ugo parara de murmurar e o observava de novo.

— Queria saber se há um motivo em particular para você querer saber mais sobre o Shetani.

Ekon tentou soar indiferente. Depois de Kamau, ele confiava no Irmão Ugo mais do que em qualquer outra pessoa no mundo, mas ainda não estava pronto para falar sobre o que acontecera na noite anterior. Então deu de ombros.

— Acho que só estava... curioso.

— *Ah* — disse o outro, sabiamente. — A curiosidade matou o gato, mas a *satisfação* o trouxe de volta.

Ekon massageou o nariz.

— Essa é mais uma de suas piadas horríveis de velho?

Irmão Ugo cruzou os braços, indignado.

— Na verdade, *não*. — Ele fez uma pausa, acariciando a barba. — Embora, agora que falou, *ouvi* uma bem tosca sobre um porco, a esposa de um fazendeiro e um eloko que entraram em uma taverna...

Ekon deixou as palavras do Irmão Ugo sobre o destino e o Shetani impregnarem sua mente enquanto saía do jardim do céu e vagava pelo templo. A essa altura a luz da manhã entrava pelas janelas em arco, lembrando-o do horário, mas ele simplesmente não conseguia voltar ao quarto para arrumar as coisas, ainda não.

Não percebeu para onde os pés o levaram, até alcançar um corredor curto, mais escuro que os outros. As elegantes arandelas a poucos metros uma da outra o mantinham levemente iluminado o tempo todo e Ekon não precisou olhar para as paredes de granito preto para saber onde estava.

No Salão do Memorial.

De modo involuntário, seus dedos traçaram a pedra fria. Quase cada centímetro estava coberto por pequenos nomes inscritos. Os guerreiros listados em sua maioria eram aposentados e ocasionalmente havia o nome de um estimado mestre estudioso do templo. Ele procurou na lista cronológica, até encontrar.

GUERREIRO ASAFA OKOJO – *Morto a Serviço dos Seis*

Ekon olhou do nome para o velho hanjari, agora preso em seu cinto, lutando contra um arrepio. Irmão Ugo dissera que a lâmina fora encontrada no pai dele depois do acidente.

Acidente era um jeito delicado de chamar.

O pai fora encontrado nos limites da Selva Maior, mutilado quase a ponto de ficar irreconhecível. Ekon tentou ter lembranças melhores: as rugas ao redor dos olhos escuros do pai quando ele sorria ou a forma como a risada dele explodia como um trovão. Mas aquelas coisas melhores, assim como as vagas lembranças que tinha da mãe, nunca duravam muito na mente. No lugar delas, era atormentado por imagens bem mais feias. Ele imaginou uma selva coberta de mato alto, um corpo virado para baixo sobre as folhas. Ekon cerrou os olhos, tentando usar os dedos para afugentar o pesadelo crescente com a contagem, mas as imagens se mantiveram firmes. Ele viu o corpo do pai se erguer da terra, a boca aberta em um grito silencioso enquanto uma criatura avançava, um ser com olhos pretos terríveis e sangue escorrendo da boca. E de repente Ekon não tinha mais 17 anos, era apenas um garotinho, um garotinho que vira tudo.

Um garotinho que não dissera nada.

— Pensei que encontraria você aqui.

Ekon se virou. Não tinha ouvido Kamau entrar no salão. O rosto do irmão era impossível de ler. À luz tremeluzente das arandelas, notou que Kamau parecia ainda mais cansado do que o normal. Os olhos estavam vermelhos, o cabelo despenteado e ele cheirava a algo doce, parecido com vinho.

— Não consegui dormir muito — afirmou ele, lendo a mente de Ekon. — O Padre Olufemi convocou uma reunião de emergência há algumas horas.

— Sobre o quê?

— Não posso contar. — A expressão impassível de Ekon não mudou. — Assunto confidencial.

Confidencial. Lá estava aquela palavra de novo, se colocando entre eles como um muro. Ekon pensou em uma época diferente, quando ele e Kamau enfrentavam tudo juntos. Depois que a mãe fora embora e o pai fora morto, Kamau tinha sido quem encontrara um novo lar para eles no templo. Ali, os dois haviam construído uma vida, esperanças e sonhos. Tudo aquilo se fora agora.

— Conversei com Padre Olufemi sobre você também — murmurou Kamau. — Ele concordou em te deixar ficar no templo.

— O quê? — Ekon ficou boquiaberto. — Como?

— Lembrei a ele que você trabalhou aqui por uma década e que pode ainda ser útil. Ele disse que há uma posição disponível.

— Sério?

Kamau não olhou para ele.

— O Irmão Apunda está envelhecendo e precisa de ajuda para supervisionar a manutenção do templo, principalmente agora que faltam dois meses para o Dia do Vínculo...

Ekon não escondeu sua careta imediata. O Irmão Apunda, zelador-chefe do templo, era um homem austero que sempre cheirava a legumes podres.

— Kam, agradeço por você ter me defendido — disse ele, sério —, mas não quero ser zelador. Quero ser um *guerreiro*.

Pela primeira vez, o rosto de Kamau mostrou tristeza genuína.

— Eu sei. Mas foi o melhor que pude fazer. Sinto muito.

Um silêncio se instaurou entre eles e Ekon desviou o olhar por um momento. Quando ergueu a cabeça, viu que Kamau estava olhando para a parede do memorial. Não pela primeira vez, Ekon se perguntou se o irmão estava pensando na mesma coisa que *ele* sempre pensava quando ia até lá.

— Sinto falta dele. — Ele pensou ter falado baixo demais para que Kamau ouvisse, mas o irmão assentiu devagar.

— É. — A palavra saiu entrecortada. — Eu também. — Kamau passou o peso do corpo de um pé para o outro. — Olha, Ekkie, sei o quanto você queria ser um Filho dos Seis e sei que acha que tem que ser um para deixar o pai orgulhoso. Mas o que ele mais amava não era o uniforme ou o título; era o fato de que servia a esta cidade e às pessoas. — Kamau ergueu o olhar. — Isso é algo que ainda pode fazer como zelador do templo. Trabalhar aqui ainda permite que você sirva a Lkossa, que seja como o pai...

Kamau continuou falando, mas Ekon parou de ouvir. Seus olhos haviam vagado mais uma vez para o nome do pai inscrito na parede diante deles. Em sua mente, apenas parte do que o irmão dissera ainda ecoava:

Seja como o pai. Seja como o pai.

Em 17 anos, ele quisera muitas coisas (beijar uma garota, ter mais tempo para ler na biblioteca, delícias da cozinha do templo), mas o que quisera acima de tudo era apenas ser *como o pai*. Desejara seguir os passos do pai, os passos da *família Okojo*, e adicionar algo de valor àquele legado. *Aquele* tinha sido seu caminho, colocado diante dele desde a infância, cristalino como água. Kamau conseguira seguir esse caminho, mas o de Ekon fora retirado, e não porque ele não o merecera ou o quisera o suficiente.

O caminho dele fora *roubado* por um monstro.

O Shetani havia tirado a vida de seu pai e agora, de uma maneira diferente, Ekon constatou que também havia tirado a dele. Seus planos, suas esperanças, tudo pelo que passara anos trabalhando se foi por causa daquela criatura desprezível. Os dedos dele batiam, ritmados, tentando encontrar uma nova contagem, mas não adiantava. Não havia como calcular uma perda dessa magnitude ou como enumerar esse tipo de dor. Ele nunca usaria o cafetã azul, nunca teria seu nome adicionado àquela parede, junto ao do pai quando morresse. A vida dele acabara antes de começar e era culpa do Shetani. Tudo levava de volta ao Shetani. Os dedos dele pararam de tamborilar e se curvaram até que ele sentiu as unhas se cravando na carne da mão. Ekon queria aquela besta maldita morta, desejou de todo o coração que alguém…

Ele parou.

— Ekon? — Pela visão periférica, Ekon sentiu que Kamau o olhava. — Você está bem?

— Estou. — Ekon precisou se esforçar para manter sua expressão impassível. A ideia que devagar se formava em sua mente não era mais do que uma sementinha; pequena, impossível, mas… estava *lá*. Ele tinha medo de pensar no assunto, de sequer se animar com a ideia, mas, uma vez que a reconheceu, descobriu que as raízes se afundaram nele, se recusando a soltá-lo. Ele escolheu as palavras com cuidado: — Eu… acho que acabei… de solucionar o problema.

— O quê? — Kamau franziu a testa, visivelmente confuso. — Do que você...?

— Meus ritos de passagem — Ekon murmurou para si. — As mortes... eu poderia... Sim, então tudo seria consertado...

Ekon ignorou a sobrancelha arqueada do irmão e começou a andar de um lado ao outro. Ele sabia que parecia estranho, abrupto, mas pensava melhor quando estava em movimento, contando algo. De uma vez, os dedos recomeçaram. Ele ouviu o som de suas sandálias batendo contra o chão de pedra do templo enquanto deixava a ideia se desenrolar na mente.

Um-dois-três. Seria tolice.

Quatro-cinco-seis. Seria perigoso.

Sete-oito-nove. Consertaria tudo.

— *Ekkie.*

Ekon parou de repente, atordoado. Kamau o encarava, a expressão entre um leve divertimento e uma genuína preocupação.

— Me inclua — disse ele suavemente. — *Do que está falando?*

Ekon engoliu em seco. Estavam sozinhos, não havia ninguém mais ao redor, mas ele ainda estava quase com medo de dizer as palavras. Ele baixou o tom de voz:

— Acho que sei de uma maneira de convencer o Padre Olufemi a reconsiderar minha candidatura aos Filhos dos Seis.

O rosto de Kamau desmoronou de uma vez. Ele não mais parecia achar graça; agora a expressão era de pena. Suspirou e o som o magoou mais do que Ekon esperava.

— Ekon...

— Me escute. — Ekon ergueu a mão, falando rápido. Tentou não perceber que Kamau estava encarando seus dedos que tamborilavam, franzindo a testa e censurando. — Falhei no meu rito de passagem final. — Doía dizer em voz alta, mas ele se forçou. — Mas e se houver outra forma de provar ao Padre Olufemi e aos irmãos do templo que *sou* capaz?

Kamau franziu ainda mais a testa.

— Como assim?

— E se um candidato executasse um ato que nem um outro Filho dos Seis conseguiu, algo que melhorasse a vida de cada pessoa nesta cidade? Com certeza *isso* faria o Padre Olufemi reconsiderar.

— Pode ser que sim. — Kamau deu de ombros. — Mas esse ato teria que ser realmente extraordinário, teria que ser algo como...

— Como matar o Shetani?

Kamau levou um momento para absorver as palavras. Ekon observou enquanto o entendimento aparecia no rosto do irmão, a boca e os olhos dele simultaneamente se arregalando de horror.

— Ekon — sussurrou ele. — *Não.*

— Pense, Kam. — Ekon eliminou a distância entre eles e abaixou a cabeça. — Se eu conseguisse encontrá-lo, se eu o *matasse...*

Kamau balançou a cabeça.

— Ekon, me escute. Você não pode...

— Sabe, não sou tão incompetente quanto você acredita — interrompeu Ekon de modo irracional. — Treinei neste templo, assim como você.

Kamau pareceu pesaroso.

— Não é isso, é que... — O irmão hesitou e Ekon ergueu o queixo.

— Diga.

Kamau deu uma olhada furtiva por cima do ombro.

— Você não pode falar sobre isso com ninguém.

Ekon assentiu.

— Você não pode ir atrás do Shetani porque um grupo de caçadores está sendo reunido para fazer exatamente isso *agora* — disse Kamau, apressado.

Ekon inspirou fundo.

— *Uma caçada...?*

— Shh!

Ele fechou a boca para repetir as palavras do irmão em mente. *Um grupo de caçadores.* Pela primeira vez em uma década, o Padre Olufemi iria selecionar guerreiros para entrar na Selva Maior em busca do Shetani. Ser escolhido seria um privilégio imenso, o mais alto mérito, uma honra.

— Quem foi convidado? — Era a primeira pergunta que vinha à mente dele.

— Não sei todos os nomes ainda — respondeu Kamau. — O Padre Olufemi ainda está selecionando. Ele quer garantir que haja um bom equilíbrio entre novatos e guerreiros experientes, caso...

Caso nenhum deles retorne, Ekon terminou as palavras não ditas. Ele assentiu para o irmão.

— *Você* vai?

Ekon não se deu ao trabalho de perguntar se o irmão era um dos escolhidos.

Kamau pareceu pouco à vontade.

— Não me decidi.

— Essa reunião da qual você saiu, se tratava disso, não foi?

Kamau nada disse, mas seus olhos mostravam a resposta.

— Se entrar na Selva Maior em busca do Shetani, precisa entender que você não lutará apenas com o que já está lá. Os Filhos dos Seis também caçarão, no estilo yabahari.

Ekon engoliu em seco. Ele conhecia as regras dos yabaharis, a forma tradicional de caça de seu povo. *Sem misericórdia.* Os guerreiros naquela selva cuidariam apenas de si mesmos e todos os outros seriam tratados como inimigos. *Ele* seria tratado como inimigo.

— Sei como um Filho dos Seis caça — disse ele, com mais confiança do que estava sentindo. — O que significa que também sei como evitá-los. Se eu ficar fora do...

— Ekon, *me escute*. — A voz de Kamau tinha mudado. Ele soava como um verdadeiro guerreiro agora, mais implacável e sério. — Isso não é um jogo. Os Filhos dos Seis e o Shetani já são ruins o suficiente por conta própria, mas há também a própria Selva Maior. Você nunca esteve lá antes.

Ekon escolheu não mencionar que, tecnicamente, *não* era verdade.

— Caçar o Shetani lá não será como o treinamento que você teve aqui na cidade — prosseguiu Kamau. — Se cometer um erro nos campos de treinamento, você perde a partida. Mas se cometer um erro naquela selva... — Ele pausou. — Pode custar a sua vida.

— Um preço que estou disposto a pagar. — Ekon endireitou a postura. Quando crianças, Kamau sempre fora um pouco mais alto que ele, mas no ano passado Ekon enfim crescera um pouco mais. Eram espelhos um do outro agora; dois pares idênticos de olhos escuros no mesmo nível. — Você mesmo disse ontem à noite: sou um Okojo. Nasci para ser um guerreiro. Está no meu sangue, assim como no seu. Está nas nossas raízes. *Kutoka mzizi*, lembra?

Kamau balançou a cabeça.

— Ekon...

— *Fé e coragem.* — Ekon deu um passo à frente. — Ontem, o Padre Olufemi disse que um verdadeiro Filho dos Seis tem fé e coragem. Matar o Shetani provaria que tenho ambos.

A expressão de Kamau endureceu.

— Devo lembrá-lo que tenho o dever de reportar informações assim ao Padre Olufemi e aos irmãos do templo.

— Kam. — A voz de Ekon mal passava de um sussurro. — *Por favor.*

Ele não tinha certeza se foi o apelo em si ou talvez a maneira como o fez, mas, devagar, Ekon observou algo na expressão de Kamau fraquejar. Foi mínimo, uma única rachadura em uma armadura invisível, mas foi o suficiente. Simples assim, Kamau não era mais um kapteni, nem mesmo um guerreiro; era apenas um irmão mais velho. Ele não era o "Guerreiro Okojo", era Kam, o garoto que uma vez escapulia com Ekon dos dormitórios do templo até a cozinha para se empanturrar de uvas vermelhas e suco de manga tarde da noite. Era o Kam, o primeiro a ensinar Ekon a segurar corretamente um hanjari, e que pacientemente o treinara por dias, até que ele acertasse. Ele era o menino que sabia bem o que era perder dois pais, porque os havia perdido também. E ele era Kam, o irmão que nunca trairia Ekon.

— Não contarei ao Padre Olufemi — disse Kamau. — A não ser que ele me pergunte diretamente. Se perguntar, você precisa saber que não terei escolha a não ser dizer a verdade.

Ekon assentiu. O irmão havia feito um juramento sagrado de fidelidade; como um guerreiro ungido, aquela meia-promessa era o melhor que podia oferecer. Mesmo assim, ele sabia que Kamau poderia perder sua posição como kapteni por manter esse segredo.

— Obrigado.

Kamau colocou a mão no ombro dele.

— Pegue suas coisas rápido e vá assim que puder — instruiu. Havia um fervor em seu comando. — O Padre Olufemi deve precisar de mais alguns dias para organizar o grupo de caça e *você* precisa estar à nossa frente. Fique fora dos caminhos mais óbvios, mas não saia da trilha completamente, ou se perderá. Além disso, não deixe rastros. — Ele lançou a Ekon um olhar profundo. — Ou outra coisa que permita que seja seguido.

Ekon assentiu.

— Não vou deixar.

— Lembre-se do que aprendeu no treinamento, seja engenhoso.

— Serei.

Kamau assentiu.

— Você também precisa entender que, assim que for, você estará ausente sem permissão, sujeito a ser punido...

— O Padre Olufemi não me punirá — interrompeu Ekon. — Não se eu der o que ele quer, a cabeça daquela coisa.

Kamau deu um meio-sorriso antes que sua expressão ficasse mais solene.

— Me prometa uma coisa, Ekkie. — O tom dele mudou de repente. — Prometa que, seja lá o que fizer, não vai deixar que encontrar aquela besta se torne mais importante que a sua vida. Não posso... — Ele olhou para os pés. — Não posso te perder também. Você é tudo o que tenho.

Ekon sustentou o olhar do irmão, ignorando o aperto no peito. Ele nunca havia mentido para Kamau. Mas agora precisaria:

— Prometo. Voltarei em algumas semanas, talvez mais cedo.

Kamau assentiu.

— Vou conseguir, Kam — disse Ekon. — Encontrarei aquela criatura, vou matá-la e vingarei nosso pai.

E conseguirei meu lugar nos Filhos dos Seis, ele prometeu a si mesmo. *Nem que seja a última coisa que eu faça.*

O Shetani roubara o destino dele. Agora, Ekon o roubaria de volta.

CAPÍTULO 9

UMA VERDADE E UMA MENTIRA

Koffi teve um último vislumbre das ruas movimentadas da cidade antes de Baaz jogá-la na carroça puxada por uma mula.

Os cheiros no ar eram familiares (feno, suor e estrume), mas dentro do ambiente de madeira, eram nauseantes. Por vários minutos, a carroça sacolejou e balançou sob a condução de Baaz e Koffi ouviu os sons da cidade diminuírem. Por fim, a carroça parou e ela ouviu o clique distinto de uma chave girando no cadeado. Koffi tentou proteger os olhos quando a repentina luz do sol irrompeu na escuridão, mas foi puxada para fora antes que pudesse. Precisou piscar várias vezes para focar a visão. Quando conseguiu, o coração parou de bater.

Os gramados do Zoológico Noturno estavam em ruínas, destruídos e chamuscados. Várias gaiolas foram derrubadas, as portas de metal gradeadas balançavam com a brisa da manhã. No meio delas, onde a tenda estivera antes, restava agora pouco mais do que um cemitério de sucatas incandescentes, móveis queimados e uma coleção de vigas retorcidas em ângulos estranhos, o conjunto se assemelhava de maneira perturbadora com um enorme esqueleto carbonizado. Incrédula, Koffi observou a cena. Nunca gostara muito do antigo zoológico, mas era o único lar de verdade que conhecera. Era surpreendentemente triste vê-lo daquele jeito.

— Koffi?

Ela ergueu o olhar de repente. A voz que chamara por ela não era baixa e rouca como a de Baaz, mas amigável e familiar. Ela se virou, o coração quase saltando do peito.

— Jabir?

O jovem guardião de feras estava correndo em direção a ela, descalço, pela grama escurecida, vários cães selvagens logo atrás dele. Era uma repetição estranha, quase sinistra da forma como ele correra até ela na noite anterior. Quando a alcançou, nada disseram. Koffi jogou os braços ao redor dele, apertando-o até sentir as costelas doendo. Jabir emitiu um breve som de alívio e abraçou-a de volta. Depois de um momento, ela se afastou para examiná-lo. A bainha da túnica cinza dele estava um pouco chamuscada, mas no geral ele parecia intacto.

— Pensei que estivesse morto — disse ela.

— Consegui escapar. — A voz de Jabir estava áspera como a de alguém que inalara fumaça. — Pouco antes de a tenda vir abaixo, felizmente. Procurei por você e sua mãe, mas estava escuro, não consegui encontrá-las...

Uma mistura de culpa e dor prendeu as palavras na garganta de Koffi. Ela tentou encontrar as palavras certas para contar a Jabir o que havia acontecido, para explicar tudo. Também tinha muitas outras perguntas a fazer. Um dos cães selvagens perto de seus pés latiu e ela olhou para ele antes de encontrar o olhar do garoto outra vez.

— Os filhotes estão todos bem?

— Em geral, sim. — Jabir pegou um dos menores e o ninou. — Teku ainda está um pouco abalado, mas...

— *Garota!*

Os dois deram um pulo. Baaz ainda estava ao lado da carroça, os braços cruzados, comprimindo os lábios. Koffi olhou para ele.

— Senhor?

— Venha aqui. *Agora.*

Na hora, Jabir a apertou com mais força, ainda que com gentileza, Koffi afastou os dedos dele. Se estivesse prestes a ser punida por fugir, não arrastaria Jabir consigo.

— Está tudo bem — murmurou. — Te encontro daqui a pouco.

Jabir hesitou antes de assentir e voltar com os filhotes para as cabanas dos guardiões. Ela se certificou de que eles estavam longe o suficiente antes de enfrentar Baaz outra vez. Ele ainda a olhava, esperando. Ela se preparou e foi, tomando o cuidado de parar longe de seu alcance. Agora que estava mais perto e o via direito, percebeu que ele tinha olheiras. Várias das pedras preciosas falsas em seus anéis haviam se soltado, deixando espaços vazios e tristes em seu lugar. Como o Zoológico Noturno, Baaz parecia tolhido. O olhar dele passou por ela, cheio de desgosto.

— Sei que foi você — acusou ele, sem mais delongas. Por um momento terrível, um verdadeiro medo passou pelo corpo de Koffi, antes que Baaz prosseguisse: — Nada disso teria acontecido se tivesse prendido a guia do Diko, se não tivesse gritado para que todos saíssem da tenda e assim começasse toda a confusão.

Koffi abaixou a cabeça. Não queria que Baaz visse o alívio. Ele a acusava (com razão) por não conferir a guia de Diko e por ter incitado o pânico na tenda, mas não parecia saber sobre a vela. *Ótimo.*

— O que aconteceu com Diko? — perguntou ela baixinho.

— Quem é que sabe? — Baaz jogou as mãos para cima. — Metade das minhas feras morreu ou desapareceu e minha reputação está em frangalhos. — Ele bateu os pés contra o chão e Koffi teve que usar cada partícula de autocontrole para não rir. Nada na situação tinha graça, mas Baaz Mtombé sempre era teatral quando havia a oportunidade. — A notícia desse desastre vai se espalhar — prosseguiu ele. — O público nos espetáculos vai continuar diminuindo e com ele minha margem de lucro. Além disso, o Kuhani e o comitê de palhaços dele recusaram meu pedido de ajuda financeira... — Ele pareceu perdido em pensamentos por um momento antes de tornar a olhá-la. — E é *tudo culpa sua.*

Koffi engoliu em seco. É óbvio que suspeitara daquilo, mas não era fácil lidar. Imaginou o tronco de açoite do outro lado do terreno, sem dúvida o único sobrevivente da tragédia. Haveria dor, muita dor, mas era melhor que acontecesse logo. Ela olhou bem nos olhos de Baaz.

— Quantas chibatadas?

Ele estreitou os olhos.

— O quê?

— *Quantas?*

Ele franziu a testa.

— Garota, do que está falando?

Uma sensação de inquietação tomou Koffi. Baaz parecia realmente não saber do que ela estava falando, o que significava que ou ele inalara muita fumaça na noite anterior ou tinha planos muito piores para a punição dela. Ela não tinha esperanças de ser a primeira opção.

— Eu não vou... não vou ser mandada para o tronco?

Por fim, a compreensão surgiu no rosto de Baaz, seguida por outra coisa. Koffi levou um momento para reconhecer que o que se espalhava devagar pelo rosto do homem não era raiva, mas diversão.

— Não, Koffi. — Baaz disse o nome dela baixinho, observando-a como um gato observa um rato encurralado. — Você não vai para o tronco. Não desta vez.

Koffi inspirou fundo.

— Então... o que você vai fazer comigo?

— Ah, não vou fazer nada com você — disse Baaz. — Você é que vai fazer uma coisa *por mim*. Veja bem, seu pequeno erro com Diko me custou milhares de fedhas em danos e você não pode me pagar porque já me deve. — Ele juntou os dedos. — Portanto, decidi que esses novos custos serão adicionados retroativamente ao saldo pendente do seu contrato.

Koffi titubeou.

— O que isso significa?

— *Significa* — disse Baaz — que será adicionado à sua dívida. Fazendo uma conta rápida, você será capaz de quitar em mais ou menos 35 anos, fora os juros.

Koffi sentiu que a última gota de determinação a abandonava rápido demais, como se alguém a tivesse arrancado dela com violência. O mundo ao seu redor girou, ficou embaçado, e descobriu que não conseguia nem falar enquanto as palavras de Baaz a feriam.

Trinta e cinco anos. Trinta e cinco anos. Não semanas ou meses, mas anos.

Na mente, Koffi teve vislumbres de velhas lembranças, as margens esfarrapadas da vida que tivera antes. Ela se lembrava de ser uma criança, sentada sobre os ombros do pai em uma manhã, enquanto ele explicava que eles estavam partindo em uma aventura. Na época, parecia divertido trabalhar em um zoológico cheio de animais interessantes. Ela era muito jovem naquela época para entender a gravidade de coisas como termos e condições, e somente depois que o pai morreu foi que a terrível realidade mostrou sua verdadeira face. A dívida remanescente do pai se tornou dela. Por quase uma década depois disso, ela e a mãe trabalharam todos os dias para pagar essas dívidas, e chegaram muito perto.

Trinta e cinco anos. Anos.

Agora, a dívida aumentaria em milhares.

— Isso... isso não pode estar certo. — Koffi engoliu a bile que subia pela garganta, tentando firmar os joelhos trêmulos. — Você não pode fazer isso. Não sou adulta, nem sequer assinei meu próprio contrato...

— Já está feito, garota. — Os olhos de Baaz não demonstravam qualquer compaixão. — E a lei está do meu lado. Informarei sua nova dívida quando meu empreiteiro terminar a avaliação dos danos e os custos dos reparos. Enquanto isso, comece a limpar antes que eu mude de ideia sobre o tronco. — Ele olhou para o terreno ao redor deles, enojado. — Que sujeira...

Sentindo-se entorpecida, Koffi observou enquanto ele se afastava. Sempre soube que a punição pelo que fez seria ruim, mas aquilo era muito pior do que qualquer coisa que ela poderia ter imaginado. *Trinta e cinco anos.* Ela tinha 16. Trinta e cinco anos naquele Zoológico Noturno era mais do que uma sentença de prisão; era toda uma vida perdida, a vida *dela*. Ela sentiu como se estivesse afundando em algo, um pesadelo do qual não conseguia acordar.

Os pés a guiaram sem direção, até que parou diante dos restos fumegantes da tenda. De perto, sentiu o fedor e o cheiro forte de queimado. Os olhos vagaram pelos destroços chamuscados, até que encontraram algo brilhante quase perdido entre as cinzas, pequeno e de um azul vivo. Ao inspecionar mais de perto, reconheceu o que era e o coração disparou. Era um pedaço daquela estátua de pavão de cor turquesa, talvez um fragmento de seu bico ou de sua cabecinha. Koffi sempre odiara aquela coisa, a achava espalhafatosa e ridícula com o pescoço longo demais e as penas extravagantes na cauda. Agora, aquilo era tudo o que restava dela, um pedaço queimado de pedra azul-clara. Óbvio que o pássaro havia queimado. Como todo o resto naquele Zoológico Noturno, era uma farsa, uma ilusão. A verdadeira pedra turquesa teria sido mais resistente, capaz de suportar o calor do fogo. A estátua sempre fora uma coisa inútil. Ainda assim, enquanto Koffi olhava fixamente para a peça, uma estranha espécie de dor tremulou dentro dela. Ela queria reconstruir aquele pavão estúpido e injetar-lhe a vida que tinha antes, dando-lhe uma segunda chance. Nessa vida alternativa, ela nunca teria se esquecido de conferir a guia de Diko e ele nunca teria atacado a esposa do comerciante. A mãe dela não teria assumido a culpa por um erro que não cometera e Koffi nunca teria feito aquela coisa estranha com a vela. Ela desejou de todo o coração poder voltar atrás, trocar as escolhas erradas pelas certas, ter uma segunda chance de...

De repente, Koffi perdeu o ar. Ainda estava olhando para os restos da tenda, ainda de pé sobre as cinzas, mas uma única palavra havia se emaranhado em sua mente:

Troca.

Aconteceu devagar, as peças se encaixando nos pensamentos dela.

Troca.

Ela se lembrou de um momento preciso da noite anterior na tenda, parte da conversa entre duas pessoas: Baaz e Bwana Mutunga. Eles debatiam algo, o Shetani.

Seria uma bela adição ao seu espetáculo, não?, o mercador dissera estas palavras brincando.

Bem, um homem pode sonhar, Baaz respondera. *Mas acho que teria que barganhar minha alma para conseguir tal aquisição.*

Troca. Barganha. Então Koffi percebeu. Tinha sido a primeira vez que ouvira a palavra, *barganha*; não quando estava sentada com a velha no mercado de manhã, mas na noite anterior, dita pelo mestre dela. *Troca. Barganha.* A velha também dissera outra coisa.

Qualquer coisa pode ser barganhada, se você souber o verdadeiro valor dela.

Qualquer coisa podia ser barganhada. Qualquer coisa.

O coração de Koffi bateu forte no peito enquanto ela se virava, os olhos vasculhando os jardins do Zoológico Noturno, até encontrar a pessoa pela qual procurava. Baaz estava a vários metros de distância, mas decerto ao alcance da voz.

— Senhor! — Praticamente gritou e correu atrás dele, ignorando a dor nas pernas enquanto se forçava a correr mais rápido. — Senhor, espere!

Baaz olhou por cima do ombro, irritado, e então se virou por completo quando viu Koffi correndo em sua direção. Ela parou diante dele e levou um momento para estabilizar a voz antes de falar.

— Senhor, quero... propor uma barganha.

Confuso, Baaz tinha franzido as sobrancelhas; agora as arqueou em surpresa.

— Quer propor *o quê?*

Koffi engoliu em seco. Não tinha certeza se as palavras estavam certas, mas não se importava mais. Era sua última esperança e ela precisava tentar.

— Eu disse que quero propor uma barganha — repetiu com mais firmeza. — Em troca do meu contrato.

Baaz a olhou fixamente por um momento, antes de sua expressão dividir-se entre irritação e incredulidade.

— Você não pode *barganhar* comigo.

Koffi se manteve firme:

— Por que não?

Baaz estreitou os olhos.

— Porque você não tem nada para negociar. Está endividada, *sem um tostão*. Não possui absolutamente nada.

Isso era verdade. Por toda a vida, Koffi tinha sido pobre, cheia de dívidas que não lhe pertenciam. Baaz estava certo ao dizer que ela não *possuía* nada. Mas isso não significava que ela não tinha nada.

— Tenho uma coisa sim — disse ela rapidamente. — A coisa que você mais quer.

Baaz fez uma nova careta de desprezo.

— E o que seria *isso*?

— A mais nova atração do Zoológico Noturno, que *eu* posso conseguir para você. — Koffi abaixou a cabeça, tentando parecer humilde. Para que aquilo funcionasse, teria que soar convincente, mas natural.

— Do que está falando?

Ela inspirou fundo.

— Noite passada, depois que fugi e pulei o muro, vi uma criatura nos campos de capim-limão.

Baaz estreitou os olhos.

— Que *tipo* de criatura?

— Uma fera gigantesca e terrível — contou Koffi misteriosamente. — Com olhos escuros e dentes mais longos que os meus dedos…

— Seus… seus *dedos*?

— É verdade. — Koffi sustentou o olhar do mestre. Se aprendera uma coisa ao observá-lo no Zoológico Noturno durante todos aqueles anos era como contar uma história, como cativar uma audiência com palavras floreadas e pausas dramáticas. — E sei o que era: o Shetani.

O efeito das palavras foi instantâneo; Baaz paralisou.

— Isso é impossível.

— É *possível* — retrucou Koffi. — Eu mesma vi. Ele veio na minha direção.

— E mesmo assim, aqui está você. — Baaz cruzou os braços grossos. — *Intacta*.

— Ele não me tocou — explicou Koffi. — Fugiu porque.... — Ela hesitou. *Aquele* era o momento, o limite entre uma verdade e uma mentira. — Porque eu ordenei que ele fosse embora e ele obedeceu.

Houve uma pausa longa, tão longa que Koffi começou a suar. Baaz a encarou, perplexo, até jogar a cabeça para trás e rir.

— Você... — disse ele entre os acessos de riso. — Você espera que eu acredite que você, uma criança magricela, deu ao Shetani da Selva Maior uma ordem e ele *obedeceu*?

— Eu não estaria aqui se não tivesse feito isso. — Koffi manteve a expressão impassível. — E nem o guerreiro que pulou o muro e foi atrás de mim. Ele estava com tanto medo que acabou me deixando escapar.

Baaz parou de rir de imediato. Uma sombra de algo passou pelo rosto dele enquanto parecia absorver as palavras da garota e com elas uma compreensão que ela não entendeu. Então viu uma nova emoção. Medo.

— Você... você o viu mesmo em carne e osso? — Os olhos dele estavam arregalados, horrorizados. — E ordenou mesmo que ele a deixasse viver?

— Sim.

— *Como?* — sussurrou Baaz. — Como você fez isso?

— A magia nem sempre esteve confinada nas páginas das histórias — Koffi repetiu as palavras que a velha lhe dissera no mercado. — Está fraca, mas ainda existe em Lkossa para alguns poucos escolhidos. *Eu sou* um desses poucos.

Baaz ergueu um dedo para ela.

— O que está dizendo é blasfêmia — alertou ele. — Eu poderia denunciá-la...

— Você poderia — interrompeu Koffi. — *Ou* poderia mudar seu destino de maneira significativa.

Baaz a observou.

— Como assim?

— Mandei o Shetani embora ontem. Mas e se eu o encontrasse e o trouxesse para o Zoológico Noturno? E se ele se tornasse sua mais nova atração?

— Nunca daria certo. — Baaz engoliu em seco. — As pessoas nunca pagariam para ver algo tão horrível...

— Sei de uma pessoa que pagaria — disse Koffi. — O Kuhani. Você ouviu o que o mercador disse a noite passada. Comerciantes não vêm mais à cidade; as pessoas têm medo. Como acha que o homem que controla os cofres mais recheados da região demonstraria sua gratidão a quem resolver seu maior problema?

Ela observou o medo no rosto de Baaz se transformar em fome. Ela soube então, naquele exato momento, que o convencera. O mestre era cruel, violento e ganancioso, mas acima de tudo era um empresário.

O espetáculo dela estava quase no fim.

— Você mencionou uma barganha — disse ele devagar, calculando. — O que trocaria pelo Shetani?

— A quitação eterna das dívidas da minha família, para que eu deixe o Zoológico Noturno para sempre — respondeu Koffi imediatamente. — E as dívidas de Jabir também. E terei que entrar na selva para encontrar o Shetani, então também preciso de um pequeno valor para comida e suprimentos.

— Naturalmente. — O sorriso de Baaz era afiado como uma lâmina. Ele inclinou a cabeça como se visse Koffi pela primeira vez. — Sabe, isso nos *coloca* no que alguns considerariam um conflito de interesses. Quando eu deixar você sair daqui, estará livre para simplesmente fugir de novo.

— Voltarei por Jabir — disse ela. — Não vou deixá-lo.

Baaz balançou a cabeça.

— Você já o abandonou uma vez. O que vai impedi-la agora?

As palavras doeram e Koffi de repente ficou feliz por Jabir não estar por perto para ouvir a conversa. Óbvio, antes ela não *sabia* que ele ainda estava vivo e preso ali (tinha presumido o pior de cara), mas isto não mudava a verdade. Baaz estava certo; ela *havia* abandonado o amigo. O sorriso dele ficou maior.

— Acho que precisamos estipular algumas condições — disse ele, alegre. — Para garantir que você está mesmo comprometida.

Koffi engoliu em seco.

— Quais?

— Parâmetros bem-definidos — respondeu Baaz. — Sua pequena caçada terá um limite de tempo. Você terá até o início da temporada de chuvas para encontrar o Shetani e trazê-lo aqui. Se não, adicionarei à sua dívida uma taxa de 700 fedhas pela inconveniência.

Koffi franziu o cenho. Já era quase temporada de chuvas, então ela teria mais ou menos uma semana, no máximo.

— *Tudo bem.*

— Se voltar a tempo, mas sem o Shetani, também haverá uma taxa de inconveniência.

— Entendi.

— *Por fim*, se não voltar para o zoológico — continuou Baaz —, as novas dívidas e as taxas de inconveniência irão para Jabir... e para a sua mãe.

Koffi ficou estática.

— O quê?

Ela tentou desfazer o nó de pensamentos ricocheteando por sua cabeça de uma só vez, exigindo atenção.

Mãe.

Era impossível, a não ser que não fosse. Baaz estava mentindo, a não ser que estivesse dizendo a verdade. *Poderia* ser a verdade? Ela trincou os dentes, lutando contra a dor, lutando contra a esperança.

Mãe.

Na cabeça dela, imagens violentas colidiram com imagens belas. Ela viu a mãe enrolada ao seu lado em uma cabana, cantando canções folclóricas baixinho, e viu como os olhos da mãe reviraram. Ela se lembrou do rosto da mãe, tocado pelo sol dourado da manhã, e se lembrou do corpo dela em uma poça de sangue.

Minha mãe está viva? Como?

— Temos um acordo? — Baaz deu um sorriso sinistro.

— Onde ela está? — Os lábios de Koffi estavam dormentes.

— Sua mãe foi levada para a cabana da enfermaria ontem à noite. — Ele recomeçou a andar, olhando por cima do ombro. — Espero que planeje manter sua parte na barganha, garota. O custo de falhar é bem alto...

Koffi não ouviu o resto. Já tinha começado a correr.

O grupo irregular de cabanas dos guardiões de feras parecia muito menor à luz do dia.

Koffi disparou pelo caminho, os pés batendo na terra vermelha a cada passo.

Mãe. A mãe estava *viva*.

Com a visão periférica, percebeu que pessoas a olhavam (outros guardiões que talvez tivessem pensado que ela estava perdida ou morta), mas os ignorou. Seus olhos vasculharam as cabanas, até que ela viu uma no final do caminho, pequena e modesta. A cabana da enfermaria. Ela correu para lá e quase arrancou a porta ao abri-la.

Um emaranhado de odores a atingiu de uma vez, um odor acobreado e denso, mas outros cheiros também, dos quais não gostou. Koffi sentiu o cheiro de unguentos caseiros, ervas curativas, o cheiro distinto de linho para bandagens e pomadas. Nem um dos cheiros era de fato ruim, mas pareciam muito familiares; eles a lembravam do pai. Os olhos dela vasculharam as poucas camas alinhadas lado a lado. Havia guardiões em cada uma delas. Alguns tinham feridas e cortes, enquanto outros possuíam queimaduras tão graves que ela não os reconheceu. Koffi se encolheu.

Você fez isso, uma voz disse a ela. *Eles estão todos feridos por sua causa, por causa de seja lá o que fez com a vela...*

Ela acalmou a voz enquanto os olhos se ajustavam à escuridão e se fixavam em uma cama no final da fila. Jabir estava sentado ao lado dela, com a cabeça baixa. O sangue rugia nos ouvidos de Koffi enquanto corria até lá. A mãe estava deitada de costas, olhos fechados. Havia uma manta fina cobrindo-a até os ombros nus, mas não era longa o suficiente para cobri-la por completo, e seus pés se projetavam da outra extremidade. Com uma pontada de dor, Koffi percebeu a bandagem na cabeça dela. Estava manchada de um marrom-avermelhado escuro.

— Ela acorda e apaga — explicou Jabir. — Mas acho que ela ficará bem cedo ou tarde. Estou garantindo que alguém troque os curativos dela.

Ela ficará bem. Estas foram as únicas palavras que Koffi ouviu. *Bem. Minha mãe vai ficar bem.*

As palavras saíram em um soluço:

— Obrigada, Jabir, por tudo.

Por um tempo, nenhum deles falou, observando o peito da mãe subir e descer.

— Fiquei tão preocupado com você, Kof — sussurrou Jabir para ela. — Tive medo de que você... de que você não fosse voltar.

A culpa apertou o peito de Koffi. A verdade era que não *planejara* voltar, mas não pelos motivos que Jabir teria imaginado. Ela pensara que não havia mais nada para ela ali, nada pelo que lutar. Agora tudo mudara. Não apenas tinha a mãe e Jabir por quem lutar, mas também a chance de pegar de volta algo que pensara que nunca teria de novo: liberdade.

— Jabir — disse baixinho. — Não vou ficar.

— O quê? — Havia uma rispidez na voz de Jabir, mas abaixo ela ouviu a mágoa. — Koffi, não pode fugir de novo. Se Baaz a capturar outra vez...

— Não vou fugir. Baaz sabe que estou indo — explicou ela em voz baixa, se inclinando para mais perto. — Fiz um acordo com ele.

Uma surpresa momentânea cruzou o rosto de Jabir. Parecia que ele queria fazer mil perguntas ao mesmo tempo. Em vez disto, assentiu para que Koffi continuasse. Ela contou a ele tudo o que havia acontecido, desde o momento fatídico com a vela até o que vira do outro lado do muro do Zoológico Noturno. Contou a ele sobre a velha que conhecera e o que aprendera sobre magia em Lkossa. Por fim, falou sobre o acordo.

— E disse a ele que também quero que sua dívida seja perdoada — finalizou, apressada. — Para que possamos ir embora todos juntos: você, minha mãe e eu.

Jabir não disse nada, mas baixou o olhar.

Koffi pausou.

— O que foi?

— É que... — Jabir suspirou. — Queria que tivesse falado comigo antes de fazer um acordo assim.

Koffi abriu a boca para responder, mas não o fez. Tinha pensado que incluir a dívida de Jabir na barganha era a coisa certa a fazer, mas... talvez não fosse. Não havia parado para considerar as implicações de fazer isso, apenas parecia certo, e ela não havia questionado. De pronto, as palavras da mãe voltaram para ela:

Mas às vezes você não pode se deixar guiar pelo coração. Precisa pensar com a cabeça.

— Sinto muito — disse ela com sinceridade. — Sinto muito mesmo. Mas... não queria que se sentisse esquecido. Você é tão da minha família quanto minha mãe.

Jabir desviou o olhar por um momento, piscando muito.

— Você também é a minha família, Kof. — Ele pareceu recuperar a compostura. — Sabe, o Shetani nunca foi encontrado antes, então se for encontrá-lo, precisará de ajuda.

Koffi ficou tensa.

— Jabir, você não pode vir com...

— Não estou falando *de mim*. — Ele balançou a cabeça. — Quero dizer que precisará de algum tipo de guia pela Selva Maior, um mapa.

— Certo. — Koffi assentiu. Na verdade, ela sequer começara a pensar no que precisaria para a missão, mas um mapa parecia a coisa mais óbvia.

— Tem ideia de onde posso encontrar um?

— Nada me vem à mente. — Jabir massageou as têmporas. — Não disse que esteve no mercado mais cedo?

— Sim.

— Bem, deveria tentar lá primeiro — sugeriu ele. — Há mercadores que vendem quase tudo que puderem...

— Espere um momento. — Koffi arregalou os olhos. — É isso.

— O quê?

— O mercador — repetiu ela. — Noite passada, você lembra o que o Bwana Mutunga disse que comercializava?

— Na verdade... não.

O coração de Koffi acelerou.

— Ele disse que a especialidade dele era *suprimentos administrativos*, principalmente para o templo. Papiros, penas, tinta baridiana para livros e...

— *Mapas*. — Os olhos de Jabir se arregalaram com a compreensão. — Há *mapas* no Templo de Lkossa!

— O que significa que é para onde devo ir — afirmou Koffi. — É *onde* encontrarei um mapa para a Selva Maior. — Ela olhou para ele, esperançosa. — Acha que consegue me ajudar a entrar lá?

Jabir esfregou o queixo por um momento, pensativo.

— Não seria fácil, mas... acho que sei de uma maneira de entrar.

— Obrigada. — Koffi apertou a mão de Jabir outra vez, antes de se virar para a figura adormecida da mãe. Por vários segundos, nenhum deles falou. — Vou caçá-lo, Jabir. — Ela não sabia se as palavras eram para ele ou para si, ainda assim se sentiu bem dizendo-as em voz alta. — Vou encontrar o Shetani e o trarei para cá, e então conseguirei nossa liberdade de volta.

Koffi não disse em voz alta as últimas palavras de sua promessa: *Ou morrerei tentando.*

PARTE DOIS

ATÉ MESMO O ELEFANTE FICA PRESO NA TEIA DA ARANHA

UM VERDADEIRO RECEPTÁCULO

ADIAH

— Adiah!

Desvio os olhos do sol forte e volto a ficar em posição de sentido. A poucos metros de distância, no gramado do Templo, Irmão Lekan me olha com raiva. Nem um de seus dreadlocks cinza está fora do lugar, e sua boca está franzida em uma carranca severa e enrugada. Ele parece suado e pouco à vontade; não acho que as pesadas vestes azuis, obrigatórias para os mestres e irmãos do templo, sejam confortáveis durante a época quente da Região Zamani, mas não me atrevo a perguntar. Ele está com seu cajado de madeira khaya; meu traseiro tivera muitos encontros infelizes com esse cajado, e prefiro me manter longe dele hoje.

— Se prefere perambular e sonhar acordada... — A voz do velho mestre coxeia como um sapo-boi. — Posso pedir que outra pessoa lidere a demonstração...

— Não! — De imediato, me endireito, ombros para trás e pés firmemente presos ao chão, como me ensinaram; a imagem perfeita de uma daraja bem-treinada. — Não, mestre, estou preparada.

Os olhos astutos do Irmão Lekan me analisam um segundo a mais antes que, a contragosto, ele gesticule para que eu dê um passo à frente. Os gramados de treino geralmente estão cheios de visitantes (alguns vêm orar no templo, outros querem nos ver treinar), mas hoje estão fechados ao público para que possamos praticar com privacidade. É mesmo uma pena. Amo uma plateia.

— Não se exiba. — O Irmão Lekan me entrega uma pequena haste de madeira que, para um olho destreinado, pode parecer o cabo de uma espada sem a lâmina. — Demonstre o exercício passado, e apenas isso, Adiah.

Assinto, sem precisar de mais instruções enquanto o Irmão Lekan se afasta e os outros darajas abrem espaço. Esta é minha parte favorita do dia: exercícios práticos, trabalhar de fato com o esplendor. Sou inútil na biblioteca do templo, memorizando passagem após passagem de escrituras entediantes, mas aqui fora, nesses gramados, ganho vida. Meu aperto no cabo sem lâmina aumenta e invoco o esplendor da terra. Ele vem até mim como sempre, mais do que disposto. Eu o sinto zumbir pelos meus dedos, serpenteando pelos braços e mãos até chegar ao cabo de madeira. Foco a mente, imagino o que quero que aconteça, e então acontece. Onde deveria haver uma lâmina na espada, um jorro de luz iridescente aparece, cintilando. Começa pequeno e fino, como uma lâmina de florete, mas conduzo mais do esplendor nele, até que estou segurando o que parece ser uma espada enorme. Longe, longe demais para que eu me importe, alguém faz um som de desaprovação, mas ignoro enquanto o esplendor cresce dentro de mim. Balanço a lâmina iluminada e a ouço zunir. Sei o que devo fazer a seguir (devo liberar o esplendor de volta para a terra), mas não posso resistir à tentação de segurá-lo apenas mais um pouco. Essa energia, esse poder, é bom, diferente de tudo que já senti antes. Extraio um pouco mais dele da terra e a espada de luz começa a mudar de forma, a lâmina ficando cada vez mais longa. As pessoas ficam boquiabertas, mas estou maravilhada, curiosa. **Pergunto-me até onde vai...**

— Adiah Bolaji!

O grito interrompe minha concentração e vacilo. Imediatamente, libero o esplendor conforme ele explode, trovejando alto antes de se separar de mim e da lâmina para se infiltrar de volta na terra. Viro-me devagar e descubro que o resto dos meus colegas deu vários passos para longe. Irmão Lekan está vindo na minha direção, parece enfurecido.

Droga.

— *Me dá isso!* — Sem cerimônia, ele arranca o cabo de madeira da minha mão.

— Ei! — protesto antes que possa evitar. — Para que isso?

— Indisciplinada! — Irmão Lekan sacode um dedo a centímetros do meu nariz. — Inconsequente! Irresponsável! Que diabos estava pensando?

Agora *eu* estou ficando com raiva.

— Eu estava indo bem. — Estou tão irritada que me esqueço do honorífico adequado para me referir a um professor. — Eu tinha total controle.

— Você *pensou* ter total controle. — Irmão Lekan balança a cabeça. — Já falei uma vez, já falei trezentas, quatrocentas, novecentas mil vezes, garota: você *tem* que parar de manter o esplendor com você por tanto tempo!

— Foi só por alguns minutos...

— Não importa! — interrompe ele. — O esplendor é uma poderosa força da natureza. Não foi feito para ficar dentro de um corpo mortal, mesmo que seja um corpo de daraja. Foi feito para fluir através de você, *entrando e saindo*.

— Mas eu...

— Chega. Vou pedir que um daraja mais adequado demonstre. — O Irmão Lekan me dispensa com um acenar de mão, procurando por outra pessoa. — Lesedi, à frente e no centro. Gostaria que você mostrasse para a turma. — Os olhos dele me atravessam. — Preste atenção à forma dela, Adiah. Observe-a *controlar*.

Meu rosto queima quando Lesedi (uma garota baixa e atarracada com lindos grânulos cor de rosa nas pontas das tranças) dá um passo à frente. Ela me lança um olhar de desculpa antes de pegar o cabo de madeira do Irmão Lekan e ir para o centro do gramado. Fico entre os outros darajas para dar espaço a ela. Na verdade, não quero ver quando ela fecha os olhos e invoca uma pequena dose do esplendor do chão, assim como eu, mas é impossível desviar o olhar. A lâmina que Lesedi invoca é mais fina que a minha, mas parece mais afiada e definida. Com passos treinados, ela gira a espada no ar em arcos graciosos, golpeando e aparando contra um inimigo invisível. Seus movimentos são elegantes, coreografados, invejáveis. Vejo exatamente o que o Irmão Lekan quer dizer sobre a forma dela. Lesedi deixa o esplendor passar por ela, entrando e saindo, como ele disse; ela é um verdadeiro receptáculo. É uma demonstração admirável, virtuosa. Também é fraca. Sei, mesmo de longe, que ela não está usando toda a extensão do esplendor; ela não está se permitindo absorver tanto quanto eu. Quando Lesedi termina a demonstração, dá uma reverência elegante, e vários dos outros darajas ao meu redor aplaudem. Importante notar que nem um deles bateu palmas para mim.

— Muito bem, Lesedi.

A inveja percorre minha pele enquanto o Irmão Lekan pega o cabo de madeira (agora apagado) de Lesedi e balança a cabeça, em aprovação. Ele faz uma careta para mim.

— Viu, Adiah? *É assim* que se faz.

— Aquele búfalo velho!

As palavras do Irmão Lekan têm ecoado dentro de mim o dia todo, ainda me assombrando horas depois. Sei que não deveria deixar, mas deixo.

— Você sabia que o período de gestação típico dos bovinos é de aproximadamente 283 dias? — Como sempre, meu melhor amigo, Tao, está sentado em um banco, com a cara enfiada em um livro. Ele tem o rosto negro suave e enorme, olhos escuros que ainda são inocentes, embora nós dois tenhamos 15 anos. Quando grunho e faço uma careta para ele, Tao ergue o olhar, a mão ajeitando seus curtos dreadlocks pretos.

— O que foi?

— Sabe, daqui a pouco eles vão fazer você cortar. — Aceno para o cabelo dele. — Só os mestres e os irmãos do templo podem ter dreads longos.

— Estou me inspirando neles — diz Tao, voltando para o livro, que parece ser sobre besouros. — Um dia, serei um estudioso famoso do templo.

— Não duvido.

Só há nós aqui, nos escondendo em nosso local secreto. Falando muito *tecnicamente*, este jardim no topo de Lkossa talvez seja proibido para nós, mas nem um dos mestres do templo tem a habilidade de abrir o alçapão que leva até aqui, então é nosso domínio. Alto assim, o canto dos pássaros desliza pela brisa em ondas de vermelho, chilreando e vibrando enquanto passam. Às vezes canto para eles; hoje, estou irritada demais para isso.

— Eles nunca me deixam fazer nada.

— Quem? — pergunta Tao.

— Irmão Lekan, Irmão Isoke, Padre Masego, todos eles. — Caminho de um lado a outro, tentando acalmar a frustração antiga. — Eles nunca me deixam *tentar* pra valer. Estão sempre me segurando.

— *Ou* eles estão tentando te ensinar — sugere Tao, tocando um buraco em sua túnica puída.

— Ei, de que lado está?

— Do seu. — Enfim Tao fecha o livro, a expressão mais suave. — Estou sempre do seu lado, Adiah.

É verdade. Tao é meu melhor amigo desde que tínhamos 10 anos e é muito leal. Cinco anos depois, ele provavelmente é o meu *único* amigo de verdade.

— Eu sei. — Paro de andar e me sento ao lado dele, descansando a cabeça em seu ombro. Ele tem cheiro de tinta e couro. — Só não entendo.

Sinto Tao ficar tenso por um momento, seu coração tamborilando contra o meu ouvido antes que ele relaxe outra vez.

Quando fala, soa estranhamente nervoso:

— Há, não entende o quê?

— Como posso ser ensinada a usar *bem* o esplendor se ninguém quer que eu o use totalmente, que eu explore todo o seu verdadeiro potencial?

— Talvez esse seja o ponto. — A voz de Tao mudou, mas não consigo entender o motivo. Minha cabeça ainda está em seu ombro, então também não consigo ver sua expressão. — Talvez você não deva saber o verdadeiro potencial do esplendor. Pode ser perigoso.

— É — murmuro contra a túnica dele. O algodão é suave contra a minha bochecha, morno. — Você deve estar certo.

— Você vai conseguir dominar tudo isso um dia, Adi. — Tao encosta a cabeça na minha, suspirando. — Só precisa continuar trabalhando, praticando. Acredito em você.

Assinto para que ele saiba que ouvi, mas não digo mais nada. Tao tem sido meu amigo e confidente por tantos anos, mas... ele não é um daraja. É só mais uma coisa que nos diferencia. Tao é um menino, eu sou uma menina. Tao é órfão, eu não. A cada ano, conforme envelhecemos, nos distanciamos um pouco mais, as diferenças se tornando mais perceptíveis. Quando tínhamos 10 anos, eu sentia que não havia nada que pudesse dizer a Tao que ele não entendesse. Cinco anos depois, há muitas coisas sobre mim que acho que meu amigo não entende. Tao acha que meu maior medo é não dominar o meu poder com o esplendor, mas na verdade não é isso que mais temo.

Meu medo é nunca poder usá-lo.

CAPÍTULO 10

SOBRE MONSTROS

Ekon encontrou seu lar nos livros, talvez mais do que em qualquer outro lugar.

Inspirou, sentindo o cheiro familiar de livros antigos ao seu redor, ouvindo o leve rangido da cadeira enquanto se mexia. No seu entorno, os tomos encadernados em couro da biblioteca do Templo de Lkossa pareciam chegar aos céus, tão altos que uma escada era necessária para alcançá-los em algumas prateleiras. No período em que esteve ali, ele contou 1.986 volumes. Sabia que havia milhares mais, mas parou por aí; melhor deixar as coisas em um dividendo de três.

Ekon fechou os olhos e ouviu. Ao longe, imaginou que podia ouvir o cantarolar baixo dos irmãos do templo no salão de adoração da ala adjacente, os passos e o deslizar das sandálias enquanto se preparavam para os visitantes do dia. O silêncio não duraria por muito mais tempo; cedo ou tarde, ele seria chamado. Ekon abriu os olhos e suspirou.

A mesa em que estava sentado era rodeada de livros de todos os tamanhos, cores e gêneros. Havia dissertações de páginas amareladas, como *Em Defesa da Dendrologia Eshōzaniana Oriental,* do Mestre Kenyatta, tratados de encadernação mais espessa, como *Uma Crônica de Criaturas Curiosas,* do Mestre Azikiwe, e até mesmo um antigo panfleto um tanto perturbador sobre os vários benefícios da vida vegetal carnívora, escrito por um estudioso simplesmente chamado de Nyerere. As obras ao redor dele eram consideradas tesouros de valor inestimável, a própria história de sua região e de seu lar registradas e preservadas com cuidado.

E mesmo assim, *nem uma* delas era útil.

Ekon inalou de novo, mas desta vez exalou com mais frustração. De modo geral, ele gostava de livros porque podia confiar que eram consistentes. Um livro poderia ser lido mil vezes diferentes, de mil maneiras diferentes, mas as palavras na página nunca mudariam. *Ao contrário* das pessoas, os livros não podiam se decepcionar com você. Não podiam te abandonar; não podiam falhar com você.

Bem, até agora.

Um-dois-três.

Ekon observou os dedos encontrarem aquele ritmo fácil, uma batida que parecia constante.

Um-dois-três.

Três. Três era um bom número.

Ele mudou uma das pilhas na mesa um pouquinho para que ficasse uniforme, organizada do mais grosso e maior ao menor e mais fino. Não precisava fazer isso tanto quanto contar, mas o exercício ainda lhe trouxe algum conforto.

Fazia horas que Ekon estava lá pesquisando livros. O sol parecia zombar dele, deliberadamente ficando mais brilhante para lembrá-lo da hora. Parte das palavras do irmão ecoou em sua mente:

Um grupo de caçadores está sendo reunido.

Kamau dissera que aconteceria nos próximos dias, mas não disse exatamente *quando* os guerreiros seguiriam para a Selva Maior. Isto dava a Ekon algum tempo, mas não muito; ele precisava bolar um plano para caçar o Shetani antes disso.

Precisava chegar lá antes.

Ekon fechou os olhos com força, lembrando-se do momento em que vira o Shetani pela última vez. Ele se lembrava bem dos dentes e dos olhos, mas a parte mais vívida da lembrança era o medo; o medo o agarrara, tinha o devorado como uma coisa viva, e não pela primeira vez. Havia visto o Shetani duas vezes e sobrevivera para contar a história; nas duas vezes, fora completamente inútil quando chegara a hora de enfrentar a criatura. Ele se odiava por se sentir assim, mas não havia como evitar.

Precisava de uma maneira de *derrotar* aquele medo.

Por trás das pálpebras fechadas, reimaginou toda a cena fora dos muros do Zoológico Noturno. Viu a criatura avançando, e então parando quando algo a distraiu. A garota. A lembrança dela ainda atormentava a mente dele quase tanto quanto o monstro, mas por uma razão totalmente diferente. Aquela garota enfrentara o Shetani sozinha; mais do que isso, ela dera um comando a ele.

Vá.

Ele ouviu a voz da garota, a calma contida nela. Ela nem precisara gritar. Dera ao monstro uma ordem simples, e ele obedecera, voltando para a selva sem pensar duas vezes. Ekon rangeu os dentes. Daria tudo por esse tipo de habilidade, por essa *falta* de medo. O rosto da garota apareceu em sua mente e ele gemeu. Fora uma tolice deixá-la ir. Sem dúvida, ela já havia deixado Lkossa para trás.

Os olhos de Ekon viram um livro na beirada da mesa, pequeno e aberto de uma maneira que as páginas pareciam absorver o sol da manhã. Ele tinha deixado aquele livro específico de lado no início de sua busca, mas tornou a pegá-lo. Era marrom, a encadernação estava ligeiramente desfeita e o título gravado mal era visível. *Mitos e Fábulas do Continente Eshōzaniano.* Ele consultou o índice, até encontrar a referência de que precisava: página 394. Folheou o livro e deixou os olhos vagarem até encontrar o que procurava, um único parágrafo, escrito em uma caligrafia elegante e compacta:

> *Sobre monstros, entre aqueles mundanos e aqueles divinos, nenhum é tão terrível e temido quanto o Shetani. É uma coisa cruel e amaldiçoada, descartada por deuses e homens. Portanto, nós, estudiosos da Grande Biblioteca do Templo de Lkossa, julgamos que nem uma literatura sobre ela deve ser registrada ou preservada, exceto por um simples registro das vidas que ela tomar.*

Ekon gemeu. Inútil. As palavras eram inúteis. Ele já sabia que o Shetani era *uma coisa cruel*, sabia que havia matado muitas pessoas inocentes. O que precisava era de um livro que lhe desse informações sobre as origens, a dieta, os pontos fracos da criatura. Ele olhou para o hanjari do pai, ainda preso ao cinto. Poderia matar aquela coisa com uma simples adaga? Pensou em como a criatura parecia grande e balançou a cabeça.

Não, melhor ir com uma lança longa, ou duas...

— Okojo!

Ekon se assustou. Estivera tão perdido em pensamentos que sequer ouvira o Irmão Apunda entrando na câmara. O velho tinha costas encurvadas, barriga flácida e uma quantidade preocupante de pelos brancos saindo dos ouvidos. Estava olhando para Ekon do mesmo jeito que alguém olharia para uma aranha em sua xícara de chá.

— Senhor. — Ekon ficou em posição de sentido.

Irmão Apunda estreitou os olhos.

— Você devia estar guardando os diários médicos para o Irmão Ifechi — resmungou ele, censurando. Apontou para o outro lado do cômodo, onde os boletins estavam ainda empilhados, notoriamente intocados. — O que *está* fazendo aqui?

— Há... há... — gaguejou Ekon. — Bem, eu estava...

— Esqueça. — Irmão Apunda acenou com a mão, desistindo. — Precisam de você em outro lugar. Temo que a artrite do Irmão Dansabe piorou, então, no lugar dele, você supervisionará os aprendizes enquanto eles limpam o estábulo esta manhã.

— Eu... — Ekon mal disfarçou sua descrença. Ele queria passar a manhã na biblioteca, não no estábulo. — Mas, senhor...

— Isto é... — Irmão Apunda ergueu uma sobrancelha grisalha. — A não ser que *queira* limpar o estábulo. Precisa ser rápido, o templo vai ser aberto para visitação em uma hora.

Ekon fechou a boca rapidinho. Havia dois dias, ele perdera o sonho de uma vida toda, sua chance de provar sua masculinidade e a oportunidade de cumprir uma tradição familiar. Não estava interessado em adicionar a própria dignidade nas perdas da semana.

— Senhor. — Ele inclinou a cabeça e manteve a voz baixa: — Irei imediatamente.

Ekon amava a biblioteca do Templo de Lkossa, e odiava o estábulo.

Torceu o nariz enquanto descia o último lance de escadas e seguia pelo corredor que levava até lá. Ali, nas entranhas do templo, não havia um leve cheiro de tinta e pergaminho, apenas os aromas entrelaçados de madeira velha, feno doce e esterco. Era um lugar repleto de barulhos infinitos e de movimento constante. Não havia ordem ali, nem calma; era o oposto da biblioteca.

Ele pisou no chão livre de palha e franziu o cenho. Compartimentos de madeira sob um telhado de palha se estendiam por vários metros em todas as direções, cheias de vários animais do templo. Não havia mais ninguém nos arredores, e Ekon percebeu que as grandes pás e forcados normalmente usados para limpar o lixo ainda estavam encostados em uma parede à direita, intocados. Levou mais um minuto para que ele ouvisse o gemido perturbado de uma vaca do outro lado do estábulo. Estreitou os olhos. Quando fez uma curva, encontrou três aprendizes amontoados ao redor das tetas da pobre criatura e rindo enquanto borrifavam leite uns nos outros, Ekon estava de péssimo humor.

— O que vocês três estão fazendo? — Ele quase se encolheu sob o som da própria voz. Podia não ser um Filho dos Seis ungido, mas com certeza conseguia falar como um deles. De imediato, os três garotos se viraram. Em outras circunstâncias, o terror no rosto deles poderia ter sido quase engraçado.

— Senhor! — Um deles, um garoto magrelo que não tinha mais do que 13 anos, falou primeiro. Ele manteve a cabeça baixa. — Nós estávamos... há, só esperando pelo Irmão Dansabe...

— O Irmão Dansabe está indisposto. — Ekon balançou a cabeça e cruzou os braços. — Então *eu* supervisionarei vocês esta manhã. A primeira visitação do dia começará em menos de uma hora. Há um motivo para ainda não terem começado o trabalho?

— Há...

— O quê? Acham que são bons demais para fazer o que todo homem neste templo já fez?

Os três abaixaram a cabeça, envergonhados. Um por um, pediram desculpas baixinho.

— Ao trabalho então, começando pelo chiqueiro. — Ekon fez uma pausa. — E não toquem mais nas tetas das vacas. É imaturo e provavelmente blasfemo.

Com uma pequena pontada de dor, Ekon observou enquanto eles se curvavam em respeito, antes de saírem correndo sem dizer outra palavra. Sentiu pena daqueles meninos. Muitos anos antes, aquele tinha sido um dos trabalhos dele e de Kamau como aprendizes do templo. Tecnicamente, os aprendizes deveriam começar o trabalho aos 12 anos e gradualmente chegar a cargos mais elevados, mas Kamau (sempre charmoso, sempre agradável) apelara ao Padre Olufemi. Com a ajuda do Irmão Ugo, que, não oficialmente, os recebera como pupilos, eles se tornaram dois dos mais jovens aprendizes na história do templo. Ekon suspirou. Desde a infância, Kamau o salvava. Aos 7 anos, ele não havia percebido como era ruim não ter pais, ser órfão em um lugar como Lkossa. Em qualquer outra circunstância, ele e Kamau teriam sido mandados para um dos orfanatos da cidade, e talvez tivessem sido separados, mas o irmão não deixara isto acontecer. Desde pequenos, Kamau o protegera das piores coisas que o mundo tinha a oferecer. Ele sempre tentara encontrar um caminho para Ekon. Ontem, fizera aquilo de novo.

Prometa que, seja lá o que fizer, não vai deixar que encontrar aquela besta se torne mais importante que a sua vida. Não posso te perder também. Você é tudo o que tenho.

Você é tudo o que tenho.

Ekon suspirou. Ao não contar sobre os planos do irmão ao Padre Olufemi, Kamau o ajudava, mas também estava desistindo daquilo que lutara tanto para manter; seu irmão mais novo. Estava fazendo um sacrifício, deixando de lado a única coisa que ainda tinha.

Ekon não podia desperdiçar um sacrifício assim.

Quando os aprendizes foram fazer o trabalho, ele ficou sozinho, mas não se sentiu melhor. Não queria estar ali; queria estar no arsenal, reunindo armas, na cozinha, pegando comida, e na biblioteca, reunindo informações. Ele pensou na pilha de livros que deixara para trás. Nem um deles tinha o que precisava, então teria que voltar às estantes o quanto antes. Ekon procurara principalmente em artigos acadêmicos, mas talvez houvesse mais enciclopédias atrás dos diários médicos que o Irmão Ifechi havia pedido que ele guardasse...

Ekon parou, atordoado. Diários. *Diários*. Era óbvio.

Havia um livro que teria informações sobre o Shetani, informações sobre a Selva Maior e tudo o que ele precisava. Lógico, por que não pensou nisso antes?

O diário do Mestre Nkrumah.

Ekon só o vira uma vez, havia muitos anos, quando Irmão Ugo o mostrara rapidamente, mas ele ainda se lembrava em detalhes. Um livro verde, de capa dura, com título dourado e páginas de borda serrilhada. Ele se lembrou do livro porque o achou lindo, mágico, como algo vindo de outro mundo. Quanto mais pensava no assunto, mais arrepios cobriam seus braços. Sim, um diário como o de Satao Nkrumah (um famoso estudioso da história natural de Zamani) com certeza incluiria informações vitais sobre o Shetani. Afinal, o homem provavelmente estava por perto quando os ataques da criatura começaram, tantos anos antes.

Sim.

O coração dele começou a bater forte. Onde será que um diário assim era mantido? Era plausível que estivesse na biblioteca do templo, mas improvável. O diário do Mestre Nkrumah seria considerado valioso demais pelo seu tempo de existência, quase sagrado. De repente, Ekon se lembrou de algo que Irmão Ugo dissera no dia anterior:

Acredito que Padre Olufemi tem várias de suas obras em seu escritório; ele mantém os volumes mais antigos lá.

Óbvio, o Padre Olufemi mantinha os livros mais preciosos do templo em seu escritório, o que significava que se Ekon queria o diário de Nkrumah, ele teria que encontrar um jeito de...

Os pensamentos dele foram interrompidos por um sussurro:

— Aqui é o mais longe que posso te levar.

Ekon ficou parado, sem ousar se mover um centímetro. Ali, encostado em uma das paredes do estábulo, estava parcialmente escondido pelas sombras. Apertando os olhos, espiou entre os painéis de madeira da divisória, curioso, e percebeu que duas pessoas estavam paradas a poucos metros de distância, no lado oposto, um garoto e uma garota. Ele os via, mas eles não podiam vê-lo. Ambos usavam túnicas cinza idênticas e esfarrapadas. O menino estava de frente para Ekon e parecia alguns anos mais novo. Fora ele quem falara.

Pigarreando, continuou:

— Você está por sua própria conta e risco a partir de agora. — O seu sussurro soava rouco, como alguém que se recuperava de uma dor de garganta. — Tem certeza de que quer fazer isso? A punição por invadir o templo...

— Preciso fazer isso — respondeu a garota rapidamente. Estava de costas, então Ekon não conseguiu ver o rosto dela, mas ficou surpreso porque a voz era quase familiar, como a melodia de uma canção que já ouvira antes, mas não sabia identificar. Ele se inclinou para a frente um pouco, tentando ouvir mais sem ser notado.

— Boa sorte então — disse o garoto. — Eu te amo. Nós dois te amamos.

Ekon ficou tenso e por um momento todos os pensamentos sobre o Shetani e sobre encontrar o diário de Nkrumah foram abandonados. Ele não entendia por completo o que estava ouvindo, mas não gostou nem um pouco.

Houve uma pausa, e então a garota falou de novo:

— Também te amo.

Ekon observou eles se abraçarem e se separarem. O garoto assentiu uma última vez antes de dar meia-volta e se dirigir para a saída do estábulo. A garota foi na direção oposta. Ela estava olhando para a entrada que levava ao templo, a mesma entrada pela qual Ekon passara poucos minutos antes. Ainda conseguia ver só uma parte do perfil dela, mas mais uma vez algo chamou sua atenção. Um segundo se passou; a garota endireitou os ombros, como se estivesse se preparando. Ela virou a cabeça para a esquerda e para a direita, espiando os arredores antes de entrar. Não correu, mas seus passos eram rápidos, ágeis e silenciosos como os de um gato à espreita. Ekon não conseguia acreditar no que estava vendo. Uma intrusa estava invadindo o templo diante de seus olhos. Ele observou a garota lançar um último olhar cauteloso por cima do ombro ao chegar à porta; em seguida, desapareceu nas sombras.

Ekon esperou um pouco antes de segui-la.

CAPÍTULO 11

UMA TROCA JUSTA

Lkossa fora linda um dia.

Koffi nascera bem depois da era de ouro, mas ainda tentava imaginá-la enquanto atravessava as ruas antigas da cidade. Não ajudava muito; a ansiedade e os nervos ainda se agarravam às suas entranhas como mingau de milho, mas se forçou a parecer tranquila ao caminhar, tentando se lembrar de balançar os braços a cada passo, para não parecer rígida.

— Estamos quase lá.

Ao lado dela, Jabir era o retrato da calmaria. Ele se aproximou dela, os ombros deles quase se tocando.

— Está pronta?

Koffi assentiu, mas não ousou falar. Estava acordada desde o amanhecer, repassando cada detalhe do plano em sua cabeça. A cada passo, apertava mais a alça da bolsa de ombro, por reflexo. Não havia muito nela (duas maçãs, uma cabaça de água e a bolsinha com shabas de cobre que Baaz havia oferecido a contragosto como "subsídio" para a jornada), mas ela a puxou para mais perto. Aquela pouca mesada era a maior quantia que já tivera. Cada tilintar das moedas era um lembrete metálico, uma força instigante que a impulsionava para a frente. Ela *ia* conseguir, precisava conseguir; o preço do fracasso era muito alto.

Koffi engoliu em seco e tentou não pensar naquela possibilidade.

Ela bateu o dedinho em uma pedra solta na rua e sentiu um raio de dor. Por um momento, esperançosa, pensou que pudesse ser aquele estranho formigamento que sentira nos pés antes, mas logo passou, era uma dor totalmente comum. Koffi cutucou as unhas enquanto pensava em mais uma coisa para adicionar à lista de preocupações. A magia. Ainda era estranho reconhecê-la, como responder a um nome que não lhe pertence ou vestir roupas que não são de seu tamanho, mas ela se obrigou a admitir em mente. Magia, ela tinha algum tipo de magia no corpo. Pensou na velha no mercado, nas coisas que dissera; em seguida, pensou na mãe. Por alguma razão desconhecida, a mãe escolhera não contar a ela sobre a magia, mas Koffi não podia se preocupar com isso agora. Não havia tempo para se questionar de onde sua magia vinha; precisava saber o que poderia fazer com aquilo. Conseguiria encontrar o Shetani, e se sim, conseguiria fazê-lo obedecê-la de novo? A pergunta ficou sem resposta dentro dos limites de sua mente.

Eles entraram em uma nova estrada e Koffi olhou para os enormes portões dourados no final dela, guardados por dois Filhos dos Seis. Pessoas bem-vestidas com dashikis esvoaçantes e vestidos estampados o atravessavam tranquilamente... ela resistiu ao impulso de olhar para as próprias roupas. Tinha se lavado de novo antes de sair do Zoológico Noturno, mas isto não melhorara muito o estado de sua velha túnica de guardiã.

Somos normais, ela pensou enquanto se aproximavam dos portões. *Só nos deixem passar.*

Koffi abaixou a cabeça, ouvindo o ritmo fácil da respiração de Jabir. Trincou os dentes ao sentir um dos guerreiros a observando, mas ele logo desviou o olhar. Os cantos da boca de Jabir se mexeram um pouquinho quando eles passaram debaixo do arco.

— Falei que a gente ia ficar bem — murmurou ele. — Eles me reconhecem.

Koffi ficou em silêncio, mas seus ombros relaxaram um pouco. A fase um do plano fora um sucesso. Ao lado deles, houve um balido alto e lamentoso que os fez pular, e Koffi olhou para a cabra que, indignada, os encarava com grandes olhos castanhos. Jabir segurava a corda amarrada ao pescoço do animal. Como se feliz por ter a atenção deles, a cabra baliu novamente. Em resposta, Koffi franziu a testa. Era melhor não pensar no fato de que todo o plano dependia daquela tola criatura.

Uma das tarefas extras de Jabir no Zoológico Noturno era entregar uma cabra zamani ao templo toda semana para o ritual de sacrifício. Cabras comuns eram fáceis de obter, mas Baaz havia convencido o Kuhani havia algum tempo de que cabras zamani de raça pura eram melhores, criando assim um acordo permanente e a desculpa perfeita para dois guardiões de feras entrarem em um templo onde nunca seriam permitidos. Não era o plano mais sofisticado já inventado, mas o único que tinham.

O barulho do mercado e dos vendedores da cidade diminuiu enquanto eles subiam por um caminho de terra vermelha bem-cuidado, ladeado por tulipas zamani azuis e rosas de fogo Lkossanas. Ao longe, a grandeza imponente do templo apareceu. Koffi mordeu o lábio. Do Zoológico Noturno ela só tivera vislumbres do Templo de Lkossa; de perto, parecia mais do que um pouco assustador. Era uma estrutura estranha, brilhante em excesso, toda feita de portas, janelas, pilares e alas adicionadas ao longo dos anos. Mesmo à luz pálida do começo da manhã, o alabastro da entrada fazia os olhos de Koffi doerem. Ela os estreitou e visualizou grupos de pessoas bem-vestidas reunidas nos lindos gramados frontais. Algumas estavam no topo das escadarias.

— Eles estão esperando pela missa matinal shukrani — explicou Jabir. — O estábulo fica nos fundos. Por aqui.

Eles continuaram em torno da entrada principal do templo até chegarem ao grande estábulo. Fora construído em madeira e ferro e era de longe o estábulo mais bonito e bem-cuidado que Koffi já tinha visto, de fato muito mais agradável do que qualquer coisa no Zoológico Noturno.

— Para que um templo *tem* um estábulo? — Quis saber ela.

Jabir a olhou, divertido.

— Eles vendem produtos "ungidos"; leite, ovos, lã. Mantêm os próprios animais, para que os produtos sejam "autênticos" do templo. O que é uma teocracia se não ocasionalmente rentável?

— Corrupta.

— Não acabei de dizer isso?

Koffi revirou os olhos e então quase de imediato ficou tensa. Um jovem estava de pé na entrada do estábulo, encarando-os de braços cruzados. Não parecia um Filho dos Seis (não usava o cafetã de cor azul vivo e não aparentava ser maduro o bastante para ser guerreiro), mas vê-lo não a acalmou.

— Digam o que vieram fazer aqui. — A voz não era grave, e ele não era muito mais alto que Koffi, mas fez questão de olhá-los de cima.

— Bom-dia, senhor. — Jabir abaixou a cabeça, escondendo o sotaque gedeziano o máximo que conseguiu. Era quase surpreendente. — Trouxemos a cabra zamani da semana para o ritual de sacrifício do templo.

— Eu a levo a partir daqui.

O jovem avançou, mas Jabir ergueu a mão em aviso. Se Koffi não o conhecesse, teria acreditado que a preocupação em seu rosto era genuína. Ele era um excelente ator.

— Senhor, com todo o respeito, acho que é melhor nós mesmos a levarmos para o estábulo — disse ele, solenemente. — Shida pode ser... temperamental. Ela nos deu trabalho a manhã inteira... está dando muitos coices.

A careta do jovem se aprofundou enquanto encarava os dois e então a cabra.

— Me dê ela aqui, agora.

Koffi ficou tensa, mas Jabir parecia estar esperando essa reação. Ele deu de ombros, oferecendo a corda.

— Como quiser — prosseguiu. — Mas também devo alertá-lo... Shida tem um problema com... há... bem, com o cocô.

Foi tão sutil que Koffi teria perdido caso piscasse. Os dedos de Jabir se contraíram, o mais sutil comando com as mãos. A cabra obedeceu, se agachando como se estivesse prestes a...

— Tudo bem! — O jovem se afastou, enojado. Aparentemente uma cabra que dava coices era admissível, mas uma que fazia cocô, não. — Levem-na para a baia três e saiam. — Ele olhou por cima do ombro para dois outros garotos vestidos de maneira similar. Eles gesticularam. O guarda lançou a Koffi e Jabir um último olhar antes de se juntar a eles.

Quando estavam sozinhos de novo, Jabir se virou para Koffi.

— Venha comigo.

Eles entraram no estábulo e viraram na primeira à direita. Passaram por vários chiqueiros, com mulas mordiscando pedaços de feno em silêncio, e até mesmo galinhas-da-angola. Quando chegaram a uma baia vazia com um número três pintado à mão acima da entrada, Jabir parou.

— Desculpe, minha amiga — disse, olhando para Shida. Em resposta, a cabra zamani baliu. Ele se abaixou e deu um leve tapinha na cabeça dela; foi um gesto surpreendentemente triste. Ele se endireitou, baixando a voz: — Preciso voltar para o zoológico. Aquela porta — Jabir apontou para uma entrada grande do outro lado do estábulo — leva para o templo. Nunca estive lá dentro, mas sei que este é o andar de baixo. Encontre as escadas e suba. Os mapas devem ficar guardados nos andares mais altos. Aqui é o mais longe que posso te levar. Você está por sua própria conta e risco a partir de agora. — Ele fez uma pausa. — Tem certeza de que quer fazer isso? A punição por invadir o templo...

Koffi engoliu em seco. A verdade era que ela *não* queria fazer isso; estava aterrorizada. Ela garantiu que a voz estivesse estável quando respondeu:

— Preciso fazer.

Jabir a olhou por mais um momento.

— Boa sorte então. — Ele fez outra pausa. — Eu te amo. Nós dois te amamos.

Foi quase demais. Koffi se engasgou com as palavras:

— Também te amo.

Ele a puxou para um abraço e ela deixou, esperando que Jabir não pudesse senti-la tremendo da cabeça aos pés.

Quando se separaram, ele assentiu para Koffi e, calado, foi em direção à saída do estábulo. Ela queria vê-lo ir embora, garantir que Jabir chegasse em segurança ao Zoológico Noturno, mas não havia tempo. Olhou para a entrada que o garoto indicara, se preparou e foi naquela direção. Acima de tudo, queria correr, mas se forçou a não fazer isto. O corredor que levava ao templo parecia ficar maior à medida que ela seguia e Koffi teve que controlar a nítida sensação de que ia ser engolida. Em um momento, estava diante dele; no seguinte, mergulhou na escuridão, sozinha.

O ar parecia esfriar a cada passo, as paredes de pedra cinza ao seu redor se fechando. Por instinto, Koffi pôs a mão dentro da bolsa, os dedos envolvendo o gargalo da velha cabaça de água. Não era exatamente uma arma, mas, na pior das hipóteses, teria que servir. Gedezianos não podiam entrar no Templo de Lkossa em nenhuma circunstância; ser pega ali não apenas arruinaria a missão, mas decerto também a colocaria em sérios problemas com os Filhos dos Seis. Boatos diziam que os piores criminosos da cidade eram mantidos em outra parte do templo, em um porão talvez ainda mais abaixo do que aquele. Ela estremeceu com a ideia de ser jogada em uma daquelas celas.

Koffi fez uma curva, deixando a mão livre para traçar as paredes e se localizar. Apesar das muitas janelas que vira pelo lado de fora quando ela e Jabir chegaram, aquela parte do templo parecia não ter nenhuma; exceto pelas escassas arandelas nas paredes, havia pouca luz. Devagar, ela seguiu pelos corredores. Parecia que aquele era um lugar onde equipamentos também eram mantidos; toda hora seu dedo do pé batia em uma vassoura ou esfregão velho, ou uma cadeira quebrada esquecida havia tempos. Sentiu uma leve dor quando o bateu de novo; desta vez, ela realmente parou. Na luz bruxuleante, era difícil distinguir a velha estátua encostada na parede, mas Koffi ainda a reconheceu: Badwa, a deusa da selva.

Diziam que cada um dos seis deuses nasceu da própria lágrima do universo, três gotas de cada olho para criar seis seres imortais. A mãe a ensinara sobre eles por meio de histórias. Koffi sabia todos os seus nomes e reinos, mas ainda era estranho ver a imagem da grande deusa diante dela, tão grande, tão colossal. O rosto de Badwa era arredondado, as bochechas cheias, como se estivesse prestes a sorrir. Mofo preto e verde tinha começado a cobrir um lado de seu rosto (sem dúvida a razão pela qual esta estátua tinha sido deixada ali), mas a deusa não parecia se importar. Koffi ainda a observava, os olhos fixos na grande cobra de pedra esculpida aos pés dela, quando ouviu:

— Olá?

O sangue dela gelou. Mal teve tempo de se esconder atrás da estátua antes de ouvir os passos. Não eram altos ou confiantes como a marcha dos Filhos dos Seis; esses eram suaves, mais hesitantes. Ela agachou atrás da estátua, dizendo a si mesma para se manter parada mesmo quando os passos se aproximaram.

— Olá? — A voz soou outra vez na escuridão, baixa e masculina. O sotaque com certeza pertencia a um yabahari. — Quem está aí?

Koffi agarrou a cabaça com mais força. Ela tinha duas opções e teria que se decidir rápido. Se o dono da voz permanecesse onde estava, havia uma chance de que não a visse e acabasse indo embora. Mas caso se aproximasse demais, a *veria*; e então Koffi teria que agir. Ela tentou se lembrar de qualquer coisa que aprendera no Zoológico Noturno e que pudesse ajudá-la, mas a mente deu branco. Feras eram previsíveis; humanos, não.

A respiração acelerou conforme os passos se aproximavam, mais altos. O suor deixou a palma das mãos pegajosas quando, devagar, Koffi retirou a bolsa do ombro e a depositou no chão com cuidado. Era melhor estar com o braço livre.

Lute e então fuja, ela se instruiu em silêncio, se preparando. *Em três, dois, um...*

Koffi saiu do esconderijo com um grito, o braço segurando a cabaça no alto, e então parou de repente.

O jovem diante de si era alto e magro. Estava usando um cafetã simples e branco, com bordados ao redor da gola e na bainha. O cabelo escuro e cacheado era cortado em um *dégradé* alto, certinho, destacado em sua pele negra. Um hanjari de cabo de couro estava preso no cinto dele, mas não foi isto o que a fez parar.

Koffi parou porque o *reconheceu*.

Tinha visto o rapaz no Zoológico Noturno, perseguindo-a e a mãe. A lembrança voltou, vívida. Koffi se lembrou da forma como o rapaz a olhara, o olhar focado e assustador enquanto ele e outro garoto atravessavam o terreno do zoológico. Aquela ferocidade se fora agora e ele parecia mais jovem, talvez não muito mais velho que ela.

— *Você*. — Ele falou primeiro, os olhos se arregalando enquanto chegava à mesma conclusão. — Você é... você é ela.

Não, não, não. Koffi quase praguejou. Aquilo era ainda pior do que o que ela imaginara. Ameaçadora, ela ergueu a cabaça. Fora da bolsa, parecia ainda menos intimidadora, ainda assim ela segurou firme.

— Para trás. — Koffi disse as palavras entredentes e esperou que soassem mais intimidadoras do que ela se sentia. — Eu... estou falando sério.

O rapaz olhou dela para a cabaça. Para o desânimo de Koffi, a expressão dele foi de alarmada para confusa.

— Espera, você ia me bater com isso?

Ia. Ele falava no pretérito, embora ela ainda segurasse a cabaça. Falava como se já tivesse decidido que Koffi não era ameaça alguma. Por alguma razão inexplicável, aquilo não a assustou, mas sim a irritou. Ela se aproximou, segurando a cabaça com tanta força que ouviu dois dedos estalando.

— Ainda vou, se não sair do meu caminho.

— Você está segurando errado.

— O quê?

— Digo... — Agora não dava mais para confundir; o rapaz parecia... constrangido. Ele abaixou uma das mãos, os dedos tamborilando na lateral do corpo em uma velocidade impossível. Ele pareceu perdido por um instante, antes de tornar a falar: — Vi você entrando pelo estábulo — disse com mais autoridade. — Você está invadindo e tem exatamente um minuto para explicar por quê.

Koffi recuou. Isso não era parte do plano. Tentou pensar no que o amigo dela faria em uma situação assim, mas ela e Jabir não eram parecidos. Jabir era doce e inteligente, de pensamento rápido. Ele sabia ser encantador, como fazer as pessoas gostarem dele. Koffi não sabia fazer as pessoas gostarem dela, mas sabia como mentir.

— Dinheiro. — A palavra escapou antes que ela pudesse pensar melhor. — Estou aqui por... dinheiro.

— Dinheiro? — O jovem ainda estava a vários metros de distância dela; agora, ergueu uma sobrancelha. — Veio até o Templo de Lkossa por *dinheiro*?

— Isso mesmo.

Ele balançou a cabeça.

— Há literalmente milhares de outros lugares na cidade onde é mais fácil conseguir dinheiro.

Não o suficiente para o que preciso.

Ela devolveu o olhar dele e esperou parecer séria.

— Por que pagar pelo leite se posso roubar a vaca?

— Não acredito em você. — Ele ainda a encarava e era difícil ler a expressão em seu rosto. — Lembro de você. Deixei você ir, do lado de fora do Zoológico Noturno. — O rosto dele ficou tempestuoso. — Por que está *aqui*?

Ele não sabe, Koffi percebeu na hora. Da última vez que aquele jovem a havia visto, do lado de fora do zoológico, ela estivera fugindo. Ele não fazia ideia sobre Baaz ou o acordo que ela fizera. Podia usar isso como vantagem. Koffi ergueu o queixo, desafiando-o.

— Como eu disse, preciso de dinheiro.

Koffi não gostava da forma como ele a olhava. Não havia mais qualquer senso de hostilidade ou cautela enquanto a observava.

— Como fez aquilo? — perguntou ele depois de um momento.

A pergunta deixou Koffi perplexa. Aquilo não era o que ela estava esperando.

— Fiz... o quê?

— Aquela coisa com o Shetani — respondeu o jovem. — Você o mandou embora. Fez com que ele te ouvisse.

De pronto, Koffi ficou tensa. Enquanto ele falava, ela já se lembrava mais uma vez da noite passada. Eram lembranças nebulosas, mas certas partes permaneceram fixas em sua mente. Ela se lembrou de um campo aberto de capim-limão, um céu noturno estrelado e uma fera, maior e mais terrível do que qualquer criatura da qual cuidara no Zoológico Noturno. Não houvera nenhuma explicação para o que Koffi fizera quando a vira; sua mão havia se estendido por conta própria, como se puxada pelas cordas de um ventríloquo. No espaço daquele breve momento, ela se sentira estranhamente atraída pela fera. Aquilo não seria algo bom de contar, principalmente se o jovem a levasse até o Kuhani.

— Não fiz nada. — Koffi ainda tentava soar confiante, mas a voz a traía. A lembrança ainda era real demais, próxima demais. — Eu juro.

— Sei o que vi. — O jovem deu um passo à frente e ela imitou o gesto na mesma hora, dando um passo para trás. Ele pareceu indeciso por um momento, antes de erguer as mãos. — E não acho que está aqui por dinheiro.

Koffi praguejou. Não adiantava negar. Fora pega.

— Está bem. Estou aqui porque eu... estou procurando um mapa — explicou tão séria quanto possível.

— Um mapa? — Isso pareceu pegar o jovem desprevenido; a expressão dele se transformou. — Um mapa de quê?

— Da Selva Maior.

As sobrancelhas dele se ergueram.

— Por quê?

— Para que eu possa caçar o Shetani. — Koffi sentiu o poder das palavras enquanto elas ricocheteavam pelas paredes de pedra do corredor. Observou um momento de choque passar pelo rosto do jovem, um olhar que não entendeu completamente, mas continuou: — Quero encontrá-lo de novo.

O jovem inclinou a cabeça para o lado.

— Há muitos mapas aqui no templo — disse devagar. — Mas você não conseguirá ler nem um deles.

Koffi ficou tensa.

— Do que está falando?

Era um truque; ele obviamente estava tentando desestimulá-la. Ela não iria deixar.

A expressão do jovem não mudou.

— Os mestres do Templo de Lkossa leem e escrevem no idioma tradicional da academia, zamani antigo — explicou ele. — É bem diferente do zamani normal. Leva anos de estudo para aprender e mesmo assim nem todo mundo consegue.

Koffi sentiu algo dentro de si murchar. A mãe havia garantido que ela conseguiria ler e escrever em zamani (mesmo que a caligrafia dela fosse quase ilegível), mas ela não sabia falar outras línguas. Se o que o rapaz dizia era verdade, o plano dela estava arruinado antes mesmo de começar.

— A não ser que...

Koffi ergueu a cabeça. Quase havia se esquecido de que o rapaz estava lá. Ele a olhava, sério, incerto.

— *A não ser que?*

— A não ser que... você tivesse alguém que pudesse ler zamani antigo — disse ele. — Alguém como eu.

Koffi ficou chocada. Estivera antecipando várias diferentes reações, mas aquela não era uma delas. Os olhos dela se estreitaram enquanto observava o garoto.

— Alguém como *você*?

— Sim. — Ele deu de ombros. — Fui criado aqui no templo. Poderia te ajudar a conseguir o mapa e traduzi-lo para você.

Soava bom demais para ser verdade. Koffi balançou a cabeça.

— Não tenho dinheiro nem outra forma de te pagar.

Ele ergueu as mãos.

— Eu não cobraria nada — adicionou rapidamente.

Ainda mais suspeito.

— Então o que quer?

— Quero participar.

— Participar?

— Da caçada — explicou ele. — Quero ir com você e quero te ajudar a matá-lo. — O rapaz a olhou. — Isso *é* o que planeja, não é?

— Eu... — Koffi pausou.

Na verdade, não era o que estivera planejando. O plano dela dependia de levar o Shetani para Baaz bem vivinho. Ela pensou de novo na barganha que fizera com o mestre, o tempo que tinha para completar a missão. A temporada de chuvas chegaria em breve, e ir com aquele rapaz que também queria o Shetani poderia aumentar as chances dela de encontrar a fera e a levar de volta. De repente, a voz da mãe soou na mente dela:

Mas às vezes você não pode se deixar guiar pelo coração. Precisa pensar com a cabeça.

Em seu coração, não confiava no rapaz. Ele era yabahari, provavelmente bem de vida, o oposto dela de todas as maneiras. A oferta que ele fizera soava impossível, ainda mais perigosa que o plano original dela, mas...

Mas você não precisa confiar *nele*, aquela mesma voz murmurou. *Você só precisa usá-lo.*

Koffi tinha o poder de fazer o Shetani obedecê-la; já tinha feito isso uma vez. Quando tornasse a encontrá-lo, poderia ordenar que fizesse qualquer coisa. Ela só precisava de um guia e aquele rapaz serviria.

Poderia funcionar.

Por vários segundos, ela se manteve em silêncio. E então:

— Tudo bem. Temos um trato. Você me ajuda a ler o mapa que leva ao Shetani e eu te ajudo a matá-lo.

— Uma troca justa. — O jovem assentiu. Pareceu estar considerando algo. — Sabe, se vamos trabalhar juntos, seria útil saber seu nome.

— É Koffi.

— Sou Ekon.

Ekon, um nome evidentemente yabahari. Ela tentou não fazer uma careta.

— Vamos direto ao ponto. Onde está o mapa?

Ekon fez uma pausa.

— Há vários na biblioteca do Templo de Lkossa, mas estou pensando em um que está dentro de um diário e é especial.

— Por quê?

— É o único mapa completo de toda a Selva Maior, feito há quase um século por um estudioso chamado...

— Não preciso de uma aula de história.

Ekon franziu a testa, quase ofendido.

— É mantido no escritório particular do Kuhani, por segurança.

— Certo. — Koffi assentiu. — Então é para lá que vamos.

CAPÍTULO 12

A MAMBA E O MANGUSTO

Em geral, Ekon preferia não olhar nos olhos dos deuses.

Ele caminhava devagar pela multidão do salão de adoração, o mais silenciosamente que podia, enquanto outros visitantes circulavam, conversando animados ou esperando o início da cerimônia. Toda hora, pressionado entre tecidos caros e joias cintilantes, ele podia fingir que estava perdido entre eles, invisível em seu cafetã mais simples. Mas nunca durava. Toda vez que começava a se sentir confortável, ele sentia o olhar das seis estátuas dispostas na outra extremidade do salão. Cada um dos olhares esculpidos na pedra era muito astuto, era como se os deuses *soubessem* que ele estava prestes a roubá-los.

— Por que tudo isso é necessário mesmo?

Ele se assustou. Ao lado dele, o olhar de Koffi o atravessou como uma lâmina. Ela usava um pálido vestido azul, um véu transparente e uma careta, gesticulando para si mesma.

— É tudo muito desconfortável.

Ekon se esforçou para não revirar os olhos.

— Já te falei — disse ele enquanto continuavam a avançar pelas pessoas. — Visitantes devem se cobrir enquanto visitam o...

— *Você* não está coberto.

— Não vale para homens.

Koffi fez um som indelicado antes de tropeçar na bainha do vestido. Ekon a segurou, mas ela ainda praguejou baixinho. Vários visitantes olharam ao redor, visivelmente escandalizados. Ekon chegou ainda mais perto dela, de forma que seus braços se tocaram.

— Você *precisa* parar de praguejar.

Em resposta, Koffi olhou para ele. Era uma repetição incômoda da noite em que se conheceram.

— Você está incomodado?

— Caso tenha se esquecido, estamos em um templo, não em uma taverna — disse ele entredentes. — Portanto, praguejar não é bem-visto. Além disso, se não tomar cuidado, alguém vai te ouvir... e *você* tem um sotaque gedeziano.

A careta de Koffi se aprofundou.

— *Não* tenho.

— Você também retruca demais — murmurou Ekon.

— Não, eu *não*.

Ekon não disse mais nada enquanto se aproximavam da frente do salão de adoração. Tinha pensado que encontrar roupas adequadas para Koffi seria a parte mais difícil do plano, mas se enganou. Acontece que ela não fazia quase nada sem emitir algum tipo de comentário. Ele percebeu a maneira como ela olhava para o templo e seus deuses com astúcia.

— O que foi?

— Não entendo — disse ela, franzindo a testa.

— Não entende *o quê*?

— Isto. — Koffi gesticulou ao redor. — O ponto disso... tudo.

— A cerimônia shukrani é um ritual diário — explicou Ekon. — Toda manhã, Padre Olufemi visita o salão de adoração para receber orações e oferendas dos visitantes.

Koffi revirou os olhos.

— Parece pretensioso.

Por um segundo, Ekon ficou um pouco ofendido, mas então foi tomado pela curiosidade.

— O *seu* povo não adora os mesmos deuses?

— Óbvio que sim — disse ela bruscamente. — Mas fazemos isso com menos pompa.

Foi a vez de Ekon franzir a testa.

— Se você não faz suas orações e oferendas ao Kuhani, então como os deuses as recebem?

Um sorriso apareceu nos cantos dos lábios de Koffi, irônico, mas não indelicado.

— Rezamos para os familiares deles. — Ela apontou para a base de cada estátua dos deuses. Ekon sabia o que veria, mas olhou mesmo assim. Perto dos pés de cada deus ou deusa estava um animal que os representava (uma garça, um crocodilo, um chacal, uma serpente, uma pomba e um hipopótamo). — Enviamos nossas orações para a noite e os familiares as carregam por nós direto até o ouvido dos deuses.

— Interessante.

Koffi lançou um olhar a ele.

— Nunca ouviu expressões como "da língua do hipopótamo" ou "pelo bico da garça"?

— Não.

— Bem, elas vêm dessa tradição. Nós reverenciamos os familiares dos deuses — explicou ela. — Quero dizer, a gente não pode vir *aqui* para rezar. — Havia um toque de tristeza na voz dela. — A antiga fé nos foi negada, então encontramos outra forma de demonstrar nossa devoção.

Ekon se remexeu, desconfortável. Na verdade, apesar de passar grande parte da vida no Templo de Lkossa, ele nunca pensara muito no fato de os gedezianos não terem permissão para adorar ali. Agora que pensava, não parecia certo, mas ele não sabia o que dizer. Pigarreou, mudando de assunto:

— Muito bem, você se lembra do plano?

Koffi assentiu.

— O tempo é curto — murmurou ele. Estavam a poucos metros da parte da frente do salão de adoração, as estátuas dos Seis diante deles. — O Padre Olufemi vai dizer algumas palavras de abertura antes de começar a cerimônia shukrani e logo todos tentarão chegar perto dele. Então pouco antes disso é sua melhor chance de...

— Eu sei. — Koffi não se esforçou para manter a voz baixa. — Você já falou três vezes.

Ekon prosseguiu como se não a tivesse ouvido. Na verdade, ele preferia ir sozinho ao escritório de Padre Olufemi para pegar o diário, mas uma curta discussão acabara com essa ideia. Ele era grande e Koffi, pequena; ele chamava atenção e ela não. Estrategicamente, era melhor que ela fosse, mas Ekon ainda não gostava disso.

— Esperarei aqui no salão de adoração — disse ele. — Assim que conseguir o mapa, desceremos ao estábulo e sairemos. — Ekon olhou para a escadaria, à esquerda dele. — Você se lembra de como chegar no...

— Subindo as escadas, seguindo pelo corredor, terceira porta à direita.

— Se a porta estiver trancada, a chave reserva...

— Está debaixo do tapete do corredor — completou Koffi, estreitando os olhos. — Como é que sabe disso?

Ekon manteve a expressão impassível.

— Cresci no templo. Meu mentor, Irmão Ugo, costumava me fazer ler...

— Que chato.

Ekon abriu a boca para reclamar, mas as palavras foram interrompidas por um longo e sonoro dobrar de sinos. Os dois se endireitaram ao mesmo tempo e ao redor deles os visitantes olharam para cima.

— É a sua deixa. — Ekon não olhou para ela enquanto falava. — Você tem que ir.

— Certo — concordou Koffi bruscamente.

Ela moveu o véu para cobrir mais o rosto, e então se misturou à multidão. Ekon engoliu em seco, tamborilando os dedos na lateral do corpo e revisando o plano em mente.

Ela ficará bem, ele se tranquilizou. Os olhos dele voltaram à parte frontal do templo, onde outras pessoas olhavam e esperavam. O Padre Olufemi ainda não havia aparecido, mas a corrida deles contra o tempo começara.

Vinte minutos.

Vinte. Não era um número ideal, mas era o tempo que Koffi tinha para ir ao escritório e voltar. *Ela consegue*, pensou Ekon. *Ela vai voltar rapidinho.*

Ou não, uma voz mais prática disse na cabeça dele. *Talvez ela pegue o diário e fuja.*

Não, vocês têm um trato. Ela precisa de você para traduzi-lo, retrucou ele, mas dentro das palavras havia uma pontada de incerteza. Ele se lembrou da forma como Koffi o olhara nos porões do templo: desconfiada, incrédula. Ele observara a forma como ela considerara os termos do acordo, provavelmente encontrando uma dezena de brechas que usaria para fugir caso algo desse errado. Era uma aposta, mas ele teria que aceitar.

— Logo começaremos a cerimônia shukrani — informou um dos irmãos do templo. — Por favor, tenham as oferendas em mãos para que o máximo de pedidos de oração possa ser recebido.

Ekon se assustou um pouco conforme as pessoas começaram a revirar as bolsas e virar a cabeça para espiar, enquanto esperavam que Padre Olufemi aparecesse e conduzisse a cerimônia de adoração. Apesar de sua decisão e de tudo passando por sua mente naquele momento, Ekon sentiu outra pontada de culpa. Estava no Templo de Lkossa, o mais antigo e mais sagrado lugar da cidade. Quando criança, ele pensara naquele lugar como a manifestação física de tudo o que ele amava, tudo o que valorizava. Agora estava tramando para roubá-lo, para *profaná-lo*.

Mais uma vez, seus olhos foram atraídos para os deuses e deusas, enfileirados por ordem de nascimento. Dizia-se que eram irmãos e irmãs, cada um com a tarefa de zelar por uma parte específica do mundo: os céus, mares, selvas, desertos, montanhas e o reino dos mortos. Não era possível incomodar os deuses e deusas com as orações dos mortais; era por isso que o Padre Olufemi realizava cerimônias shukrani, para receber e transmitir orações em nome do povo. Era, tecnicamente falando, contra o decoro dirigir-se a um dos Seis diretamente. Mesmo assim, Ekon o fez.

Por favor, ele rezou a cada um. *Por favor, faça este plano funcionar.*

— Ei, Okojo! É você?

Ekon se virou e de imediato seus ombros se retesaram. Shomari e Fahim estavam caminhando em direção a ele em meio a multidão do salão de adoração, o azul de seus novos cafetãs era dolorosamente brilhante, mesmo na luz sombreada do templo. Vê-los machucou Ekon mais do que ele esperava.

— Oi. — Ele assentiu enquanto os rapazes paravam diante dele. — Como estão?

— Bom te ver, Ekon. — Fahim estava radiante. — Nós pensamos que fosse sumir por um tempo.

Ekon manteve o tom de voz firme:

— E por quê?

Fahim pausou. Quando tornou a falar, as palavras estavam apenas um pouco mais cuidadosas:

— Bem, é só que... não achamos que...

— Ele não vai dizer, então eu digo. — A nova arrogância na postura de Shomari era insuportável. — Pensamos que você não ousaria mostrar a cara aqui depois da *vergonha* no Zoológico Noturno. — Ele falou em voz alta para que as pessoas ao redor ouvissem. Fahim desviou o olhar e Ekon passou o peso do corpo de um pé ao outro. Mais do que antes, ele queria desaparecer, afundar no antigo piso de pedra no templo e nunca mais ser visto. Precisou se esforçar para conter o semblante calmo.

— Todos os yabaharis são livres para pedir por bênçãos na cerimônia shukrani — disse Ekon. — Certamente guerreiros sagrados não me negariam isso, certo?

— Não é um direito. — A voz de Shomari se tornou um grunhido, a expressão não continha nada além de nojo. — Não para simpatizantes de gedezianos como você, Okojo.

— Na verdade, é *sim*. — Ekon fingiu checar as próprias unhas.

— Eu poderia fazer te arrastarem para fora daqui — ameaçou Shomari, os olhos escurecendo. — Eu mesmo poderia fazer isso.

— Queria ver você tentar.

Aconteceu sem aviso.

Houve um rugido gutural quando Shomari avançou. Ekon recuou, evitando-o por apenas alguns centímetros. Várias pessoas na multidão arfaram quando ele se virou e encarou Ekon com um rosnado.

As sobrancelhas de Fahim se ergueram em horror.

— Shomari, *o que está...?*

Ekon não esperou. Shomari já estava correndo em direção a ele outra vez, com as narinas dilatadas. Ekon desviou para a esquerda e então se virou. Agora, Shomari quase caiu no chão antes de se equilibrar. Vários visitantes gritaram e saíram do caminho.

— Covarde! — gritou Shomari. — *Lute* comigo!

Ekon se endireitou, preparado. A mente dele se separou do corpo enquanto o instinto tomava conta, enquanto a memória muscular era acionada. E então ele não estava mais no templo. Sua mente estava na fronteira, lembrando-se de uma noite que acontecera havia muitos anos, em que caminhava lado a lado com Irmão Ugo.

— Olhe, Ekon.

Ekon demorara um pouco para entender o que estava vendo, um confronto na terra vermelha. Seus olhos se arregalaram quando a poeira baixou e ele pôde distinguir duas figuras: uma longa cobra preta e uma pequena criatura peluda. Os olhos estavam fixos uma na outra, completamente imóveis, alheios ao público que as observava.

— Somos sortudos de poder testemunhar uma das mais antigas curiosidades da natureza — dissera o Irmão Ugo. — Você já tinha assistido à dança da mamba e do mangusto?

— Dança? — repetira Ekon, incrédulo. — Irmão, elas não estão dançando, estão *lutando*.

— Ah. — Alegres, os olhos do Irmão Ugo se enrugaram. — Mas o que é uma luta senão apenas uma forma de arte em movimento? — Ele tornara a gesticular para a mamba-negra e o mangusto, e, como se tivesse captado a deixa, este último sibilara, mostrando dentes pequenos e pontudos enquanto os olhos cor de âmbar brilhavam. — É uma coisa peculiar — sussurrou Irmão Ugo. — Na maioria das vezes, as pessoas pensam que a mamba sempre vence; afinal de contas, ela é maior, venenosa e rápida.

O mangusto golpeara o ar e a mamba se lançara, golpeando a pata dele com uma precisão aterrorizante. O mangusto soltara um pequeno gemido de dor. Ekon tinha estremecido por ele.

— O que a maioria das pessoas não entende — continuara o Irmão Ugo — é que o mangusto é bem mais sábio do que aparenta. É resiliente, imune ao veneno da mamba e... — Ele assentira mais uma vez. — É *mais rápido.*

Acontecera rápido, tão incrivelmente rápido que, se tivesse piscado, Ekon teria perdido. A mamba-negra havia deslizado para a frente, avançando sobre a presa. Atacara uma segunda vez, mas não encontrara o alvo. Em vez disto, o mangusto tinha agarrado a cobra no ar e cravado seus dentes na espinha da serpente com um golpe curto e brutal. A cobra caíra inerte, o sangue formando uma poça na terra. Ainda estava viva, mas paralisada, condenada a uma morte lenta. Ekon não percebera que estava prendendo a respiração até Irmão Ugo tocar seu ombro.

— Você não tem que ser o maior ou mais perigoso lutador, Ekon — dissera ele com calma. — Contanto que seja o *mais rápido.*

Contanto que seja o mais rápido.

Shomari era maior, provavelmente um lutador melhor, mas Ekon era mais rápido. No ataque seguinte de Shomari, Ekon estava pronto. Seus pés pareciam mover-se por conta própria, levando-o para a esquerda enquanto Shomari avançava e errava, como um touro atacando. O impulso jogou o garoto maior para a frente e ele tropeçou. Fahim o agarrou antes que ele pudesse se levantar novamente.

— Seu covarde! — gritou Shomari. — Seu arrogante de...

— Guerreiro Mensah!

Os três ergueram o olhar, assim como vários outros visitantes que observavam. Irmão Ugo estava atravessando a multidão calmamente, mas o rosto estava sério. Olhou para eles.

— O que significa isto?

De imediato, Shomari parou de relutar e se colocou em posição de sentido, grunhido algo incompreensível.

— Tenho *certeza* de que o Kuhani não aprovaria tal conduta aqui — disse o Irmão Ugo. — Você virá comigo. Pelo que sei, recebeu novas responsabilidades do Padre Olufemi, correto?

— Sim, Irmão — murmurou Shomari.

— Então é melhor que vá vê-lo. Sinceramente, agindo assim no local dos deuses...

Ekon e Fahim observaram enquanto Shomari era escoltado. Quando eles saíram de vista, a expressão de Fahim ficou séria.

— Como está, Ekon?

O coração de Ekon pulou. A preocupação na voz de Fahim era tão genuína que doía. Um pouco abrupto, ele respondeu:

— Estou bem.

Fahim encontrou o olhar dele e o sustentou por um momento. Quando tornou a falar, a voz estava baixa:

— Você não mereceu o que aconteceu.

Um bolo surgiu na garganta de Ekon, tornando difícil falar.

— Está tudo bem, Fahim. Eu...

— *Não* está tudo bem — retrucou o outro. — Foi um erro. Você trabalhou mais duro que o resto de nós; até Shomari sabe disso. Você merecia ser um guerreiro mais do que nós.

O nó na garganta de Ekon estava se tornando insuportavelmente apertado e seus olhos começavam a arder. Ele piscou com força, até que a sensação passou. Havia se constrangido mais do que o suficiente, não precisava *chorar como uma menina* na frente de Fahim. Logo, ele mudou de assunto:

— Como as coisas têm sido para *você*? — perguntou. — Como é a vida como um guerreiro yabahari oficial?

Ekon não esperava a sombra que de repente tomou o rosto de Fahim. Era como se um véu invisível tivesse sido retirado, e por baixo dele uma verdade diferente brilhasse nos olhos de seu amigo. Só fazia um dia desde que haviam se visto, mas Fahim parecia estranhamente mais velho, ou talvez só mais fatigado. A pele abaixo de seus olhos estava inchada, e Ekon percebeu que os dreadlocks que Fahim costumava manter em um coque elegante estavam cheios de frizz e um pouco desarrumados.

— Tem sido... difícil. — Fahim massageou as pálpebras fechadas. — O Padre Olufemi não está feliz com os assassinatos recentes cometidos pelo Shetani. — Ele baixou o tom da voz: — Cá entre nós, o público está perdendo a confiança. Para acalmá-lo, ele aumentou a patrulha em todos os distritos e nas fronteiras. O problema é que não há muitos de nós. Como Shomari e eu somos novatos, ficamos com os piores turnos. Todos estão exaustos. Deve ser por isso que ele estava sendo...

— Mais irritante que o normal?

— É.

Ekon teve o cuidado de manter o tom casual:

— Então, alguma informação nova? Alguma nova visualização?

— Não. — Fahim franziu a testa. — Achamos que a criatura voltou para a selva, ao menos por enquanto. Na verdade... — Ele fez uma pausa. — Há algo que deveria saber, Ekon. Eu não devia dizer, mas você é meu amigo e...

Ekon lutou para manter o rosto neutro.

— Sei sobre o grupo de caçadores.

O alívio inundou o rosto de Fahim por apenas um momento, antes que sua expressão ficasse tensa.

— O Padre Olufemi me pediu para participar. Shomari também.

Uma pontada inconfundível de ciúme pinicou a pele de Ekon. Ele não podia deixar de se perguntar se, em um mundo diferente, ele teria sido escolhido para tal honra também. Será que era tão qualificado quanto Shomari e Fahim? Ele tentou esconder a tensão na voz quando respondeu:

— Sabe quando vão?

— Ainda não. — Fahim balançou a cabeça. — Mas acho que em breve, pelos próximos dias.

Dias. Ekon tentou calcular. Quanta vantagem ele e Koffi teriam se partissem no dia seguinte, ou mesmo naquela noite? Se mantivessem um ritmo intenso, quanto tempo os Filhos dos Seis levariam para alcançá-los...?

— Enquanto isso, nossos turnos de patrulha dobraram, e todas as manhãs, um de nós tem que ir ao escritório do Padre Olufemi fazer um relatório. — Fahim olhou por cima do ombro. — Shomari deve estar fazendo isso agora.

— Calma aí. — Uma onda de pânico tomou conta de Ekon quando entendeu as palavras de Fahim. — Pensei que o Padre Olufemi fosse conduzir a cerimônia shukrani esta manhã.

— Normalmente sim. — Fahim bocejou. — Mas, por causa dos novos ataques, ele está dedicando mais tempo aos deveres diretos com os Filhos dos Seis. O Irmão Lekan foi nomeado para conduzir a cerimônia no lugar dele.

Fahim gesticulou para um dos irmãos emergindo do corredor. Imediatamente, as pessoas começaram a se empurrar para chegar até ele, e Ekon comprimiu os lábios. Fahim disse outra coisa, que ele não ouviu. Um rugido enchia seus ouvidos. O plano dele e de Koffi contava que o Padre Olufemi *não* estivesse no escritório durante a cerimônia shukrani. Ele dissera a ela que era seguro e Koffi estava indo até lá naquele momento ou já estava lá dentro. Se ela fosse pega... quanto tempo levaria para denunciá-lo? O pânico o dominou.

— Há, foi bom ver você, Fahim. — Ekon olhou por cima do ombro. — Eu vou... pegar um pouco de água.

O mais rápido que pôde, ele desviou de um Fahim confuso e voltou para o salão de adoração, seguindo pelos corredores que levavam ao resto do templo. Esperou apenas até estar escondido pelas sombras antes de sair correndo.

Ekon precisava encontrar Koffi, e rápido.

CAPÍTULO 13

COURO E CEDRO

Koffi nunca estivera tão desconfortável na vida, o que dizia muita coisa.

Como uma guardiã de feras, ela estivera em todos os tipos de situações indesejáveis naqueles últimos 11 anos. Uma vez, usara as próprias mãos para ajudar a mãe a virar a cabeça de um cordeiro enquanto ele ainda estava dentro da barriga durante uma prenha difícil. Em outra ocasião, quando Baaz estivera de mau humor, ela recebera ordens para passar horas limpando feno e cocô de girafa nos cercados. Tivera muitas experiências desconfortáveis, mas aquele tipo específico de desconforto era novo.

Pelo que pareceu ser a centésima vez, Koffi tropeçou na bainha do vestido. Praguejou em silêncio, olhando carrancuda para o tecido. Não que o vestido fosse feio (na verdade, o lindo padrão estampado era de longe a coisa mais bonita que já usara), mas suas pernas pareciam presas sob o tecido. As sandálias azuis de contas que Ekon havia encontrado eram um pouco pequenas e os saltos estavam frouxos, batendo nas solas de seus pés a cada passo. Koffi se sentiu muito desajeitada, com saudades da velha túnica que batia na altura das canelas e estava escondida na bolsa.

Com cuidado, ela passou entre os grupos de pessoas bem-vestidas, tentando ao máximo não chamar a atenção. Não foi fácil; como Ekon previu, todos tentavam chegar para a frente. De acordo com ele, assim que o Kuhani entrasse no salão, os visitantes estariam ocupados fazendo oferendas e pedindo a ele que transmitisse seus pedidos de oração. Ela olhou para o lado esquerdo da sala. A escada que levava ao escritório do Padre Olufemi ficava em um corredor a apenas alguns metros de distância; ela só precisava encontrar uma maneira de chegar lá sem ser vista. Chegou um pouco mais perto e então tornou a praguejar baixinho. Várias pessoas olharam na direção dela e Koffi teve que abaixar a cabeça.

Opa. Talvez Ekon estivesse certo sobre os palavrões.

Com as mãos nas costas, um Filho dos Seis estava parado a poucos metros do corredor que ela precisava descer. Ele era alto, imponente em estatura, mas ao olhar mais de perto Koffi notou que seus olhos estavam pequeninhos de cansaço. Se pudesse passar por ele ou distraí-lo...

— Visitantes! — Um dos irmãos do templo vestido com um manto azul colocou a mão em concha em volta da boca para projetar a voz ao outro lado do templo. Todos olharam na direção dele. — Logo começaremos a cerimônia shukrani. Por favor, tenham as oferendas em mãos para que o máximo de pedidos de oração possa ser recebido.

Imediatamente, as pessoas reviraram suas bolsas. Como elas, Koffi retirou uma das moedas da bolsa. Ao seu lado, ela observou um homem corpulento tirar uma moeda de ouro de uma bolsa que parecia estar prestes a estourar. Ela deu um sorrisinho. Teve uma ideia.

Atrapalhada, deixou seu shaba cair, satisfeita em ouvir a moeda tilintar alto a cada vez que quicava contra o chão de pedra polida do templo. O velho ao lado dela ergueu os olhos, surpreso, e Koffi o lançou um olhar de desculpas.

— Desculpe — disse ela baixinho. — Minha mãe diz que sou descuidada.

O velho deu um sorriso afetado.

— Está tudo bem, criança, está tudo bem. Os Seis são misericordiosos. — Ele se abaixou para pegar o shaba e Koffi agiu. Bastou um puxão rápido para a bolsa no quadril do homem se rasgar e uma torrente de moedas de ouro vazar.

— Ah! — Koffi recuou, fingindo estar horrorizada. — Eu sinto muito, eu...

Mas o velho não estava ouvindo. Dhabus rolavam em todas as direções, pedaços brilhantes de ouro se espalhando entre os pés dos visitantes. Várias pessoas ao redor tentaram ajudar, mas quanto mais o velho se mexia, mais moedas caíam de sua bolsa.

— Desculpe! — Koffi se abaixou para ajudar, mas o velho ergueu a mão, cauteloso.

— Está tudo bem — disse ele, mais bruscamente desta vez. Ele olhou por cima do ombro para o guarda parado no corredor. — Jovem, se puder nos ajudar...

Era exatamente o que Koffi queria. O guarda se moveu entre os outros visitantes e se curvou para ajudá-los a pegar as moedas, e Koffi aproveitou a chance. Certificando-se de que estava distraído, ela passou por ele e disparou pelo corredor, subindo as escadas o mais rápido que pôde. O coração ainda estava acelerado quando alcançou o topo do patamar, mas lentamente se acalmou enquanto o zumbido da multidão abaixo diminuía e ela avistava o corredor muito mais silencioso à frente.

Passo um: concluído.

Ekon dissera a ela que o corredor era longo e escuro, mas era óbvio que tinha suavizado as coisas. Um tapete azul velho, bordado e coberto por formas geométricas brancas se espalhava pelo comprimento, e o tecido fino das janelas que cobriam os dois lados oferecia apenas faixas da pálida luz matinal de Lkossa. Ela começou a seguir o corredor sem hesitar.

Porta à direita, é a terceira porta à direita.

Koffi chegou nela mais rápido do que esperava. Era uma porta surpreendentemente nova, moderna e destoante em um lugar que parecia tão histórico. A mão dela tremia quando seus dedos envolveram a maçaneta polida da porta e a girou. Abriu rápido e com um rangido baixo. Koffi a fechou assim que entrou.

Um novo cheiro, que ela só reconheceu enquanto observava o escritório do Kuhani, encheu seus pulmões. Não um, mas dois: couro e madeira de cedro.

É mais ou menos assim que Ekon cheira, ela percebeu. *Couro e madeira de cedro.* Koffi não teve mais tempo para pensar no assunto.

O escritório era maior do que esperava, uma sala retangular banhada pela luz dourada bruxuleante de várias velas de cera. Uma grande escrivaninha de madeira fora posicionada no meio e duas das paredes estavam cobertas do chão ao teto com estantes de livros. Outras coisas ocupavam a sala (enormes pilhas de caixotes, provavelmente cheios de mais livros, várias vestes bem passadas colocadas em um divã no canto), mas os olhos de Koffi se fixaram em algo no fundo, atrás da mesa: uma estante menor com portas de vidro.

Tinha que ser ali. Mais cedo, Ekon contara a ela sobre aquela estante. Ao que tudo indicava, era onde o Kuhani mantinha documentos históricos e livros de sua coleção especial. Se o diário de Nkrumah estava no escritório, era provável que estivesse guardado ali.

Na ponta dos pés, Koffi atravessou a sala com cuidado. Parecia bobo fazer aquilo em um cômodo visivelmente vazio, mas ela ainda sentia a necessidade de ser silenciosa. Devagar, abriu a porta de vidro da estante e deixou os olhos percorrerem as lombadas de cada livro. Ekon tinha mencionado que o diário de Nkrumah era verde-escuro, mas havia vários livros verdes ali. Ele disse que Koffi saberia quando visse, mas...

O vislumbre de outra coisa em uma das prateleiras chamou sua atenção e ela parou. Havia uma pequena variedade de bugigangas na prateleira, estatuetas de animais feitas em madeira, penas que pareciam caras, mas o que captou sua atenção foi o mais impressionante. Era uma pequena adaga, um pouco menor que a mão dela. Koffi a pegou para examinar, mas quase a deixou cair.

É feita de osso, ela percebeu, passando o polegar com cuidado ao longo da lâmina branca. Três gemas vermelho-escuras estavam embutidas no cabo; pareciam rubis. Koffi ficou apaixonada por ela, fascinada, mas não havia tempo para maiores investigações, então a adaga teria que esperar até mais tarde. Rápido, ela a guardou na bolsa e tornou a olhar para a estante. A primeira e a segunda prateleiras estavam cheias de tomos, pergaminhos e outros documentos comuns, mas Koffi parou quando alcançou a de baixo. O coração dela parou quando os olhos encontraram um livro verde notavelmente grande, mais grosso do que qualquer outro que ela tinha visto até então. Koffi o tirou da prateleira, percebendo as letras em ouro escuro na capa, que Ekon também descrevera. Era um bom sinal. Ela o abriu.

Na parte de dentro da capa do livro havia um dos mapas mais bonitos que ela já tinha visto. Era nítido que fora desenhado à mão, com uma lateral bordada exuberante, preenchida com inúmeras criaturas dentro das folhas. Ela viu um texto rabiscado meticulosamente, legendas intrincadas e uma bússola em forma de cabeça de leão. Aquilo era o lar dela, todo o continente Eshōzaniano representado. Ekon estava certo, Koffi não conseguia ler o idioma em que as palavras foram escritas, mas reconheceu que aquele livro era especial. Virou a página seguinte e viu um segundo mapa, de estilo semelhante, mas o foco era diferente. Ela viu folhas e caminhos sinuosos entre árvores mal desenhadas. *Aquele* tinha que ser o mapa da Selva Maior. Tinha suas próprias legendas, tão indecifráveis para Koffi quanto as do primeiro mapa, mas enquanto os olhos o analisava, ela teve a sensação inconfundível de esperança. O mapa e as informações naquele diário poderiam ser inestimáveis, até mesmo cruciais para ajudá-la a encontrar o Shetani e levá-lo para Baaz. Koffi apertou os dedos ao redor do livro. Sem hesitar, enfiou-o na bolsa, apreciando o novo peso. Estava grata por ter conseguido o diário com mais facilidade que o esperado. Agora, tudo o que precisava fazer era voltar para Ekon, para que eles pudessem sair dali.

Ela deu a volta na mesa, olhando o conteúdo espalhado nela. Havia uma variedade de papéis e livros lá, mas também, para sua surpresa, um cachimbo. Era feito de madeira lindamente entalhada, posicionado perto da borda da mesa do Padre Olufemi. Algo estava dentro de sua câmara, muito profundo para ser visto. Koffi se inclinava, tentando dar uma olhada melhor, quando...

Houve um *clique* audível.

Ela mergulhou atrás de uma pilha de caixas de livros ao lado da mesa no exato momento em que a maçaneta girou. Para seu horror, a voz de um homem encheu a sala:

— ... exatamente como instruiu, Padre.

O coração de Koffi começou a bater rápido e forte no peito, e ela praguejou baixinho quando dois homens entraram no escritório. Eram perfeitos opostos. Um era jovem, alto e musculoso e usava o cafetã azul brilhante de um guerreiro yabahari; o outro era significativamente mais velho e usava um manto azul-celeste.

Não. A boca de Koffi ficou seca. O homem mais velho era o Padre Olufemi; ela sabia sem dúvida. Nunca tinha visto o homem antes, mas tudo no semblante dele o denunciava. Ele caminhava com o andar lento e deliberado de alguém que não se apressava por nada, com a confiança de um homem que governava a cidade. O medo e a incerteza percorreram o corpo de Koffi. *Como?* Ele não devia estar ali, devia estar lá embaixo, conduzindo a cerimônia shukrani. Ela tinha calculado mal o tempo ou... teve um pensamento mais sombrio.

Ekon tinha mentido?

— Ótimo.

Koffi recuou ainda mais para as sombras enquanto Padre Olufemi se aproximava dela, até que parou, as mãos cruzadas nas costas.

— E as demais cremações foram concluídas?

— Ainda há mais uma, Padre — respondeu o segundo homem. — Mas está planejada para esta tarde, se sua programação permitir.

O Kuhani assentiu.

— Estarei presente.

— Mais alguma ordem, Padre?

— Não — disse o Kuhani. — Você e o guerreiro Adebayo podem tirar o resto do dia para descansar. Você retomará seu próximo turno de patrulha esta noite.

O jovem guerreiro fez uma reverência.

— Obrigado, Padre.

— Isso é tudo, Shomari.

O guerreiro fez outra reverência longa e uma saudação antes de sair da sala, mas o velho continuou de pé no centro. Koffi não se atreveu a se mover nem um centímetro. Por quanto tempo ele ficaria aqui? Havia apenas uma porta para o escritório, nenhuma outra saída. Se ela não se encontrasse com Ekon lá embaixo nos próximos dez minutos...

Pareceu levar anos, mas por fim Padre Olufemi ergueu o olhar. Koffi abaixou-se rápido enquanto ele examinava a sala. Seu coração parou de bater quando viu os olhos dele se fixarem em algo: a estante de livros atrás da mesa. Parecia igual a quando Koffi entrara, tão velha e elegante como sempre, mas ela engoliu em seco ao perceber seu erro.

Uma das portas de vidro estava um pouco entreaberta.

A boca da garota ficou seca quando Padre Olufemi, agora franzindo a testa, se aproximou dela e da estante. Ele se moveu para trás da mesa e rapidamente a fechou, estreitando os olhos. Parecia distraído, mas e se percebesse que o diário de Nkrumah e a adaga não estavam ali? Para a surpresa de Koffi, ele se afastou abruptamente. Varreu a sala com os olhos uma última vez antes de levantar a bainha do agbada, sua túnica, e sair do escritório, grunhindo baixinho. Koffi esperou por vários segundos, depois pressionou as palmas das mãos nos olhos, aliviada.

Foi por pouco.

Ela aguçou os ouvidos, tentando ouvir os sons do salão de adoração lá embaixo. Alguém ainda estava falando em tons longos e dramáticos para os visitantes do templo (provavelmente a pessoa que substituíra o

Kuhani na cerimônia shukrani). Ainda havia tempo de descer as escadas, de sair daquele lugar horrível.

Koffi se levantou com cuidado, ajustando no ombro a bolsa agora muito mais pesada. Em silêncio, atravessou a sala e destrancou a porta do escritório. O alívio tomou conta dela quando entrou no corredor escuro e o encontrou ainda sombreado, mas vazio.

Graças aos Seis.

Koffi estava indo em direção às escadas quando alguém agarrou seu pulso.

E o olhar do Padre Olufemi encontrou o dela.

CAPÍTULO 14

O CORAÇÃO DA SELVA

Ekon corria.

Os corredores e portas do templo não passavam de um borrão enquanto ele tentava fazer um mapa mentalmente. Tinha passado os últimos dez anos de sua vida ali, aquele templo era como seu lar, mas isto só tornava um pouco mais fácil se locomover durante uma crise. Havia um número infinito de corredores, cômodos e escadas, e ele precisava encontrar aquele que o levaria a Koffi mais rápido... *sem* ser pego.

Koffi não estava no corredor que levava ao escritório do Kuhani; Ekon tinha conferido. Uma nova onda de ansiedade atormentou seu corpo enquanto ele descia as escadas às pressas e seguia por um novo corredor. Aquele templo era enorme, um labirinto de câmaras, corredores e átrios. Onde ela poderia estar?

Ele dobrou uma esquina bruscamente e quase colidiu com dois homens vestidos de azul. O coração deu um pulo no peito. Ambos eram Filhos dos Seis, guerreiros experientes.

— Okojo? — Um deles, um homem baixo chamado Zahur, franziu a testa para ele. — O que está fazendo?

Ekon engoliu em seco, os dedos tamborilando na lateral do corpo. Ele fez a resposta soar o mais calma possível:

— Eu... ouvi dizer que talvez haja um problema acontecendo. Pensei que pudesse ajudar.

— *Há* um problema. — O segundo guerreiro, um homem chamado Daudi, fez uma carranca. — Acabamos de receber a notícia de que há um intruso no templo, um ladrão!

Ekon precisou se esforçar para manter a expressão neutra.

— Sério? O que foi roubado?

— Ainda não temos certeza — disse Daudi. — O Padre Olufemi terá que fazer um inventário de seu escritório depois que... se recuperar.

— *Recuperar?* — Ekon repetiu. Agora, sua surpresa era genuína.

Os guerreiros trocaram um olhar desagradável antes de Zahur baixar a voz:

— Sim, parece que a agressora atacou o Kuhani antes de escapar.

— *Agressora?* — Ekon escolheu se concentrar nisto em vez de nas coisas perturbadoras que Koffi poderia ter feito ao Padre Olufemi para serem consideradas "agressão". — Você disse *agressora*?

— Sim — Daudi assentiu. — Uma jovem yabahari, bem-vestida.

Ekon suspirou, um pouco aliviado. Pelo menos não haviam descoberto que Koffi era gedeziana.

— Vamos fazer uma varredura completa na ala leste do templo. Padre Olufemi acha que a viu ir naquela direção — disse Zahur. — Aonde *você* está indo?

Ekon começou a dizer algo, mas congelou. Seus olhos tinham acabado de se fixar em uma grande tapeçaria pendurada na parede atrás dos dois guerreiros. Um par de pequenos pés marrons estava aparecendo na parte inferior, usando sandálias de aparência muito familiar.

— Há... — Ele parou, torcendo para que o pânico não fosse evidente em sua voz. — Vou verificar os... dormitórios.

Os guerreiros pareceram confusos por um momento, depois assentiram.

— Como quiser, então — disse Daudi. — Venha nos contar se encontrar alguma coisa.

Ekon olhou mais uma vez para os pés saindo da tapeçaria.

— Eu vou... fazer isso com certeza.

Eles assentiram, passando por ele e seguindo pelo corredor. Ekon esperou até que desaparecessem antes de se aproximar da tapeçaria. Depois de um momento, ele pigarreou.

— Meu mentor me contou uma piada uma vez — murmurou ele. — O que o chão disse para o tapete?

Koffi tirou a cabeça de trás da tapeçaria, olhando para ele.

Ekon deu um sorrisinho.

— Sai de cima que eu também quero ver... *ai!* — Ele pulou para trás, esfregando o braço. — Para quê isso?

— Primeiro porque foi uma piada horrível — disse Koffi, emergindo de trás da tapeçaria. O véu havia sumido e ela estava toda amarrotada. Segurava a bolsa contra o peito e comprimia os lábios. — *E segundo* porque mal escapei do Kuhani.

— Desculpe — disse Ekon rapidamente. — Sinceramente, eu não sabia que ele não conduziria a cerimônia shukrani hoje. Eu estava tentando te encontrar.

Koffi lançou a ele um olhar fulminante.

— Está um pouco atrasado.

Ekon olhou por cima do ombro e gesticulou para que ela o seguisse.

— Vamos, aqueles guerreiros acabaram de dizer que iam primeiro para a ala leste. Ainda podemos chegar ao estábulo antes deles e sair daqui. Venha comigo!

Koffi parecia querer discutir, mas mudou de ideia quando eles começaram a correr na direção oeste. Os corredores do templo estavam silenciosos, mas Ekon ainda estava alerta.

— Você pegou o mapa? — perguntou ele. Apontou para um lance de escadas e gesticulou para Koffi ir primeiro.

— Sim — sussurrou ela. — Mas o Padre Olufemi me pegou na saída. Tive que usar uma... manobra evasiva.

Ekon a seguiu escada abaixo.

— Você realmente o agrediu?

— *Agredir* é uma palavra forte — disse Koffi, dando de ombros. — Só o chutei bem no meio das...

— Lá embaixo! — gritou alguém atrás deles. — Acabei de ver alguém descendo as escadas!

Eles se encararam por apenas um segundo antes de começarem a correr, pulando a escada de dois em dois degraus. Ekon achava que sabia para onde ela levava (para a outra extremidade do andar térreo do templo, não muito longe do estábulo). Ficou aliviado quando chegaram ao último degrau e viu que estava certo: estavam de volta ao corredor do andar de baixo, onde haviam estado no início da manhã.

— Por ali — disse para Koffi, apontando para a frente. Estavam indo em direção às portas duplas que levavam para fora quando...

— Ei! Verifique lá embaixo!

O medo percorreu o corpo de Ekon. Sem pensar, ele agarrou Koffi pela cintura e a puxou para um dos nichos do corredor bem quando passos soaram do outro lado. Ele espiou e, horrorizado, reconheceu quem tinha acabado de entrar. Fahim e Shomari.

— Alguém já estava aqui? — Havia cautela na voz de Fahim.

— Não tenho certeza, mas é melhor a gente confirmar. — Shomari parecia muito mais confiante.

Ekon congelou quando a luz da tocha se aproximou do esconderijo deles. O nicho não era profundo o suficiente para escondê-los por completo; a qualquer minuto eles seriam expostos. Ele sentiu as costas de Koffi pressionadas com força contra seu peito, o corpo dela estremecendo contra o dele enquanto a garota tentava não fazer barulho. Shomari e Fahim tinham olhado para o outro lado do cômodo, mas estavam se aproximando, perigosamente perto...

— Mensah! Adebayo!

Ekon quase pulou quando outra voz ecoou no corredor. Ele reconheceria aquela voz em qualquer lugar e seu coração apertou. Era Kamau.

A boca ficou seca quando o irmão entrou correndo na sala, olhando de Fahim para Shomari.

— Vamos! O Padre Olufemi acha que a intrusa foi para a cozinha!

Os três deram meia-volta em silêncio e subiram correndo as escadas. Ekon não relaxou, até que o corredor ficou silencioso outra vez. A respiração de Koffi ainda estava fraca e ele descobriu que o próprio batimento cardíaco estava sincronizado com o dela. Devagar, os corpos relaxaram, mas ainda não se mexeram. O rosto dele ficou quente quando percebeu que ainda estava com as mãos na cintura de Koffi. E as retirou imediatamente.

— E agora? — sussurrou Koffi.

— A outra porta — respondeu Ekon.

Ele saiu de trás dela, indo em direção à porta do estábulo. O corredor ainda estava silencioso, mas ele manteve os ouvidos atentos a qualquer barulho. Seus dedos envolveram a velha maçaneta de bronze e ele a puxou. A luz do sol brilhante se derramou pelo corredor e naquele momento foi a coisa mais gloriosa que Ekon já tinha visto. Em silêncio, os dois saíram pela porta, sob a luz do sol escaldante.

O sol da tarde de Lkossa não brincava em serviço.

Mas Ekon estava grato por ele; aproveitava o calor em seus braços e rosto enquanto ele e Koffi avançavam pela multidão reunida no mercado central da cidade na hora do almoço. Ficou esperando que fossem parados, que fossem pegos. Ele não tinha permissão para deixar o templo, então a segunda chance que Kamau lhe dera seria arruinada. Mesmo agora, Ekon lutava para manter a respiração lenta e regular. Os dedos tamborilavam na lateral do corpo.

Um-dois-três. Um-dois-três. Um-dois-três.

Eles encontraram lugares separados para trocar de roupa no estábulo antes de irem para o mercado, e agora Ekon vestia um cafetã marrom simples em vez do branco adequado a um servo do templo. Não impediria que alguém o reconhecesse se visse seu rosto, mas pelo menos chamaria menos atenção. Ele olhou para Koffi.

— Precisamos conferir o diário — disse baixinho enquanto caminhavam lado a lado.

— Onde?

Ele olhou ao redor, de testa franzida. Depois de um momento, teve uma ideia e assentiu:

— Conheço um lugar. Venha comigo.

Continuaram em silêncio ao cortarem ruas e becos, Ekon liderando o caminho até chegarem a outro distrito da cidade. Os pulmões dele arderam quando inalou o fedor de terra e fogo, e um barulho metálico atingiu seus tímpanos em um ritmo constante e repetitivo. Espirais de fumaça preta engrossavam o ar, quase os escondendo na escuridão, e quando a primeira barraca dos ferreiros apareceu, Ekon ficou aliviado ao descobrir que seu instinto sobre aquele lugar estivera certo. Ele gesticulou em direção a um ponto atrás de uma das muitas oficinas, e Koffi obedeceu.

— Os Filhos dos Seis não permanecem no Distrito Kughushi. — Ekon teve que se aproximar para ser ouvido em meio ao martelar constante das bigornas. — Ninguém fica, a não ser que seja obrigado.

— Estou vendo o motivo. — Koffi estava tapando as orelhas com as mãos, fazendo uma careta. — Mal consigo pensar.

— Me mostre o diário.

Koffi tirou a bolsa do ombro e começou a retirá-lo, mas os olhos de Ekon captaram o brilho branco de outra coisa. Ele estreitou os olhos. Com um olhar visivelmente culpado, Koffi tentou enfiar o que quer que fosse de volta na bolsa, mas ele a segurou pelo pulso.

— O que é *isso*?

— Se você quer saber. — Koffi deu um último puxão no diário para tirá-lo da bolsa antes de lançar a Ekon um olhar ousado. — É uma adaga.

— De *onde*, exatamente?

Koffi demorou a responder.

— *Posso* ter pegado enquanto estava no escritório do Kuhani.

— Você não devia ter tirado mais nada do escritório...

— Sim, bem, agora é tarde demais, não é? — Ela bateu no braço dele com o livro e ele fez uma careta. — Quer ver isso ou não?

Ekon começou a dizer algo, mas pensou melhor. Assentiu e pegou o livro com delicadeza. Suspirou ao ler as palavras brilhantes na capa:

SATAO NKRUMAH

ESTUDIOSO DO CONTINENTE ESHŌZANIANO EM GERAL

E DA REGIÃO ZAMANI EM ESPECÍFICO

— Uau.

— Você consegue ler? — perguntou Koffi.

— Consigo.

Ao abrir o livro, Ekon sentiu os olhos de Koffi observando-o. A primeira página apresentava um mapa de todo o continente de Eshōza; a seguinte tinha um mapa da Selva Maior. Ele estudou um por vez. As páginas do diário eram feitas de papiro antigo, bem macio. Talvez fosse por conta da luz do sol, mas havia uma estranha beleza capturada neles, um cuidado especial. Ekon voltou ao primeiro mapa. Ele se estendia como uma teia intrincada, milhares de linhas e formas se projetando em todas as direções, desde o centro do mapa até os cantos mais distantes do papel. Ekon absorveu as características mais famosas da Região Zamani (a baía traiçoeira conhecida como Presas por seu formato dentado e o rio Ndefu do leste, sobre o qual Irmão Ugo lhe contara histórias), mas havia também lugares que eram novos para ele. Ele viu as cordilheiras Ngazi ao norte, as ilhas Nyingi ao sul e até o lendário deserto Katili a oeste. Era todo o continente de Eshōza exposto. Algumas partes da tinta ainda mantinham seu preto original; outras haviam desbotado para um cinza translúcido. Ekon não conseguia acreditar que uma única pessoa havia criado algo tão detalhado.

Koffi correu o dedo sobre um ponto antes de olhar para ele.

— O que é isto?

— O rio Kidogo, a noroeste daqui.

— E isto? — Ela apontou para outro local, rodeado por um grande aglomerado de árvores.

— *Isso* é Lkossa — disse Ekon. — Existem outros pequenos municípios na Região Zamani, é óbvio, que não estão aqui, mas Lkossa é o maior. Este grande aglomerado é a Selva Maior e o que está abaixo dela é chamado de Selva Menor.

Koffi se inclinou, apontando para algo pequeno na parte inferior do mapa.

— O que é isto?

Ekon seguiu seu dedo novamente e estreitou os olhos. Era uma palavra que ele não reconheceu.

— Diz… "*aes*" — leu, franzindo a testa.

— O que significa?

— Não sei. — Ekon deu de ombros. — Pode ser uma nota de referência. Os antigos mestres usavam todos os tipos de códigos específicos para fazer seus mapas. — Ele voltou ao mapa da Selva Maior e analisou de novo. Aquele mapa fora obviamente desenhado pela mesma mão, mas parecia diferente. Os traços da pena pareciam um pouco menos precisos, as legendas mais confusas. Aquele mapa parecia mais um primeiro esboço. Ekon percebeu algo nele e fez uma pausa. — Hum, isso é interessante.

— O quê?

— Esta seção. — Ekon indicou com a cabeça. — Chama-se "Coração da Selva".

Koffi ergueu uma sobrancelha.

— É importante?

— *Pode* ser que sim. — Ekon passou os dedos pelo cabelo. — Meu palpite é que deve ser considerado o centro da selva, ou talvez a parte mais antiga dela.

Koffi olhou para o mapa por mais um segundo.

— Acho que é onde vive o Shetani.

Ekon franziu o cenho.

— Isso não faria sentido. Veja onde fica. — Ele tornou a apontar. — Fica a pelo menos alguns dias de caminhada...

— Para algo com *duas* pernas.

Ekon a olhou.

— Você realmente acha que a criatura poderia ir e voltar tão rápido?

Koffi comprimiu os lábios, pensativa.

— O que *sabemos* sobre o Shetani?

— Bem, as pessoas dizem...

— Sem especulação — disse Koffi. — O que sabemos ser verdade?

Ekon hesitou, reflexivo. Aquele tipo de pergunta o lembrava da maneira como Irmão Ugo o interrogara quando criança. *Responda à pergunta que faço e responda à pergunta toda.* Ele fez uma pausa.

— Sabemos que o Shetani está vivo há quase um século, pelo menos — disse ele. — Possivelmente mais.

— O que mais?

— Sabemos que o Shetani ataca à noite.

— Sempre?

— *Sempre.* — Ekon assentiu. — Há um padrão. Pessoas desaparecem após o pôr do sol e seus corpos aparecem na manhã seguinte nos limites da selva. O horário é sempre o mesmo.

— O que significa que essa coisa é noturna e age deliberadamente. Ela caça como um clássico predador, com um método praticado. Encontra a presa...

— Mata a presa.

— *E depois se esconde.*

— O assassinato mais recente aconteceu há três dias — disse Ekon.

— Então deve estar escondida agora — especulou Koffi. — Esperando até que alguém baixe a guarda de novo. O que significa... que ela estaria em um lugar que ninguém iria. Ninguém se aventurou tão longe na Selva Maior antes e voltou. Ela pensaria naquele lugar como um porto seguro.

Ekon olhou para o mapa, movendo os dedos para a frente e para trás entre o Coração e Lkossa.

— Levaríamos de três a quatro dias para chegar lá, se não... — Ele hesitou. — Se não tivermos problemas. — Traçou ao longo dos limites da selva. — Este pequeno espaço que separa Lkossa da selva é chamado de fronteira. Seria o caminho mais direto. Também faz parte da rota de patrulha dos Filhos dos Seis.

— Há uma maneira de passar por eles?

Ekon fez uma pausa.

— Há, mas é uma chance mínima.

— Então é por onde temos que ir — disse Koffi. Ela massageou as têmporas. — Graças aos deuses somos apenas nós indo atrás dessa coisa — murmurou. — Não sei o que faria se fosse mais complicado.

Ekon engoliu as palavras. Estava prestes a informar a Koffi sobre o grupo de caça, mas algo o deteve. E se, depois que contasse, ela desistisse do acordo? E se aquele detalhe extra estragasse tudo? Não, ele decidiu. Não contaria a ela sobre a caçada, pelo menos por enquanto.

Koffi olhou do mapa para ele.

— Quando podemos ir?

— Esta noite. — Ekon olhou para ela. — Se estiver pronta.

Koffi assentiu:

— Estou.

— Vamos comprar suprimentos — disse Ekon. — E então ficaremos perto da fronteira até o anoitecer para que possamos entrar sem sermos vistos. Se mantivermos esse cronograma, estaremos na selva antes do anoitecer.

Ele não disse as últimas palavras em voz alta.

E então, a caçada começa.

CORDA INVISÍVEL

ADIAH

Inspiro e expiro.

Pisco forte para evitar que as lágrimas caiam, mas ainda assim sinto o gosto salgado delas.

Inspiro e expiro.

Não consigo encontrar Tao, então hoje não vou ao nosso esconderijo secreto. Em vez disto, fico sentada na casa dos meus pais, em meu minúsculo quarto, temendo o momento em que chegarão do trabalho. Sei que a essa altura já terão recebido o relatório do templo e saberão sobre o que aconteceu hoje. Já posso imaginar a decepção, a vergonha. Dessa vez, mereço ambas as coisas.

Dessa vez, realmente estraguei tudo.

Mesmo agora, a lembrança do rosto de Azaan me faz ficar enjoada, uma mancha na minha consciência como vinho de palma derramado em linho. Lembro-me de cada detalhe, dos lábios cheios e do nariz reto, da forma quadrada de sua mandíbula. Lembro-me do jeito como as feições dele se contorceram quando a dor o atingiu, do som que fez.

Lembro-me de tudo o que quero esquecer.

As lembranças me levam de volta para outra parte do dia, para o antes. Azaan e eu estamos parados no meio do gramado de treinamento do templo, dentro de um grande círculo feito de pedras do tamanho de um punho. À nossa direita, Irmão Dwanh lidera.

— Seguiremos as regras de conduta para lutas. — Ele olha para nós dois, explicando as regras em sua vozinha fina. — A luta termina quando um dos participantes pisa fora dos limites delineados. Lembrem-se, este é um combate estritamente *corpo a corpo*. Não invoquem o esplendor.

— Pronto. — Azaan, vários centímetros mais alto do que eu, dá um sorriso convencido. — Não se preocupe, Adi. Vai ser rápido.

Mantenho a expressão neutra, impassível.

— Estava pensando exatamente isso.

— Muito bem. — Irmão Dwanh assente e dá um passo para trás. — *Comecem.*

Assumimos as posições em lados opostos do círculo, com os pés separados e os braços bem abertos. Conheço Azaan bem o suficiente para saber como vai ser. Ele é um combatente, alto e magro como um espantalho; depois de mim, deve ser o melhor da nossa turma. Ele golpeia para debilitar, golpes leves e rápidos que derrubam o oponente antes que saiba o que o atingiu. Ele é rápido.

Sou mais rápida.

Ele pisca para mim, batendo o pé no chão para criar uma nuvem de poeira feita para me distrair. Não caio nessa e me preparo enquanto ele se lança para cima de mim e tenta me dar uma rasteira.

Dou um pulo bem na hora.

Mal toco os pés no chão antes de Azaan mudar de tática, usando a vantagem de sua altura para me empurrar em uma sucessão de socos rápidos, dos quais me esquivo. Em outras culturas, as pessoas não acham que homens e mulheres devam lutar entre si dessa maneira, mas Azaan e eu somos iguais. Sei que ele não vai se conter porque sou uma garota.

Um de seus socos por fim me acerta, um golpe no ombro que me arranca um grito. O som de sua risada triunfante me irrita e, descuidadamente, tento um soco baixo, que ele bloqueia na hora. Não preciso olhar para trás para saber que estamos nos aproximando da borda do círculo; mais alguns passos e serei derrotada.

Isso não pode acontecer. *Não posso* perder hoje.

Finjo ir para a direita e, como eu esperava, ele morde a isca, seguindo meu corpo. Em vez de dar um soco ou chute, eu o empurro bem no meio do peito para me dar espaço e salto no ar. Como se o tempo tivesse desacelerado, trago os joelhos até o peito e abro as mãos, atraindo o esplendor para mim, como se por instinto. O poder emerge da terra, respondendo ao meu chamado enquanto corre com pressa nas minhas veias. Quando volto para a terra, bato as palmas contra o chão, um estrondo tremendo sacudindo tudo ao meu redor. É emocionante ver o esplendor deixar minhas mãos e se mover em ondas sobrenaturais em direção a Azaan.

Quando o atinge, sei que cometi um erro.

A terra estremece uma segunda vez, quando a força do meu poder joga Azaan para o alto, como se ele tivesse sido puxado para trás por uma corda invisível. Há uma pausa terrível enquanto seu corpo se dobra em um arco, suspenso, e então ele desaba. Ouço o estalo de seus ossos se quebrando com o impacto, vejo o sangue serpentear na terra ao redor dele. Uma de suas pernas está entortada em um ângulo estranho. Ele não se move e os outros darajas correm em sua direção. Sei que eu também deveria ir, mas não consigo.

— Foi um acidente. — Minhas palavras são quase inaudíveis, mas preciso dizê-las, preciso que alguém *entenda*. — Eu não queria. Eu...

— *Adiah*. — Os olhos do Irmão Dwanh me encaram, cautelosos. Ele não parece zangado; parece estar com medo. — É... é melhor você ir.

Quero dizer algo mais, mas não digo. Apenas viro e corro. Sou rápida, mas não rápida o suficiente para fugir dos sussurros que imagino que me perseguem.

Perigosa, dizem os sussurros. *Pavio-curto. Instável.*

Mais tarde, descubro que Azaan foi levado para a enfermaria do templo com vários ferimentos, mas felizmente nenhum que representasse risco de morte. Seus ossos quebrados vão se curar e as feridas abertas em seu corpo vão sarar.

Mas minha reputação não vai.

Perigosa. Ouço meus colegas agora, as coisas que provavelmente estão dizendo sobre mim no templo. *Pavio-curto. Instável.*

Começo a me perguntar se estão certos, a me perguntar se há algo errado comigo.

Inspiro e expiro.

Tenho que aprender a me controlar.

Inspiro e expiro.

Tenho que aprender a controlar esse poder.

Inspiro e expiro.

Antes que ele *me* controle.

CAPÍTULO 15

A VELHA ESCURIDÃO

Ekon sentiu a presença da selva muito antes de vê-la.

Sendo honesto, era possível que sempre sentisse isso de certa forma, se esgueirando no fundo de sua mente, esperando os momentos de silêncio. Eles ainda estavam a pouco menos de um quilômetro da fronteira, mas Ekon já podia ver o topo dos pinheiros mais antigos e mais altos da Selva Maior aparecendo acima dos telhados. A cada passo, aquela velha voz em sua cabeça ficava mais alta. Era óbvio que ele esperava por ela, mas isto não tornava mais fácil ouvi-la.

Ekon. A voz do pai estava fraca desta vez, inconstante, o som de um homem sofrendo. *Meu filho, por favor...*

Ekon fechou os olhos com força enquanto as imagens de sempre inundavam sua mente: videiras espinhosas da grossura de seu braço, raízes de árvores escuras subindo do solo como uma espiral de serpentes determinadas a prendê-lo. De repente, ele era um garotinho de novo, sozinho. Ouviu um rosnado baixo, encontrou o olhar de uma criatura centenária com olhos frios e vazios. Ele era tão pequeno em comparação e os dentes da coisa eram tão *grandes*. A pele dele suou com a lembrança, os lábios ficaram dormentes quando uma escuridão familiar começava a se infiltrar nos cantos de sua visão. Estava ficando cada vez mais difícil respirar; a boca estava seca demais.

Agora não. Os pulmões protestaram enquanto ele inspirava fundo pelo nariz e expirava pela boca, como Irmão Ugo certa vez lhe ensinara. Na lateral do corpo, os dedos de Ekon começaram a tamborilar. No ritmo constante, ele encontrou conforto.

Um-dois-três. Um-dois-três. Um-dois-três.

Não era hora de desmoronar, não permitiria que isto acontecesse. Imaginou um muro se erguendo, uma barreira entre ele e os pesadelos. Esse muro manteria as piores coisas do lado de fora e, no interior, protegeria seus segredos.

Por favor, volte para mim. O pai estava chorando, um som estranho e sobrenatural. *Por favor, não me deixe sozinho aqui.*

Não posso te ajudar, pai. As palavras rasgaram algo no próprio Ekon. Ele imaginou os tijolos do muro se fechando, forçando para fora aquela voz horrível. *Sinto muito, mas não posso te ajudar. Não posso te ajudar, não posso...*

— Ei, você está bem?

Ekon deu um pulo. Não tinha percebido que parara de andar. Koffi estava olhando para ele com uma expressão indecifrável. Aquele momento foi um eco daquele que tivera poucos dias antes, caminhando com Kamau. Precisava melhorar; precisava evitar que os pesadelos o enfraquecessem.

— Sim — respondeu bruscamente. — Estou bem.

Koffi olhou para ele por mais um segundo, como se quisesse dizer algo, mas pareceu pensar melhor e continuou andando. Ekon a seguiu. Eles estavam se aproximando da fronteira de Lkossa, uma parte mais perigosa da cidade, cheia de caixotes velhos, escombros e outras imundícies. Ekon pensou na última vez em que estivera ali, na velha que encontrara. Era óbvio que ela não estava mais lá, mas, de uma maneira estranha, ele quase sentiu a presença dela. Olhou por cima do ombro, cauteloso.

— Precisamos andar mais rápido.

Koffi ergueu uma sobrancelha.

— Por quê?

— Estamos... atrasados com o cronograma.

Koffi o encarou.

— Hã?

— O *cronograma* — repetiu Ekon, andando mais rápido. — Os Filhos dos Seis fazem uma patrulha ao longo dos limites da Selva Maior a cada meia hora, a cada trinta minutos. Precisamos calcular o tempo para chegarmos à fronteira logo depois de terem acabado de passar, o que significa que estamos dois minutos e 39 segundos atrasados.

Koffi revirou os olhos.

— *Óbvio* que você conseguiu calcular isso.

Ekon parou, desconfortável. Não conseguia evitar a forma como os números vinham à mente, automáticos e corretos. Muitas vezes essa capacidade de computar e calcular informações rápido foi útil, como quando ele estava lendo sobre teorias matemáticas complexas. Mas às vezes o fazia se sentir... estranho, diferente. Ele pensou na maneira repreensiva com que Kamau às vezes olhava para seus dedos, na forma como outros meninos no templo riam dele por usar palavras difíceis quando criança. A maioria das lembranças dele sobre crescer no Templo de Lkossa eram boas, mas isto não significava que tinha sido perfeito.

— Bem, pelo menos *um* de nós é bom com números — acrescentou Koffi, o olhar fixo à frente. — Pode ser útil na selva. Com certeza você vai saber como dividir e racionar os alimentos do jeito certo ou algo assim.

Foi um comentário breve e improvisado, mas fez Ekon se sentir um pouco melhor. Koffi não achava a contagem estranha, ao que parecia; pensava que poderia ser útil. Ele endireitou a postura um pouco, acompanhando o ritmo dela ao continuarem pelas ruas sinuosas. O céu escurecia depressa, transformando-se em uma mistura fluida de aquarela que dançava entre azul profundo, laranja e rosa, fraturada pelas linhas reveladoras deixadas pela Ruptura.

— Quanto tempo acha que vamos levar? — Mais uma vez, Koffi o tirou de seus pensamentos. — Para encontrar o Shetani quando estivermos na selva?

— Eu... não tenho certeza — disse Ekon, sério. — De acordo com o mapa, o Coração da Selva fica a nordeste de Lkossa, a mais ou menos três dias de caminhada daqui, se entrarmos por...

— Você tinha dito quatro dias.

— Três — corrigiu ele. — Gosto mais de três.

Koffi olhou para Ekon por mais um momento, antes de apertar a bolsa de ombro com mais força. Ekon carregava uma parecida, comprada no mercado horas antes. Eles passaram a maior parte da tarde reunindo suprimentos para a caçada (água, alimentos secos, pedras de amolar para as armas). A soma quase havia esgotado as modestas economias que Ekon acumulara com seu trabalho no templo, não que Koffi precisasse saber disto ou qualquer outra coisa sobre a situação financeira dele.

Eles dobraram uma esquina, cruzando para uma rua um pouco mais larga, e Ekon ficou tenso. Havia uma multidão de pessoas aglomeradas na extremidade, bloqueada por algo que ele não conseguia ver. De imediato, ficou nervoso.

— O que está acontecendo? — Koffi esticou o pescoço, tentando ver por cima da cabeça das pessoas enquanto mais gente chegava por trás deles, bloqueando a passagem. — O quê?

— Droga. Parece um posto de controle.

Koffi olhou para ele, confusa.

— Um o quê?

Ekon parou de andar e gesticulou para Koffi fazer o mesmo enquanto outros passavam por eles. Ela não era muito alta, mas ele podia ver um pouco mais longe. A poucos metros de distância, no final da estrada, vários Filhos dos Seis haviam isolado a área e formavam uma fila para impedir qualquer um de avançar. Ekon se inclinou na direção de Koffi e tentou manter a voz baixa:

— Às vezes, quando acontece um crime grave e o culpado não foi preso, o Kuhani ordena a instalação de um posto de controle improvisado. Há guerreiros à frente e eles vão revistar as bolsas de cada pessoa nesta rua para se certificar de que ninguém está carregando algo que não devia.

Koffi ficou tensa.

— Então acho que eles não vão gostar daquele livro antigo na sua bolsa, ou da adaga na minha.

— Com certeza não. — Ekon engoliu em seco. — Sem dúvida deve ser por isso que estão aqui.

Ele olhou em volta, tentando se acalmar. Ainda estavam distantes demais para discernir quais Filhos dos Seis estavam no posto de controle, mas não importava. Qualquer um o reconheceria, e depois do que acontecera no Zoológico Noturno Ekon sabia que nem um deles hesitaria em prendê-lo e denunciá-lo se fosse encontrado com bens roubados. Ele pensou nos olhos do Padre Olufemi, frios e censuradores, depois nos de Kamau, tomados pela decepção e vergonha. Não podia deixar aquilo acontecer; não podia deixar a missão terminar antes mesmo de começar. Sem pensar, ele pegou a mão de Koffi. Ela ficou boquiaberta, mas Ekon não recuou.

— Me imite — murmurou, empurrando-a um pouco para a direita.

Havia uma rua lateral estreita a apenas alguns metros deles. Se pudessem chegar até lá sem serem vistos, havia uma chance de escaparem. Entendendo, Koffi o seguiu, mantendo o olhar fixo à frente enquanto, aos poucos, avançavam naquela direção. A multidão ao redor deles aumentou, obstruindo a estrada enquanto as pessoas empurravam umas às outras para a frente. Estrategicamente, aquilo era bom (quanto mais pessoas, menos chances de serem vistos), mas ainda deixava Ekon nervoso. Devagar, ele observou a distância entre eles e aquela rua lateral diminuir, ficando mais perto a cada minuto.

Trinta metros, vinte e sete metros, vinte e quatro...

— Atenção!

Ekon quase derrubou Koffi quando ela parou de repente. Uma voz masculina tinha gritado de algum lugar atrás deles, perto demais. Ekon olhou por cima do ombro e seu estômago embrulhou. Mais Filhos dos Seis estavam vindo do outro lado da rua para cercar a multidão. Ele logo reconheceu o guerreiro na frente.

Shomari.

— Ouçam! — Havia um tom irritante de autoridade na voz de Shomari enquanto ele gritava a plenos pulmões. — Toda pessoa nesta rua está sujeita a uma revista obrigatória, por ordem superior do Kuhani. O não cumprimento pode resultar em multas e prisão. Façam uma fila organizada.

O suor acumulou na testa de Ekon. Seu olhar encontrou o de Koffi e ele viu que ela estava ponderando algo. A garota olhava para a rua lateral.

— Temos que correr.

— Péssima ideia. — Ekon balançou a cabeça. — Vai parecer que somos culpados.

— E sermos pegos com artefatos roubados do templo será melhor?

— Há centenas de pessoas aqui. — Ekon disse as palavras tanto para si mesmo quanto para ela. — Eles não terão tempo ou paciência para verificar cada pessoa minuciosamente. Tudo que temos que fazer é abrir só um pouco as bolsas, deixar que olhem dentro rapidinho e nos deixarão passar.

Koffi comprimiu os lábios em uma linha fina.

— Não gosto disso.

— Só *fique calma*.

Eles seguiram sendo pressionados contra a multidão enquanto os guerreiros de trás os conduziam para a frente, e continuaram se movendo com cuidado em direção à rua lateral. Ekon ergueu o olhar outra vez. Com todo aquele movimento, era difícil dizer com exatidão quantas pessoas estavam à frente deles, mas contou 19, um número ruim. Observou quando uma mulher de aparência atormentada com duas crianças pequenas se aproximou do posto de controle.

— Esvazie o conteúdo de suas bolsas, por favor — ordenou um dos guerreiros.

— Aqui. — A mulher, meio distraída pelos filhos, abriu a aba da bolsa para mostrar o que era obviamente um saco cheio de frutas entre outras coisas. — Posso ir?

— Receio que não, Bi. — O guerreiro balançou a cabeça. — Estamos verificando o conteúdo de todas as bolsas. Você vai precisar tirar tudo e colocar sobre esta mesa...

Ao seu lado, Ekon ouviu Koffi praguejar. Os olhos dela alternavam entre o posto de controle à frente e a rua lateral à direita.

— Koffi — murmurou ele, entredentes. — Escute, só fique...

Não houve nenhum aviso. Ela saiu correndo.

— Ei!

Não.

— *Koffi!* — Ekon tentou não gritar ao vê-la esbarrando nas pessoas irritadas. — Koffi, espere...!

— Vocês dois, parem!

Ekon ignorou o comando e saiu correndo, tentando manter Koffi à vista. Ela olhou por cima do ombro e seus olhares se encontraram.

— Corra!

Parecia que Koffi não precisava de nenhum outro incentivo enquanto disparava pela rua. Ekon a seguiu de perto. Ele ouviu gritarem atrás de si e, em seguida, passos estrondosos.

Não, não, não.

Koffi se esquivou na rua lateral, desaparecendo nas sombras. Estranhamente, fez Ekon se lembrar de quando ele e Kamau perseguiram a garotinha por aquelas ruas apenas alguns dias antes. Era uma repetição estranha.

De gato a rato, de caçador a presa.

Mais à frente, no final da rua, ele viu um trecho de terra vermelha. Estavam se aproximando da fronteira.

— Koffi. — Ekon não conseguia acompanhar os passos dela e gritar ao mesmo tempo. — Koffi, precisamos...

Koffi não deu qualquer sinal de que estava ouvindo. Atrás deles, Ekon ouviu mais passos e gritos.

— Parem! — exigiu alguém. — Por ordem dos Filhos dos Seis!

Ekon não obedeceu. Eles emergiram do beco e correram para a luz do sol vermelho-sangue, o feixe de despedida do crepúsculo. Com a visão periférica, ele viu os limites da cidade se distanciarem enquanto a Selva Maior se erguia diante deles. Koffi olhou para ele, mas continuou correndo. A cada passo Ekon sentia: a sensação inconfundível de embarcar em um bote salva-vidas e se lançar em águas desconhecidas. Não haveria como voltar atrás. Ele rezou para não se afogar.

Ekon resistiu ao frio repentino que tocou sua pele quando as primeiras sombras das árvores o alcançaram. Parecia errado, sobrenatural; não deveria ter ficado tão frio tão rapidamente. Era como ser mergulhado em uma banheira de gelo, milhares de pequenas facas cravadas em sua pele. Folhas e videiras roçaram nele e Ekon imaginou que fossem dedos. Mãos. Garras. Todos tentando alcançá-lo.

Enfim. A voz do pai estava cheia de alegria, sinistra. *Meu filho retorna para mim, retorna para o pai.*

Ekon ainda estava correndo, ainda se movendo entre os troncos das árvores, mas estava muito escuro, muito barulhento. Apenas bravos raios de luz podiam perfurar a copa da selva ali e novos sons preenchiam o espaço ao seu redor. Ouviu a voz do pai, mas outras coisas também: o coaxar de um sapo-boi, o zumbido de mil cigarras, criaturas que não conseguia nomear. Havia zumbidos baixos e gritos agudos, rugidos e o clique ocasional de algo acima dele. Por um momento, ficou totalmente perdido na cacofonia.

— Ei! Por aqui!

Os olhos de Ekon se ajustaram à escuridão o suficiente para distinguir uma pequena silhueta a poucos metros. Koffi. Apesar de tudo, ele sentiu uma inegável sensação de alívio quando a garota se aproximou devagar, pisando em arbustos e raízes. Para seu espanto completo, ela parecia nitidamente satisfeita.

— Bem, não foi exatamente assim que achei que a gente entraria na selva — brincou Koffi, sorrindo. — Mas, ei, funcionou. Por um segundo pensei que estávamos...

— O... que... foi... *aquilo?*

Ekon ouviu a própria voz, a raiva nela, mas não conseguiu reprimi-la. Viu o sorriso de Koffi ceder por um momento, mostrando verdadeira incompreensão, antes que a expressão endurecesse.

— *O quê?*

— Você... você... — balbuciou Ekon. Mal conseguia pôr as palavras para fora. — Você só... você simplesmente saiu correndo, sem nem mesmo me avisar! A gente tinha um *plano...*

— *Que* estava prestes a nos fazer ser capturados e presos — retrucou Koffi. — Tínhamos que adaptá-lo e foi o que fiz.

Ekon sentiu ainda mais raiva, mas também outra coisa que não conseguia explicar. No fundo, sabia que sua reação era irracional, injustificada, mas... mas não conseguia explicar a Koffi como se sentia: desprendido, desequilibrado, instável. Tiveram um plano para entrar na Selva Maior, um plano no qual ele confiava. Agora estava arruinado, assim como sua paz. A ansiedade tomou conta enquanto pensava nos Filhos dos Seis dos quais haviam fugido. E se um deles o tivesse reconhecido? E se estivessem se reunindo naquele exato momento? Ekon sentiu o muro mental que havia erguido para manter os pesadelos afastados lentamente virar pó, então nada mais impedia que se infiltrassem. Imagens de folhas encharcadas de sangue e corpos em estado terrível tomaram sua mente e ele tentou tirá-las da cabeça.

Concentre-se, disse a si mesmo. *Não pense na selva, apenas concentre-se.*

Mas estava mais difícil agora. Ekon não podia mais se distanciar da selva; estava dentro dela, inteiramente consumido. Fechou os olhos e esfregou as têmporas, desejando que a voz do pai desaparecesse, desejando que as lembranças malditas desaparecessem.

— Ekon. — A voz de Koffi o alcançou. Quando ele ergueu o olhar, o rosto dela suavizara. — Você está bem?

A verdade era que ele não estava bem, nem um pouco, mas Ekon não tinha vontade de dizer isto a ela. De maneira abrupta, ele assentiu.

— Está tudo bem, eu só estou com... uma dor de cabeça — resmungou. — Preciso me sentar um pouco e precisamos dar uma olhada no diário para descobrir onde de fato estamos. Se entramos mais a leste do que esperávamos, precisaremos ir um pouco mais para o noroeste, para compensar...

— Não acho que devemos parar aqui.

— *Eu* acho que sim — disse Ekon, sem tirar os olhos do diário. — Pode ser que a gente já esteja fora do caminho. A última coisa que precisamos fazer é andar sem rumo nesta selva. É enorme. Assim que soubermos onde estamos...

— Estamos parados aqui à toa — retrucou Koffi. — O que *precisamos* fazer é seguir em frente.

— Koff...

— Olha, sei que você tinha um plano chique! — Ela ergueu as mãos, exasperada. — Mas não me sinto bem ficando aqui. Algo... algo não parece certo.

Assim que ela falou, Ekon também reconheceu a aflição estranha. Ele não sabia como dizer a Koffi que aquela sensação não era única, que pertencia distintamente à Selva Maior. Havia um motivo de ser uma das poucas coisas em que yabaharis e gedezianos concordavam: aquele não era um lugar para mortais. Um arrepio atravessou Ekon quando viu a cauda de uma longa cobra amarela desaparecer nos galhos de uma árvore a poucos metros deles. Ele enfiou o diário de volta na bolsa e assentiu.

— Vamos seguir para o norte por alguns quilômetros. Mas depois disso precisamos parar e reavaliar nosso plano.

Koffi assentiu:

— Tudo bem.

A selva ficou ainda mais escura conforme eles avançaram em suas profundezas. Ao redor deles, os ruídos diminuíram, como se ela tivesse se

acostumado com a presença deles, mas isto não ajudou os nervos de
Ekon. Da última vez que estivera ali, era bem mais jovem, mas isto não
mudava o jeito como o lugar o fazia se sentir. Cada passo parecia puxá-lo
mais fundo nas cavernas de suas lembranças. Ele tamborilou os dedos
na lateral do corpo.

Um-dois-três. Um-dois-três. Um…

Meu filho.

Ekon tropeçou, pego de surpresa pela voz repentina do pai. Ali na
selva, entre as velhas árvores, parecia mais alta, mais fria.

Depois de todo esse tempo, você voltou….

Um nó embargou a garganta dele. Ekon concentrou-se nos próprios
passos, tentando contá-los mentalmente em vez de ouvir aquela voz.

Está tudo na sua cabeça, ele lembrou a si mesmo. *Na verdade, não há
nada na sua garganta. Você sabe como respirar. Vá com calma e continue
andando, um passo de cada vez.*

Não adiantou. Seus dedos estavam desajeitados, incapazes de encontrar
o ritmo, e os passos dele cambalearam.

— Koffi. — A voz dele ecoou de forma estranha na escuridão. — Koffi,
acho que devemos pensar em… — Ekon deixou as palavras morrerem,
piscando muito. Segundos antes, Koffi estivera apenas alguns metros à
frente; agora ele não podia mais vê-la. — Koffi? Koffi, onde…

Ekon.

A voz o fez parar no meio do caminho, arrepiando os pelinhos da
nuca. De repente, ele percebeu que a selva estava silenciosa. Não havia
nenhum canto de cigarras ou guincho de macacos nas árvores, apenas
um rangido baixo na brisa, um sussurro.

Meu filho, me ajude.

Algo roçou a nuca dele, como o toque de um dedo. Ekon se virou,
mas não havia nada lá, nada além das árvores. De alguma forma, aquilo
era pior.

Ekon, a voz do pai gemeu na escuridão. *Por favor, faça isso parar. Faça
a dor parar…*

Cadê a Koffi? Ekon olhou em ambas as direções, tentando manter a calma. Não confiava mais na própria mente, não sabia se o que estava vendo diante de si era real ou um pesadelo. As árvores estavam se comprimindo, tentáculos de névoa branca enrolando nas raízes e subindo. Ele recuou, mas não havia como escapar; estava ao redor dele, fazendo cócegas em seus tornozelos.

— Koffi. — Dizer o nome dela pareceu custar-lhe alguma coisa. Ekon olhou para baixo e viu que a névoa estava agora em seus joelhos. A pele estava fria, estranhamente entorpecida onde fora tocada por ela. Ele sentiu as pálpebras ficando mais pesadas, a visão periférica escurecendo mais uma vez. Em algum lugar distante, ouviu as palavras do Irmão Ugo: *Pesadelos caçam como predadores...*

Ekon estremeceu, sentindo o mundo girar um pouco enquanto cambaleava. Ao redor, o ambiente ficava mais frio, mais confuso. Estava cada vez mais difícil respirar, como se alguém tivesse jogado um cobertor de algodão sobre sua cabeça. Ele queria se deitar, apenas por um momento...

— Ekon! — De repente, alguém estava chamando seu nome, o som estranhamente distante. — Ekon, cadê você?

Ekon caiu de joelhos, saboreando o calor que inundou seu corpo. Sim, ele só precisava descansar por um momento, apenas um momento...

— Ekon! Cadê você?

Lá no fundo, ele sabia que reconhecia aquela voz, mas não podia responder, não agora. Uma dormência estava tomando conta de seu corpo, puxando-o para dentro da terra. Era uma sensação surpreendentemente agradável.

E então Ekon não sentiu mais nada.

CAPÍTULO 16

PROSSEGUIMENTO

Assim que Koffi abriu os olhos, soube que havia algo errado.

Essa compreensão e o medo que ela trouxe tomaram conta do corpo da garota aos poucos, como água fria sobre a cabeça num dia escaldante no Zoológico Noturno. Ela não tinha ideia de onde estava ou de como tinha chegado lá, mas *sabia* duas coisas.

Estava do lado de fora e deitada de costas.

Devagar, Koffi se sentou. Ao redor, o mundo era um borrão frondoso de cores: tons de verde profundo colidindo com marrons e pretos, e vez ou outra rosa e amarelo. Acima, o céu era de um azul matutino brilhante, rompido por videiras e folhas...

Sem aviso, o foco retornou para ela.

Koffi estava em uma selva; especificamente, na Selva *Maior*.

Ao se dar conta, ela se pôs de pé e logo se arrependeu. O mundo girou por um momento enquanto ela se reequilibrava, tentando entender o lugar. Ao redor, a luz do sol era filtrada pelas árvores, lançando toques de ouro em pontos aleatórios. Seus olhos encontraram um daqueles pontos a poucos metros e Koffi gelou.

Ekon estava deitado de costas na grama. Imóvel.

— Ekon!

Com poucos passos, ela eliminou a distância e se ajoelhou ao lado dele. As mãos tremiam quando primeiro pressionou a palma no peito dele para sentir a batida do coração, em seguida ergueu seu pulso para verificar outra vez. Não sentiu nada.

Não. Não outro corpo, não mais um. O rosto de Ekon estava muito tranquilo. Parecido com o de Sahel, com o do pai dela. Instintivamente, Koffi olhou ao redor. Eles estavam sozinhos ali; ninguém mais estava vindo para ajudar.

Aquilo não era bom.

Por um breve momento, lembrou-se da velha do mercado, o que ela dissera sobre magia. Darajas, aqueles com a habilidade de usá-la, um dia curaram os enfermos e feridos. Koffi encarou as próprias mãos. Ela não sentira nem mesmo um pouquinho de magia desde a noite do incêndio, não confiava em si mesma para descobrir nada ali. Tirou a velha da mente e, em vez disto, tentou pensar no que a mãe faria em seu lugar. A mãe era calma, firme, ideal em uma crise. Koffi fechou os olhos e procurou até encontrar uma lembrança, uma lição que a mãe lhe ensinara uma vez no Zoológico Noturno. Elas estiveram tentando ajudar um filhote de carneiro que tinha parado de respirar, o coração dele não era forte.

Erga o queixo assim, a mãe instruíra. *Em seguida, coloque as palmas das mãos no centro do torso...*

Koffi imitou o gesto tão bem quanto conseguia se lembrar, colocando as mãos sobrepostas no centro do peito de Ekon. Com toda a força que conseguiu, começou a pressioná-lo em um ritmo constante de contagem.

Um... dois... um... dois...

Ele não se mexeu.

Vamos lá, vamos lá, não esteja morto.

Uma esperança voou pela mente dela como um pequeno pássaro. Koffi olhou para as próprias mãos, em seguida para o corpo de Ekon.

Conhecia outro truque, outra coisa que a mãe ensinara. Ela hesitou. Realmente não tinha certeza sobre *aquele*, mas...

Pode ser que o salve. Pode ser que o traga de volta.

Ela não pensou muito enquanto se inclinava sobre Ekon e apertava o nariz dele, usando a outra mão para erguer o queixo. Cada músculo do corpo se retesou enquanto ela se inclinava, mais perto do *rosto* dele agora. *Ela só precisava…*

O nariz de Koffi estava a menos de um centímetro do dele quando Ekon abriu os olhos.

— AH! — Koffi se afastou tão rápido que caiu de bunda. Doeu, mas não era nada comparado ao absoluto horror que sentia tomando conta de si.

Ekon estava se sentando e olhando para ela, de olhos arregalados.

— Há… oi. O que estava fazendo?

— Eu… — O rosto dela ficou quente com o constrangimento. O *que* ela estivera fazendo? De repente, a ideia de tentar ressuscitar Ekon da mesma forma que a mãe a ensinara a ressuscitar o carneiro pareceu bem tola. E se Ekon não tivesse aberto os olhos a tempo, e se ela tivesse… Koffi balançou a cabeça antes que pudesse completar o pensamento. — Você estava inconsciente — disse, mudando de assunto. — Eu também, há alguns minutos. Acabei de acordar.

Ekon olhou ao redor, para as árvores, antes de encarar o chão de terra da selva. Então tornou a olhar para Koffi, alarmado.

— Onde estão nossas bolsas?

— Nossas… — Um grande terror tomou conta de Koffi. *As bolsas.* Ela estivera tão distraída por Ekon que não percebera a estranha leveza em suas costas, a ausência de algo crucial. As mãos tocaram o quadril. A adaga que pegara no templo ainda estava ali pelo menos, mas isto lhe trouxe pouco conforto. As bolsas tinham tudo do que precisavam (comida, água, suplementos, o *diário*). Ela olhou ao redor, refazendo os passos o melhor que pôde, em vão. — Eu… não sei onde estão — disse por fim.

Ekon se levantou.

— Como isso aconteceu?

Koffi franziu o cenho. Suas lembranças da noite anterior não estavam boas, pareciam mais com um sonho febril, mas havia uma coisa…

— Lembro de uma névoa — informou ela. — Veio do nada, e então...

Como se as palavras dela tivessem despertado algo, Ekon olhou para cima.

— Eu... eu também lembro — disse ele. — Ouvi sua voz, mas não conseguia te encontrar. A névoa me fez ficar sonolento.

Quanto mais pensava, mais detalhes Koffi recordava. Ela se lembrou de pequenos tentáculos brancos em torno de seus tornozelos, entorpecendo seus pés. Estivera procurando por Ekon, chamando por ele, sem resposta. Pensara estar sozinha.

— A névoa fez algo com a gente — disse Koffi baixinho. — É como se... tivesse nos *sedado*. Como isso é possível?

Ekon lançou a ela um olhar incrédulo.

— Você *sabe* onde estamos, não é?

Koffi não respondeu, continuou olhando ao redor. Não havia nada no solo da floresta, exceto por pedacinhos de limo e amoras-pretas.

— Seja lá o que aconteceu com as nossas bolsas, aconteceu enquanto estávamos desmaiados.

— O que não teria acontecido se você tivesse me ouvido... — murmurou Ekon.

— *O quê?* — Koffi sentiu algo subir por sua garganta e levou um segundo para identificar o que era: raiva. — *O que* você acabou de dizer?

Ekon estreitou os olhos.

— Depois que entramos correndo na selva, eu te disse que a gente precisava parar para reavaliar o plano — acusou ele. — Você queria continuar andando, você não...

— Espere aí. — Os olhos de Koffi ainda vasculhavam o chão quando ela encontrou algo. — Olha isso.

Ekon se aproximou dela depressa. Levou segundos para ver o que ela já vira.

— Isso são...?

— *Pegadas*. — Koffi assentiu. — Pegadas humanas.

Assim que disse isso, soube que estava certa. Os anos no Zoológico Noturno a tornaram uma espécie de especialista no assunto. Ela conseguia dizer a diferença entre o casco de uma zebra e o de um antílope, ou da pegada de um leão contra a de uma hiena. Aquelas pegadas eram inconfundíveis, estreitas e arredondadas, com reentrâncias mais profundas na terra perto do calcanhar e dos dedos do pé. Ela seguiu o rastro, até que ele se perdeu entre a folhagem da selva. Eram grandes demais para serem dela e pequenos demais para serem de Ekon. Ela apontou.

— Veja onde começam. — Com cuidado, Koffi as contornou, apontando. Era difícil distingui-las em certos pontos, mas definitivamente havia uma trilha que levava mais fundo na selva.

— Achei que humanos não entravam na Selva Maior.

— Eu também. — Os pensamentos de Koffi estavam acelerados, mas ela tentou manter a voz firme e calma.

Ekon passou um momento observando a trilha.

— As pegadas levam para o leste.

Koffi o encarou.

— Como sabe disso?

Ele deu alguns passos e apontou para uma das árvores. Era mais grossa do que o corpo dele inteiro e um dos lados estava coberto por um cobertor grosso de musgo.

— Musgo cresce do lado norte da árvore. Quando você encontra o norte, todo o resto é baseado nele.

Um fato útil, pensou Koffi. Depois de um momento, assentiu.

— Seja lá a quem pertençam, a pessoa esteve aqui por agora. Deve ter nos visto deitados e inconscientes. Acho que devemos segui-la.

— O quê? — Ekon ergueu a cabeça. — Por quê?

Koffi lançou a ele um olhar incisivo, como se ele não estivesse vendo algo óbvio.

— Vejamos, nós acordamos no meio de uma selva mágica sem todos os nossos bens valiosos. A apenas alguns metros há pegadas que são a de alguém que não está mais aqui. Acho que seja lá quem for o dono dessas pegadas roubou nossas coisas e eu as quero de volta.

Ekon balançou a cabeça.

— Estamos aqui pelo Shetani, não por uma busca aleatória na selva.

Koffi revirou os olhos.

— Tudo o que tínhamos, tudo do que *precisávamos,* estava naquelas bolsas. Não vamos ao Coração da Selva ou encontrar o Shetani, a não ser que peguemos nossas coisas de volta.

Ekon hesitou. Ela podia vê-lo calculando mentalmente. Outro segundo se passou antes que ele suspirasse.

— Tudo bem. — Ekon assentiu. — Vamos.

Sob a densa copa das árvores, era difícil para a luz do sol encontrar seu caminho, mas isto não impediu que o calor aumentasse com o passar das horas. Koffi trabalhara no Zoológico Noturno por 11 anos (cuidando das feras em todos os climas, fosse na chuva tórrida ou no sol escaldante), mas nunca havia sentido um calor *assim*. Era opressor, dominador e deliberado. Ela bufou, afastando da pele partes da túnica úmida. Sentia-se como uma intrusa na Selva Maior, algo que não pertencia ali. Era como se a selva estivesse febril, tentando expulsá-los de suas profundezas como quem expulsa uma doença. Koffi não queria estar ali e, como uma anfitriã desagradável, a selva queria que ela desse o fora. Talvez para lhe trazer algum conforto, distraidamente Koffi deixou os dedos roçarem o cabo da adaga pendurada no quadril. Quem quer que tivesse levado o restante das coisas a deixou ficar com ela e Koffi não sabia se isto era um descuido ou um pequeno ato de misericórdia. Não que ela soubesse o que fazer com a coisa se algo a atacasse. Ela sentiu o olhar de Ekon sobre si e retribuiu.

— Sabe, essa é uma arma muito rara hoje em dia — disse ele, indicando a adaga com a cabeça.

— É? — Koffi tentou soar surpresa. Na verdade, assim que pegara a pequena lâmina branca, sentira que era algo especial. Tinha um ar de imortalidade, como se fosse um pedaço de algo nascido em outra era.

Ekon assentiu.

— Não fazem mais lâminas jino na Região Zamani.

Lâmina jino. Lâmina *de dente*. Koffi se sentiu um pouco boba. Não soubera o nome oficial. Ela tornou a olhá-lo.

— Como são feitas?

— De dentes de grandes animais — explicou Ekon. — Elefantes, leões, qualquer coisa grande o bastante, acho.

Koffi não sabia se ficava impressionada ou horrorizada. Ela pensou nas feras do Zoológico Noturno. Havia aquelas que obviamente eram perigosas, como Diko, mas havia outras que só *pareciam* perigosas. Ela pensou em Kubwa, o hipopótamo de guerra, com suas longas presas brancas. Ele gostava de milho. Ela se lembrou de Mkaida, o carneiro com três chifres de prata mais longos que os braços dela. A ideia de alguém os machucando, arrancando pedaços deles, a perturbava. Aquilo a deixou se perguntando de qual fera a adaga havia nascido. Tinha vindo de uma besta feroz, caçada por guerreiros, ou pertencido a algo inocente e assustado? Ela nunca saberia.

— Você sabe como usar uma adaga? — perguntou Ekon, ainda a observando.

As bochechas de Koffi esquentaram. Ela sempre tivera muito pouco para chamar de seu, menos ainda um tipo de arma. Rapidamente, ela disfarçou o constrangimento.

— Sou perfeitamente capaz de me defender. — Koffi chutou o ar para enfatizar. — Lembra?

Ekon revirou os olhos.

— Aquilo não conta.

Ela ergueu a sobrancelha.

— Acho que o Padre Olufemi discorda.

Em resposta, Ekon estremeceu.

— Aquela tática é... efetiva de certa forma, mas você deve sempre ter uma variedade de movimentos em seu repertório. Se só tiver um, se torna previsível e fácil de derrotar.

Koffi franziu o cenho. Uma parte dela estava irritada por perceber que ele devia estar certo, mas a outra estava genuinamente curiosa. Depois de alguns segundos, a segunda ganhou.

— Você tem algum outro movimento, em mente?

Ekon a observou por um momento antes de parecer ter uma ideia.

— Há uma técnica com adaga que acho que eu poderia te ensinar fácil. Vamos ver... — Ele olhou ao redor, pensando, e então tornou a focar nela. — Para trás, por favor.

— *Uuh*. — Koffi quase riu do pedido educado, mas obedeceu.

Ekon retirou o próprio hanjari da bainha no cinto. Não parecia tão antigo quanto a lâmina jino, mas era óbvio que não era novo. Alguém cuidara bem dele ao longo dos anos e Koffi se perguntou se teria sido Ekon. O punho de madeira estava limpo e polido, sua lâmina de metal prateada era afiada para matar.

— Existe todo tipo de arma. — Ekon rodou a lâmina nas mãos, fazendo-a refletir a luz do fim da manhã. — Mas lâminas curtas são as minhas favoritas. O combate é íntimo; você precisa chegar perto para lutar direito. Não há espaço para hesitar quando está usando uma.

Sem aviso, ele girou, fazendo um círculo perfeito no ar com a adaga. O movimento era tão fluido, tão ágil, que o ar assobiou. Koffi se retesou. Naquele breve momento, Ekon parecia outra pessoa; seu rosto estava afiado como uma navalha, focado, disciplinado.

— Esse movimento é chamado de duara. — Isto foi dito com cuidado. — Significa "círculo".

Koffi ergueu a lâmina jino.

— Me ensine.

Um sorrisinho surgiu na boca de Ekon e ele voltou a parecer mais consigo mesmo.

— Lutar com adagas é metade habilidade, metade instinto. O que importa é que, quanto mais você treina, mais se move com confiança...

— *Assim?* — Koffi cortou o ar da esquerda para a direita, o mais rápido que conseguiu. O ar não assobiou, mas foi bom ter algo com o que se defender, para variar. — Como foi?

Ekon parecia mortificado.

— O que... o que foi *isso*?

— O mesmo que você fez.

— Definitivamente *não* foi o que fiz.

— Com certeza foi. — Koffi tentou de novo, se virando. Não era gracioso, evidentemente, mas ela pensou ter captado o conceito geral. — Só gire e...

Desta vez, Ekon se encolheu.

— Seus pés não estão firmes no chão — disse ele, balançando a cabeça. — E sua pegada está... — Ele pausou, os dedos tamborilando na lateral do corpo em um ritmo constante. Quando percebeu que Koffi os observava, ele se obrigou a parar, parecendo envergonhado. — Desculpe.

Koffi franziu a testa.

— Por quê?

— Meus dedos. — Ekon olhou para eles, quase os condenando. — Às vezes eles se movem quando eu...

— Não ligo para o que seus dedos fazem — interrompeu Koffi rapidamente. — Vai me mostrar a coisa do círculo ou não?

Uma expressão curiosa passou pelo rosto de Ekon antes que ele se concentrasse de novo.

— Certo.

Koffi não esperava que o garoto cruzasse a distância entre eles em dois passos. Imediatamente, o ar ao seu redor se encheu com aquele mesmo cheiro, couro e madeira de cedro. Era uma mistura estranha, forte e tênue ao mesmo tempo. Ekon colocou a mão sobre a dela e começou a ajustar seus dedos no cabo da lâmina jino.

— ... pegada é *horrível* — resmungou, manipulando a mão dela. — Mantenha estes quatro dedos sobre o cabo e o seu polegar fixo. Seus cotovelos devem estar voltados para dentro, as pernas separadas...

Ele a circulou, puxando suavemente seus ombros para trás e acenando para que ela movesse os pés.

— Para manter sua postura firme — explicou ele, ainda se movendo ao redor dela.

Koffi seguiu as instruções e tentou não pensar sobre o quão perto Ekon estava. No Zoológico Noturno, houvera outros guardiões (*garotos* guardiões, como Jabir), mas ele sempre fora como um irmão mais novo para ela. Essa proximidade específica parecia diferente. Ela descobriu que quase não se importava com o cheiro de couro e madeira de cedro... Ekon recuou.

— Tudo bem. — Ele assentiu. — Quero que tente de novo. Desta vez, mantenha os pés separados e jogue seu peso para a direita. Deixe o impulso completar o círculo. É tudo uma questão de prosseguimento.

Hesitando, Koffi ergueu a lâmina. Os dedos pareciam rígidos e estranhos do jeito que Ekon os tinha posicionado, mas ele a olhava com expectativa. Depois de uma pausa, ela jogou o braço para trás e girou em um círculo com a lâmina na mão. Sentiu a diferença de imediato. Ekon mudara o aperto dela só um pouco, mas o resultado foi enorme. A lâmina cortou o ar, incrivelmente rápida. Ekon assentiu em aprovação.

— Não foi perfeito — disse ele com um sorriso. — Mas... não foi terrível.

Koffi sentiu uma onda inegável de orgulho.

— Eu poderia ganhar uma luta com esse movimento?

— Com um pouco de prática, sim. — Ekon fez uma pausa, pensativo. — Sabe, outro nome para esse movimento é "torta", porque você gira como uma...

— Tá de brincadeira?

Ele manteve o rosto impassível.

— *Nunca* brinco sobre torta.

Eles se encararam por um momento, sem se mexer, até que os dois explodiram em uma risada. Foi estranhamente bom e Koffi percebeu que era a primeira vez que ria em muito tempo.

Eles seguiram rastreando as pegadas estranhas até o meio-dia. Koffi acompanhou o caminho serpenteante, mas estava se tornando cada vez mais difícil, e não apenas por causa do calor. A nuca doía por manter a cabeça baixa e, vez ou outra, sua vista ficava embaçada por se manter concentrada, vasculhando os vestígios entre a terra e as folhas. Pela maneira como as pegadas estavam marcadas na terra, ficou óbvio que eram recentes, mas também... estranhas. Ela nunca tinha visto um rastro como aquele. Às vezes, era normal, um par de pés caminhando em uma única direção; em outras, um pé virava para o lado errado ou parecia andar sobre o mesmo pedaço de terra mais de uma vez. Ela não conseguia entender e não gostava disso.

— Consigo ver por que o Shetani gostaria de morar aqui — disse Koffi. — Tudo neste lugar me assusta, mesmo durante o dia.

— Sim. — Ao lado dela, Ekon estava olhando para a copa das árvores, que agora permitiam que a luz filtrada brilhasse. — Eu também. — Os olhos dele se voltaram para Koffi, como se pensando em algo. — Por falar em Shetani, eu queria te perguntar uma coisa.

— O quê?

— Antes, você disse que não sabia como fez o Shetani ir embora quando você mandou — disse ele. — Mas eu estava pensando se você tem uma... hipótese.

— Uma o quê?

Ekon suspirou.

— Queria saber se você tem um palpite.

— Ah. — Koffi deu de ombros. — A verdade é que não sei exatamente como fiz aquilo. Só pareceu a coisa certa a dizer. — Ela pensou antes de continuar: — Há um tempinho, conheci uma senhora enquanto estava no mercado de Lkossa. Ela me disse que já houve magia na cidade, anos atrás. Não sei exatamente como a consegui, mas acho que tenho a mesma magia.

As sobrancelhas de Ekon se juntaram, como se ele estivesse tentando desvendar uma equação matemática particularmente difícil. Era quase adorável.

— Nunca li sobre isso em nenhum livro — disse ele depois de um tempo, os sulcos na testa ficando mais profundos.

— Nem tudo está escrito em livros. — Koffi gesticulou para o céu. — Por exemplo, quanto sabemos sobre o que de fato causou a Ruptura?

Ekon relaxou um pouco.

— Bem, na verdade há uma quantidade respeitável de estudos acadêmicos sobre isso. A maioria dos estudiosos concorda que, embora seja visível de qualquer lugar do continente, é mais proeminente na Região Zamani. Outros dizem que é o resultado de uma barométri...

— Não estou falando sobre o que os estudiosos escrevem nos livros — interrompeu Koffi com um aceno de mão enquanto eles seguiam em frente. Seus olhos se voltaram para as fissuras pretas no céu. Pareciam menos proeminentes dali, mas ela não sabia dizer se era por causa da mudança de estação ou da copa das árvores. — Estou falando sobre o que realmente aconteceu para causar isso. Você nunca se perguntou?

— Na verdade, não. — Ekon deu de ombros. — Digo, o céu sempre foi assim. Não é como se a gente pudesse mudar... — De repente ele parou, seus olhos fixando em algo nas árvores e se arregalando. — Koffi, *veja*.

Koffi seguiu o olhar dele e então congelou. Não tinha certeza de como não vira antes as centenas de fios brancos e prateados pendurados no alto como seda, mas com certeza os viu agora. Eles se juntavam e se separavam, conectando-se e desconectando-se para formar um número infinito de padrões. Brilhavam assustadores sob o escasso brilho do sol entre as árvores.

Ekon estremeceu.

— Isso é uma...?

— Sim. — Não havia como esconder. O verdadeiro terror tomou conta da voz de Koffi enquanto ela olhava para cima também, sua boca mal se movendo. — É uma... *teia*.

CAPÍTULO 17

TRUQUES E VERDADES

Ekon soube o que estava vendo no momento em que olhou para cima, mas de alguma forma ouvir a confirmação em voz alta tornou tudo pior.

Nunca tinha visto uma teia de aranha tão grande e não queria saber que tipo de criatura (ou criaturas) a havia tecido.

— Acho que devemos dar meia-volta.

— Pela primeira vez estamos totalmente de acordo — disse Koffi.

Ela começou a andar para trás, como se tivesse medo de dar as costas à teia sinistra. Ekon se sentia da mesma maneira. O ar ao redor deles parecia estar esfriando, *ficando mais ralo*. Não era certo ter atingido aquela temperatura, não quando fazia um calor sufocante apenas alguns minutos antes. Ekon tinha se virado para correr quando uma voz soou de cima:

— Crianças não deviam vagar pela selva.

Koffi gritou e, instintivamente, Ekon se retesou, preparado para um ataque. Seu estômago embrulhou quando viu um fio da teia gigante vibrar como uma corda, então algo grande deslizou por uma árvore para baixo, à sua direita. Um grito escapou de sua garganta.

A criatura que os observava tinha o rosto e o torso de um velho de peito nu, cabelo grisalho ralo e rugas gravadas profundamente em suas feições. Olhos brancos e vazios os encaravam como leite frio, sem piscarem e sem se moverem. Mas não foi isso que assustou Ekon; foi o que estava preso ao torso da criatura. Onde deviam existir duas pernas humanas, havia oito pernas longas em forma de palafitas que não eram nem um pouco humanas. Cada uma estava dobrada no joelho e terminava em um pé humano negro e descalço. Um arrepio percorreu o corpo de Ekon. Os rastros estranhos de repente fizeram sentido e ele entendeu por que seguiam em direções estranhas. A criatura lançou para ele um olhar malicioso, como se pudesse ouvir seus pensamentos.

— Humanos. — O sussurro dele era como uma cobra deslizando sobre folhas mortas. — Faz muitos anos desde que Anatsou viu humanos e agora eles vêm para *vê-lo*. Anatsou está encantado.

Ekon recuou.

— O que você é?

A criatura jogou a cabeça para trás, deixando suas gargalhadas ecoarem nas árvores ao redor deles. Ekon estremeceu quando viu que os dentes amarelados da coisa eram pontiagudos, como presas.

— Anatsou é um criador de travessuras e magia, um comerciante de truques e verdades. Os humanos nunca saberão o que é Anatsou.

— Pedimos desculpas por incomodar. — A voz de Koffi tremia a cada palavra. — Não queremos problemas, iremos embo…

— Ah, mas eles *estão* procurando por algo. — Anatsou parou de rir e virou a cabeça para Koffi em um ângulo não natural. — A garota humana está procurando por sua bolsa de tesouros. Anatsou tem *duas* bolsas de tesouros que encontrou sozinho de manhã.

Ekon se arrepiou. Aquela criatura, aquela *coisa*, viera enquanto eles estavam inconscientes. Saber disso o perturbou, e ele se sentiu… violado.

— Essas bolsas são nossas — disse Koffi, com cuidado. — Elas pertencem a…

— Anatsou *sabe* a quem pertencem as bolsas de tesouros — interrompeu a criatura. — Anatsou queria jogar um joguinho. Ele queria saber se os humanos seguiriam sua trilha engraçada para encontrar os tesouros perdidos. Os humanos *gostaram* do jogo de Anatsou?

Ekon franziu o cenho. Queria dizer àquela coisa assustadora exatamente o que ele pensava de seu "jogo", mas antes que pudesse, Koffi deu um passo à frente.

— Sim. — Ela disse a palavra com um notável tom de respeito. — Foi um jogo muito, *muito* inteligente. Achamos muito difícil. Levamos horas para encontrá-lo.

Como se isso fosse exatamente o que esperava ouvir, Anatsou deu um sorriso malicioso.

— Ah, excelente. Anatsou acha os humanos tão divertidos, mesmo que também os ache simplórios.

— Considerando que ganhamos seu... há, jogo, acha que poderíamos ter nossas coisas de volta? — Ekon ficou surpreso ao ver a expressão de Koffi quase brava quando ela acrescentou: — É justo.

— Justo — repetiu Anatsou. — Anatsou prefere seus próprios truques, mas... mas ele supõe que a lógica da garota humana é correta. Ela ganhou o jogo de Anatsou, então... — Sem aviso, ele tornou a subir na teia gigante e puxou um de seus fios. Uma grande bola branca parecida com lã veio rolando sobre ela e caiu. Anatsou a golpeou com o pé e imediatamente as bolsas foram ao chão. Por instinto, Ekon tentou pegar a dele, mas, para sua surpresa, Anatsou bloqueou o caminho. Os olhos esbranquiçados brilhavam.

— Há mais uma coisa que os humanos querem. — Anatsou olhou entre Ekon e Koffi, falando com eles. — Outra coisa que estão procurando.

— Do que está falando? — perguntou Ekon.

O sorriso cheio de dentes da criatura se alargou.

— Os humanos entram na selva de Anatsou à procura de seu amigo: o Shetani.

Koffi deu mesmo um passo à frente, de olhos arregalados.

— Sabe onde ele está?

A criatura abaixou a cabeça.

— Se quiserem, Anatsou vai mostrar aos humanos o prado onde ele vive. Fica logo à frente.

Algo atingiu o peito de Ekon com força, percorrendo-o como uma corrente invisível de energia enquanto as palavras eram absorvidas. Aquela criatura poderia *levá-los* ao Shetani. Eles poderiam capturá-lo e sair da selva, bem antes que o grupo de caçadores do Padre Olufemi chegasse.

Ele começou a avançar, mas alguém agarrou seu braço, parando-o.

— Ekon.

Ele se virou. Koffi estava ao seu lado, muito mais perto do que estivera antes. A expressão dela continha uma cautela incomum.

— Não acho que devemos ir.

Enquanto a garota falava, uma parte dele sabia que ela estava certa, que aquilo era perigoso. Mesmo assim, outra coisa se contorceu em seu estômago enquanto olhava por cima do ombro de Anatsou, para o caminho tortuoso para o qual a criatura apontava. O Shetani poderia estar esperando no final do caminho. Tudo poderia acabar rápido assim. Ele olhou para Koffi, tentando soar reconfortante.

— Acho que devemos pelo menos verificar — disse Ekon baixinho. — E se não virmos o Shetani, podemos voltar.

Koffi balançou a cabeça.

— Não gosto disso.

— Ontem, você também não gostou da minha ideia de parar e reavaliar nosso plano — retrucou Ekon. Era um golpe baixo e ele sabia disso. — Então, podemos tentar do *meu* jeito agora?

Os olhos de Koffi brilharam. Ela parecia estar pesando as opções, considerando. Depois de um momento, mordeu o interior da bochecha e assentiu:

— *Se a gente não vir o Shetani imediatamente, vamos embora.*

Ekon não esperou que ela dissesse outra coisa antes de se virar para encarar Anatsou.

— Mostre-nos.

Anatsou deslizou para a frente e gesticulou para que eles o seguissem. Koffi se recompôs e caminhou ao lado de Ekon enquanto eles pegavam as bolsas e desciam o caminho sob a teia esticada. O ar parecia esfriar a cada passo. Ekon tamborilou os dedos na lateral do corpo. Ele ouviu os passos hesitantes de Koffi, sentiu um mal-estar tomando conta, mas não conseguia ignorar aquele ímpeto, o ímpeto irresistível que o conduzia. O Shetani estava perto, ele tinha certeza. Ekon o pegaria, o *mataria* e então tudo estaria acabado.

Eles alcançaram um conjunto de árvores juntinhas, como amigos compartilhando um segredo. Anatsou parou.

— O prado fica além daquelas árvores. — Anatsou abaixou a cabeça novamente. — Encontrem o que procuram lá.

— Obrigado.

Ekon não precisou de mais estímulos enquanto ele e Koffi contornavam Anatsou e se enfiavam entre as árvores. Por instinto, agarrou o cabo do hanjari, e um longo momento se passou antes que ele se preparasse para adentrar o espaço. Mas quando o fez, logo parou.

O prado era muito vívido. Videiras cobriam a maior parte dos troncos das árvores, mas suas cores estavam supersaturadas, quase lúridas de tanto brilho. Devagar, algo familiar apareceu no fundo de sua mente. Ele percebeu: já tinha estado ali antes.

— Não! NÃO!

Um choque percorreu o corpo de Ekon enquanto ele se virava na direção do barulho e seu coração parou. Koffi tinha caído no chão, seu corpo se enrolando em uma bola enquanto ela se contorcia. Os olhos estavam cerrados com uma dor horrível e as mãos pressionavam os ouvidos com força.

— Não! — gritou ela. — Corram! Mãe, Jabir, corram!

O coração de Ekon se sobressaltou. Ele olhou para as árvores de troncos pretos ao redor deles e os pelos de seus braços se arrepiaram. Não eram mais árvores olhando para ele.

Eram rostos.

Ele viu quando a casca escura da árvore mais próxima se torceu, transformando-se em outra coisa: o rosto de uma mulher. A boca estava frouxa, seiva viscosa da cor de ouro fundido brilhando nos lábios. Mas a voz que veio de dentro não pertencia a ela:

Por favor.

Ekon mordeu a língua com força enquanto a voz do pai enchia o prado, ecoando em todas as direções. Outra árvore à sua esquerda contorceu seu formato, desta vez para virar o rosto de uma criança. Cavidades ocas ocupavam o lugar onde os olhos deviam estar.

Ekon, a voz do pai gemeu. *Por favor.*

Ao redor dele, mais árvores mudaram. Koffi ainda estava em posição fetal, ainda chorava, mas não conseguia se mover. Um fedor enchia o ar, como musgo velho e carvalho podre; era o cheiro de algo morrendo.

Meu filho, por favor...

— Não! — Ekon fechou os olhos e cobriu os ouvidos, desesperado para bloquear as palavras. — Não é real! *Você* não é real!

Ele deixou os dedos tamborilarem contra a cabeça enquanto cobria os ouvidos, tentando encontrar uma contagem.

Um-dois-três. Um-dois-três. Um-dois-três.

Ele não é real, Ekon lembrou a si mesmo enquanto os números enchiam sua mente. *Está tudo na sua cabeça, não é real.* Ele *não é real.*

Tornou a abrir os olhos, mas as árvores com rostos ainda estavam lá, ainda o encarando. Piscou outra vez, mas elas permaneceram no lugar, não mais o resíduo de sua imaginação.

Não.

O que ele via agora não estava em sua cabeça. Para seu horror, Ekon descobriu que, na verdade, as árvores estavam se movendo, lentas e ameaçadoras ao se balançarem no lugar. Observou algumas desenrolando os galhos enquanto outras os fechavam em enormes nós de madeira: punhos.

Um-dois-três. Cinco-oito-dez. Seis-dois-um...

Os números o abandonaram.

— Você não é real! — Ekon caiu no chão, repetindo as palavras como se dizê-las em voz alta pudesse torná-las verdade. Ele sentiu o corpo de

Koffi tremer ao lado do seu, atormentado por soluços, mas não conseguia consolá-la. Ele sequer conseguia se consolar. O mundo estava começando a escurecer de novo. — Você não é real — repetiu suavemente. — Nem um de vocês é, vocês não podem...

— *Ekon.*

Ekon abriu os olhos. Pela primeira vez, reconheceu um dos rostos nas árvores. Estava esculpido em torno da casca do tronco, mas era inconfundível. Ele viu o semblante de um homem com maçãs do rosto salientes como as dele, barba cheia, olhos redondos que, se não estivessem vazios, o teriam lembrado dos de Kamau. O cumprimento escapou de seus lábios antes que pudesse se conter:

— Pai.

O rosto na árvore piscou.

— Olá, Ekon.

Segundos se passaram, segundos em que Ekon sabia que seu coração devia estar batendo no peito. Mas não conseguia fazê-lo voltar a bater, seu corpo não obedecia. O pai dele estava morto havia dez anos; agora, pai e filho se encaravam.

— Como você está aqui?

Os lábios do pai, formados a partir da casca do tronco da árvore, estavam pressionados com força, seu rosto lenhoso cheio de uma tristeza silenciosa.

— Por que voltou para a selva?

Várias respostas preencheram a mente de Ekon. Ele havia ido até ali para ganhar respeito, aprovação... perdão.

— Estou aqui para matar a fera que tirou sua vida, pai — disse ele em voz alta. — Quando fizer isso, receberei minha masculinidade e minha honra:

A emoção no rosto do pai era indecifrável, mas suas palavras foram suaves.

— Ninguém pode te *dar* masculinidade ou honra, Ekon. Você deve ganhá-las sozinho.

— Mas como? — Ekon ouviu a própria voz falhar, mas não conseguiu evitar. — De que outra forma posso ganhá-las, pai?

A boca do pai se abriu, como se ele quisesse dizer algo, mas então se interrompeu. Sua expressão era de pânico.

— Você deve deixar este lugar — disse ele em uma voz totalmente diferente. — Vá embora e leve a garota com você. Vá!

Ekon se assustou. Olhou do pai para Koffi, que ainda estava deitada no chão.

— Pai, o que está acontecendo...?

O medo o atravessou quando o rosto do pai começou a se transfigurar. Parecia estar tentando falar, mas não conseguia. Soava como se estivesse engasgando, sufocando.

— Pai! — Ekon se pôs de pé. — *Não...*

Aconteceu sem aviso.

Uma horda de aranhas pretas emergiu da árvore, cobrindo o lugar onde o rosto do homem estivera. Ekon gritou. Sabia que devia ter agarrado Koffi, devia ter corrido, mas seus pés estavam enraizados no chão. Não conseguia se mover. As aranhas pareciam se multiplicar como mágica, crescendo e pulsando em uma massa inimaginável. Ekon deu um passo para trás e o movimento chamou a atenção das aranhas; de repente, ele sentiu um número infinito de minúsculos olhos pretos se virando em sua direção.

Não.

Ekon se virou para recuar, mas não foi rápido o suficiente. Como um mar terrível, as aranhas correram atrás dele, beliscando e mordendo suas pernas e pés. Ele correu, tentando se livrar delas a cada passo, mas não adiantou. A horda o cercava por todos os lados, milhões de criaturas. Elas cobriram as árvores, encheram as teias acima dele e caíram sobre seus ombros e pescoço. Seu tornozelo se enroscou na raiz de uma árvore e o mundo veio abaixo enquanto Ekon desabava. As aranhas aproveitaram a chance. Rastejaram e correram por todo o corpo, entre os dedos, para dentro das orelhas; cobriram cada centímetro dele. As presas perfuraram sua carne repetidamente, mordidas implacáveis em sua pele. Devagar, sua visão se tornou turva e escura à medida que o entorpecimento crescia.

— Ekon!

Ekon se perguntou se era o pai ou outra pessoa gritando seu nome. Ele estava morrendo, disto tinha certeza, mas se perguntou quanto tempo levaria para seu corpo de fato se separar deste mundo. Ele não seria cremado, então sua alma não seria libertada. Talvez passasse o resto da eternidade ali, entre as aranhas.

— Ekon!

A voz que gritava seu nome estava muito mais perto e mais alta agora, longe de ser uma ilusão. Algo bateu em suas pernas, costas, braços, de novo e de novo. Ekon demorou um pouco para entender. Alguém estava *batendo* nele, tentando arrancar as aranhas de seu corpo. Ele piscou com força, forçando-se a olhar para cima.

— Koffi?

Ela não estava mais no chão e Ekon não entendeu as lágrimas nos olhos dela enquanto o olhava. Aranhas continuavam caindo ao redor de ambos enquanto os olhos de Koffi percorriam o corpo dele, assustados, antes de voltarem para encontrar seu olhar.

— Você tem que se levantar! — gritou ela. — Por favor, levante-se! Temos que sair daqui! Elas estão vindo de cima, da teia!

Sair daqui. Ekon se concentrou nas duas palavras, na urgência e no medo na voz de Koffi. *Sair. Sair. Temos que sair daqui.* Ela puxou o braço dele com mais força, fazendo-o ficar de pé outra vez. Centenas de aranhas caíram do corpo dele. *Sair.* Aquele era o novo foco. *Sair.*

Koffi puxou sua lâmina jino e a segurou com força, e foi isto que enfim trouxe Ekon de volta.

— Corre! — gritou ele. — Vai!

Koffi não precisava ouvir duas vezes. Ela correu por um caminho entre as árvores.

— Vamos! — disse por cima do ombro. — Sei como sair!

Ela disparou por entre outro conjunto de árvores, com Ekon logo atrás. Ele ouviu os cliques ameaçadores de milhares de pinças ao seu redor, o farfalhar das aranhas enquanto corriam pela vegetação rasteira, mas não ousou olhar para trás. À frente, quase escondido, havia um ponto brilhante de azul: o céu, livre dos fios leitosos da teia. Eles estavam quase lá; conseguiriam sair.

Koffi se atirou sobre um tronco e Ekon fez o mesmo. Ela se abaixou sob uma grande cortina de videiras e desapareceu. Assim que Ekon a alcançou também, as videiras estremeceram de um jeito terrível. Deu um passo para trás quando elas ficaram marrom-escuras, parecendo cheias de aranhas. Formavam uma barreira, uma parede ininterrupta de corpos minúsculos.

— Ekon! — Ele podia ouvir a voz frenética de Koffi do outro lado da parede de aranhas. — Por favor, venha!

Ele não podia ir. No segundo em que tentou e não conseguiu contar a legião de aranhas que o cercava, Ekon soube que era verdade. Ele não era forte como Kamau ou o pai, e não era forte o suficiente para aquilo. Seus dedos, apesar das mordidas, ainda tentavam adicionar um ritmo ao medo.

Um-dois-três. Não posso fazer isso. Um-dois-três. Apenas desista.

De repente, ele ouviu uma nova voz em sua cabeça. Não a de Koffi ou a de seu pai, mas a de Irmão Ugo. *Você não tem que ser o maior ou mais perigoso lutador, Ekon,* o velho lhe disse uma vez. *Contanto que seja o mais* rápido.

Rápido. Ele não precisava ser forte para sair dali, só precisava ser rápido. Ele se agarrou firme àquela palavra, se preparando. Rápido, ele só precisava ser rápido. Ekon respirou fundo e correu à frente, os olhos bem fechados ao passar pela massa. Sua pele rompeu, ardendo enquanto as aranhas mordiam sua carne. Quando abriu os olhos, as aranhas haviam sumido.

A selva ao seu redor estava quente novamente, o sol se derramava em generosos raios de luz quando Ekon encontrou os olhos arregalados de Koffi. Os peitos de ambos subiam e desciam rápido, e a expressão dela fazia mil perguntas que ele não queria responder.

Então Ekon correu.

CAPÍTULO 18

CICATRIZES

Koffi e Ekon correram pela vegetação rasteira da selva. O barulho dos passos era a única coisa preenchendo o silêncio.

Na privacidade de sua mente, Koffi se perguntou vagamente para onde estavam indo, se a nova direção os deixaria mais perto de encontrar o Shetani ou se os mandaria de volta para onde haviam começado. Naquele momento, ela não se importava. Fazia horas desde que ela e Ekon escaparam da teia de Anatsou e desde então não tinham trocado uma palavra, mas parecia haver um entendimento implícito entre eles de que, por enquanto, a prioridade havia mudado. Era essencial que se afastassem o máximo possível daquelas aranhas malditas e de suas teias perigosas.

A selva ficou mais fria à medida que o dia deu lugar ao anoitecer, extraindo de suas profundezas um tipo diferente de som e vida. As cigarras zumbiam no ar úmido; acima deles, o farfalhar das folhas fazia seu próprio tipo de serenata, um sinal de que talvez estivessem seguros ali. Com cuidado, Koffi diminuiu a velocidade e ficou aliviada ao ver Ekon fazer o mesmo. A adrenalina havia anestesiado seu corpo por horas, camuflando todos os sinais de fadiga, mas tudo voltou de repente. As solas dos pés doíam de maneira impiedosa e a cada respiração seus pulmões pareciam mais comprimidos. Ela estava com fome, com sede e exausta, mas não conseguia relaxar, ainda não. Os nervos ainda estavam à flor da pele; cada movimento brusco e esmagar de folha sob os pés a apavorava. Seus olhos percorreram as árvores e se fixaram em uma grande cobra enrolada em um dos galhos. O corpo do animal era mais grosso que o braço dela, espirais pretas cobrindo as escamas douradas. A cobra olhou para Koffi por mais um momento, com seus profundos olhos verde-esmeralda, antes de deslizar ao longo do tronco da árvore e sair de vista. A garota estremeceu. O olhar daquela serpente, frio e penetrante, parecia sobrenatural, como tudo naquela selva. Ela pensou em Anatsou e seu olhar branco como leite. Mesmo agora, ela se lembrava da voz fina e zombeteira da criatura, o frio formigamento de sua risada.

Ele não pode nos machucar, uma voz a assegurou enquanto ela e Ekon continuavam caminhando por entre as árvores. *Ele se foi. Ele não pode nos pegar.*

Koffi acreditava, mas não conseguia deixar de se lembrar. As imagens do pesadelo no prado ainda estavam vivas em sua mente. Ela vira a mãe, deitada em uma poça de sangue, com Jabir ao lado, deitado em outra. Repetidas vezes eles chamaram o nome dela; repetidas vezes eles morreram. Fora horrível, algo saído direto de seus piores pesadelos.

Ekon pigarreou e Koffi levou um tempo para perceber que ele a olhava, esperando que ela falasse. A culpa a atormentou. Se Anatsou e suas aranhas haviam sido assustadores para ela, só podia imaginar como foram para Ekon. Ela ainda se lembrava dele deitado naquele matagal, coberto de aranhas e enrolado em posição fetal como uma criança. Seu rosto estivera contorcido no que parecia ser uma dor inimaginável. O que ele vira? O que o fizera sentir tanta dor?

— Ekon — disse Koffi, hesitante. — Eu...

— Está escurecendo. — As palavras de Ekon falhavam. — Não adianta ir mais longe. É melhor pararmos aqui e montarmos acampamento.

Koffi tornou a fechar a boca. Aquela indelicadeza incomum fora para ela ou para outra coisa? Sem saber, ela assentiu e retirou a bolsa do ombro.

Ekon não deu a ela outra chance de falar antes de se virar e ir para trás de um aglomerado de árvores. Ele desapareceu por tempo suficiente para

Koffi começar a sentir pânico, mas então ouviu os passos dele. Quando reapareceu, carregava uma braçada de galhos.

— Ainda temos comida desidratada nas bolsas — murmurou ele. — Não é o banquete de um Kuhani, mas vai servir.

— Certo.

Ela o observou se ajoelhar diante da pilha de galhos e pegar dois para esfregar um no outro e fazer o fogo. Ele sabia o que estava fazendo, isto era nítido para Koffi pela maneira metódica com que Ekon trabalhava, mas toda vez que nuvens de fumaça começavam a subir dos gravetos, ele estremecia de dor e precisava recomeçar. Depois da terceira tentativa fracassada em uma hora, Koffi falou:

— Deixe-me tentar uma coisa.

— Está tudo bem, dou con...

Ela pegou os gravetos e se abaixou ao lado dele. Quase tudo na selva parecia novo e estranho, mas aquilo era familiar; a mãe a ensinara como fazer fogo. Koffi saboreou a sensação dos gravetos rolando cada vez mais rápido entre as palmas das mãos, o cheiro de fumaça e depois o calor gradual. Ela continuou com os gravetos e, quinze minutos depois, eles tinham fogo. Ekon bufou.

— Obrigado.

Koffi olhou para ele, prestes a fazer uma piada, quando percebeu algo.

— Ekon, você está coberto de picadas! — Agora mais perto dele, ela podia discerni-las, incontáveis feridas vermelhas como sardas pelos braços, pescoço e rosto. Ela resistiu ao tremor que ameaçou percorrer seu corpo.

— Sim. — Ekon olhou para o fogo. — Mas está tudo bem, nem uma delas dói de verdade. Com sorte, vão se curar sozinhas.

Koffi precisou de toda a força de vontade para não revirar os olhos. Suspirou antes de falar novamente, em um tom que esperava soar razoável:

— Podem *infeccionar*.

Para sua frustração, Ekon apenas deu de ombros. Koffi olhou para o céu. Era quase noite, as sombras das árvores cresciam cada vez mais com a ausência do sol. Ela olhou em volta, até que seus olhos se fixaram em algo a alguns metros de distância, então se levantou de repente.

— Aonde vai?

Koffi não respondeu, mas caminhou até a conhecida planta de folhas amarelas que acabara de ver. Era coberta de pequenas sementes em forma de ervilha da cor de um amendoim. Ela pegou o máximo que pôde do arbusto antes de voltar para o lado de Ekon e colocá-las no chão. Não tinha o almofariz e o pilão que a mãe teria usado naquela situação, mas improvisou usando uma pedra para moer as sementes contra uma folha grande. Algo fez seus olhos lacrimejarem quando sentiu o cheiro de terra e pensou na mãe, mas Koffi continuou até criar uma pasta. Quando ergueu a cabeça, Ekon estava olhando para ela atentamente.

— O que é isso?

— Você me ensinou como fazer aquela coisa duara mais cedo — disse ela calma. — Agora vou *te* ensinar algo. Isto aqui é chamado de semente ponya; amassada até formar uma pasta, é um ótimo tratamento para feridas. — Com o dedo indicador, Koffi começou a espalhar a pasta em cada picada de aranha. Quando foi tocado, Ekon sibilou de dor, mas ela usou a outra mão para segurá-lo firme. — Não se mova — instruiu. — Vai acabar tirando a pasta.

— Está... *formigando* — disse ele entredentes.

Koffi assentiu.

— As sementes ponya são anti-inflamatórias, desinfetantes e, aliás, uma excelente fonte de proteína. Aqui.

Ela segurou a folha coberta com pasta perto do nariz de Ekon e o deixou dar uma longa fungada. Ele franziu a testa por um momento, antes que a surpresa tomasse conta de sua expressão.

— Cheira... cheira bem, é meio doce — disse ele.

Koffi continuou esfregando os braços, pernas e até mesmo o rosto de Ekon. Era estranho estar tão perto dele duas vezes no mesmo dia. Ele ficou quietinho enquanto ela passava a pasta em seu pescoço, na linha de sua mandíbula e em um ponto próximo à sua boca. Koffi observou os lábios dele, um pouco demais para seu próprio gosto. De pronto, ela recuou.

— Hum... isso ajuda?

Ekon olhou para o próprio corpo. Quando tornou a erguer a cabeça, havia uma suavidade em seus olhos que o fazia parecer mais jovem, como um menino curioso que descobriu algo novo e intrigante.

— Sim, ajuda — disse ele. — Esse negócio é incrível.

Koffi assentiu.

— Quando eu era pequena, minha mãe costumava me chamar de sua semente ponya. Elas são pequenas, mas fortes, e não importa onde sejam plantadas, sempre brotam.

O olhar de Ekon era cauteloso.

— Sua mãe ainda está no Zoológico Noturno?

Koffi ficou tensa. Ela não queria admitir a verdade porque então não poderia evitá-la, mas as palavras escaparam dela mesmo assim:

— Sim. Ela e meu amigo Jabir.

— Jabir — repetiu Ekon. — É... um garoto?

— Sim — disse Koffi, dando de ombros. — Ele é como um irmão mais novo para mim.

Ela não entendeu a expressão no rosto de Ekon; uma mistura de curiosidade e alívio. Depois de um momento, ele falou outra vez:

— Eu ouvi você chamá-los, no prado. — A voz dele estava surpreendentemente suave.

Koffi engoliu um bolo na garganta.

— Eles são minha família — disse ela baixinho. — Eles são tudo o que me resta.

Ekon não disse nada, mas continuou observando Koffi. Ele ainda tinha aquele olhar analítico, mas misturado com outra coisa.

De repente, voltou a falar:

— Como você foi parar no Zoológico Noturno?

— Má sorte — respondeu Koffi com amargura. — Anos atrás, meus pais e eu morávamos em Lkossa, vendendo produtos. Era uma vida boa, mas... meu pai fez alguns investimentos ruins. Ficamos sem dinheiro e tivemos que fazer empréstimos, depois *mais* empréstimos para cobrir os antigos. As coisas ficaram cada vez piores. — Ela olhou para Ekon. — Então, um dia, meu pai conheceu Baaz Mtombé. Ele se ofereceu para pagar nossas dívidas se assinássemos contratos de servidão e concordássemos em trabalhar para ele. Alguns anos depois de nos mudarmos para o Zoológico Noturno, uma febre começou a se espalhar. Meu pai adoeceu e não melhorou. Quando ele morreu, as leis de herança foram aplicadas.

— Leis de herança?

— Sou filha única do meu pai — explicou ela. — Então, as dívidas dele foram transferidas para minha mãe e para mim. Estamos pagando desde então.

— Sinto muito, Koffi. — As palavras de Ekon foram baixas, mas soaram genuínas.

Koffi não respondeu. Ela não sabia o que dizer sobre aquilo; nunca sabia. Por vários minutos, os dois se contentaram em ficar sentados em silêncio enquanto mordiscavam suas frutas secas e carne. Por fim, ela rompeu o silêncio:

— O que *você* viu? No prado.

Ekon ficou visivelmente tenso.

— Nada. Não vi nada.

Era uma mentira e uma má contada. Koffi persistiu:

— Sabe, não precisa ficar envergonhado...

— Eu *disse* que não vi nada. Deixe isso pra lá, está bem?

Koffi tentou não se encolher. Naquele momento, a raiva brilhou nos olhos de Ekon, mas também algo mais. Dor. Isso a lembrou de outra lição que a mãe lhe dera no Zoológico Noturno. Com frequência, os animais que mais atacavam eram também os que mais sofriam. Talvez fosse assim com Ekon. Talvez algo o estivesse machucando muito mais do que ela poderia imaginar.

— Sinto muito — disse Koffi baixinho. — Por ser intrometida.

Ekon fez uma pausa e exalou com força.

— Não é você quem deveria se desculpar — disse ele. — Não devia ter gritado com você. Foi algo indisciplinado. Devia ter me controlado.

Koffi não se conteve:

— Sabe, você não precisa se policiar o tempo todo.

Ekon franziu a testa.

— Não fui criado assim.

Koffi entendeu então que, fosse lá o que estava enterrado em Ekon, estava enterrado bem fundo. Se ele quisesse desenterrar, teria que fazer isso sozinho. Ninguém poderia obrigá-lo, certamente não Koffi. Ela decidiu mudar de assunto, apontando para o céu.

— Nunca tinha visto isso antes — disse, acenando para os punhados prateados e brancos espalhados na escuridão acima.

— Li sobre eles — respondeu Ekon, seguindo o olhar dela. Koffi observou a carranca sumir do rosto dele aos poucos, observou a expressão se suavizar para algo parecido com encanto. — São pequenos aglomerados de estrelas, reunidas pelo próprio Atuno, o deus do céu.

Koffi abraçou os joelhos, mantendo-os perto do peito.

— Sabe, quando o céu está assim, esqueço o que a Ruptura fez com ele — observou ela. — Esqueço que está quebrado.

— Ainda está danificado — disse Ekon com um tipo particular de desprezo e Koffi teve a sensação de que, talvez, ele não estivesse mais falando apenas sobre o céu. — Mesmo que não consiga ver agora, nunca mais estará inteiro. Sempre terá cicatrizes, falhas.

Koffi fez uma pausa antes de falar, escolhendo as palavras com cuidado:

— Talvez haja beleza nas cicatrizes. Porque elas são um lembrete do que foi enfrentado e ao que se sobreviveu.

Ekon não respondeu, mas Koffi olhou de soslaio para ele e pensou ter visto seus músculos relaxarem, notou uma pequena mudança em sua postura rígida. Naquela noite, era o suficiente.

Eles ficaram sentados assim, em perfeito silêncio, até que seja lá a magia que tivesse preenchido o ar se dissipasse e o fogo moribundo se transformasse em brasas laranja brilhando na terra. Por fim, Koffi encontrou um lugar entre a terra e as folhas e se encolheu, de lado. Percebeu que Ekon tinha colocado a bolsa no chão e a usava como travesseiro, e fez o mesmo. Depois do que havia acontecido naquele dia, ela pensou que nunca seria capaz de adormecer na selva outra vez, mas agora descobriu que seus olhos estavam ficando cada vez mais pesados com o cansaço; o sono se aproximava rápido. A mente flutuava preguiçosamente entre a realidade e o sono, absorvendo o cheiro de fumaça, a pasta de sementes e as árvores ao redor enquanto rangiam e farfalhavam na escuridão.

CAPÍTULO 19

UMA BELA VIOLÊNCIA

Quando Ekon acordou nas horas preguiçosas da manhã, as folhas ao redor dele estavam lustrosas e orvalhadas; a terra, macia e úmida.

Com cuidado, ele se levantou, examinando o mundo com cautela. Estreitou os olhos enquanto observava o tronco das árvores, subindo até a copa verde exuberante por onde a luz do sol entrava.

Está mudado, percebeu. *Algo está diferente.*

Apenas horas haviam se passado desde que a corajosa fogueira de Koffi sucumbira à escuridão, mas naquele breve período tudo parecia ter ficado mais verde, mais exuberante; até mesmo o cheiro que impregnava o ar parecia fresco nos pulmões de Ekon. Ele levou um momento para nomear essa mudança, para entender: chovera. Ele tocou as roupas e descobriu, surpreso, que estavam perfeitamente secas, e que, de fato, o local onde dormiram não pegara chuva graças a uma folha acima. Era uma planta gigantesca, com folhas do tamanho de uma carroça.

— Há. — Ekon a observou por mais um tempo. — Vai entender.

O mais silenciosamente que pôde, ele enfiou a mão na bolsa e tirou o diário de Nkrumah. Por sorte ou milagre, parecia que o velho livro havia sobrevivido à mais recente aventura. Ekon encontrou uma árvore próxima para se sentar e o equilibrou no colo. As manhãs eram sua parte favorita do dia, um momento perfeito para a leitura. Ele folheou as páginas, tentando descobrir onde havia parado. Havia bastante vegetação na selva, e ele tinha seu hanjari, se quisesse caçar; talvez o diário pudesse oferecer alguma orientação sobre o que era comestível ali e o que não era. Devagar, ele folheou a seção de botânica.

Ainda o surpreendia como as anotações do velho naturalista eram extensas e precisas mesmo quase um século depois de ele ter desaparecido. O polegar de Ekon parou na ilustração de uma folha prateada. Certamente *parecia* interessante. Ele leu a legenda:

ESPÉCIME 98A
NOME: FOLHA DE HASIRA
PRONÚNCIA: *has-EER-ah*
NOME INFORMAL: FOLHA ZANGADA, FOLHA CALMANTE
HÁBITAT: *Selva Maior, Região Zamani (Velho Leste)*
DESCRIÇÃO: *Folhas verdes, com veios prateados*
EXPECTATIVA DE VIDA: *Desconhecida*
NOTAS ADICIONAIS: *Esta planta, nativa da Região Zamani, cresce em abundância na Selva Maior e na Menor, perto das raízes de velhas árvores, ou árvores que foram diretamente lesionadas. Secas e queimadas, as folhas de hasira podem se tornar um alucinógeno perigoso e viciante, fazendo com que as pessoas afetadas por ela exibam alterações de humor incomuns, hiperagressividade e perda de memória.*

Ekon estremeceu. Ele ainda não tinha visto uma folha de hasira na Selva Maior, mas certamente não parecia uma planta com a qual ele queria mexer. Estava grato por ter o diário como guia.

— Você acordou cedo.

Ekon deu um pulo. Estivera tão concentrado em sua leitura que não tinha ouvido Koffi se mexer. Ela agora estava bem acordada, sentada e olhando diretamente para ele. Ele não conseguia entender a expressão dela ou a causa das súbitas batidas irregulares em seu peito. Assentiu:

— Há, acho que sim.

Ela pestanejou.

— Como está se sentindo?

— Eu... — Ekon levou um momento para que os detalhes da noite anterior retornassem a ele. Encarou os braços e pernas. A pasta de sementes *ponya* devia ter se dissolvido durante a noite, porque desaparecera, deixando a pele dele perfumada de leve com seu cheiro. Notavelmente, as marcas de picadas também desapareceram quase por completo. Ele tornou a olhar para Koffi. — Me sinto... melhor.

— Que bom. — Ela fez uma pausa antes de franzir a testa. — Você sempre acorda cedo?

— Sim. — Ekon também franziu a testa. — Eu gosto.

Koffi torceu o nariz.

— *Por quê?*

— Meu mentor, o Irmão Ugo, me ensinou que a manhã é a melhor hora do dia para exercitar a mente — explicou ele. — Você deveria tentar uma ho...

— Não, obrigada.

Ekon balançou a cabeça, escondendo um sorrisinho.

— Também achei que seria bom dar uma olhada no mapa antes de prosseguirmos — acrescentou. — Temos um longo dia pela frente. Aquele... desvio com Anatsou nos atrapalhou, então vamos precisar acelerar o ritmo hoje para chegar ao Coração em uma quantidade razoável de...

— Na verdade... — Koffi pigarreou e Ekon viu hesitação em sua expressão. — Eu queria falar sobre isso.

— Sobre o quê?

— Nosso percurso. — Koffi enrolou uma mecha de twist no dedo. — Eu estava pensando... e se o Shetani *não* estiver no Coração da Selva?

— O quê? — Ekon franziu a testa. — Como assim? Onde mais estaria?

— Não sei — disse Koffi. — É só que... quando penso no assunto... você não acha que um lugar como o Coração da Selva, o centro de todo este lugar, parece um pouco... óbvio?

Ekon não gostou do rumo da conversa. Tinha acordado revitalizado, determinado a cumprir sua missão. Ele tinha um plano muito preciso e bem definido; agora, como sempre, Koffi estava tentando desfazê-lo.

— Se o Shetani não está no Coração da Selva, onde mais poderia estar?

Koffi comprimiu os lábios.

— Não sei por que, mas sinto que devemos seguir para o noroeste hoje.

— Noroeste? Tipo exatamente a direção *oposta* ao Coração?

Koffi torceu o cabelo ao redor do dedo com mais rapidez.

— Sei que parece estranho, mas...

— Quer que a gente mude todo o nosso plano porque teve um *pressentimento*?

Imediatamente, as sobrancelhas de Koffi se ergueram.

— Não foi *você* que teve um pressentimento ontem, quando nos levou a um covil cheio de aranhas?

A acusação foi improvisada, mas ainda doeu. A voz de Ekon saiu mais dura do que pretendia quando respondeu:

— A razão pela qual terminamos lá foi porque *você* nos levou a uma névoa mágica que nos deixou inconscientes, o que fez com que uma aranha gigante nos *roubasse*...

Koffi revirou os olhos.

— Deuses do céu, você deve ser o garoto mais dramático que eu já...

— *Pare de praguejar!*

— Olha aí como estou certa.

Contra sua vontade, a voz de Ekon ficou mais alta:

— Você age de acordo com a sua idade ou é sempre imatura assim?

Koffi fez uma careta.

— Faça o que quiser. Estou indo para o noroeste. Divirta-se com seu livrinho ilustrado.

— *Não* é um livro ilustrado! — Ekon segurou o diário de Nkrumah contra o peito de forma protetora. — É um *diário histórico* de...

Um longo grito fez os dois ficarem paralisados, ao mesmo tempo que Ekon sentiu um tremor na terra. Calafrios tomaram seu corpo e ele viu a expressão de Koffi mudar: de desafiadora para horrorizada. O grunhido úmido que rasgou o silêncio era diferente de qualquer outro som que ele já tinha ouvido. Lentamente, ele se virou e sentiu a pele formigar.

Ekon nunca tinha visto uma criatura como aquela diante deles.

Seu primeiro instinto foi chamá-la de cobra, graças ao grosso corpo serpentino e escamas marrom-escuras. Mas não, assim que Ekon pensou na palavra, ele soube que estava terrivelmente errado. A criatura tinha três metros de altura; não era uma mera cobra. Sua garganta se fechou de horror quando seus olhos viajaram do corpo sem membros até a cabeça e descobriram que, onde ele esperava encontrar um crânio de réptil, havia algo mais. Viu grandes olhos pretos, orelhas de couro cinza que pareciam familiares, mas erradas, um tronco e presas de marfim, afiadas e mais longas que seus braços. Um elefante; o animal tinha corpo de cobra e cabeça de *elefante*. Parecia olhar entre Ekon e Koffi, pensando, e quando seu olhar pousou em Ekon, o nome surgiu na mente dele, retirado das páginas do diário de Nkrumah.

Grootslang.

— Koffi. — Ekon manteve os olhos na fera, desejando que ela olhasse para ele enquanto falava. Manteve a voz baixa e não se virou para olhar para a garota. — Afaste-se. Devagar.

Ele esperou pelo som de passos se afastando, mas não ouviu nenhum. O grootslang deixou outro rosnado úmido escapar de sua horrível boca cinza e Ekon não conseguiu evitar tremer. Tinha treinado durante toda a vida para derrubar homens; nada do treinamento o havia preparado para aquilo.

Sem aviso, o grootslang disparou para a frente, muito rápido e ágil para uma criatura tão grande. Ekon se esquivou bem a tempo, rolando sobre as folhas enquanto a fera atingia uma árvore próxima e estilhaçava a madeira. O mundo girou enquanto ele se endireitava e saltava antes que o grootslang pudesse atacar outra vez. Ele olhou por cima do ombro, a tempo de ver Koffi dar um pulo, como se acordasse de um estupor. A criatura se voltou para ela e Ekon sentiu o coração dar um pulo.

— Não!

Ele correu, mas não foi rápido o suficiente. O grootslang alcançou Koffi primeiro. A criatura abriu a boca enorme enquanto pairava sobre ela, mas assim que se aproximou houve um clarão. Ekon correu até a lateral, surpreso ao ouvir a fera sibilar de dor enquanto recuava. Koffi ainda estava com a faca jino na mão e a balançava, esfaqueando o ar. Ela estava mantendo a criatura afastada, mas ia se cansar cedo ou tarde.

Pense. Ele vasculhou o cérebro em busca de ideias, frenético. *O que você sabe sobre grootslangs?* Tinha acabado de ler sobre eles, mas sua mente estava dispersa. Ele tentou se lembrar dos pontos mais importantes das notas do estudioso. Grootslangs em geral moravam em cavernas, fossos e outros lugares escuros, mas vez ou outra podiam ser atraídos para fora por...

Ekon teve uma ideia.

— Koffi! — gritou o nome dela enquanto a criatura berrava novamente. — Jogue a adaga nele!

— O quê? — Koffi não tirou os olhos da fera, mas sua voz não continha nada além de descrença. — Por quê?

— Só jogue! — Ekon rastejou para a direita, tentando se manter fora da visão periférica do monstro. A ideia era arriscada, mas talvez...

— Esta é a única arma que tenho! — Koffi o olhou por um segundo enquanto continuava recuando devagar. — Se eu jogar, não terei nada para...

— Você tem que confiar em mim! — gritou Ekon. — Por favor, Koffi!

Ela lançou nele mais um olhar antes de se preparar e fixar os pés na terra. Em resposta, o grootslang se ergueu em sua altura máxima, obscurecendo a pouca luz filtrada pelas árvores. Koffi ergueu o braço bem alto e em seguida arremessou a adaga o mais forte que pôde, mirando no meio da fera. A lâmina girou graciosamente no ar antes de ricochetear, inútil, nas escamas blindadas do grootslang, caindo na terra. A fera sibilou com uma raiva renovada.

Não.

Ekon não soube o que deu nele, apenas correu; antes que pudesse parar para pensar no assunto. Alcançou Koffi, abriu os braços e se lançou contra ela de modo que a envolveu enquanto os dois caíam no chão. Embaixo dele, ela curvou o corpo em uma bola e ele usou os braços e o peito para cobri-la o máximo que podia. No final das contas, ele sabia que o gesto não faria muito contra a ira do grootslang, mas talvez, enquanto a coisa estivesse ocupada devorando-o, Koffi pudesse fugir. Ele teve um vislumbre dela embaixo dele; os olhos fechados com força, esperando pela dor. Uma parte dele queria fechar os olhos também, mas Ekon descobriu que não podia fazer isso. Ele virou a cabeça para olhar o grootslang outra vez. A criatura ainda os observava com malícia. As folhas farfalharam quando ela deslizou em direção a eles, diminuindo a distância com suas enormes orelhas cinzentas batendo assustadoramente ao vento. Estava chegando cada vez mais perto e a qualquer segundo uma de suas presas iria estraçalhá-los. Ekon prendeu a respiração, se preparando, quando...

O grootslang parou de repente.

O coração de Ekon batia como um tambor de guerra enquanto observava a fera virar a cabeça devagar para a direita. Ele seguiu seu olhar até a coisa que a fez parar. Um único raio de sol dourado estava perfurando a copa da selva, fazendo a luz brilhar diretamente no punho da lâmina jino de Koffi. Na luminosidade, o vermelho profundo dos rubis incrustados no marfim esculpido cintilava como sangue, uma bela violência. A fera pôs para fora a língua bifurcada enquanto usava o tronco para pegar a lâmina e examiná-la, dois olhos pretos redondos se estreitando para analisar. Ekon não moveu um músculo. Um segundo que pareceu um século se passou antes que a criatura envolvesse o resto da lâmina com o tronco e se afastasse deles. Tão rápido quanto viera, ela deslizou para as profundezas da selva, consumida pela escuridão. Ainda assim, Ekon não se moveu.

— Foi embora? — A voz de Koffi estava abafada contra o peito dele e, de imediato, Ekon saiu de cima dela e a ajudou a se levantar. Ela olhou na direção em que o grootslang havia ido, parecendo abalada.

— Sim. — Ekon olhou por cima do ombro, tentando fazer seu coração bater normal outra vez. — Acho que sim.

Koffi olhou para ele de volta, perplexa.

— Como fez isso?

— Fiz o quê?

— Como sabia que a criatura iria embora?

Ekon acenou com a cabeça para as bolsas, ainda caídas a apenas alguns metros de distância.

— Já li sobre eles. Grootslangs são classificados como colecionadores.

Koffi franziu o cenho.

— Como assim?

— Eles são como *pegas*, gostam de colecionar coisas — explicou Ekon. — Principalmente coisas de valor. Sua lâmina jino tinha aqueles rubis no cabo, então imaginei que pudesse ser o suficiente para distraí-lo. — De repente, ele se sentiu culpado. — Desculpe por ter ficado sem ela.

— *Nah*, vou encontrar outra. Além disso, ainda prefiro chutar — disse ela. — Estou feliz por ter funcionado. Por um minuto, pensei que era o nosso fim.

Ekon riu.

— Que nada, ela teria me comido primeiro, eu juro.

A expressão de Koffi mudou de supetão, como se tivesse acabado de se dar conta de algo.

— Você... você me cobriu. — Ela falou como se as palavras viessem de uma língua estrangeira, uma que ela mal entendia. — Por quê?

Ekon parou. A verdade era que ele não sabia por que tinha feito aquilo, apenas fizera.

— Eu... — Hesitou. — Estava apenas retribuindo o favor. Você me ajudou com as aranhas ontem. Achei que essa rodada era por minha conta.

— Obrigada. — A voz de Koffi foi sincera, talvez a mais sincera que ele já tinha ouvido.

— Há... — Ekon massageou a nuca, de repente se sentindo constrangido. — Não foi nada. Está com fome?

Koffi sorriu.

— Faminta.

Eles continuaram em direção ao norte juntos, lado a lado. Embora, tecnicamente falando, Ekon tenha percebido que eles ainda não tinham determinado um plano ou caminho exato, descobriu que não se importava. Ele inspirou e sentiu o cheiro de musgo e terra fértil, que nunca sentira antes. O ar ainda estava quente, mas não de maneira incômoda, e sim quase agradável.

— Ah. — Koffi parou de andar. Ela ergueu os olhos e apontou para uma das árvores à frente. — Veja.

O olhar de Ekon encontrou a árvore para a qual Koffi estava apontando. Era de longe a maior que ele já vira. A madeira era de um marrom profundo e rico, com protuberâncias bulbosas no tronco que o lembravam verrugas. Os galhos, cheios de folhas de um verde profundo, estavam carregados de grandes frutos vermelhos que Ekon nunca tinha visto antes. Eram como romãs, mas maiores.

— Ela parece a mãe da selva. — Havia um toque de admiração na voz de Koffi enquanto eles se aproximavam.

— Eu ia dizer *avó*.

Pararam diante da árvore, o topo de suas cabeças nem mesmo alcançando um terço da altura do tronco. À luz da tarde, as frutas pesando nos galhos pareciam brilhar. Só de vê-las Ekon ficou com água na boca.

— Acho que acabamos de encontrar o almoço — disse Koffi, triunfante. — E, provavelmente, o jantar dos próximos dias.

— Espere aí. — Ekon retirou o diário de Nkrumah da bolsa e começou a folhear as páginas, tentando encontrar o capítulo que estivera lendo antes. — Só me dê um segundo... — Ele sentiu o olhar de Koffi sobre si enquanto continuava procurando.

— E então?

Ekon franziu a testa. Parecia ter chegado ao fim da seção de botânica do diário, mas não vira nenhuma nota ou ilustração que combinasse com a árvore diante deles.

— Não estou encontrando nada nele ainda, mas isso não quer dizer...

— Olha, você mesmo disse que esse tal de Nkrumah era especialista nesta selva — disse Koffi, cruzando os braços. — O que significa que, se esta árvore não estiver listada aí como perigosa, está tudo bem.

— Ainda acho que devemos verificar para ter certeza...

Sem aviso, Koffi saltou, os dedos envolvendo o ramo mais baixo para que ela se pendurasse com uma graça surpreendente. Ekon observou, meio horrorizado, meio impressionado, enquanto ela se erguia e alcançava o próximo galho mais acima, subindo cada vez mais, até estar vários metros acima dele.

— Koffi, tenha cuidado... ai!

— Cuidado com a cabeça!

Koffi deu a ele um sorriso travesso enquanto sacudia um dos galhos e jogava mais frutas da árvore no chão. Elas se soltavam com uma facilidade surpreendente, cobrindo o chão ao redor. Ekon franziu a testa quando mais algumas o atingiram ao cair, mas descobriu que não conseguia ficar bravo. Depois de alguns minutos, Koffi olhou para ele lá embaixo. Do topo dos galhos ela parecia uma antiga rainha da selva, governando suas propriedades.

— Certo. — Ela pôs um pé no galho abaixo, que balançou. Seus olhos observaram o chão, onde Ekon estava parado, e então se arregalaram. — Hum...

— Sério? — Ekon lutou para manter a frustração longe da voz: — Você sabe como subir em árvores, mas não descer?

Koffi estreitou os olhos.

— Nunca tive que aprender. Tínhamos escadas no Zoológico Noturno.

Ekon esfregou a ponta do nariz antes de olhar ao redor.

— Pule. Vou te pegar.

— *Pular?*

Ekon franziu mais a testa.

— A não ser que queira ficar aí a noite toda.

Houve uma pausa, antes de Koffi revirar os olhos.

— Está bem. — Ela se sentou no galho e deixou as pernas balançarem para a frente e para trás. — Vou pular.

— No três — disse Ekon. — Um... dois...

— Três!

O rapaz sentiu a pulsação cardíaca na garganta quando Koffi veio voando sobre ele tão rápido. Os braços dele mal se esticaram a tempo de pegá-la. Seus corpos colidiram, as costas dele batendo contra o tronco da árvore para lidar com o pior do impacto. Quando abriu os olhos, Koffi ainda estava em seus braços, e de cara feia.

— Você *fechou os olhos*?

— Não de propósito — disse Ekon, defendendo-se. O coração seguia batendo forte. De repente, percebeu que suas mãos ainda estavam na cintura de Koffi e eles ainda estavam *muito* próximos. Por exatamente três segundos, ele teve plena consciência de seus peitos subindo e descendo um contra o outro. — Quero dizer, ainda consegui te pegar.

Koffi se afastou dele e começou a catar as frutas.

— Devemos ter o suficiente aqui para fazer uma refeição decente. — Ela olhou para ele. — Sei que você é bom com adagas, mas... sabe picar?

Poucos minutos depois, com a ajuda do hanjari de Ekon, eles tinham um pequeno banquete diante de si. As raízes enormes da árvore eram grandes o suficiente para serem usadas como uma mesa improvisada e algumas das folhas maiores serviam como pratos. Koffi se sentou de um lado e Ekon ficou do outro. Ekon se perguntou se, junto com a fruta, ele teria que engolir suas palavras de advertência. Elas pareciam deliciosas penduradas nos galhos da árvore, mas cortadas em pedaços exalavam um aroma diferente de tudo que ele já havia sentido antes; um cheiro intensamente doce, quase adoçando o ar ao seu redor. Como se lesse a mente dele, Koffi sorriu.

— Viu? — Ela pegou um pedaço da fruta e colocou na boca. — Um almoço perfeitamente bom, apesar de você ser um mandão.

Ekon percebeu que a fruta tinha manchado os lábios dela de vermelho-escuro; ainda estava olhando para eles quando as palavras dela realmente o atingiram.

— Calma aí. — Ele largou o pedaço de fruta que estivera prestes a comer, franzindo o cenho. — Eu não sou... *mandão*?

Koffi ergueu a sobrancelha.

— Não sou! — Ekon retrucou.

— É sim.

Ele se recostou, pensativo.

— Sou apenas cauteloso — disse após um momento. — Quero dizer, esta selva é perigosa e não gosto de ver as pessoas de quem gosto feridas. Isso... — Ele se interrompeu. — Há, desculpe, isso foi uma coisa estranha de se dizer.

— Não. — A expressão de Koffi havia mudado; o sorriso desaparecera e em seu lugar estava algo que Ekon não reconheceu. — Não foi.

Nem um deles falou por um momento. Naquele silêncio, algo zumbiu perto do umbigo de Ekon. Ele não sabia como descrever aquele sentimento, nem o que fazer com ele. Rapidamente, mudou de assunto:

— Aquele monstro é chamado de grootslang.

Koffi o encarou por um momento, depois pareceu voltar a si mesma.

— Ah.

— A lenda diz que, quando os seis deuses criaram o mundo, muitos dos animais que conhecemos hoje eram diferentes. Com o tempo, os deuses dividiram alguns deles em dois animais separados para torná-los menos perigosos — explicou. — Dizem que os grootslangs são a origem dos elefantes e das cobras, incrivelmente poderosos.

— O jeito como usou seu conhecimento dos livros para se livrar dele foi impressionante. — Koffi colocou outro pedaço da fruta na boca. — Muito espetacular, na verdade.

Algo no interior de Ekon se encheu de orgulho. Não recebia elogios com frequência, principalmente quando Kamau estava por perto. Ele se sentiu bem com o elogio.

— Bem, você também não foi tão ruim — disse, sorrindo. — Digo, você ignorou completamente o que te ensinei com a adaga, mas...

— Prefiro um método de estilo livre. — Koffi mostrou a língua, em vermelho vivo por causa da fruta.

— Você está em boa forma, admito. — Ekon riu, deixando a fruta de lado. — Nunca vi uma garota se mexer como você. — No minuto em que as palavras deixaram sua boca, ele hesitou. — Há, desculpe, eu...

— Você deveria conhecer mais garotas. — A voz de Koffi estava suave. — Mas é legal da sua parte dizer isso.

Algo nos olhos dela havia mudado. Ekon não conseguia identificar o que era, mas estava lá. O olhar dele focou em sua boca de novo; *por que ele não conseguia parar de olhar para ela?* Ele sentiu aquele zumbido de novo, mais forte. Algo estava crescendo, um desejo de dizer algo, de *fazer* algo. Ele ficou esperando os dedos começarem a tamborilar, a encontrar o ritmo, mas, para sua surpresa, não aconteceu. Ekon descobriu que, naquele momento, preferia muito mais ficar parado. Não queria contar coisas; não precisava contar.

— Koffi.

A voz dele estava mais baixa, mais suave. Em algum lugar distante, houve um leve som crepitante, mas ele mal o ouviu por causa do rugido em seus ouvidos. De repente, estava muito ciente de quão pouco espaço realmente havia entre os dois, apenas o comprimento de um braço. Koffi o encarou por mais um segundo, e então, quase imperceptivelmente, inclinou-se um pouco para a frente. Foi o menor dos movimentos, mas era o suficiente. Houve uma permissão silenciosa dada com aquele pequeno gesto, uma permissão que ele não percebeu que queria até tê-la.

— Ekon.

A voz de Koffi mal era audível, um sussurro. Ela fechou os olhos e seus lábios se entreabriram. Ekon engoliu em seco. Eles estavam próximos demais agora. Ele podia ver cílios soltos espalhados nas bochechas dela, podia sentir o cheiro da fruta vermelha em seu hálito. Era doce e ele se perguntou vagamente se *ela* teria um gosto doce...

— *Ekon*. — Koffi repetiu o nome dele, agora mais baixinho, com urgência. Seus olhos se abriram e encontraram os dele, e então Ekon respirou fundo. Algo estava errado. Os olhos que encontraram os dele estavam vidrados, vazios. Um brilho de suor se formou ao longo da testa dela e sua respiração estava ficando rasa, rouca. Ekon congelou.

— Koffi?

Outro som preencheu o espaço ao redor deles, mais estalos. Ekon se virou para ver de onde vinha e sentiu o rosto ficar pálido. O tronco da árvore havia mudado. A casca não era mais de um marrom intenso, mas sim cinza e escamosa. Acima deles, mais frutas estavam caindo, mas não eram mais vermelhas. Um arrepio percorreu sua coluna quando viu que a polpa dos frutos estava preta, enrugada, quase como se fosse...

— Ekon...

Ekon se virou, mas não rápido o suficiente. Com horror, ele viu Koffi o encarar, o corpo balançando de um lado para o outro.

Então ela desmaiou.

PARTE TRÊS

NÃO DESPERTE UMA HIENA ADORMECIDA

O GAROTO DO OESTE

ADIAH

— A família dele é de Asali, no oeste, é *por isso* que ele é tão bonito.

Reviro os olhos pela milésima vez enquanto Nuru e Penda, duas das minhas colegas de classe, explodem em mais um ataque de risos a poucos metros de mim. Elas não sabem que não estão sozinhas neste corredor, que estou escondida e agachada atrás de uma velha estátua de Fedu faz quase 15 minutos. Não pretendo deixá-las saber.

— Ouvi dizer que ele já foi escolhido para ser aprendiz.

Reconheço a voz mais presunçosa (Penda) quando ela fala. Sendo também uma daraja, praticamente crescemos juntas aqui no templo nos últimos sete anos, mas com certeza não somos amigas. Posso imaginar seu rosto pintado e os coquinhos irritantemente perfeitos em sua cabeça mesmo sem vê-los. Distraída, toco meu próprio cabelo. Quase uma semana atrás, minha mãe o prendeu em duas tranças práticas descendo até as costas, mas as pontas estão ficando desarrumadas. Provavelmente é hora de lavar. Argh, *odeio* o dia de lavar. Talvez eu consiga convencê-la a me deixar só enxaguá-lo...

— Ele está trabalhando no Distrito Kughushi, sob o comando de Bwana Martinique — continua Penda, como se soubesse do que fala. — Vou ver se encontro uma desculpa para passar na loja amanhã. Talvez eu peça para fazer algo.

— *Uuh*. — A voz mais aguda, aquela que falou antes, pertence a Nuru. Quase posso imaginar seus enormes olhos de boneca se arregalando, como sempre fazem quando ela está animada. Também não somos amigas de verdade, mas ela com certeza é mais legal do que Penda. — Posso ir com você? *Adoraria* conhecê-lo!

Elas riem de novo e contenho um grunhido. Afinal de contas, eu não deveria estar aqui.

Meu plano original era simples: eu me esconderia atrás da estátua até o início das aulas da tarde, então subiria para o jardim do céu para me encontrar com Tao. Sem dúvida meu melhor amigo já está lá esperando, fazendo o que sempre faz em seu tempo livre (lendo), mas qualquer coisa parece melhor do que passar mais uma tarde em uma sala de aula sufocante do templo com o velho Mestre Lumumba. Ele é meu professor de literatura e linguística e agora está tentando me ensinar a conjugar verbos Kushoto básicos. Achei que nada poderia ser pior do que ouvi-lo tagarelar sobre as inflexões adequadas das minhas vogais; agora estou começando a me perguntar se estava errada.

— Ele é tão lindo — continua Nuru, soando sem fôlego. — Aqueles olhos e ombros, e você viu as *mãos* dele? Elas são enormes...

— Você sabe o que dizem sobre mãos grandes...

— *Penda!*

Elas tornam a rir e olho para uma janela próxima, seriamente considerando pular. Não que eu me incomode em falar sobre garotos (os deuses sabem que existem vários muito bonitos em meu grupo daraja), mas tudo o que se tem falado na última semana é sobre *esse* garoto. Nem sei o nome dele e a essa altura não me importo. Toda pessoa em Lkossa mais ou menos da minha idade parece obcecada por ele. As garotas o acham fofo e alguns caras parecem preocupados. Acho tudo ridículo. É de pensar que ninguém nesta cidade jamais viu alguém novo.

— O que vai dizer a ele se o vir amanhã? — pergunta Nuru a Penda. Espio apenas o suficiente para ver o sorriso malicioso de Penda.

— Ele é novo na cidade e com certeza precisa de uma guia. Vou oferecer um passeio pelo templo, talvez pelos jardins do oeste.

— Ah — diz Nuru. — Enfim terminaram a reforma?

— Sim, no início desta semana, na verdade. Adiah realmente destruiu as sebes.

Mesmo sabendo que não podem me ver, me encolho ainda mais na sombra da estátua ao ouvir meu nome. Envergonhada, sinto minha pele esquentar.

— Não acredito que ela acabou com aquela estátua linda — fala Nuru.

— Não acho que o Irmão Yazeed tenha superado isso ainda.

Cerro os dentes, irritada. Irmão Yazeed está sendo completamente irracional. Afinal de contas, *não era* para o esplendor que eu estava usando atingir a estátua de Amokoya; foi um acidente. Além disso, *acho* que a deusa da água fica melhor sem aquela tiara ridícula. A arte é subjetiva.

— Sendo sincera — diz Penda —, aquela garota é uma ameaça.

Sinto a raiva crescendo dentro de mim.

— Ela é até legal — comenta Nuru gentilmente. — É que às vezes ela é… demais.

Essas palavras doem mais do que as de Penda. Retiro o que pensei sobre Nuru ser a mais legal das duas. *Demais*. Certamente já ouvi palavras assim antes. *Fala alto demais. Forte demais. Tudo demais.* Sei que sou demais, mas não sei como ser menos.

— Vamos escolher algo para vestir amanhã. — Ouço Nuru sugerir, com entusiasmo renovado na voz. — Penda, por favor, posso pegar emprestado seu vestido ankara? O verde de…

— Você quer dizer aquele em que você derramou sopa de ogbono na semana passada?

As vozes ficam mais fracas quando elas enfim seguem pelo corredor. Estive esperando que se movessem há quase meia hora, mas não me levanto imediatamente. As palavras delas ainda estão na minha cabeça:

Aquela garota é uma ameaça.

Às vezes ela é…. demais.

Elas estão certas. Eu *sou* uma ameaça, sou demais. Não quero ser. Quero ser como as outras meninas do meu ano, que sabem como arrumar o próprio cabelo e ter uma conversa inteligente. Quero aprender a beleza de ser equilibrada. O problema é que não sou nem um pouco equilibrada.

Não é o meu tipo de beleza.

Não pela primeira vez, penso naquela tarde na sala do Padre Masego quando eu tinha 12 anos, o dia em que ele me disse que eu era extraordinária. Já faz um ano que ele morreu, desde que um novo Kuhani tomou seu lugar. Padre Masego me disse uma vez que achava que eu faria coisas notáveis. A cada dia, tenho menos certeza disso.

Devagar, saio de trás da estátua. Nesta versão, o deus da morte foi esculpido para parecer um velho astuto, com seu hipopótamo familiar ao lado. Quanto mais olho, mais a estátua me perturba, e não perco mais tempo no corredor a caminho do jardim do céu. Meu desvio, graças a Penda e Nuru, consumiu um tempo valioso, mas com alguma sorte ainda posso me encontrar com Tao antes que...

Quase trombo em uma pessoa virando o corredor. Ela carrega uma grande caixa que, quando colidimos, quase cai em cima de mim. Ajo sem pensar; o esplendor vem a mim como sempre e uso um pouquinho dele para empurrar a caixa deslizante de volta para os braços da pessoa. Seu rosto ainda está obscurecido, mas vejo o topo de uma cabeça assentir.

— Desculpe por isso — diz uma voz masculina baixa.

— Está tudo bem — respondo rapidamente, tentando contorná-lo.

— Este é meu primeiro trabalho de entrega no templo. — O carregador se move para a direita ao mesmo tempo que eu, bloqueando meu caminho sem querer. — Acho que fiz uma curva errada. Ainda estou tentando aprender todos os caminhos...

— Boa sorte. — Dou um passo à esquerda e, desta vez, encontro um espaço para me espremer. — Estou treinando aqui há quase sete anos e ainda não aprendi...

As minhas palavras somem quando o carregador coloca a caixa no chão e pela primeira vez vejo seu rosto. A pessoa que está me encarando não é um mestre do templo velho e rabugento, mas um garoto de pele negra e cabelo preto. Sei imediatamente quem ele é: aquele de quem todos estão falando. Este é o garoto do oeste.

E a contragosto, tenho que admitir, ele sem sombra de dúvida *não* é feio.

— Olá — cumprimenta, oferecendo um sorriso enquanto leva a mão ao coração. Reconheço o gesto; é uma saudação comum na Região Dhahabu, no oeste. Ele parece perceber o que disse e sua expressão fica um pouco envergonhada. — Há, desculpe. — Suas palavras em zamani carregam um sotaque. — Ainda estou... me habituando aos costumes e línguas do leste.

— Está tudo bem. Sei um pouco de kushoto — digo antes de conseguir me conter.

Assim que as palavras saem da boca, quero me bater. Por que acabei de dizer isso? Não falo kushoto, mal consigo conjugar um verbo corretamente. De repente, lamento não ter prestado mais atenção às aulas do Mestre Lumumba...

— Sério? — Seu rosto se ilumina, esperançoso. — Isso é mesmo impressionante.

Impressionante. O elogio soa estranho para mim. Existem muitas palavras (algumas delas escolhidas a dedo) que as pessoas geralmente usam para me descrever. *Impressionante* não costuma fazer parte da lista. Depois de um momento, o jovem estende a mão.

— Meu nome é Dakari — diz com um sorriso maior. — Sou novo aqui.

Aperto a mão dele. É quente e envolve quase inteiramente a minha. Então ele tem *mesmo* mãos grandes...

— Sou Adiah.

— Adiah. — Meu nome soa diferente em sua língua, como música. — Que adorável.

— Obrigada.

Dakari ainda está me observando, me analisando da maneira como vi alguns dos mestres analisarem obras de arte. Não estou acostumada com ninguém olhando para mim por tanto tempo sem desviar o olhar. Quase parece estranho.

— Você é uma das... darajas? — pergunta ele depois de um momento. — Uma das pessoas que treinam aqui?

— Sou. — Imediatamente, endireito a postura, incapaz de resistir a um pouco de orgulho. Sinto prazer ao ver que ele parece apropriadamente admirado.

— Isso é incrível. Não há mais muitos darajas em Asali, de onde minha família é.

Então Penda e Nuru também estavam certas sobre isso.

— Os darajas são treinados no Templo de Lkossa há anos — explico. — É uma tradição antiga.

— Fascinante — diz ele, e realmente parece que fala sério. Ele hesita antes de perguntar: — Você poderia... talvez pudesse me mostrar o lugar algum dia? Se não for atrapalhar seu treinamento.

Algo estranho se remexe na minha barriga. Dakari ainda está me olhando com muita atenção. É preciso muito esforço para soar casual.

— Tudo bem. — Dou de ombros. — Acho que consigo arranjar um tempinho.

— Amanhã?

— Está bem.

— Muito bem, Adiah. — A segunda vez que ele diz meu nome é diferente; há uma sugestão de outra coisa que não consigo nomear, mas não me incomoda. — Estou ansioso para vê-la de novo amanhã.

Dakari abaixa a cabeça, um movimento surpreendentemente suntuoso para um garoto que parece da minha idade. Não sei como agir em resposta, então assinto antes de me virar e ir embora. Acho que sinto o olhar dele em mim enquanto caminho, então espero até virar o corredor para sorrir.

Percebo que talvez, pela primeira vez em muito tempo, eu tenha um novo amigo.

CAPÍTULO 20

O FILHO RUIM

— Koffi!

Ekon sentiu algo dentro de si afundar quando os olhos de Koffi rolaram para trás, expondo a parte branca. Ele se ajoelhou ao lado dela, sacudindo-a suavemente pelos ombros. Ela não respondeu, mas estremeceu contra ele. Ekon tocou a testa dela. Estava quente, *assustadoramente* quente. Ele olhou em volta, frenético.

Como? Seus olhos procuraram o rosto dela, depois as árvores. Ele a deitou outra vez, pegando o diário de Nkrumah da bolsa. Desta vez quase rasgou as páginas ao folheá-las, tentando encontrar alguma explicação. Parou em uma delas. A árvore na ilustração, cinza e escamosa, parecia com a que estava diante dele agora.

Não, ele se deu conta. *É a mesma.*

E era. Havia muitas anotações na página, rabiscadas com força, uma vez que Nkrumah havia tentado escrever o máximo possível. Os olhos de Ekon pararam no meio da página.

Espécime 70R
Nome: Árvore Umdhlebi
Pronúncia: *oom-LEH-bee*
Nome Informal: Árvore-do-homem-morto

HÁBITAT: *Selva Maior, Região Zamani (Velho leste)*
DESCRIÇÃO: *Folhas verdes, frutas vermelhas ou pretas, a cor da madeira pode variar do marrom ao cinza*
EXPECTATIVA DE VIDA: *Desconhecida*
NOTAS ADICIONAIS: *A árvore umdhlebi pode de fato ser uma das mais antigas a habitar a Selva Maior; as tentativas de determinar sua idade exata não tiveram sucesso, mas acredita-se que tenha mais de quinhentos anos. Seu nome informal, árvore-do-homem-morto, deve-se à sua extrema toxicidade; quase todas as partes da árvore umdhlebi são venenosas. Ao contrário da maioria das árvores, ela consegue nutrientes matando aqueles que se alimentam de seus frutos e usando os corpos de suas vítimas para fertilizar o solo ao seu redor. As vítimas podem apresentar uma variedade de sintomas, incluindo febre associada a delírio, inchaço dos intestinos e fortes dores de cabeça. Uma vez consumido, o veneno da fruta é metabolizado instantaneamente. O vômito é ineficaz e a morte é iminente.*

Ekon continuou lendo, os olhos passando pela página com fúria. Koffi havia comido apenas um, talvez dois pequenos pedaços da fruta da árvore umdhlebi; ele a observara. Folheou as outras passagens, procurando informações sobre um antídoto para tratar o veneno. Não encontrou nada. A última linha da nota de Nkrumah se repetiu em sua mente:

A morte é iminente. Não provável, não possível: garantida.

— Ek...

Ele deu um pulo. A boca de Koffi estava aberta, tentando formar palavras. Ela estava suando, as manchas na frente de seu cafetã se tornando mais úmidas. Ele cerrou os dentes.

Estúpido, estúpido, como pude ser tão estúpido?

O peito de Koffi estava subindo e descendo mais rápido e seus lábios estavam escurecendo.

— Ei, fique comigo. — A voz de Ekon falhou. Ele bateu com a mão na bochecha dela repetidamente, tentando mantê-la acordada. — Koffi, *fique comigo.*

— Dói... muito... — murmurou Koffi, a mão se movendo para a barriga. Um gemido escapou de seus lábios. Ekon lembrou-se de outra parte da nota de Nkrumah:

As vítimas podem apresentar diversos sintomas... inchaço dos intestinos...

— Vamos! Vamos...

Ekon deslizou um dos braços ao redor da cintura de Koffi para mantê-la na vertical, usando o outro para pegar as bolsas. Estava começando a se dar conta de como estavam sozinhos ali. Vasculhou a mente, tentando pensar em um plano.

Deixe-a.

Estranhamente, a voz em sua cabeça o lembrava de Kamau, direta ao ponto. Ele se encolheu. Aquela voz era prática e serviu como mais um lembrete. Os Filhos dos Seis podiam estar na selva, caçando. Ele se lembrou do que Kamau havia dito uma vez sobre trilhas, sobre a habilidade dos guerreiros de encontrá-las e segui-las.

Deixe-a, repetiu a voz de Kamau. *Você tem um propósito aqui, um trabalho, e seu tempo está se esgotando. Pegue o diário e deixe-a aqui. O destino dela está selado, mas o seu não. Encontre o Shetani, encontre seu destino. Esta é a sua última chance...*

A melhor estratégia para Ekon agora era deixar Koffi morrer, ele sabia, mas... não, ele não poderia fazer aquilo. Koffi teve a mesma chance de abandoná-lo depois do encontro com Anatsou; ele não a abandonaria. Olhou para o mapa do diário mais uma vez antes de tomar uma decisão.

Poderia não ser capaz de salvar Koffi como ela o salvara, mas tinha que tentar.

O resto da tarde passou como um ano, ficando cada vez mais úmida mesmo com o pôr do sol. Os pés de Ekon haviam começado a doer horas antes, mas ele não parou, e agora sentia aquela dor latejando por seu corpo a cada passo. Ele pensou ter visto tentáculos opacos de vapor saindo das próprias árvores em pequenos suspiros, cobrindo seus braços, pernas e testa em uma camada de suor pegajoso. Involuntariamente, Ekon lambeu os lábios rachados, ao mesmo tempo em que o estômago de Koffi roncava alto. Desde que deixaram o bosque, a condição dela não havia piorado, mas também não havia melhorado. Às vezes, ela voltava à consciência e tentava andar ao lado dele, mancando um pouco, mas nunca durava muito. Na maior parte do tempo, ele a carregava nas costas. Ekon tentou reprimir um medo crescente. Se não encontrassem ajuda logo... ele não queria pensar no que iria acontecer.

A noite caiu mais rápido do que o esperado, repentina e absoluta. Depois de apoiar Koffi contra uma árvore, Ekon improvisou um acampamento e avaliou as opções de alimento. As provisões dela eram, como esperado, não muito melhores do que as dele, mas ele as juntou para fazer uma espécie de refeição. Depois disso, não sobraria mais nada, mas Ekon não podia pensar nisso agora. Ele encheu as cabaças com água retirada de dentro de uma árvore (que o diário de Nkrumah dizia ser potável) e levou a de Koffi aos lábios dela para encorajá-la a beber. Ela abriu um olho, o menor dos sorrisos em seus lábios.

— Acho que não estamos mais quites — murmurou. — Mas acho que não vou conseguir te recompensar por isso.

Ekon balançou a cabeça, recusando-se a pensar em como Koffi parecia muito pequena de repente.

— Você não tem que retribuir, Koffi.

— Estou cansada.

— Você *precisa* ficar acordada. — Ekon odiou como as palavras soaram rudes, mas não pôde evitar. Ele havia treinado com Kamau e Irmão Ugo para ser um guerreiro, para saber como limpar feridas obtidas em combate, mas não tinha outra experiência médica. Não sabia como tratar aquele tipo de doença. — Você me entende? Não vou deixar mais ninguém morrer nesta maldita selva. Não pode acontecer de novo. — As palavras escaparam antes que ele pudesse detê-las, pairando pesadas no ar.

— De novo? — repetiu Koffi com voz fraca.

— Deixa pra lá. Não quero falar sobre isso.

— Tudo bem... — Koffi fechou os olhos, inclinando a cabeça para trás, contra o tronco da árvore.

— Ei, mantenha os olhos abertos!

— Que tal uma barganha? — Koffi propôs, sorrindo enquanto seus olhos permaneciam fechados. — Termine de contar o que estava dizendo e ficarei acordada.

Ekon hesitou. Nunca tinha falado sobre aquilo, nem mesmo com Kamau ou Irmão Ugo. Mas os olhos de Koffi ainda estavam fechados e ele não gostava daquilo. Mesmo com a pele negra, ele podia ver que o rosto dela estava pálido, e Koffi parecia mais fraca a cada segundo. Se aquela fosse a única maneira de mantê-la acordada...

— Tudo bem. Você me perguntou o que vi quando estávamos no prado do Anatsou — disse Ekon baixinho. Imediatamente, Koffi abriu os olhos. — Eu não queria te dizer por que... nunca contei a ninguém antes. Eu... — Ele hesitou. Mais uma vez, sentiu como se estivesse à beira de algo, prestes a saltar para o desconhecido. Seus dedos tamborilaram contra o joelho, movendo-se cada vez mais rápido.

Um-dois-três. Um-dois-três. Um-dois-três. Um-dois...

— Ekon.

Ele se assustou. Koffi tinha se sentado e pegava a mão livre dele, a que não contava. Sustentou o olhar dele.

— Estava brincando sobre a barganha. Você não tem que falar sobre isso se não quiser, mas se quiser... vou escutar.

Ekon se arrepiou. Sentiu o segredo se acumulando dentro de si, uma coisa viva sacudindo em sua caixa torácica. Ele sentiu que, uma vez que o soltasse, nunca mais seria capaz de mantê-lo trancado, e isto o assustou muito. Olhou para os dedos, ainda tamborilando um ritmo contra a perna.

Um-dois-três. Um-dois-três. Um-dois-três.

Olhou para a outra mão, a que Koffi ainda segurava. A ponta do polegar dela estava se movendo em círculos contra a pele dele, devagar e com propósito. Não era como contar, mas observar aqueles círculos o acalmou de certa forma; eles o fizeram se sentir melhor. Ele respirou fundo outra vez e olhou para os pés.

— Quando eu estava no prado, ouvi a voz do meu pai.

As sobrancelhas de Koffi se ergueram, mas ela não disse nada. Ekon continuou:

— Quando éramos pequenos, meu irmão e eu gostávamos de desafiar um ao outro. A maioria era piada, coisa inofensiva, mas um dia meu irmão me desafiou com algo muito específico. Ele apostou cinco shabas que eu não entraria na Selva Maior. No começo, falei que não faria isso, mas mudei de ideia. Não contei a ele, mas na manhã seguinte, enquanto ele ainda dormia, fui sozinho. Meu plano era encontrar uma pedra ou flor como prova, mas me perdi.

Ekon soubera que as imagens voltariam, se preparara para elas, ainda assim foi difícil quando aconteceu. Fisicamente, ele ainda estava sentado com Koffi, mas em sua mente ele era pequeno outra vez, um corpo minúsculo contra uma selva gigantesca. Ainda se lembrava do calafrio anormal que o tomou enquanto dava os primeiros passos dentro dela, o silêncio estranho que preencheu o ar ao entrar em suas profundezas, e então o gradual desamparo que sentiu quando percebeu que não sabia o caminho de volta.

— Achei que fosse morrer aqui — disse ele. — E então...

— E então? — incentivou Koffi.

— E então meu pai chegou — sussurrou Ekon. — Não sei como ele descobriu para onde fui, como me encontrou no meio da selva. Só me lembro de sua voz, a maneira como disse meu nome.

Ekon, por favor.

Ele balançou a cabeça.

— Meu pai me disse que precisávamos sair da Selva Maior, que não era seguro estarmos lá, e então... então, nós vimos a coisa.

— A coisa?

— O Shetani. — Ekon quase cuspiu a palavra. Queria ter raiva da lembrança da criatura, ficar furioso, mas a verdade era que, mesmo agora, pensar naquele momento enviava uma pontada de medo puro por seus ossos. Ele se lembrou de dois olhos pretos, um rosnado baixo interrompendo a quietude da selva. Lembrou-se de como o pai ficou tenso, a mão voando para o cabo de seu hanjari. A fera fixando os olhos nele.

— O que aconteceu? — perguntou Koffi.

— Eu... — Ekon sentiu uma onda de náusea subindo do estômago. As próximas palavras que teve que dizer foram as mais difíceis, as que ele não queria pronunciar. A pele ficou úmida enquanto seus lábios tentavam formá-las e mais uma vez ele observou o polegar de Koffi desenhando círculos. Ele se obrigou a se concentrar naquele movimento em vez de na maneira como se sentia. — Eu... *corri*.

Dizer aquilo doeu, fisicamente, uma dor mais forte do que ele previra. Lágrimas de vergonha surgiram em seus olhos e a garganta apertou até que Ekon mal conseguisse respirar. Tentou falar, mas descobriu que não conseguia. Sua pele parecia que tinha pegado fogo; tudo dentro dele queimava. E ele merecia. *Merecia* sofrer pelo que tinha feito. Fechou os olhos com força enquanto a voz do pai preenchia sua mente, não mais arrastada e dolorida, mas fria e fina como uma navalha.

Você me deixou, disse a nova voz. *Você me deixou para morrer.*

Ekon estremeceu. Ele *tinha* deixado. Ele tinha sido um covarde. O pai fora salvá-lo e, em troca, ele o abandonara. Deixara aquela criatura, aquele monstro, rasgar seu pai em pedaços. Ele o deixou morrer sozinho naquela selva.

Covarde, disse o pai, a voz cheia de escárnio. *Você é um covarde. Kamau nunca teria me deixado, meu melhor filho teria ficado...*

Era verdade. Kamau *era* melhor; mais forte, mais inteligente, mais corajoso. O irmão dele sempre fora o melhor filho e Ekon sempre fora o filho ruim.

— Ekon.

Algo frio tocou o queixo dele, erguendo seu olhar do chão da selva. Koffi estava olhando para ele, atenta.

— Me conte o resto — disse baixinho. — Por favor.

— Não há muito mais que contar. — Ekon chutou a terra. — Consegui voltar, e meu pai, não. Na manhã seguinte, eles encontraram o corpo dele nos limites da selva. Ao que parece, ele tentou voltar para casa, mas... não sobreviveu. Depois, ele foi condecorado como herói por tentar matar o Shetani sozinho. Ninguém jamais descobriu o *verdadeiro* motivo de sua morte: eu.

— Ekon... — disse Koffi, gentil. — Você era apenas uma criança.

Ele balançou a cabeça.

— Meu pai foi morto tentando me salvar — retrucou de forma brusca. — O Shetani destruiu seu corpo, mas fui eu quem tirou sua vida. — Ele apontou para as árvores. — Até esta selva sabe disso.

Koffi franziu as sobrancelhas.

— Do que está falando?

— Eu... — Ekon fez uma pausa. Aquela era outra coisa que nunca contara a ninguém antes. Pensou na velha que vira não muito tempo antes, em como ela parecia saber que a selva o chamava. Engoliu em seco. — Às vezes, quando estou perto da selva, posso ouvir a voz do meu pai. É como um fantasma me chamando, me culpando... faz dez anos que eu a escuto.

— Ekon. — Koffi parecia estar escolhendo as palavras com cuidado. — O que vou dizer pode parecer um pouco estranho, mas me escute, está bem?

Ekon assentiu.

— Não li muitos livros na minha vida — disse ela, hesitante. — Não sou como aquele cara Nkrumah ou qualquer um daqueles velhos com muitas coisas importantes a dizer. Mas desde que viemos para cá, percebi algo. — Ela ergueu o olhar para encarar as árvores ao redor deles. — Este lugar, a Selva Maior, está *viva*. Talvez não de uma forma que a gente consiga entender de verdade, mas acho... acho que tem personalidade, até mente própria quando quer.

Ekon franziu a testa.

— E?

— *E* acho que, de certa forma, ela devolve o que recebe. Pense só. — Koffi continuou antes que Ekon pudesse interromper: — Quando encontramos Anatsou, ficamos com medo, e o que aconteceu?

— Encontramos as aranhas — disse Ekon.

Koffi assentiu.

— E lembra do grootslang? Só apareceu *depois* que começamos a discutir sobre qual caminho seguir.

Ekon ficou em silêncio.

— Isso me faz pensar — ponderou em voz alta. — Se algo de ruim aconteceu aqui na sua infância, se as emoções que tem quando pensa na selva são sempre ruins, talvez seja *isso* o que a selva sempre te devolverá. E a única maneira de fazer parar é encarar essa coisa.

Ekon pensou nas palavras. Elas o lembravam de algo que Irmão Ugo lhe dissera uma vez:

Pesadelos caçam como predadores, derrotados à luz do dia.

A luz do dia. Irmão Ugo havia lhe dito que a única maneira de fazer os problemas desaparecerem era enfrentá-los, mas...

— Como? — Sua garganta estava seca, a voz rouca. Ele mesmo mal conseguiu ouvi-la.

— Enfrente. Não fuja mais disso. — Koffi foi firme, apertando a mão dele. — E você não tem que fazer isso sozinho. Estou aqui com você.

— Não sei como enfrentar.

— Reconheça o que aconteceu. O que *realmente* aconteceu. E então se perdoe.

Ekon fechou os olhos e juntou as mãos. As imagens vieram espontaneamente; ele esperava que acontecesse, mas tentou não desviar o olhar delas. Viu a selva, o sangue nas folhas, os olhos de um monstro vindo em sua direção. Lembrou do medo, um calafrio sobrenatural, a maneira como seu coração batia forte no peito.

Ekon.

O pai estava ao lado dele, não deitado em uma poça de sangue, apenas parado ao lado dele. Ele se lembrou de encontrar o olhar do pai.

Ekon, vá para casa.

Não. Ekon não queria deixá-lo. *Mas, pai...*

Ekon, por favor. Havia urgência na voz do pai, mas não de medo. O Shetani ainda estava a alguns metros de distância, observando-os, sem dúvida escolhendo qual deles atacar primeiro. O pai olhou dele para Ekon devagar. *Está tudo bem. Vou distraí-lo*, ele disse. *Conte seus passos até chegar em casa. O musgo sempre cresce no lado norte da árvore, então vá na direção oposta. Siga para o sul até chegar em casa. Vou te alcançar. Vou ficar bem.*

Pai. Ekon sentiu lágrimas quentes no rosto. *Não quero te deixar.*

Estou bem atrás de você. A voz do pai era carinhosa. Ele estava mentindo, mas Ekon não sabia disso. *Por favor, filho, vá.*

Então Ekon correu. As árvores pairavam sobre ele enquanto disparava de volta na direção que seu pai indicara. Ele se lembrava de tentar encontrar o musgo, tentando contar os passos, mas continuava perdendo o controle de seus números na cabeça.

Um... dois... cinco... sete...

Ele não conseguia contar tanto sem ficar desorientado. Tentou de novo. *Um... dois... três. Três.* Ekon podia contar até três sem ficar sobrecarregado. Ele se concentrou nesses números, fazendo com que seus passos correspondessem à cadência.

Um-dois-três. Um-dois-três. Um-dois-três.

Seus dedos começaram a bater no ar, ajudando-o. Ele encontrara um ritmo e então a corrida ficou mais fácil.

Um-dois-três. Um-dois-três. Um-dois-três.

Três: ele decidiu então que *três* era um bom número. Três sempre seria um bom número.

Ekon. Ele ouviu a voz do pai, não mais zangado ou sofrendo; havia outra emoção no lugar.

Ekon, por favor.

O pai não implorou para que ele ficasse, implorou para que ele fosse. Não achava que Ekon era um filho ruim.

O pai o amava.

— Ekon.

Ekon abriu os olhos, sentindo como se tivesse acabado de emergir de águas profundas. Conseguia respirar outra vez e as vozes desapareceram. Koffi deu a ele um pequeno sorriso.

— Como está se sentindo?

— Melhor — disse Ekon baixinho. — Eu me sinto... *melhor*.

Ekon se levantou antes de amanhecer e começou a limpar o acampamento improvisado. Parecia estranho que aquela fosse apenas sua terceira noite na selva; tanta coisa acontecera em tão pouco tempo. Ele pegou o diário de Nkrumah da bolsa para conferir o mapa.

Eles ainda estavam distantes de qualquer tipo de civilização e, consequentemente, de um médico. Ele olhou para Koffi. Ela dormia (Ekon acabara cedendo), mas ainda tremia de febre. Ele engoliu em seco. De acordo com o diário de Nkrumah, ela já deveria ter morrido. O fato de ainda estar viva era um pequeno milagre, mas Ekon sabia que Koffi não sobreviveria por muito mais tempo se não fosse tratada, e eles estavam sem suprimentos.

Com o máximo de cuidado, Ekon colocou Koffi de pé. Ele se agachou para deixá-la subir em suas costas e segurou as pernas dela para mantê-la no lugar. Não era a maneira mais confortável de andar (embora Koffi não fosse pesada, era alta), mas Ekon não se importava. Duas emoções diferentes guerreavam dentro dele, competindo por sua atenção. Havia medo (ele ainda estava muito preocupado com Koffi), mas também havia uma alegria inegável, um alívio profundo. O que Koffi dissera a ele na noite anterior, o que ela o ajudara a perceber, mudara sua vida; ele literalmente se sentia mais leve.

O pai te amava.

Durante todo aquele tempo, Ekon acreditou que o pai o odiava. Pensando no assunto, ele supôs que fazia sentido que um pesadelo tivesse modificado a verdade e se infiltrado em sua mente. Mas agora Ekon tinha a verdade. Ainda era doloroso perceber que o pai morrera por ele, mas saber que tinha sido a escolha de seu pai o fez se sentir melhor; aquilo fazia toda a diferença.

A manhã tornou-se meio-dia mais rápido do que ele gostaria. Ekon olhou para o céu. Dali a algumas horas a noite cairia, mas eles não tinham provisões para outra noite. Estavam ficando sem tempo e sem opções. Ainda estava pensando nisso quando ouviu o estalo de um galho e uma inspiração ríspida, um arfar.

O mais rápido que pôde, com Koffi ainda nas costas, Ekon girou, a mão segurando o punho de seu hanjari. Koffi gemeu com o movimento repentino e Ekon sentiu o coração dela batendo forte contra suas costas. As batidas de seu próprio coração aceleraram também. Percebeu que tiveram sorte de não terem encontrado mais animais selvagens desde o grootslang e agora suspeitava de que a sorte havia acabado. Ele tinha uma escolha a fazer. Ekon lutaria melhor sem Koffi nas costas. Poderia defendê-los, mas isto significaria colocar a garota no chão, deixando-a vulnerável. Ficou tenso quando um segundo galho estalou, desta vez atrás dele, e então ouviu um som inconfundível, um assobio. Sentiu os calafrios no corpo. Se fosse outro grootslang ou algo parecido, eles não teriam nenhuma chance.

— Koffi. — Ekon manteve a voz tão baixa quanto pôde enquanto seus olhos examinavam as árvores. — Escute. Sei que está cansada, mas vai ter que correr. Eu não posso lutar e carregá-la, você vai ter que...

Ekon parou tão repentinamente que Koffi quase escorregou de suas costas. Ele estava olhando para a frente e para as árvores, mas a selva agora lhe pregava peças. Das sombras, duas mulheres emergiram, diferentes de quaisquer outras que Ekon já tinha visto antes. A pele delas era negra como a dele, mas transparente, e seus dreadlocks cacheados eram da cor de uma pálida lua branca e prateada. Como as árvores das quais emergiram, elas pareciam eternas, e Ekon não sabia se achava isto fascinante ou assustador. Uma delas ergueu uma lança longa, fazendo-o congelar. Ela o encarou por mais um momento, antes de inclinar a cabeça, o olhar cheio de perguntas.

— Viemos em paz. — Ekon não conseguia erguer as mãos para demonstrar as boas intenções sem fazer com que Koffi escorregasse de suas costas, mas soltou o hanjari lenta e deliberadamente. — Só precisamos de ajuda, por favor.

— Eu não falo *bom* as línguas humanas. — A mais baixa das duas mulheres olhou para a companheira e franziu a testa antes de olhar para Ekon. — Você?

Ekon desanimou quando a segunda mulher balançou a cabeça. A primeira ergueu a lança ainda mais alto e ele se encolheu. Ela estava perto o bastante para empalá-los facilmente.

— Por favor. — Ekon repetiu as duas palavras, então gesticulou com a cabeça para indicar Koffi. Ela não tinha falado ou se movido desde que as duas mulheres apareceram e isto o assustava. — Por favor, minha amiga vai morrer...

— Sim, ela vai.

Ekon saltou, procurando pela nova voz antes de olhar de volta para as duas mulheres de cabelos brancos. Para sua surpresa, ambas baixaram as armas e a cabeça para algo atrás dele. Ekon se virou e viu o que elas viam.

Uma terceira velha, menor do que as outras duas, caminhava por entre as árvores em direção a eles, com um silêncio enervante. Ekon levou um momento para entender a causa do mal-estar que percorria seu corpo. Havia algo na maneira como a velha se portava; forte, apesar de seu corpo frágil; tranquila, apesar do perigo da selva. Sua túnica preta era simples, mas limpa, e ela usava um grande turbante que cobria qualquer cabelo que pudesse ter. Aros de madeira pendiam de suas orelhas, e quando ela acenou, as pulseiras grossas em seu pulso fizeram barulho ao chacoalharem.

— Sua amiga comeu a fruta da árvore umdhlebi. — O surpreendente toque de empatia na voz contradizia seus severos olhos escuros e o ar sério.

Ekon assentiu.

— Não sabíamos que era ruim.

A velha balançou a cabeça e Ekon pensou ter visto o brilho de outra coisa em seu olhar.

— Não ruim, apenas mal compreendida. A árvore umdhlebi é muito velha, muito sábia e bastante temperamental quando ofendida. — Ela ergueu uma sobrancelha. — Embora eu ache que Satao não capturou tantos detalhes em suas anotações.

— Satao? — repetiu Ekon. — Você... você conhece Satao Nkrumah? Os olhos da velha ficaram nitidamente tristes.

— Conheci, um dia.

— Mas como...?

Ela ergueu uma das mãos, interrompendo o resto da pergunta.

— As frutas da umdhlebi podem ser consumidas, mas não sem o consentimento da árvore; caso contrário, tornam-se venenosas. É para ser uma lição. O homem nem sempre tem o direito de pegar o que não lhe pertence. — Ela olhou de Koffi para Ekon. — Faz quanto tempo que ela consumiu a fruta?

— Foi ontem à tarde. — Ele hesitou, então acrescentou: — Ela tem... habilidades. Ela pode...

— Estou ciente do que ela é. — A velha fez um ruído de reprovação, balançando a cabeça. — Mas não faz diferença quando se trata de coisas como a árvore umdhlebi, que não se importa com quem envenena. É incrível que essa garota ainda não esteja morta, embora vá morrer nas próximas horas.

Ekon ficou tenso.

— Não há como impedir?

A mulher comprimiu os lábios, pensativa.

— Pode haver, mas não é garantido.

— Por favor! — Ekon descobriu que mal conseguia formar palavras. Koffi não podia morrer ali naquela selva, não como o pai dele. Ele não podia deixar isso acontecer. — Por favor, você pode tentar?

Um momento se passou antes que a mulher assentisse, olhando para Ekon.

— Venha comigo.

CAPÍTULO 21

SANGUE, OSSOS E ALMA

Koffi não abriu os olhos até ouvir o barulho.

A princípio, pensou que o som fosse parte de um sonho, outra pequena parte ilógica do estranho estupor em que estava. Mas não, quanto mais ouvia, mais certa ficava. Aquele barulho, e fosse lá o que o causava, *não* vinha de sua imaginação. Ela apoiou o peso do corpo nos cotovelos e se arrependeu no mesmo instante.

Uma dor aguda atravessou sua barriga quando se moveu, tão implacável quanto uma adaga hanjari cravada no fundo de suas entranhas. Algo a poucos metros dela se moveu e um gemido de dor escapou de seus lábios. Koffi levou um susto. Ela não estava sozinha.

— Aqui.

Koffi nunca tinha visto a velha que mancava até ela, atravessando a cabana. Ela usava uma túnica preta modesta e um turbante combinando. Sem delongas, pôs uma grande cabaça nas mãos de Koffi.

— Beba.

Koffi não pensou em desobedecer. Na verdade, no minuto em que suas mãos envolveram a casca dura da cabaça e ela ouviu aquele delicioso ruído dentro dela, sua boca ficou seca como papel. Nunca tinha sentido tanta sede na vida. A dor em sua barriga diminuiu quando ela levou a cabaça aos lábios, e ainda mais quando deu vários goles na água. Ela suspirou, aliviada.

— Obrigada — disse ela. — Eu agradeço.

A velha estava de costas para ela, mas Koffi ainda sentiu a tensão em sua voz.

— Não me agradeça ainda, criança. Devemos agir rapidamente, se você quiser sobreviver.

Hã? As palavras não faziam sentido para Koffi. Para garantir, ela tomou outro longo gole de água.

— Como assim? — perguntou ela timidamente. — Já estou me sentindo melhor. Esta água...

— Não passa de um bálsamo temporário. — A velha ainda não estava olhando para ela e, enfim, Koffi viu de onde o barulho vinha. A outra sacudia um pequeno pano de juta com toda a força. — Seu amigo fez a coisa certa ao trazê-la aqui, mas como eu disse a ele agora mesmo, você está muito doente. Essa água não vai curar a verdadeira doença.

A verdadeira...? Então, como se as palavras tivessem invocado algo, Koffi sentiu. A cabeça começou a latejar sem piedade. Fez aquela dor aguda em seu estômago parecer pequena em comparação. A cabaça escorregou de suas mãos quando ela se curvou, mas, com uma velocidade surpreendente, a velha estava ao lado dela, segurando-a na vertical. Seus olhos imploravam.

— Aguente firme, criança — murmurou ela. — Aguente um pouco mais. Elas estão vindo.

Elas? Mesmo em sua dor, Koffi estranhou as palavras. A mulher a manteve ereta por mais um segundo, antes de voltar a chacoalhar o pano, e, enquanto isso, Koffi olhou em volta pela primeira vez. A cabana que ocupavam era muito mais grandiosa do que qualquer uma no Zoológico Noturno. Cada tijolo de barro era moldado com precisão e estavam quase perfeitamente encaixados em torno dela, e o tapete preto, branco e verde era ainda mais sofisticado do que os de Baaz. Sem dúvida era um lugar lindo, mas... Koffi pensou nas palavras da velha.

Elas estão vindo.

— *Quem* são... — As palavras de Koffi saíram mais arrastadas do que ela pretendia quando a vista começou a embaçar e rodopiar.

A visão periférica escureceu, tornando cada vez mais difícil ver qualquer coisa. Como se estivesse olhando através de um túnel, observou a velha sentar-se de pernas cruzadas em frente a ela, desta vez segurando uma grande tigela preta entre os joelhos. Curiosa, Koffi se inclinou um pouco à frente para ver o que havia dentro, e o que viu fez os pelos de seus braços arrepiarem.

— Isto é...

— Estenda seu antebraço. — A mulher sequer olhou para a coleção de ossos. Seus olhos estavam fixos em Koffi. — *Agora*.

Instintivamente, Koffi recuou, mas o movimento foi rápido demais. A tontura aumentou dez vezes enquanto ela colocava o antebraço esquerdo (aquele com seu corte de nascença) contra o peito em um gesto protetor.

— Por quê?

O toque de impaciência que cruzou as feições da velha era inconfundível desta vez.

— Se você deseja viver — disse ela —, fará.

Se você deseja viver. Palavras simples, mas que engatilharam algo antigo na memória de Koffi. No tempo que levou para soltar outra respiração ofegante, ela caiu nas areias do tempo e se lembrou de outro dia, outra cabana. Aquela na qual pensava que não era nada parecida com a do presente; era pequena, escura e suja. Nenhum barulho enchia o interior de paredes de tijolos de barro; em vez disto, estava cheio de sons de pessoas tossindo, vomitando e gemendo de dor. A cabana da enfermaria do Zoológico Noturno, o lugar para o qual Baaz enviava guardiões doentes e feridos. Koffi lembrou-se das camas improvisadas de feno velho, amontoadas para acomodar o maior número possível de pessoas, todas sofrendo do mesmo vírus. Ela se lembrou do pai deitado sozinho, mirrado, a testa brilhando de suor enquanto a febre devastava o que restava dele. A mãe não chorara no dia em que o pai morrera, mas Koffi ainda se lembrava do olhar que cruzou seu rosto por um momento. Tinha sido um olhar de irrestrita agonia, um olhar de dor insondável. Aquele olhar a assustara quando menina, a *assombrara*, e ela nunca quisera vê-lo outra vez. Uma espécie de resolução de repente tomou conta dela.

Se você deseja viver.

Koffi não seria a razão pela qual a mãe sentiria aquele tipo de dor de novo. Ela tinha que sobreviver, tinha que ir para casa, para sua mãe e Jabir, e faria o que fosse necessário para garantir isso. Ela esperou um pouco antes de encontrar o olhar da velha.

— Está bem, tudo bem.

Koffi começou a estender o braço, mas não foi rápida o suficiente. Como uma cobra dando o bote, a mulher agarrou seu braço com duas mãos nodosas, e Koffi não viu a lâmina até que fosse tarde demais. Ela gritou quando uma dor aguda irrompeu em um ponto logo acima de sua marca de nascença e a náusea subiu por sua garganta quando a velha girou seu braço, segurando-o bem acima da tigela de ossos. Observaram juntas quando uma, duas, três gotas de um vermelho-escuro espirraram neles. No momento em que o vermelho tocou o branco, os ossos começaram a tremer.

— O quê...? — Koffi se afastou da tigela, horrorizada, sem se importar ao ver mais sangue escorrer pelo braço e manchar o lindo tapete. — O... o que está acontecendo?

A velha não se movera do lugar, mas deixou a faca ensanguentada de lado. Ela firmou a tigela no colo enquanto os ossos dentro dela tremiam cada vez mais forte. Quando fechou os olhos, suas palavras foram suaves.

— Está nas mãos delas agora — murmurou ela. — *Elas* vão decidir.

Koffi tinha acabado de abrir a boca para perguntar, pela segunda vez, quem *elas* eram, mas assim que as palavras se formaram em seus lábios ela as viu: partículas cintilantes de luz. A princípio, pensou que fosse um truque de sua imaginação, um delírio causado pela dor que ainda latejava em sua cabeça, mas... não, aquela luz era *real*. As partículas flutuaram no ar diante dela, brilhando e girando como se dançassem uma música própria. Ela não apenas as viu, as *sentiu*, sentiu uma afinidade com elas.

Do nada, elas ficaram maiores, e um estrondo ecoante reverberou pelo ar. Houve um clarão, tão forte que Koffi teve que proteger os olhos. Quando tornou a abri-los, se assustou. Ainda estava na cabana e a velha ainda estava sentada a alguns metros de distância, com sua tigela de ossos ensanguentados no colo.

Mas não estavam mais sozinhas.

Mulheres negras estavam sentadas ao redor dela, cada uma vestida com linho branco reluzente. Algumas usavam turbantes com contas douradas no alto da cabeça; outras tinham o cabelo crespo curto, preso em coquinhos, twists e dreadlocks. Era inquietante; Koffi não as tinha ouvido entrar, a porta da cabana certamente não havia sido aberta, mas ali estavam pelo menos 20 delas. Tinham idades diferentes (várias tinham cabelo branco como algodão, enquanto outras pareciam não ser mais velhas do que a mãe dela), mas todas compartilhavam uma uniformidade que ela não conseguia identificar. Não era por causa da aparência ou as roupas brancas iguais; havia algo mais. Por fim, Koffi percebeu o que era. Cada uma das mulheres a olhava com um tipo idêntico de encanto, como se estivessem tão maravilhadas quanto ela.

— Ela cresceu tanto — uma das mulheres de aparência mais jovem sussurrou para a outra ao lado. — Nossa, eles crescem rápido.

Koffi ficou boquiaberta. A mulher mais jovem não só falara em zamani, mas também no dialeto dela; era uma gedeziana também. Ela olhou ao redor do círculo, deslumbrada. Eram *todas* gedezianas? Koffi esperava que sim. Nunca na vida ela vira sequer uma pessoa de seu povo que fosse rica, muito menos várias. Aquelas mulheres se portavam como rainhas, com o queixo altivo e os olhos brilhando com confiança e *poder*. Ela nunca tinha visto nada assim.

— Quem são...?

De repente, uma das mulheres se levantou e Koffi fechou a boca. Não havia nenhuma maneira explicável de saber disso, mas ela sentiu que aquela mulher era a líder do peculiar grupo, a matriarca. Todas fixaram o olhar nela e ficaram quietas. Conchas estavam amarradas ao cajado de madeira que ela segurava com as mãos cheias de varizes e ela se apoiava nele a cada passo que dava, se aproximando. Ela parou a alguns metros de Koffi. Ao contrário das outras, sua cabeça era raspada, seu vestido longo fluía como as ondas de um rio. Quando falou, sua voz era incrivelmente sonora:

— *Esta* aqui deu sangue aos ossos velhos. — As palavras da mulher careca pareciam cantarolar pela tenda. — Ela nos chamou e precisa de nossa ajuda.

Koffi não entendeu o que ela quis dizer, mas parecia que as mulheres ao seu redor sim. Elas começaram a murmurar entre si, lançando olhares curiosos em sua direção e sussurrando por trás das mãos.

— Vamos ajudá-la — declarou a mulher careca em tom de decisão. — *Levantem-se.*

Foi uma palavra simples, dita com suavidade, mas imediatamente todas as mulheres do círculo obedeceram, ficando de pé. Koffi permaneceu sentada. Ela não tinha certeza do motivo, mas algo a manteve enraizada no chão enquanto as mulheres vestidas de branco pairavam sobre ela, observando.

Então, começaram a cantar.

Começou baixinho e oscilante, como as notas cuidadosas de uma flauta, até que se elevou. Como as partículas de luz que Koffi vira antes, ela sentiu o movimento da canção sem nome no ar, notas que não conseguia nomear, mas conhecia. Ela prendeu a respiração ao ouvir as oitavas aumentarem, a melodia subia cada vez mais, até chegar a um crescendo impressionante. Algo poderoso se moveu pelo seu corpo e, de repente, a dor que residia nele desapareceu. Ela sentiu uma sensação peculiar no rosto e só percebeu que as bochechas estavam molhadas de lágrimas quando as tocou. As mulheres vestidas de branco terminaram sua canção e a líder ajoelhou-se para que seu olhar ficasse no nível do de Koffi.

— Não chore, criança — murmurou ela. — Estamos com você, *sempre*.

Houve outro clarão, tão luminoso que Koffi se virou. Quando acabou, a mulher careca desaparecera, assim como as outras. A cabana parecia estranhamente vazia com a ausência repentina delas. Um número incomensurável de segundos se passou antes que Koffi falasse, maravilhada.

— Elas... me *curaram*.

— Óbvio que sim. Eu não esperava menos do que isso.

Koffi ergueu o olhar. Havia se esquecido completamente da outra velha. Em seu traje preto, ela era um forte contraste àquelas vestidas de branco que haviam acabado de partir, mas um sorriso tocou seu rosto enrugado. Koffi achava que, de um modo estranho, ela até parecia mais jovem.

— Para onde elas foram? — Koffi se ergueu, olhando ao redor da cabana. — E por que me ajudaram?

A velha não se levantou.

— Não é minha função responder à sua primeira pergunta — disse com tristeza. — Quanto à questão de por que suas antepassadas a curaram? As darajas cuidam de suas descendentes, mesmo depois de falecidas. A conexão delas com você vem de uma magia antiga, quase esquecida, mas não completamente perdida.

As palavras pousaram em Koffi como poeira, cada uma formando uma fina camada da própria compreensão.

— Você sabia — sussurrou ela. — Você *sabia* que eu tinha magia?

— Desde o momento em que vi seu bonito amigo carregando-a. — A velha sorriu. — Quando se vive tanto quanto eu, você aprende o que procurar.

Koffi estava massageando as têmporas, ainda tentando entender as palavras, quando de repente percebeu algo. O corte que fora feito em seu antebraço havia... *desaparecido*. A pele se fechara como se nunca tivesse havido um corte ali. Ela ergueu o olhar, confusa.

— Não entendo.

A velha entrelaçou as mãos.

— Você comeu da árvore umdhlebi sem o consentimento dela — explicou gentilmente. — O veneno de seu fruto não é como os outros desta selva. É necessário um poder imenso para expulsar algo assim de um corpo mortal. O que acabei de fazer é chamado de convocação, um ritual que permite que aqueles que ainda estão presos a este mundo mortal invoquem aqueles que estão livres dele. — Ela lançou um olhar significativo para Koffi. — Você deu seu sangue, então convocou aquelas que *compartilham* esse sangue. Você chamou suas antepassadas e elas responderam.

— Minhas... antepassadas? — Koffi repetiu a palavra devagar. — Como... minhas *ancestrais*? Essas mulheres têm... *parentesco* comigo?

— Algumas mais diretamente do que outras, mas sim. — A velha assentiu em confirmação. — A conexão específica que as convoca é etérea, um vínculo de sangue, ossos e alma.

Koffi a encarou, absorvendo a seriedade da revelação.

— O poder que minhas antepassadas usaram para me curar — começou ela. — Eu tenho esse mesmo poder agora, não tenho?

A velha sorriu.

— Você sempre teve esse poder, criança. Se suas antepassadas fizeram alguma coisa, apenas o despertaram ainda mais.

— Eu o *sinto*. — Koffi olhou para seus braços e pernas. Pareciam ter a mesma aparência de sempre, mas um calor viajava por eles. Estendia-se das pontas dos dedos das mãos até os dedos dos pés, parecia até que ela estava sentada ao sol por horas. Era maravilhoso, mas assustador. — Já o senti antes em breves momentos, mas... é como se estivesse se movendo por mim o tempo todo, constantemente.

— É como deve ser — disse a velha. — De ser *sempre* assim em uma verdadeira daraja.

Daraja. Koffi reconheceu a palavra. Na primeira vez que a ouviu, ela estava no mercado. Foi quando soube que a magia era real, que era algo que ela possuía e que poderia mudar sua vida. Não pedira à velha senhora do mercado de Lkossa (uma velha *diferente* da que estava diante dela agora) por ajuda ou mais informações, mas não cometeria o mesmo erro duas vezes.

— Quero aprender — disse Koffi com seriedade. — Quero aprender a usar meu poder da maneira certa. — Ela engoliu em seco. — Você pode me ensinar?

A velha a observou por vários segundos, como se a avaliasse, antes de balançar a cabeça em anuência.

— Sim, criança — sussurrou ela. — Acredito que o destino considerou que devo fazê-lo e assim o farei.

A velha levantou e estendeu a mão por trás da cabeça para começar a desamarrar o turbante preto. Koffi também se levantou.

— *Sério?* — Ela quase não conseguia acreditar. — Quer dizer que vai me ensinar tudo? Sobre magia e como usá-la?

— Sim, criança. — A velha lançou a ela um olhar com um toque de diversão. — Vou te ensinar o que puder. Mas a primeira coisa a saber é que suas ancestrais nunca chamaram o que você pode fazer de *magia*.

Koffi franziu a testa.

— Não?

— Não. — A velha terminou de desamarrar o turbante e o deixou cair no chão. Koffi ficou quieta e a velha sorriu. — Elas chamavam de... *esplendor.*

CAPÍTULO 22

MITOS E LENDAS

Ekon caminhava entre as árvores, as mãos nas costas, entrelaçadas firmemente.

Acima, o céu estava mudando. Era de um cinza agourento quando ele trouxera Koffi pela primeira vez para aquela clareira, agora o sol parecia estar fazendo a última aparição do dia, estendendo-se longo e brilhante sobre o céu em fitas laranja, rosa e dourado, rompido apenas pelas rachaduras da Ruptura. Era uma espécie de zombaria, cruel. Quanto mais bonito o céu estava, pior ele se sentia.

Pelo que pareceu ser a milésima vez, Ekon olhou ao redor. Depois que concordou em seguir a velha, ela o levara a uma brecha entre as árvores onde, para sua surpresa, ele encontrara um acampamento repleto de pessoas.

Bem, não tinha certeza se *pessoas* era a palavra certa.

Como as duas mulheres que encontrara antes, a maioria usava túnica marrom lisa e algumas até tinham folhas de cores vivas entrelaçadas em seus cabelos brancos e crespos. A velha não interagira com elas ao tirar Koffi das costas dele e, com surpreendente facilidade, carregá-la para uma grande cabana no centro da clareira. Fazia pelo menos uma hora desde que ela e Koffi entraram lá.

De vez em quando Ekon sentia os olhares arregalados e curiosos das estranhas pessoas sobre ele, mas não se importava. Elas exalavam uma aura semelhante à da velha, uma certa unidade com a selva que ele não entendia. Às vezes, via as pessoas caminharem entre as árvores e desaparecerem. Outras vezes, via os filhos delas brincando, com silhuetas estranhas, borradas em alguns pontos.

Não, definitivamente *não* eram pessoas normais.

— Ekon!

Ekon precisou olhar duas vezes. Uma garota de cabelo escuro acabara de sair da cabana. Koffi. Ela parecia... radiante. O calor subiu pelo pescoço de Ekon quando ele a viu, mas era impossível ignorar. Se antes Koffi tinha uma aparência suada, agora tudo nela parecia brilhar. Seu sorriso era enorme, sua pele escura estava luminescente, e até mesmo seu cabelo em twists parecia conter um leve toque quase imperceptível de ouro no fundo. Ela parou a poucos metros dele.

— Eu... me sinto melhor.

O alívio percorreu Ekon como uma onda. Ele queria dizer a coisa certa, mas não sabia o quê. *Eu estava assustado. Eu estava preocupado. Eu estou feliz.* Em vez disto, apenas assentiu.

— Ótimo. — Ele se inclinou e baixou a voz. — Acho que devemos ir. Essas pessoas de cabelo branco têm me observado desde que cheguei e algumas têm armas.

O sorriso de Koffi continha um toque de diversão.

— Elas não vão nos machucar.

Ekon franziu o cenho.

— E como sabe disso?

— Porque elas são *yumboes*. — Koffi lançou um olhar carinhoso por cima do ombro. Como se reconhecessem o próprio nome, algumas das pessoas de cabelo branco ergueram os olhos, acenando. — São os guardiões da selva.

Ekon estreitou os olhos.

— Como sabe disso?

Koffi ergueu o olhar, observando a selva ao redor deles.

— Minha mãe costumava contar histórias sobre eles — explicou. — Todo esse tempo pensei que fossem apenas personagens saídos de mitos e lendas, mas... eu estava errada.

Ekon franziu a testa ainda mais. Não confiava em mitos e lendas; eram impossíveis de serem provados. Ele olhou para sua bolsa, pendurada em uma árvore.

— Estranho, Nkrumah não menciona yumboes no diário...

Um farfalhar cortou sua frase e Ekon perdeu a fala quando olhou para o chão da selva. Ele congelou. Uma enorme cobra dourada estava deslizando em direção a ele e Koffi, seus olhos verdes-esmeralda fixados neles. A princípio Ekon teve certeza de nunca ter visto uma cobra tão grande e longa (dali, não conseguia nem ver a ponta da cauda, e o corpo era mais grosso do que a cintura dele), mas então se deu conta de que não era verdade. Havia visto aquela cobra antes, assim que entrou na selva com Koffi, antes que encontrassem a névoa. Na hora, pensara ser uma miragem, uma ilusão da selva, mas agora a via com perfeição. A criatura não era ilusão alguma. O instinto o incitou a puxar seu hanjari, mas Ekon percebeu que não conseguia se mover. Só conseguia olhar enquanto ela se aproximava cada vez mais. Cada músculo de seu corpo se contraiu quando a cobra os alcançou e ele estava tão ocupado com sua presença que nem percebeu que Koffi estava em silêncio. A cobra gigante ergueu ligeiramente a cabeça e abriu a boca, expondo duas longas presas brancas enquanto sibilava. Então, rápido, ela se abaixou e passou por ele deslizando, sumindo em um espinheiro da selva. Ekon a observou ir, atordoado.

— Ela... ela nos deixou em paz. — Ele não conseguia acreditar.

— Porque *eu* a instruí.

Ele se virou na direção da voz baixa que ressoou na clareira como um trovão. Simultaneamente, cada uma das pessoas de cabelo branco parou o que estava fazendo e fixou seus estranhos olhos pálidos na porta da cabana. Alguém (a *dona* da voz estrondosa) estava saindo de lá e Ekon ficou rígido quando viu quem era. A velha a quem ele entregara Koffi ainda estava usando a modesta túnica preta de antes, mas não era mais velha. Caminhava até eles com a graça de uma dançarina, sem as rugas que antes cobriam seu rosto. A luz do sol cor de tangerina iluminava seu corpo, e naquele momento ela estava perto o suficiente para que Ekon visse seu rosto, para *realmente* ver o que não havia reconhecido antes. Devagar, as peças se juntaram em sua mente: a cobra dourada gigante que acabara de passar, o semblante esculpido em pedra que ele vira mil vezes dentro do Templo de Lkossa. Sabia quem era e o que não era aquela mulher.

— Você não... você não pode ser...

A deusa o encarou com olhos penetrantes.

— Esteja em paz, criança — ordenou Badwa. — Está tudo bem aqui. — Ela se virou para Koffi e Ekon pensou ter visto um olhar de cumplicidade passar entre elas. — Gostaria de falar com vocês dois juntos, enquanto os yumboes preparam algo para comer e beber. Jantaremos depois.

Depois. As palavras eram como fios soltos que Ekon não conseguia amarrar. *Depois.* O que acontecia *depois* que uma deusa (uma deusa real, em carne e osso) olhava em seus olhos? O que acontecia *depois* que falava com você? Até olhar para ela por muito tempo doía; era como olhar diretamente para o sol ou tentar ver o oceano inteiro de uma vez, mas nunca ser capaz de se afastar o suficiente para absorver tudo. E se ele tivesse dito algo errado e de alguma forma ofendera a deusa? Ela iria transformá-lo em um inseto, jogar um raio em sua cabeça? Ekon deu um pulo quando alguém tocou seu braço suavemente, tirando-o de seus pensamentos.

— Está tudo bem, Ekon. — Koffi o olhava nos olhos. — Prometo.

Ekon não sabia o que havia no tom de voz dela que extinguiu sua ansiedade, só sabia que de imediato ficou mais calmo. As pontas dos dedos dela contra sua pele tinham o calor de uma panela de argila deixada ao sol. Ele se concentrou naquele calor.

— Tudo bem. Vamos.

A deusa com chifres gesticulou para que eles a seguissem até uma clareira a vários metros da cabana e dos yumboes. Assim que os três se sentaram, ela juntou as mãos.

— Este lugar e seus habitantes estão sob meu domínio. Vejo cada coisa viva e criatura dentro dela, e cada uma delas responde a mim. Assim, quero que saibam que tenho observado vocês desde o momento em que entraram na minha selva.

Ekon sentiu um aborrecimento passageiro. Se o que a deusa dizia era verdade, isso significava que ela os vira sofrer por um tempo. Ela os vira encontrar névoa, aranhas e um grootslang, e nada fizera para ajudar até então. Ele tentou suavizar a carranca rapidamente, mas Badwa percebeu. Como se lesse a mente dele, ela sorriu.

— Não espero que você entenda as responsabilidades que tenho como governante deste reino. Estou ciente de que vários de meus súditos não foram nada hospitaleiros desde que vocês chegaram — disse, gentil.

Uma maneira educada de dizer, pensou Ekon, lembrando-se especificamente de Anatsou.

— Mas não posso e *não punirei* as criaturas desta selva por serem fiéis à sua própria natureza. — A voz de Badwa assumiu um tom mais sério. — Fazer isso iria contra a minha obrigação como guardiã delas.

Ekon optou por não responder em voz alta. Ele crescera dentro do Templo de Lkossa, memorizando escrituras sobre a reverência aos deuses e deusas, e tinha quase certeza de que nada que tivesse a dizer no momento seria considerado "reverente". Ele percebeu que Koffi, ao seu lado, não tinha se movido, que ainda observava Badwa, admirada.

— O que *posso* fazer, no entanto — continuou Badwa —, é dar a vocês respostas para algumas das perguntas que vieram solucionar nesta selva. Posso dar a verdade a vocês.

Imediatamente, Ekon se endireitou, animado. A deusa tinha respostas? Bem, ele já tinha uma pergunta.

— Se tudo nesta selva está dentro do seu domínio — disse ele —, então você pode nos ajudar a encontrar o que estamos procurando, pode nos dizer onde está o Shetani e podemos terminar nossa caçada, certo?

Ele soube de pronto que dissera a coisa errada. O rosto de Badwa ficou sombrio, como nuvens se juntando antes da tempestade. A expressão se enrijeceu e as rugas entre as sobrancelhas e os cantos da boca pareceram se aprofundar. Quando olhou para Ekon, parecia tranquila.

— Você diz um nome falso.

Ekon trocou um olhar com Koffi, que parecia tão nervosa quanto ele, antes de se dirigir à deusa.

— Hã... desculpe?

— Você a chamou de um Shetani, um demônio — disse Badwa. — *Esse* é um nome falso.

Ekon abriu a boca para dizer algo mais, mas pausou. Algo que a deusa dissera ecoou em sua mente.

— Ela? — repetiu. — Você acabou de chamar o She...a *criatura* de *ela*?

Devagar, Badwa assentiu, e foi um gesto triste.

— O ser que seu povo tem caçado por quase um século, aquele que chamam de monstro, nem sempre foi assim. — Ela olhou de um para o outro. — *Ela* já foi humana, como vocês.

De início, Ekon não compreendeu. Não soube quanto tempo levou para realmente entender.

— *O quê?* — Ele se sentiu entorpecido, desassociado. Ele não olhou para Koffi, mas imaginou que o choque a consumia também. — Como... como pode ser?

Badwa cruzou as mãos no colo e suspirou.

— Como todo o resto, a história começa e termina com o esplendor.

Ekon franziu a testa.

— Com o quê?

— Um poder conhecido por muitos nomes — continuou Badwa. — Mas mais conhecido pela denominação nas línguas antigas.

— Mas o que isso...?

— *Shh!* — Koffi pressionou um dedo sobre os lábios, silenciando Ekon com um olhar penetrante, depois gesticulou para que Badwa continuasse.

A deusa olhou de um para o outro e tornou a falar:

— O esplendor é uma energia antiga e primordial. É um poder natural e bruto. Meus irmãos, irmãs e eu nascemos dela, e nós, os Seis, a usamos para construir o mundo temporal como você o conhece agora. Quando nosso trabalho foi concluído e os reinos do mundo foram divididos, nós enclausuramos a maior parte do esplendor no coração da própria terra. Fizemos apenas uma exceção a isso: aos seres mortais que consideramos dignos de usar pequenas quantidades desse poder. Chamamos esses mortais de *darajas*. Quando esses mortais morreram, eles passaram suas habilidades aos descendentes e criaram um subgrupo da raça humana. Nós, deuses, contentes com o que havíamos criado, decidimos descansar.

— Uma sombra passou pelo rosto de Badwa. — Todos nós, exceto um: nosso irmão mais novo.

— Fedu. — Ekon disse o nome antes que pudesse se conter. — O deus da... morte.

Badwa assentiu.

— Conforme a terra envelhecia, meu irmão começou a ver as falhas dela, seus piores atributos. Com o tempo, ele passou a acreditar que apenas os darajas eram adequados para existir no mundo que nós, deuses, criamos. Ele planejou usar o esplendor que enclausuramos para começar o mundo outra vez, mas não poderia fazer isso sozinho. Então procurou uma daraja poderosa o suficiente para ajudá-lo a materializar sua visão, para ser seu *instrumento*. Por fim, ele encontrou: uma jovem nascida na mesma região de onde vocês são. Seu nome era Adiah. Ele a perseguiu.

Ekon começou a fazer uma pergunta, mas pensou melhor. Badwa pareceu aprovar, pois prosseguiu:

— Meu irmão entendeu que, em determinados momentos, o esplendor enclausurado no coração da terra se torna mais poderoso, mais fácil de ser acessado e canalizado. Uma oportunidade dessa só acontece uma vez por século, por isso se considera um dia sagrado...

— Espere. — Ekon se endireitou, incapaz de evitar a interrupção. — Você está falando de algo como... como o *Dia do Vínculo*?

— Exato — confirmou Badwa. — Vocês, mortais, o veem como um dia anual de reverência e respeito a nós, mas nós, deuses, sempre soubemos que também tem um significado centenário. Enganando-a, Fedu tentou convencer Adiah a ajudá-lo a liberar o esplendor, mas quando percebeu suas verdadeiras intenções, ela o impediu, e isso lhe custou caro.

— O que aconteceu com ela? — A voz de Koffi era suave; ela quase soava assustada. O pressentimento em sua expressão era tão forte que Ekon o sentiu emanar no ar.

Ele olhou para Badwa e ela abaixou a cabeça.

— Por engano, Adiah cumpriu parte das ordens do meu irmão — murmurou ela. — Ela liberou um pouco do esplendor e o usou para causar estragos em Lkossa. As marcas dessa destruição são perceptíveis ainda hoje.

— A Ruptura — sussurrou Koffi. — Não foi um terremoto. *Ela* a causou.

— Um erro com o qual ela convive todos os dias, tenho certeza. — Badwa pestanejou, os olhos brilhando por um momento. — Quando Adiah percebeu o que tinha feito, ela pegou de volta o esplendor que Fedu a convenceu a usar indevidamente e o manteve dentro de si para evitar que ele infligisse mais danos ao resto do continente. Quando meu irmão a ameaçou, ofereci refúgio em um lugar onde ele não poderia segui-la. Nenhum deus pode entrar no reino de outro sem consentimento. E ela permanece aqui desde então. — Badwa olhou para Koffi. — Exceto por uma breve noite, quando ouviu o chamado de outra daraja.

— Mas há algo que ainda não entendo. — Ekon falava devagar, tentando juntar as muitas peças do quebra-cabeça. — Se Adiah esteve aqui todo esse tempo, refugiada, como ela se tornou... — Ele hesitou. — ... o *Shetani*?

O rosto de Badwa se retesou.

— A quantidade de esplendor que Adiah absorveu a mando de meu irmão foi sobrenatural; nenhum deus deveria ser capaz de absorvê-lo, muito menos um ser mortal. O poder preservou Adiah, permitindo que vivesse bem além dos anos normais de um ser humano. Mas ela pagou um preço por isso, e um preço alto.

Koffi ficou tensa e os pelos da nuca de Ekon se arrepiaram.

— O esplendor se alimenta do corpo dela — explicou Badwa. — A aparência dela foi distorcida de maneira selvagem. A mente permanece humana e intacta, mas o corpo é o de uma fera e assim permanecerá até que o esplendor seja extraído dela.

— Ela tem se sacrificado. — A voz de Koffi era vazia, mas sua expressão estava horrorizada. — Por todos esses anos. O povo de Lkossa a chama de monstro quando... quando na verdade ela está nos *protegendo*, todos nós.

— *É*. — Ekon franziu a testa. — Quando não está massacrando pessoas aos montes.

Os olhos de Badwa o perfuraram.

— Adiah mora no meu reino há 99 anos mortais — disse bruscamente. — *Jamais* matou um ser humano.

Ekon balançou a cabeça antes que pudesse se conter.

— Isso não é possível. O Shetani tem matado por anos. Existem livros de registro das mortes...

Badwa ergueu o queixo.

— Você questiona a palavra de uma deusa?

E assim Ekon se lembrou do seu lugar. Ele não queria contradizer uma deusa (parecia uma ideia excepcionalmente *ruim* de todas as maneiras), mas não conseguia pensar em outra possibilidade sobre aquele assunto. Ele sabia o que vira com os próprios olhos durante toda a vida, os corpos mutilados e poças de sangue na fronteira da Selva Maior. Algo se retorceu dentro dele quando pensou no pai. O pai, que morrera naquela mesma selva... o *pai*, que fora morto com tanta violência...

— Não quero questioná-la — disse ele lentamente para a deusa. — Mas não faz sentido. Eu *sei* o que vi com meus próprios olhos, existem listas das vítimas do Shetani...

— A não ser que... — Koffi estava olhando para a frente, fazendo seu próprio tipo de cálculo silencioso. — A menos que *não* tenham sido vítimas do Shetani.

— O que você está...?

— Escute. — Koffi semicerrava os olhos. — O que sabemos ser verdade agora?

Ekon fez uma pausa.

— Sabemos que há décadas pessoas em Lkossa estão sendo brutalmente assassinadas no mesmo local, quase todas da mesma maneira.

— Certo — disse Koffi. — E até hoje pensávamos que o culpado dessas matanças fosse o Shetani, mas... *agora* sabemos que isto não é possível. — Ela ergueu o olhar. — Pense, Ekon. Por que Adiah se daria ao trabalho de manter todo o esplendor dentro de seu corpo para proteger o povo de Lkossa, se sairia por aí matando?

— Por que ela foi transformada em um monstro com uma sede de sangue insaciável?

— *Ou...* — Koffi juntou as mãos — ... não foi ela quem matou essas pessoas, e sim outra coisa.

Ekon se arrepiou.

— Outra *coisa*?

— Uma coisa metódica — continuou Koffi. — Algo que deseja que Adiah seja apontada como culpada pelos assassinatos.

Eles chegaram à conclusão juntos.

— Fedu.

— Ele está por trás das mortes — afirmou Koffi. — Ele está usando algo para matar o povo de Lkossa e culpar Adiah por isso.

— Porque se todo mundo acha que foi Adiah, ela é odiada — disse Ekon —, isto faria as pessoas quererem encontrá-la e caçá-la por ele, como vem acontecendo há um século.

— Como *nós* estivemos tentando fazer — murmurou Koffi.

Ekon se recostou por um momento, atordoado. Era como se todo o seu mundo tivesse sido repentina e violentamente destruído, abalado até o âmago. Desde que conseguia se lembrar, ele temia e odiava o Shetani. Ele culpara o monstro pela maioria das partes ruins de sua infância, pela morte de seu pai. Aquela raiva constante era como uma energia própria, *alimentando-o*. Era estranho saber que a raiva estava focada no lugar errado, que pertencia a outro.

— Precisamos encontrar a coisa que está realmente matando as pessoas. — Ekon fez uma careta, uma resolução inteiramente nova crescendo em si. — Precisamos encontrar o que quer que Fedu esteja usando para ferir o povo de Lkossa e dar um basta nisso.

— *Não*. — Koffi balançou a cabeça, franzindo a testa. — O que precisamos fazer é encontrar Adiah e *ajudá-la*.

— Pode haver uma maneira de vocês fazerem as duas coisas — interrompeu Badwa.

Eles olharam para ela, mas foi Ekon quem falou primeiro:

— Como assim?

— Meu irmão é muitas coisas — disse a deusa. — Astuto, ambicioso e calculista, mas acima de tudo ele é *deliberado*. Ele tem viabilizado as matanças cruéis em Lkossa todo esse tempo, mas com um propósito, com um objetivo constante em mente.

— Porque está tentando pegar Adiah — disse Koffi.

— Porque, com o esplendor ainda dentro do corpo, ela é útil para ele — continuou Badwa. — Mas se Adiah não tivesse mais o que meu irmão quer...

— Então ela *não* seria útil para ele — finalizou Ekon.

— E ele não teria mais motivo para matar pessoas — disse Koffi. — Os assassinatos parariam.

Badwa ficou em silêncio, mas seus olhos brilhavam.

Ekon tornou a falar com ela:

— Como ajudamos Adiah a se livrar do esplendor de seu corpo?

A deusa juntou os dedos por um momento, pensativa.

— Adiah conseguiu reunir aquele volume de esplendor em seu corpo há quase cem anos, durante o Dia do Vínculo, quando ele subiu à superfície da terra em uma magnitude maior do que a normal — disse ela. — Para devolvê-lo, ela precisaria fazer o contrário.

— Ela poderia liberá-lo em pequenas quantidades? — perguntou Ekon.

Badwa o olhou, pensativa.

— Imagine que você segurou uma pesada bacia de água por um século — disse ela. — Agora imagine tentar esvaziar essa bacia aos poucos, gota a gota. Isso poderia ser feito, mas exigiria muito controle, uma quantidade que não sei se Adiah possui mais. — Ela se recostou, perdida em pensamentos. — O que ela precisa é de outra oportunidade para se livrar dele com segurança de uma vez, algo como...

— Outro Dia do Vínculo — interrompeu Koffi. — Isso permitiria que ela devolvesse o esplendor de volta à terra com segurança, sem outra Ruptura.

— O próximo Dia do Vínculo é daqui a dois meses — disse Ekon. Ele se levantou e começou a andar de um lado a outro. — Teríamos que encontrá-la, levá-la a um lugar onde seja seguro depositar o esplendor sem machucar ninguém. Teria que ser remoto, longe das pessoas...

— As Planícies Kusonga! — Koffi se levantou também. — Você mesmo disse uma vez que não há nada lá, apenas grama. Seria um lugar seguro para Adiah se livrar do esplendor que ainda está dentro dela.

— De acordo com o mapa no diário de Nkrumah, as Planícies Kusonga são distantes daqui — afirmou Ekon. — Levaria semanas para chegar lá a pé, mais tempo se Adiah estiver conosco e tivermos que mantê-la escondida de Fedu.

— Então temos que encontrá-la — respondeu Koffi. — Quanto mais cedo melhor.

— E se Fedu descobrir o que estamos fazendo? — perguntou Ekon. — E se ele vier atrás dela?

Outro pensamento cruzou a mente dele. Fedu não era o único que ainda queria encontrar Adiah. Ele engoliu em seco. O grupo de caçadores do Kuhani devia estar em algum lugar da selva naquele momento, caçando e procurando; talvez não estivessem nem muito longe dali...

— Ela não estará sozinha. — De repente, o olhar de Koffi ficou sério. — *Eu* também sou uma daraja. Posso ajudar a protegê-la. — Ela se virou para Badwa. — Você disse que me ensinaria a usar o esplendor. Quando começamos?

A deusa da selva voltou seu olhar para as árvores e de repente Ekon teve a sensação de que a deusa estava vendo muito mais do que eles jamais veriam.

— Amanhã — disse ela depois de um momento. — Sua primeira aula começa ao amanhecer.

CAPÍTULO 23

O ESPLENDOR

Koffi acordou ao amanhecer.

Tinha se esforçado para fazer o que Badwa dissera (jantar e depois descansar o máximo que pudesse), mas era impossível. Seus sonhos estavam tomados de todas as coisas que aprendera no dia anterior: Adiah, o Shetani, o esplendor, a verdade sobre a Ruptura. Quando acordou e se recordou de tudo, um novo choque passou pelo seu ser.

Ela se levantou do saco de dormir quando a primeira luz do amanhecer tocou o céu ainda escuro. Era uma coisa modesta, emprestada a ela pelos yumboes, mas com certeza mais confortável do que qualquer lugar onde já dormira antes. Seus olhos percorreram o acampamento improvisado, procurando pelos gentis anfitriões, e ficou surpresa ao descobrir que o terreno estava vazio, exceto por ela, Ekon, adormecido a alguns metros de distância, e a cabana onde Badwa supostamente estava. Não havia sinal dos yumboes. Ela ergueu a sobrancelha, curiosa. Yumboes não *precisavam* dormir? Para onde iam os guardiões espectrais de uma selva mágica? O que eles *faziam*? Koffi percebeu que na verdade não sabia.

Em silêncio, ela se afastou do acampamento, se aproximando das altas árvores. Àquela hora do dia, a selva ainda não havia despertado, e Koffi ficou satisfeita em mantê-la assim. Parou quando encontrou o pequeno lago que Badwa mencionara na noite anterior e se ajoelhou para olhar sua superfície infinita. Ela pausou. Foi a primeira vez em muito tempo que olhou para si mesma. Não sabia o que sentir quando viu seu reflexo na luz fraca da manhã. A garota que a encarava de volta era quase irreconhecível; de alguma forma, parecia mais velha. Seus twists pretos se desfizeram parcialmente em delicadas espirais que se projetavam em todas as direções. Ela parecia a mesma, mas diferente. Levou um momento para descobrir o motivo.

Você não está sozinha, você não é a única.

Quando Koffi fizera aquela vela explodir na tenda uma vida antes, ela pensara que estava sozinha. Quando a velha do mercado contara sobre a magia em Lkossa, ela se sentira *menos* sozinha, mas agora... agora havia outra pessoa como ela, uma garota com quem ela tinha algo em comum, talvez até uma amiga.

Não uma amiga, ela se relembrou. *Um prodígio.*

Se o que Badwa havia dito a eles no dia anterior era verdade, Adiah não seria uma amiga; ela era uma *mestra* do esplendor, com mais habilidade do que Koffi jamais poderia sonhar ter. Ela pensou outra vez na promessa que fizera a Badwa e Ekon; dissera que protegeria Adiah se precisasse, mas quanto mais pensava, mais tola a ideia soava. Koffi mal fora capaz de se proteger na selva. Com uma pontada de dor, ela pensou em seu acordo com Baaz, as implicações que essa mudança nos planos traria para sua barganha com ele. Se Adiah fosse realmente o Shetani, isto significava que não poderia ser levada de volta ao Zoológico Noturno, e certamente não poderia ser entregue ao Padre Olufemi. Um leve pânico cresceu enquanto Koffi pensava em Jabir ainda preso no Zoológico Noturno, na mãe ainda deitada na cama da enfermaria...

— Ei, você está bem?

Koffi deu um pulo. Ekon estava parado a alguns metros de distância, entre duas árvores, parecendo culpado. As bochechas dela ficaram quentes quando se deu conta do quão alarmada devia aparentar estar. Deuses, ele era bom em ser furtivo.

— Desculpe. — Ekon ergueu as mãos. — Eu vi você se levantar e eu...

— Achou que algo poderia tentar me devorar?

— Mais ou menos. — Ele concordou com a cabeça de modo rígido antes de baixar o olhar e deixar os dedos tamborilarem na lateral do corpo. Parecia estranhamente nervoso. — Estou feliz por você estar bem.

Koffi engoliu em seco.

— Obrigada por verificar.

— Tudo bem. — Enfim Ekon ergueu o olhar, cruzando as mãos nas costas. — Bem, nesse caso vou voltar para o acampamento...

— Também queria agradecê-lo por salvar minha vida. — Koffi se levantou. — Muito do que aconteceu antes ainda está confuso, mas... sei que não estaria aqui se não fosse por você.

Ekon deu um pequeno sorriso e depois balançou a cabeça.

— Não me agradeça, é o que qualquer pessoa decente teria feito. — Como se tivesse acabado de pensar em algo, sua expressão mudou. — Você disse que muito do que aconteceu antes ainda está confuso. Então você não deve se lembrar...

— Lembro da história que me contou — disse Koffi rapidamente. Por algum motivo inexplicável, parecia importante ressaltar isso. — Eu não esqueceria isso, Ekon.

Ekon parecia aliviado, mas só um pouco.

— E, há, depois de comer a fruta da árvore umdhlebi? Você se lembra de mais alguma coisa?

Koffi baixou o olhar. A verdade é que os momentos depois de ter comido a fruta estranha eram os mais confusos, como um sonho, mas... havia *uma* coisa... suas bochechas esquentaram de novo. Um pedaço da lembrança havia acabado de voltar. Ela se lembrava de estar sentada embaixo de uma árvore e sentir os olhos de Ekon nela. Lembrou-se do jeito que ele a olhava, do jeito como se inclinou de leve no mesmo momento que ela. Do jeito que ela queria...

— Bom dia, criança.

Ela e Ekon ergueram os olhos ao mesmo tempo. O sol enfim aparecera sobre as copas das árvores, e com ele também a deusa da selva. Badwa serpenteava silenciosamente entre as árvores, tão serena e poderosa como no dia anterior. Koffi ficou maravilhada ao vê-la.

— Bom dia... — Koffi pausou. — Na verdade, não tenho certeza de como devo chamá-la.

— Meu nome servirá. — Os olhos de Badwa brilharam. — Está pronta para começar a aula? — Ela olhou de Koffi para Ekon, uma certa compreensão tomando seu rosto. — Ou, se interrompi vocês, posso...

— Não precisa! — A voz de Ekon estava pelo menos uma oitava mais alta quando ele se virou para retornar ao acampamento. Talvez *ele tivesse* visto o olhar de Badwa também. — Por favor, não me deixe atrasar vocês.

Ele desapareceu entre as árvores, deixando Koffi e Badwa sozinhas. Koffi sentiu uma onda de tristeza com a ausência dele, mas quando a deusa pigarreou, ela voltou a se concentrar.

— Você vai me ensinar como usar o esplendor?

A deusa deu a ela um olhar inconfundivelmente irônico.

— Ainda não. Existem algumas lições práticas a serem aprendidas. A primeira é que o esplendor não é uma coisa a ser *usada*, mas sim uma energia que se pega *emprestada*, transferida de um receptáculo a outro e, então, devidamente liberada. Pense na água. — Badwa apontou para o lago diante delas. — É fluida, está sempre mudando. Uma única gota de chuva é irrelevante, mas um milhão de gotas de chuva cria...

— Uma tempestade — concluiu Koffi.

— Exato — confirmou Badwa. — Também é importante que entenda a relação entre o esplendor e os darajas. Contei ontem que os primeiros darajas foram escolhidos a dedo pelos meus irmãos, irmãs e eu, mas você sabe o que a palavra *daraja* significa?

Koffi balançou a cabeça.

— Como a palavra *esplendor*, vem das antigas línguas que nós, deuses, demos à humanidade. Seu significado é simples: *ponte*.

— Ponte — repetiu Koffi. — Tipo algo que cruzamos?

— Algo que *conecta* — corrigiu Badwa. — O esplendor é uma energia espiritual semelhante ao ar que você respira; é constante, dominante, vital para todas as coisas vivas. Como uma daraja, seu corpo está pronto para extraí-lo da própria terra e redirecioná-lo. Ao fazer isso, você age como um canal físico entre o mundano e o divino.

— Então o que consigo fazer?

Badwa balançou a cabeça, mas sua expressão não era rude.

— O esplendor se manifesta de maneira ligeiramente diferente para cada daraja. Descobrir como se manifesta dentro de você é um dos nossos objetivos hoje. Em geral, você o sentirá mais perceptível nas extremidades do corpo, como mãos e pés, então... — Ela sentou e deu um tapinha no chão à sua frente. — Por favor, sente-se e pressione as mãos na terra. Vamos testar a força da sua conexão com o esplendor.

Koffi ficou tensa, mas obedeceu mesmo assim. Quando estava sentada com as palmas das mãos apoiadas no chão, Badwa segurou suas mãos.

— Feche os olhos.

Koffi obedeceu, sentindo-se boba. Esperou, cada segundo passando como um século. Quando enfim abriu um olho, descobriu que a deusa a olhava, visivelmente perplexa.

— Não sentiu nada?

O constrangimento esquentou as bochechas de Koffi. Parecia que ela havia falhado em um teste que não sabia que estava fazendo, mas não ousou mentir. Balançou a cabeça.

— Estranho — ponderou Badwa.

— Na verdade... — começou Koffi. — Queria te perguntar sobre algo que você disse ontem.

— Prossiga.

— Você disse que os primeiros darajas passaram suas habilidades para os filhos. Então isso significa que é uma coisa de família?

Badwa arqueou as sobrancelhas.

— *É* uma habilidade transmitida pelas famílias pelo sangue, embora nem sempre de forma consistente a cada geração. Por quê?

Koffi observou as próprias mãos.

— É que nem um dos meus pais era um daraja; tenho quase certeza.

— E os pais *deles*?

— Morreram antes de eu nascer, exceto minha avó materna — explicou Koffi. — Mas ela morreu quando eu era bem pequena. Morou conosco por um tempo, acho, mas não consigo me lembrar dela.

A expressão de Badwa ficou pensativa.

— Bem, você certamente é uma daraja. Sinto isso dentro de você. Já tentou deliberadamente canalizar o esplendor?

Koffi não olhou para a deusa.

— Não... de propósito — sussurrou. — Mas um tempo atrás fiquei chateada quando alguém ameaçou minha mãe e... não tenho certeza se pretendia conscientemente fazer o que fiz, mas não foi bom.

— Entendo.

Havia uma nova compreensão nos olhos de Badwa. A deusa entrelaçou as mãos, antes de falar de novo:

— Como eu disse, o esplendor é uma energia espiritual. Quando você o retira da terra e o canaliza, ele deve se mover pelo seu corpo como um rio, mas só consegue fazer isso se sua mente e seu corpo estiverem em paz. Se não estiverem — ela lançou a Koffi um olhar perspicaz —, pode haver complicações.

— Complicações?

— Se sua mente e seu corpo não estiverem em paz quando o esplendor se mover por você, isto pode criar uma obstrução que o mantém dentro de si — explicou Badwa. — Pode crescer como uma toxina e, se permanecer, pode causar estragos no corpo físico. Agora você sabe o que aconteceu com Adiah, mas, na pior das hipóteses, manter muito do esplendor dentro de você pode custar sua própria vida.

Koffi engoliu em seco, lembrando-se do Zoológico Noturno. Lembrou-se de ter inspirado e prendido, se sentindo inebriada antes de sentir um alívio. Era assustador pensar em alguma coisa perigosa crescendo dentro dela, algo que poderia matá-la.

— Como faço para impedir que isso aconteça?

— Antes de tentar atrair e canalizar o esplendor, você deve relaxar sua mente e corpo por completo. Você deve encontrar a paz interior — explicou Badwa. — Quero que torne a fechar os olhos. Desta vez, respire de maneira lenta e uniforme. Conte cada respiração como uma batida, como um ritmo.

Koffi fechou os olhos para o mundo. Na escuridão, ouviu o som de sua própria respiração. Parecia uma bobagem. Imaginou como deveria parecer sentada ali, com as mãos na terra como uma criança.

Não vai funcionar, disse uma voz zombeteira em sua cabeça. *Não para alguém como você. Sua mente nunca está em paz.*

Ela tentou imaginar uma fortaleza como o Zoológico Noturno, altas paredes de tijolos ao redor de sua mente. A voz da dúvida a envolveu, persistente e constante, mas ela elevou a fortaleza ainda mais. Hesitando, ela buscou aquela luz que sentira dentro da tenda de Badwa. Como resposta, a luz veio, aquecendo as pontas dos dedos dela por um breve momento. Com a mesma rapidez, desapareceu. Koffi abriu os olhos.

— Vem, mas não fica.

Os olhos de Badwa a analisavam.

— Sua mente não está em paz.

Koffi olhou ao redor.

— Está sim. Não me sinto assim tão descansada desde... bem, desde sempre.

— Estar bem descansada não é a mesma coisa que estar em paz — falou Badwa. — Há algo dentro de você impedindo que o esplendor flua adequadamente, algo que ainda não reconheceu. Você o reprimiu e, portanto, reprimiu seu canal.

Koffi ergueu a sobrancelha.

— Eu não me sinto... reprimida. — Ela fez uma pausa, pensativa. — Na verdade, me meto em confusão por não reprimir as coisas.

Badwa juntou os dedos.

— Pense em uma época de sua vida em que você estava realmente chateada com alguma coisa, a última vez em que chorou. Como lidou com a situação?

Koffi não precisou pensar muito para encontrar uma lembrança.

— Não sou de chorar, na verdade. — Assim que falou, ela percebeu como as palavras soaram bobas. — Bem, quero dizer, eu *choro*, mas não com frequência. Quando pensei que algo tinha acontecido com minha família, eu meio que quis, mas... não chorei.

— Sua família alguma vez já te chateou? — perguntou Badwa.

— Não. — A resposta de Koffi foi imediata. — Minha mãe é... bem, ela é simplesmente *boa*. Ela está sempre se sacrificando por mim e me colocando antes de si mesma. E tecnicamente Jabir não é meu parente, mas ele é da família também. Tudo o que ele quer é fazer as pessoas sorrirem e...

— E quanto ao seu pai? — A voz de Badwa estava mais suave ainda. — Ele alguma vez te aborreceu?

Koffi ficou tensa.

— Meu pai está morto.

— Não foi isso que perguntei.

Um segundo se passou antes que Koffi tornasse a falar.

— Não... não é justo ficar chateada com meu pai. Ele se foi.

Badwa se remexeu.

— Só porque uma pessoa morre não significa que seu impacto morra. Como você se sente quando pensa nele?

— Mal. — Koffi queria fechar os olhos, mas descobriu que não podia. — Ele era... um homem gentil. Fazia minha mãe rir e nos sentíamos amadas. Eu... nós sentimos falta dele o tempo todo.

— Mas?

Algo apertou o coração de Koffi. Mesmo assim, ela se forçou a falar:

— Ele nem sempre tomava boas decisões — sussurrou. — Era irresponsável às vezes, e minha mãe e eu pagamos por isso.

— Ele a decepcionou.

Koffi se sobressaltou diante da acusação. Foi severa demais, dura demais para alguém tão gentil quanto o pai dela. No entanto, assim que Badwa pronunciou as palavras, ela soube. Parte da verdade a alcançou. Assentiu com rapidez, quase imperceptível.

— Você deve admitir suas emoções, criança. — A expressão de Badwa era firme, mas não grosseira. — Reconheça-as, reconheça de onde surgem e, então, permita que deixem seu corpo com naturalidade. Inspire e expire. Também pode ser aconselhável abrir os punhos.

Koffi olhou para o colo. Nem percebera que tinha cerrado os punhos. Quando abriu as palmas, sua pele estava marcada com os semicírculos vermelhos e raivosos de suas unhas.

— Quero que tente canalizar o esplendor outra vez — disse Badwa. — Mas agora, quando ele chegar, quero que relaxe toda a sua mente. Você não pode erguer paredes. Deixe todos os sentimentos que surgirem entrarem em seu corpo. Reconheça-os e deixe-os partir.

— E se mesmo assim não funcionar? — perguntou Koffi.

Badwa não respondeu.

Koffi respirou fundo enquanto pressionava as mãos na terra. Seus olhos se fecharam automaticamente e, por trás das pálpebras, encarou um nada vermelho-escuro. Ela esperou, ansiando, rezando. E então sentiu: uma pontada silenciosa. Era tímida, como as primeiras notas de um alaúde, e então ficou mais forte, mais quente. O calor inundou as pontas dos dedos, mas desta vez não desapareceu. Tentou tocá-la também, como um velho amigo. Subiu pelos joelhos, quadris e, quando atingiu o peito, ela se retesou.

— Reconheça. — A voz gentil de Badwa soou tão distante naquele nada. — Reconheça e deixe ir.

Os músculos de Koffi ficaram tensos quando algo se formou no nada. Uma figura se materializou, sentada em frente a ela, onde Badwa deveria estar. Era um homem.

A túnica de aniagem dele era surrada, mas familiar, e uma leve barba por fazer cobria sua mandíbula. Koffi buscou seus amáveis olhos castanhos e viu os dela refletidos neles. Aquele homem tinha fios grisalhos em seu cabelo crespo; o pai não tinha quando ela era pequena. Parecia uma invenção de sua mente, o homem que ela imaginou que seu pai teria se tornado se tivesse vivido mais. Ele deu a ela um pequeno e triste sorriso.

Kof. A voz ecoou nas câmaras da mente dela. *Minha garota, linda por dentro e por fora.*

Um nó que Koffi não conseguiu engolir surgiu em sua garganta.

— Obrigada, pai.

Você saiu do Zoológico Noturno. Os olhos do pai dela estavam acesos, cheios do mesmo senso de aventura juvenil. *Eu sabia que sairia. Ah, minha garota, nós sempre nos entendemos. Fomos sempre a mesma coisa, espíritos livres.*

— Eu *não* sou livre, pai. — Koffi tentou evitar o tremor na sua voz.

— E nem minha mãe.

O sorriso do pai esmoreceu. *Você... você não está chateada comigo, está? Veja tudo o que conseguiu porque* ousou. *Você foi corajosa, assumiu riscos e eles valeram a...*

— *Você* correu riscos, pai. — A raiva agitou-se no peito de Koffi. — E então você morreu e deixou mamãe e eu pagarmos por eles, literalmente. Toda minha vida estive pagando pelos seus riscos *e* erros.

O sorriso desapareceu completamente do rosto do pai e foi substituído por outra coisa. Culpa. *Kof, eu não queria...*

— Mas fez. E eu... estou *brava* com você. Eu precisava de você e você me decepcionou. Você decepcionou a nós duas.

Diante das palavras dela, o pai abaixou a cabeça. Longos segundos se passaram antes que ele falasse novamente, a voz mal passando de um sussurro:

Sinto muito, Koffi.

Então elas vieram, as lágrimas. Instantâneas e poderosas. O estômago de Koffi se revirou enquanto os soluços balançavam o corpo e ela sentiu algo se soltar dentro de si. Foi doloroso no início, até que parou de ser. O calor inundou seu corpo inteiro, passando por ela como uma onda. Quando tornou a erguer a cabeça, descobriu que os olhos do pai também estavam úmidos.

Você é mais do que eu mereço. Ele pegou a mão dela e apertou. *Um dia espero que possa me perdoar.*

Koffi apertou de volta.

— Já perdoei, pai.

Assim que Koffi disse as palavras, a escuridão começou a se dissipar. A energia do esplendor desceu pelos seus membros e a deixou. Outra coisa também foi embora. Quando ela abriu os olhos, estava de volta à Selva Maior e sentada em frente a Badwa. A deusa estava sorrindo.

— *Olhe*, criança.

Koffi baixou o olhar. Sua palma estava aberta e, ali, a centímetros acima dela, havia um pequeno aglomerado de partículas. Ela ficou boquiaberta enquanto olhava para ele, e então, com a mesma rapidez, as partículas desapareceram.

— Sim! — Ela se levantou com um pulo. — Consegui! Canalizei o esplendor sozinha!

O sorriso de Badwa era irônico.

— Conseguiu — disse ela. — *Desta* vez.

— O quê? — O olhar de Koffi se voltou para ela. — O que quer dizer?

Em vez de responder, Badwa deu um tapinha na terra e fez um gesto para Koffi sentar-se novamente.

— Estou muito feliz por você ter conseguido canalizar o esplendor, Koffi; não é pouca coisa. Mas seu trabalho está longe de terminar.

— Está tudo bem — disse Koffi. — Você será capaz de me ensinar...

— Não. — Badwa balançou a cabeça. — Não vou. Você não tem tempo.

— Ah. — A realidade da situação a atingiu de uma vez. Óbvio que não tinham tempo, pois o Dia do Vínculo estava se aproximando. Eles ainda tinham que encontrar Adiah e levá-la para as Planícies Kusonga. Koffi logo se recuperou. — Eu acredito *sim* que isso vai funcionar. — Ela tentou dizer as palavras com a maior confiança possível. — Vou dar o meu melhor.

Ela esperava que dizer isso fizesse a deusa sorrir; em vez disto, a expressão no rosto de Badwa ficou ainda mais triste. Certamente havia um toque sombrio nele.

— Você deve fazer mais do que dar o seu melhor, Koffi — disse ela, calma. — Você precisa conseguir.

Koffi hesitou.

— Como assim?

Os olhos da deusa eram severos.

— O que meu irmão induziu Adiah a fazer com Lkossa quase cem anos atrás foi... cataclísmico, uma violência sem precedentes contra os inocentes. — A expressão dela se contorceu. — Mas não será nada em comparação com o que Fedu fará se encontrar Adiah novamente. Não se engane, criança, ele acredita que sua causa é justa e irá persegui-la até que tenha destruído tudo o que você conhece. Ele pretende instaurar uma nova ordem mundial, a manifestação de sua arrogância, e nada vai impedi-lo.

— Mas e os outros deuses? — perguntou Koffi. — Atuno e Amakoya, Itaashe e Tyembu. — Ela pausou. Parecia estranho falar dessa maneira sobre seres que ela adorara durante toda a vida. — Eles não podem fazer nada para ajudar, para detê-lo?

A expressão de Badwa se tornou ainda mais ilegível.

— Meus irmãos e irmãs estão mais, digamos, *desligados* deste mundo, mais desligados do que eu escolho estar — disse ela em tom neutro. Koffi pensou ter ouvido um toque de emoção por trás dele. — De certa forma, não posso culpá-los (como eu, eles existem há milhares de anos), mas temo que não vão entender a ameaça que meu irmão representa até que seja tarde demais. Para todos os efeitos, devemos presumir que eles não irão interferir.

Koffi ficou tensa. Estava longe de casa, de Lkossa e do Zoológico Noturno, mas ela ainda se lembrava das coisas que ouvira quando criança, as histórias que os guardiões de feras mais velhos contavam. Só falavam do assunto quando estavam bêbados e entorpecidos, mas isto não impedia o terror de se infiltrar em suas vozes. As rachaduras na terra, a morte, o calor terrível que levou multidões ao desespero... Koffi imaginou tudo aquilo acontecendo multiplicado por dez, não em uma única cidade, mas em um continente inteiro, com milhões de pessoas.

— Ekon e eu não vamos deixar isso acontecer — disse ela, determinada. — Encontraremos Adiah e a levaremos para as Planícies Kusonga. Fedu não sabe o que estamos planejando, então ainda temos uma vantagem. Pode funcionar.

A deusa a olhou com seriedade antes de pegar sua mão e apertar com gentileza.

— Mas se não funcionar... devo pedir que me faça uma promessa.

Imediatamente, Koffi assentiu:

— Sim. O que quiser.

— Você deve me prometer que fará qualquer coisa ao seu alcance para impedir meu irmão de usar o poder de Adiah para executar seus planos. — Os olhos dela ficaram expressivos. — *Qualquer coisa.*

Koffi fez uma pausa. Não sabia exatamente como interpretar as palavras de Badwa e escolheu as suas próprias com cuidado:

— Entendo.

Badwa deu um pequeno sorriso e, relutantemente, Koffi o devolveu, tentando ao mesmo tempo ignorar o incômodo que se instalou dentro dela. Na primeira vez que viu a verdadeira Badwa dentro da cabana, Koffi a achou gloriosa, o ser mais lindo que já tinha visto. De certa forma, ela ainda era, mas por trás daquela máscara Koffi teve um vislumbre de outra coisa, algo mais antigo e muito mais frio. Ela disse as únicas palavras que poderia dizer:

— Eu... eu prometo... que farei o que for preciso.

Parecia ser o suficiente para a deusa. Satisfeita, ela se recostou e juntou as mãos.

— Você precisará continuar o tipo de exercício que fizemos hoje, redirecionando pequenas porções do esplendor para dentro e através de seu corpo — explicou Badwa. — Para fazê-lo bem, você também precisará praticar a *inteligência emocional*. Você deve aprender a governar seu coração e estar constantemente ciente do que está sentindo e por quê.

Governe seu coração. Koffi pensou nas palavras. Tinham uma semelhança inconfundível com as que a mãe havia dito a ela no Zoológico Noturno.

Mas às vezes você não pode se deixar guiar pelo coração. Precisa pensar com a cabeça.

A mãe não contara toda a verdade sobre o que ela era, mas oferecera aquele pequeno símbolo da verdade como um guia. Todo esse tempo Koffi pensara que a última coisa que a mãe lhe dera era aquela segunda chance de viver, mas talvez tivesse dado algo mais.

Badwa pigarreou.

— Gostaria que você tentasse mais uma vez. Está pronta?

Koffi assentiu.

— Ótimo. — Badwa pressionou as mãos de Koffi na terra. — Agora, *de novo.*

Pelo resto do dia *e* nos dois seguintes, Koffi praticou canalizar o esplendor com Badwa.

As aulas teóricas do esplendor eram longas, os exercícios físicos, intensos. Depois do primeiro dia, Koffi parou de acordar cedo. Cada músculo de seu corpo doía, até mesmo partes que ela não sabia que existiam. Ela não achava que poderia reter mais um conceito, diretriz ou aula sobre a história do uso do esplendor. Era cansativo, mas Badwa não desistiu. De acordo com a deusa, nos tempos antigos os darajas começavam o treinamento formal com o esplendor com cerca de 10 anos de idade e passavam mais uma década aprendendo suas nuances sob a tutela de vários mestres. Koffi não tinha vários mestres, ou uma década para recuperar o atraso, então *ela* estava tendo uma experiência acelerada. Aos poucos seu domínio do esplendor melhorou.

Toda vez que ela fechava os olhos e tentava alcançá-lo, ele parecia vir mais e mais de maneira voluntária. No segundo dia, ela descobriu que podia não apenas convocar partículas do esplendor, mas também enviá-las em certas direções ao focalizar com concentração suficiente. Era um fenômeno curioso e fascinante. Às vezes, a energia zumbia através dela, suave e quente; outras vezes, era escaldante, como tomar uma golada de chá quente demais. Quando o segurava por muito tempo, ficava tonta. Quando isso aconteceu, Badwa ficou séria.

— Resista a esse impulso — disse ela. — Você *deve* treinar para não manter o esplendor dentro do corpo por muito tempo. É perigoso.

— Mas é assim que ele fica mais forte — argumentou Koffi. — Quando eu o seguro, posso senti-lo crescendo...

— Você *deve* deixá-lo ir. — A voz de Badwa era insistente. — O esplendor vai fazer você se sentir poderosa no momento, sim, mas mesmo sendo uma daraja seu corpo não está preparado para armazená-lo. Você só deve canalizá-lo e, em seguida, movê-lo de um lugar para outro. *Nunca* se esqueça disso.

Foi estranho quando, no terceiro dia, Badwa disse que as aulas tinham acabado. Por um lado, Koffi estava grata pela trégua; depois de um tempo, o esplendor era cansativo demais. Mas, por outro lado, parar a deixava ansiosa, até com medo. Badwa não estaria perto por muito mais tempo. Badwa não estaria lá para encorajá-la quando ela falhasse ou para repreendê-la quando exagerasse. A realidade da situação a atingiu. Em breve, ela e Ekon teriam que deixar aquele lugar e encontrar Adiah. Não apenas teriam que convencê-la a ir com eles, mas também teriam que viajar quilômetros a oeste para levá-la às Planícies Kusonga a tempo para o Dia do Vínculo, evitando chamar atenção. A dúvida se agitou pelas entranhas de Koffi como um verme invasor. E se não conseguissem encontrar Adiah? Pior, e se a encontrassem, mas não conseguissem convencê-la a se juntar a eles? Os pensamentos converteram a sua imaginação em caos.

De volta ao acampamento, ela encontrou Ekon sentado entre o que pareciam ser crianças yumboes. Se antes tivera dúvidas sobre aquele povo, agora não mais, porque estava estudando meticulosamente o diário de

Nkrumah enquanto duas meninas decoravam seu cabelo cacheado com flores. Quando percebeu Koffi, Ekon olhou para cima.

— Elas... queriam fazer um penteado no meu cabelo.

Koffi mal conseguiu se manter séria.

— O rosa e o verde *realçam* seus olhos.

Um sorriso apareceu no rosto de Ekon e sem querer ela se viu sorrindo também. Koffi fez o possível para não atrapalhar as garotas yumboes enquanto ela se acomodava ao lado dele e mordiscava uma fruta fresquinha. Ela estava muito ciente de quão próximos estavam e de quão pouco se incomodava com essa proximidade.

— Então, o que está fazendo?

— Só lendo um pouco — disse Ekon, distraído. Com o livro no colo e sentado à luz do sol, ele parecia perfeitamente em paz. — A leitura leve de sempre: variações da fotossíntese na vida das plantas carnívoras, os padrões de migração da borboleta-tigre, para manter as coisas poéticas. Estou de olho em um capítulo sobre besouros-rinocerontes...

Koffi sorriu.

— O de sempre.

— Também tenho pensado em um plano — disse Ekon, um pouco mais sério. — Sei que treinar com Badwa é importante, mas... estava pensando que deveríamos partir logo.

Ela assentiu:

— Concordo.

Ekon folheou o diário de Nkrumah até chegar ao mapa.

— O Coração da Selva ainda fica um pouco ao norte, um dia de caminhada se...

— Calma aí. — Os olhos de Koffi vagaram ao sul do dedo de Ekon, de volta ao canto inferior do mapa.

Ekon tentou seguir o olhar, confuso.

— O quê?

— Essa palavra. — Ela apontou. Ainda não conseguia ler zamani antigo, e os símbolos eram desconhecidos para ela, mas acabara de se lembrar de algo. — Antes de sairmos de Lkossa, você me disse o que era.

— Sim, eu me lembro. — Ekon semicerrou os olhos. — Diz apenas "aes", mas isto não é uma palavra em zamani, nem no novo nem no antigo.

Koffi não respondeu. Ela ainda estava olhando para a palavra, tentando imaginá-la em um idioma que conhecesse. *Aes*. Mestre Nkrumah, o autor do diário, a escreveu com uma bela caligrafia, fazendo a primeira e a última letra da palavra um pouco maiores. Koffi a encarou por mais um momento antes de perceber.

— Não é aes — sussurrou ela.

— Hã?

— Não é aes — repetiu ela. Ela pressionou o polegar sobre a metade da palavra por um segundo, depois mudou para o outro lado. — São duas letras: *A* e *S*. Juntas, parecem aes.

— O S poderia ser de *Satao*, esse era o primeiro nome de Mestre Nkrumah — disse Ekon. — Mas eu não sei quem é o A.

— *Adiah*.

Os dois ergueram o olhar. Badwa estava do outro lado do acampamento, observando-os.

— O A representa Adiah.

Ekon falou primeiro:

— O Mestre Nkrumah e Adiah estavam vivos ao mesmo tempo? Eles se conheciam?

— Acho que era um pouco mais do que isso — disse Badwa ao se aproximar. — Pelo que sei, eles já foram bons amigos.

Koffi olhou da deusa para o diário.

— Ele escreveu suas iniciais aqui, juntos.

— Depois que Adiah fugiu para a selva, ele a procurou — explicou ela baixinho. — O desespero por encontrá-la afetou sua mente à medida que envelhecia e acredito que permaneceu assim até o fim.

— As histórias — disse Ekon. — As pessoas disseram que ele começou a chamar a Selva Maior de *ela*, mas...

— Mas ele não estava falando sobre a selva — disse Koffi com tristeza.
— Ele estava falando sobre Adiah. Estava procurando por *ela*.

Badwa sentou-se diante deles.

— Eu não podia dizer a Satao onde Adiah estava — disse ela com calma, embora Koffi achasse que havia arrependimento em sua voz. — Mantê-la segura significava mantê-la escondida, mesmo daqueles que a amavam. Mas os tempos mudaram.

Koffi se endireitou.

— Isso significa que pode nos dizer onde ela está?

Os cantos da boca da deusa se ergueram em um pequeno sorriso.

— Como eu disse antes, este é o meu reino. Sei tudo o que acontece dentro dele.

— Então você sabe onde Adiah está — disse Ekon.

Badwa assentiu.

— Ela está ao norte, a um dia de caminhada daqui. Saiam ao amanhecer e caminhem naquela direção. Permaneçam no caminho e a encontrarão. — A expressão da deusa mudou. — Receio que, depois desta noite, devemos nos separar, crianças.

— Nós entendemos — disse Koffi. — Obrigada.

Ela esperou até que a deusa os deixasse antes de olhar para Ekon, o menor sorriso surgindo em seus lábios.

— Viu? Tudo o que temos que fazer é seguir para o norte daqui, sem problemas.

A sobrancelha de Ekon se ergueu.

— Sou só eu ou isso *quase* parece fácil demais?

Apesar de tudo, Koffi sorriu.

— Só tem um jeito de descobrir.

UMA TRAIÇÃO COMPLETA

ADIAH

— Eu não me importo!

Em sete anos, nunca vira Tao zangado assim.

Fico do outro lado da sala, observando enquanto ele despedaça cenouras que deveriam ser picadas. A sopa que está fazendo tem um cheiro delicioso, uma mistura de cebola, tomate e temperos. Em outras circunstâncias, eu perguntaria a ele se poderia provar um pouco, mas não desta vez.

Meu melhor amigo está furioso.

— *Tao*. — Luto para não deixar transparecer o aborrecimento na voz. Esta conversa não está tomando o rumo que imaginei, mas estou fazendo o meu melhor para salvar o que sobrou dela. — Qual é — digo com leveza. — Não é tão importante quanto você está fazendo pare...

— *Não é tão importante?* — Tao praticamente joga as pobres cenouras na panela, ignorando a água quente que espirra. Ele me olha com algo que beira o nojo. — Foi uma violação, uma quebra completa de confiança.

Mal resisto à vontade de revirar os olhos. Ele está fazendo parecer que eu o apunhalei pelas costas ou o empurrei de um penhasco.

— Realmente não achei que você se importaria tanto — digo em tom apaziguador. — Se soubesse, eu...

— O jardim do céu sempre foi o nosso lugar. — Ainda há violência na voz de Tao, mas por baixo dela ele parece ferido. — Era *nosso* segredo, algo que não pertencia a mais ninguém. Você não precisava mostrar a ele. Temos subido lá desde a primeira vez em que pisamos neste templo.

— *Exatamente* — digo exasperada. — Desde que éramos criancinhas. Era coisa boba.

— Não para mim — murmura Tao.

Finjo não ouvir.

— Você não acha que é hora de mudarmos um pouco as coisas, de sermos mais... adultos?

— *Adultos*. — Os olhos de Tao se estreitam enquanto ele repete. — De onde você tirou isso? Do seu novo namorado?

Sinto o rosto esquentar e não tem nada a ver com a cozinha sufocante.

— Dakari não é meu namorado.

— Poderia muito bem ser — diz Tao, de cara feia. — Ele está sempre perto de você, sempre em cima de você, como uma sanguessuga da selva.

Desvio o olhar, grata pela minha pele negra esconder meu rubor. É verdade que Dakari e eu temos passado mais tempo juntos nos últimos tempos, mas...

— Somos apenas amigos — digo na defensiva. — Ele ainda é novo em Lkossa, ainda está conhecendo pessoas.

— *Humpf*. — Tao pula de seu banquinho e pega vários temperos de um armário próximo. — Acho que ele já teve tempo de conhecer *muitas* garotas.

Estou ofendida em nome de Dakari.

— Qual é o seu problema com ele? — pergunto, minha voz mais irritada do que eu pretendia. — Dakari é perfeitamente...

— É isso! — Tao ergue as mãos. — Ele é *perfeito*. Rosto perfeito, comportamento perfeito, tudo perfeito. Não confio nisso.

— Você não confia em nada que não venha de um livro — murmuro.

— *Eu* confio em mim mesmo para não ser enganado por uma voz grave e alguns elogios superficiais — diz Tao com sarcasmo. — Eu costumava pensar que você era inteligente o suficiente para não ser também.

O insulto dói como um tapa na cara; Tao nunca falou comigo dessa maneira.

— Tao — digo baixinho. — Eu realmente gosto dele.

É difícil ler a expressão no rosto do meu amigo quando ele para de repente. A dor ali não faz sentido para mim. Com a mesma rapidez, ela some.

— Então não há mais nada a ser dito — murmura ele, pegando a panela. — Vejo você por aí, Adiah.

Ele não diz mais nada antes de me deixar na cozinha, sozinha.

CAPÍTULO 24

SINOS DE PRATA

Ekon não dormiu bem na última noite no acampamento de Badwa.

Não foi por falta de tentativa ou desejo; acima dele, o céu estava deslumbrante, um punhado das mais vívidas estrelas brancas e prateadas que ele já vira em Lkossa. Ele cruzou os braços atrás da cabeça e o observou. A alguns metros de distância, aninhada em seu saco de dormir, Koffi estava adormecida, e os sons da selva formaram uma melodia de que ele quase gostou. No dia seguinte, bem cedo, eles partiriam e iniciariam sua nova busca por Adiah. Estavam na selva há sete dias e oito noites; enfim, iriam encontrar a coisa que buscavam. Eles iriam encontrar Adiah, ajudá-la a se livrar do esplendor que envenenava seu corpo e, possivelmente, impedir a matança que atormentava Lkossa por quase um século. Aquelas eram coisas *boas*, coisas que *deveriam* tê-lo deixado feliz. Mas havia outra coisa em sua mente.

O grupo de caçadores.

Não era a primeira vez que ele refletia sobre isso; pensamentos sobre os Filhos dos Seis invadiam sua mente de forma intermitente desde que ele e Koffi puseram os pés na selva. Tinha tentado evitar esses pensamentos, mas eles enfim o alcançaram.

O dia seguinte marcava oito dias. Oito, um número *ruim*.

Ele pensou em sua conversa com Fahim no templo, a última vez que vira o amigo.

Você sabe quando vão?

Ainda não. Mas acho que em breve, pelos próximos dias.

Mesmo considerando uma boa margem, os *próximos* provavelmente significavam três ou quatro dias, no máximo. A essa altura, os Filhos dos Seis já deviam estar na selva também, tentando encontrar o que pensavam ser o Shetani e matá-lo. Ele se lembrou das palavras de Kamau em seguida, o aviso que o irmão lhe dera:

Você não lutará apenas com o que já está lá. Os Filhos dos Seis também caçarão, no estilo yabahari.

Em sua mente, Ekon já podia vê-los. Padre Olufemi teria escolhido os guerreiros mais fortes, rápidos e perspicazes para tal missão e, uma vez dentro da selva, eles provariam seu valor. O que aconteceria se o encontrassem ali? O que aconteceria se eles encontrassem Koffi ali? Ele se encolheu com o pensamento.

Não sei o que faria se isso se complicasse só mais um pouco.

Koffi havia dito essas palavras no Distrito Kughushi enquanto eles olhavam os mapas. Ekon se lembrou do momento em que decidira não contar a ela toda a verdade, o momento em que decidira mentir. Ele não planejava esconder para sempre as informações sobre o grupo de caçadores, apenas até que estivessem longe o suficiente na Selva Maior para que pudessem conversar sobre o assunto. Agora, a culpa o consumia.

Você tem que contar a Koffi, disse uma voz em sua cabeça. *Você tem que contar a ela a verdade.*

E admitir que mentiu para ela desde o início?, outra voz argumentou. *Não. Arranje uma estratégia primeiro. Descubra o melhor momento e então conte.* Ekon gostou mais deste plano. Toda a vida dele era um somatório de estratégias, ideias e objetivos cuidadosamente elaborados, que podiam ser planejados, aperfeiçoados e executados. Esse era o tipo de problema que precisava da melhor estratégia. Esse foi seu conforto enquanto as pálpebras pesavam.

Vou contar a verdade a ela, prometeu às estrelas lá em cima. *Direi a ela... quando for a hora certa.*

O amanhecer chegou muito cedo.

Eles juntaram seus poucos pertences em silêncio e Ekon ficou grato. A ansiedade continuava agitando seu estômago toda vez que olhava para Koffi, toda vez que se lembrava de seus pensamentos da noite anterior, mas isto não mudava sua decisão. Badwa manteve a palavra: ela e os yumboes já tinham ido embora quando eles despertaram. Ekon estivera esperando por isso, mas ainda assim sentiu falta deles. Mais uma vez, a selva parecia enorme, densa e até consciente. Algo doeu dentro dele quando viu que suas sacolas haviam sido deixadas totalmente abastecidas com provisões e as cabaças estavam cheias de água. Ele e Koffi deram uma última olhada no acampamento agora abandonado e, em seguida, partiram.

— Então, essa trilha vai nos levar para o norte? — Koffi marchava à frente, como sempre.

— Foi o que Badwa disse. — Atrás dela, Ekon assentiu, embora ela não pudesse ver. — Se continuarmos, deveremos encontrar Adiah amanhã.

— Ótimo.

Nas horas seguintes, eles prosseguiram em silêncio durante a maior parte. Para Ekon, foi o momento perfeito para pensar em sua estratégia. Ele poderia contar a Koffi a verdade sobre o grupo de caçadores se eles encontrassem Adiah, *quando* a encontrassem, *depois* que a encontrassem...

— Ekon?

Ele deu um pulo. Koffi o olhava, avaliando.

— Desculpe, o quê?

A expressão de Koffi não mudou.

— Eu só perguntei se você quer parar um minuto para comer e talvez olhar o mapa para ver onde estamos. É quase meio-dia.

— Ah. — Ele estivera tão perdido nas ideias que mal tinha pensado em comida. — Sim, por mim tudo bem.

Eles encontraram um lugar e espalharam seu estoque de frutas dadas pelos yumboes. As árvores naquela área eram mais finas e mais ricas em cores, suas raízes cobertas por delicadas pétalas de flores cor-de-rosa que pareciam ter florescido um dia antes. O estômago de Ekon roncou alto enquanto abocanhava uma maçã. Estivera com mais fome do que pensara.

— Então... — disse entre mordidas. — Você está quieta hoje.

Koffi demorou mais do que o necessário para descascar uma laranja. Ela mastigou e engoliu lentamente antes de responder:

— Você também.

— Está pensando em alguma coisa?

Primeiro, Koffi fechou a boca com firmeza, como se não planejasse dizer nada. Então as palavras pareceram sair dela sem pedirem licença:

— Viemos para esta selva à procura de um monstro. — Koffi cavoucava a terra. — Agora estamos tentando encontrar uma daraja de 100 anos para que possamos salvar sua vida e nosso lar do deus da morte. — Ela ergueu o olhar. — Isso é... meio estranho, não é?

Ekon riu.

— Sim, é um pouco estranho.

A expressão de Koffi tornou-se hesitante, mas focada.

— Você acha mesmo que conseguimos fazer isso?

Ekon engoliu em seco. Havia mais de uma pergunta naquele olhar e ele esperava acertar a resposta.

— Sim, acho.

Os olhos dela se iluminaram.

— Obrigada por dizer isso em voz alta. Acho que eu só precisava ouvir.

Havia gentileza em sua voz, uma vulnerabilidade que Ekon nunca ouvira antes. O peito dele apertou. *Ela confia em você*, ele percebeu.

Compreender isso também fez a culpa se revirar em seu estômago. Koffi estava sendo honesta com Ekon, mas ele não estava sendo honesto com ela.

Conte a ela. Conte a ela a verdade.

— Estou com medo. — Koffi falou tão baixo que Ekon mal a ouviu. — Não falei em voz alta antes, mas... estou assustada.

Ekon ficou surpreso.

— Jura?

— Isso te surpreende?

— Sim — disse ele dando de ombros. — Você deve ser a pessoa mais destemida que conheço.

Koffi sorriu, mas seus olhos continuaram sérios.

— Minha mãe diz que ajo com o coração, mas... que tenho que aprender a pensar com a cabeça. Ainda estou trabalhando nisso.

Ekon não vacilou:

— Por que não pode fazer as duas coisas?

O sorriso falso de Koffi sumiu.

— *As duas?*

— Sim. — Ekon tornou a dar de ombros. — Digo, se agir com o coração e pensar com a cabeça fazem parte de quem você é, por que não fazer os dois?

A pergunta era simples, mas Koffi o encarou como se ele falasse uma língua estrangeira. Ele teve dificuldade em ler a expressão no rosto dela. Era raiva, confusão ou... outra coisa? Ela abriu a boca para responder e então sua cabeça virou bruscamente para a direita.

— O quê? — Ekon se endireitou. — O que houve?

— *Shhh.* — Koffi levou um dedo aos lábios. — Ouviu isso?

Os dois franziram a testa. Badwa dissera que Adiah estava a um dia de caminhada ao norte do acampamento, mas eles só estavam caminhando havia algumas horas. Ele afiou os ouvidos enquanto olhava em volta, nervoso. Algum habitante hostil da selva viera fazer uma visita, ou era algo pior, como um grupo de caçadores? O ar ao redor deles estava cheio de seu zumbido baixo habitual e nada parecia fora do comum a princípio. Então ele ouviu.

Um toque agradável e metálico.

— O que é isso? — perguntou Ekon em um sussurro.

Koffi não respondeu. Ela já estava de pé, os punhos cerrados. Ekon se levantou mais devagar e olhou em volta outra vez antes de se concentrar. O som vinha da direita e não estava muito longe. Instintivamente, ele pegou o hanjari.

— É... estranho — disse Koffi. — Parece...

— Sinos. — E assim que Ekon disse a palavra, soube que era verdade. — São *sinos*.

— Por que haveria *sinos* no meio de uma selva? — Koffi já estava indo em direção ao som. Ekon a seguiu.

— Não sei — respondeu ele. — Mas sinceramente... não estou otimista.

— Você leu sobre algo parecido no diário?

Ekon pensou. Alguma lembrança distante da primeira noite em que leu o diário estava escondida no fundo de sua mente, mas ele não conseguia se lembrar.

— Não. Não me lembro de nada.

— Então precisamos ser cautelosos. — Koffi olhou por cima do ombro, visivelmente indecisa, antes de falar mais uma vez: — E... talvez *você* devesse ir na frente.

— Eu?

— Você tem a arma. E ainda não sei se posso confiar no esplendor quando o canalizo.

Ekon assentiu. Foi na frente, ainda que fosse estranho assumir a liderança pela primeira vez desde que entraram na selva. À medida que andava, os anos de treinamento deram-lhe mais confiança. Passou a andar na ponta dos pés, os músculos tensos e a adaga em punho. O tilintar estava ficando mais alto, mais intenso. *Definitivamente são sinos*, concluiu ele, *mas indicavam* o quê? Havia um grande carvalho à frente. O que quer que estivesse fazendo aquele som parecia estar por trás dele. Ekon agarrou a adaga com mais força e sinalizou para Koffi ir pelo outro lado da árvore. Assim que ela avançou, Ekon contornou seu lado do tronco, a adaga erguida... mas alguém gritou, fazendo-o parar de súbito. Levou um momento para entender o que estava vendo.

— O que é...?

Uma garotinha estava sentada perto das raízes da árvore, abraçando os joelhos enquanto fungava. Sua túnica era grande demais, rasgada na bainha, e seus olhos estavam vermelhos. Amoras silvestres e pedaços de folhas estavam emaranhados em seu cabelo e... dois minúsculos sinos de prata tinham sido amarrados com fita em cada tornozelo.

— Por favor — disse ela com uma voz fina, olhando para os dois. Suas mãos cobriam o rosto. — Por favor, não me machuquem!

Ekon abaixou a mão que segurava a adaga. Aquilo era tudo, menos o que estivera esperando. Por vários segundos, ele não pôde fazer nada além de olhar. Ver uma criança perfeitamente normal no meio da Selva Maior era um contraste tão estranho que ele nem sabia o que dizer. Koffi deu a ele um olhar exasperado antes de se abaixar para encontrar os olhos da menina.

— Está tudo bem — disse ela, gentil. — Não vamos te machucar.

A garota espiou por entre os dedos.

— Não vão?

— Não.

— Tudo bem. — A garota colocou os braços em volta dos joelhos e seus sinos tilintaram novamente. — Então quem são vocês?

— Somos Koffi e Ekon. — Koffi manteve a voz baixa e falou devagar. — Qual é o seu nome?

— Hila — respondeu a menina. Ela ainda estava olhando de um para o outro, cautelosa. — Por que você está aqui? — Ela dirigiu a pergunta a Ekon.

— Há, bem, estamos...

— Procurando por *borboletas*. — Koffi lançou um olhar deliberado a Ekon. — Não é verdade, Ekon?

— Eu... — Ekon mordeu a língua. — Sim. *Borboletas.*

— Ah, eu gosto de borboletas! São tão bonitas. — Hila pareceu se animar com isso. Seus olhos se arregalaram um pouco enquanto olhava para Koffi. — *Você é* muito bonita.

— Ah. — Koffi sorriu. — Obrigada.

Hila se virou para Ekon.

— *Você* acha Koffi muito bonita?

Ekon emitiu um som que era uma mistura de tosse e soluço.

— Eu...

— Temos um acampamento aqui perto. — Koffi teve o cuidado de não olhar para Ekon. — Está com fome?

— *Uhum.* — Hila assentiu com entusiasmo enquanto Ekon encontrava as palavras outra vez.

Gentilmente, Koffi pôs Hila de pé e a levou de volta para o local onde haviam deixado as bolsas. Os sinos tilintaram alegres quando ela correu e se sentou no chão. A garotinha pegou uma das laranjas na pilha de frutas e começou a descascá-la. Koffi se acomodou ao lado dela e Ekon fez o mesmo.

— Então, Hila — disse Koffi. — De onde você é? E como veio parar aqui na selva, sozinha?

Hila colocou outro pedaço de laranja na boca antes de responder.

— Sou de uma das aldeias da fronteira — murmurou. — Não venho na selva com frequência, mas... bem, eu estava tentando encontrar nozes-de-cola.

— Nozes-de-*cola*? — repetiu Koffi. — Elas são comuns. Você não precisava entrar na Selva Maior para encontrá-las.

— Não as grandes — disse Hila de imediato, como quem sabe o que diz. — Encontrei algumas aqui que eram maiores do que meu punho e papai pode vendê-las por mais dinheiro no mercado. — Ela deu de ombros. — Somos só ele e eu. Minha mamãe morreu quando eu era pequena.

Ekon foi pego de surpresa pela pontada de pena que sentiu pela garota.

— Papai me mandou para a selva faz uns dias — continuou Hila. — Mas... algo veio atrás de mim.

Ekon se endireitou.

— O que era?

— Algo assustador — disse Hila. — Não sei o que era, mas parecia estranho. Tinha um corpo escorregadio como uma cobra, e uma cabeça como um...

— *Elefante.* — Ekon olhou para Koffi. — Parece o grootslang que vimos.

— Ou um dos amigos dele — disse Koffi, comprimindo os lábios.

— Fugi dele — murmurou Hila. — Mas depois me perdi. Papai amarrou esses sinos nos meus tornozelos para que pudesse me encontrar se isso acontecesse, mas... — Ela olhou para eles. — Acho que não funcionam mais.

Ekon engoliu em seco. Por mais que tentasse, era impossível não fazer a óbvia comparação. Um dia, *ele* fora a criança perdida naquela selva; ela também era. Ela estava sozinha e com medo; ele sabia como era a sensação. Os olhos da menina fixaram-se nos dele e Ekon tomou uma decisão:

— Vamos levar você de volta para sua família. Não se preocupe.

Koffi lançou para ele um olhar estranho, antes de pigarrear.

— Na verdade, Hila — disse ela, falando um pouco alto —, Ekon e eu vamos até ali por um momento. Por favor, aproveite a comida. Já voltamos. — Em um movimento brusco, ela indicou com a cabeça um local a vários metros de distância e gesticulou para que Ekon a acompanhasse. Quando estavam fora do alcance da voz de Hila e de costas, ela fez uma careta. — O que está fazendo?

Ekon olhou por cima do ombro.

— Ela precisa da nossa ajuda, Koffi. Não podemos simplesmente deixá-la aqui sozinha.

— Você está se esquecendo do nosso *plano*? — Koffi comprimiu os lábios. — Temos que encontrar Adiah, não fazer missões de busca e resgate. Ela é uma distração.

— Ela é uma *criança* — corrigiu Ekon. — O que mais devemos fazer?

Koffi cruzou os braços.

— Se mostrarmos a ela o mapa e as trilhas, talvez possamos...

— Você é *muito* bonita.

Os dois deram um pulo. Hila havia se levantado, silenciosa como um camundongo, e estava parada diante deles, um sorriso curioso brincando em seus lábios. Ela parecia, se é que era possível, ainda menor e mais jovem do que antes. Passou o peso de um pé para o outro, e os sinos de seus tornozelos tilintaram.

— Obrigada. — Desta vez, o olhar de Koffi estava cauteloso. — Olha, Hila, queremos te ajudar, mas precisamos de mais algumas informações sobre...

— Gosto do seu penteado. — Hila ainda estava dançando no lugar quando apontou para Koffi. — Minha mamãe sempre tenta deixar o dela assim, mas nunca fica tão bom.

Uma pulsação rápida atingiu a têmpora de Ekon, aguda, mas fugaz. Ele fechou os olhos e esfregou as pálpebras. Quando tornou a abri-los, Koffi estava tensa. Ela olhava para Hila e sua expressão havia mudado completamente.

— Você acabou de nos dizer que sua mãe *morreu* — disse ela devagar. — Você disse que eram só você e seu pai.

— Ah. — Hila parou de dançar. Seus olhos se arregalaram. — Desculpe, eu devo ter...

— Esquecido que sua mãe está viva? — Koffi franziu o cenho. — Isso é uma coisa muito estranha de esquecer.

— Koffi. — Ekon olhou dela para Hila, confuso. — O que está acontecendo? Você acha que ela...?

— Acho que tem algo muito errado em você. — Koffi não estava olhando para Ekon. Os olhos estavam na garotinha, a expressão dura. — E acho que você deveria encontrar seu próprio caminho para casa.

— *Não!* — A voz de Hila subiu uma oitava enquanto ela se movia para ficar ao lado de Ekon, os sinos tilintando a cada passo. Ela tomou a mão dele e a apertou. — Não, não, não, por favor, não me mande embora! Não me deixe sozinha de novo, tem monstros!

De maneira instintiva, Ekon se colocou entre Koffi e Hila. O medo puro na voz da menina tocou algo profundo dentro dele. Foi muito fácil se lembrar de como ele se sentiu durante todos aqueles anos anteriores.

— Koffi — disse ele. — Não há razão para não ajudarmos...

— Ekon, *tem algo errado com ela*. — Koffi deu um passo à frente. — Ela estava sozinha no meio da selva com esses sinos, a história dela não faz sentido...

— Ela é nossa *amiga*. — As palavras não pareciam certas, mas os lábios dele as formaram de qualquer maneira. — Temos que ajudá-la.

— Sim, isso mesmo — uma voz desagradável resmungou. — Você tem que me *ajudar*.

Ekon quase deixou o próprio corpo. A voz de Hila havia mudado, não era mais delicada e doce. Quando olhou para baixo, viu que não era mais uma criança segurando sua mão. Algo com olhos pretos úmidos o encarava, longe de ser humano. O corpo era enrugado e inchado, preenchendo uma túnica que antes estava muito grande. A pele da coisa que antes fora uma garotinha adquiriu uma horrível palidez acinzentada. Ekon tentou se soltar, mas a criatura sorriu, expondo uma fileira de dentes brancos e pontiagudos. Em algum lugar no fundo da mente, uma palavra enfim surgiu nas lembranças de Ekon, saída do diário de Nkrumah:

Eloko.

— Meu novo amigo vai me ajudar — disse a eloko em uma voz baixa e rouca. — Ele usará sua bela adaga para cortar o rosto da linda garota para que eu possa ficar com ele, assim como a *última* garotinha bonita que encontrei sozinha nesta selva.

A criatura bateu os calcanhares, e os sinos de prata dos tornozelos tocaram altíssimo. Involuntariamente, Ekon tocou a adaga em seu quadril.

— Ekon!

De longe, Ekon ouviu o pânico crescente na voz de Koffi, viu o terror em seus olhos escuros. Ele sabia, mesmo que distante, que o terror dela deveria ter tido algum efeito, mas um entorpecimento o dominava. A única coisa que ouviu foram aqueles sininhos de prata e a única coisa que queria era obedecer, ajudar Hila. Apertou mais o cabo da adaga e deu um passo à frente.

— Ekon, pare! — Koffi estava recuando, o corpo inteiro tremendo. O tornozelo se prendeu a uma videira e ela foi ao chão.

A eloko gargalhou e pulou quando Ekon deu mais um passo.

Ajude Hila, uma voz na cabeça dele pediu. *Você tem que ajudar Hila.*

— Por favor. — No chão, Koffi recuou. Seus olhos permaneceram fixos nos de Ekon enquanto ela pegava as bolsas e as segurava na frente do corpo como um escudo. — Ekon, sou eu.

Agora *aquelas* palavras não soavam certas. Quanto mais olhava para a garota se afastando dele, menos familiar ela se tornava. Qual era o nome dela? Tudo o que ele podia ouvir eram os sinos.

— Me ajude, Ekon. — A voz de Hila estava suave e doce de novo. — Me ajude, meu *amigo*.

Ekon ergueu a adaga. A garota estranha não tinha para onde ir, então seria fácil de matar. Ela fechou os olhos e fincou os pés na terra. Ekon avançou até pairar sobre ela. A garota não parecia mais estar com medo, e sim estranhamente em paz. Ele agarrou o pulso dela e a puxou para que seus olhos estivessem no mesmo nível, pressionou a ponta da lâmina da adaga em sua mandíbula e...

E então sentiu. A mão de alguém.

A mão da garota em sua bochecha, macia e quase imperceptível. O toque espalhou um formigamento pelo seu corpo. Em seguida, o som dos sinos começou a diminuir. A dormência que o dominava recuou como uma maré e ele teve a estranha sensação de emergir de alguma coisa. Uma única palavra voltou à mente dele e ele se lembrou:

Koffi.

Ela ainda o olhava, determinada e focada, com os pés fincados na terra. Minúsculos fragmentos de luz pareciam estar se reunindo e dançando ao redor do corpo dela e saindo de suas mãos.

— Não!

Ekon deu um pulo. A eloko estava parada a alguns metros de distância, seu sorriso malicioso desaparecendo. Ekon tornou a olhar para Koffi bem a tempo. Ela ergueu a própria mão e apontou para a criatura. Para a surpresa dele, os fragmentos brilhantes deixaram seu corpo e flutuaram ao redor dela como se esperassem. Então, sem aviso, voaram em direção à eloko. Quando tocaram a pele da criatura, ela gritou:

— Não! *Não!*

— Ekon! — Koffi ainda o encarava. — *Corra!*

Ekon não precisou ouvir outra vez. Arrancou a própria bolsa do braço de Koffi e saiu correndo, igualando o passo dela. Houve um farfalhar atrás deles, um lamento horrível, e então:

— *Nãããoo!* Não, meus amigos, volteeem!

Ekon olhou por cima do ombro. A eloko estava correndo também, repelindo os vaga-lumes de Koffi enquanto os perseguia. Seus braços tortos estavam estendidos e havia uma fome selvagem em seu olhar.

— Continue correndo! — Koffi passou o pulso por cima do ombro como se estivesse jogando alguma coisa. Outra onda de vaga-lumes saiu de suas palmas, mas não tantos como antes. Havia pânico em seu rosto. — Não consigo acalmar a mente — disse ela. — Não vou conseguir...

— *Amigos!* — gritou a eloko. — Não fujam, meus amigos! — Ela estava perto demais. Ekon apertou a adaga com mais força, se preparando.

Sem aviso, houve um clarão, uma aura de luz muito maior e mais brilhante do que a que Koffi havia produzido antes. Disparou para cima, como um raio dourado. No momento em que tocou a eloko, a pele da criatura começou a chiar. Um fedor terrível encheu o ar.

— *Nãããoo!* — A eloko embalou os braços queimados contra o peito, gritando de dor. Virou-se e correu na direção oposta, o mais rápido que pôde.

Maravilhado, Ekon observou antes de se voltar para Koffi.

— Isso foi *incrível* — disse ele. — Como fez isso?

Koffi não olhava para ele e nem sorria. Quando falou, seus olhos estavam fixos em outra coisa:

— Eu… não fiz isso.

Ekon sentiu os calafrios o tomarem. Lentamente, seguiu o olhar dela, um novo medo crescendo dentro de si como uma maré. Quando viu o que Koffi tinha visto, ficou imóvel.

Algo gigantesco estava olhando para eles das sombras das árvores à frente.

Os olhos da coisa eram frios e pretos.

CAPÍTULO 25

A OUTRA DARAJA

Koffi não se mexeu. Ela nem se atreveu a piscar.

A criatura parada a alguns metros de distância, obscurecida pelas sombras, era grande; ela soube disto de cara. Já a tinha visto uma vez antes, no escuro, mas isto não a tornava menos assustadora à luz do crepúsculo. Ela viu a mesma pele rosada em carne viva, músculos esticados sobre uma estrutura ossuda. O rosto era enrugado, uma composição feita de um focinho comprido, olhos pretos e a boca aberta cheia de dentes. A língua da coisa pendeu enquanto a olhava, da cor do sangue.

— Koffi.

Atrás dela, a voz de Ekon mal passou de um sussurro. Ela o ouviu se mover e ficar de pé ao seu lado, a adaga ainda na mão, pronta.

— Afaste-se.

Afastar-se *era* a coisa mais inteligente a fazer. Afinal, Koffi não tinha nenhuma arma, nenhuma maneira de se defender. Mas uma atração inexplicável a ancorou onde estava. Eles ficaram parados ali por um minuto inteiro e o Shetani ainda não havia se movido. No Zoológico Noturno, ela tinha visto um monstro, uma fera movida à raiva, mas o que via agora era muito diferente. Não um monstro, nem mesmo uma fera, mas uma criatura viva. Seus olhos encontraram os da criatura, e onde antes pensara ter visto sede de sangue, Koffi viu outra coisa: um tipo de dor apática, antiga e sempre constante. Havia mais: tristeza, desamparo. E então soube o que precisava ser feito.

— Ekon, acho... que você deveria ir.

— O quê? — Ela não se virou para ver a expressão dele, mas ouviu sua descrença: — Você não está falando sério.

— Estou.

— Para onde exatamente quer que eu vá?

— Não muito longe. — Koffi ainda estava observando o Shetani. A criatura inclinou ligeiramente a cabeça. — Só... acho importante fazer essa parte sozinha.

Ela o sentiu se mexer ao lado dela, quase podia sentir sua hesitação.

— Koffi. — Ekon baixou a voz para um sussurro: — Não quero te deixar sozinha com... ela.

— Por favor. Confie em mim.

Houve uma longa pausa, um suspiro, e então algo que soou muito com "*tenha cuidado*" antes que ela ouvisse o som de passos desaparecendo e soubesse que estava sozinha com o Shetani. Todo aquele tempo, a criatura não tirara os olhos dela. Koffi quase achou que parecia curiosa.

— Sei o que você é. — Koffi deu um passo à frente, sendo agora iluminada pelo raio de sol que se espalhava pela copa da floresta. No momento em que a luz a tocou, ela se sentiu um pouco mais forte. — E sei *quem* você é.

O Shetani rosnou. A ansiedade e o medo tomaram conta do corpo de Koffi, mas ela se manteve firme.

— Você não me conhece. — Ela manteve a voz baixa. — Mas já nos encontramos. Você se lembra?

O Shetani rosnou novamente, mas não tão alto. Ele se curvou, as garras se retraindo da terra. Koffi tentou não tremer ao dar mais um passo à frente.

— Sou como você — disse ela. — Provavelmente de mais maneiras do que imagina. Eu... eu sei o que é ser mal compreendida, querer fugir das coisas que te assustam. Às vezes é mais fácil fugir, não é?

O Shetani a encarou, mas não emitiu nenhum som. Não era encorajador, mas também não era desanimador. Koffi se aproximou mais.

— Sei que sente uma dor terrível — sussurrou. — E sei o motivo. Mas acho que pode haver uma maneira de ajudá-la, se permitir. Você *vai* permitir?

O Shetani deu um passo à frente. Estavam a menos de meio metro de distância agora, pouco mais do que o comprimento de um braço. No espaço entre eles, Koffi sentiu o cheiro de coisas da terra: musgo, casca de árvore, flores desabrochando. Inspirou aquele perfume. As narinas rosadas do Shetani se dilataram.

— Vou tentar uma coisa — disse Koffi. — Nunca fiz isso antes, mas... pode ser que funcione.

Ela acabou com o espaço entre eles com um único passo, a palma da mão pairando a centímetros do focinho do Shetani. Badwa havia dito a ela durante as aulas que o esplendor era uma energia que podia ser movida, dada e tomada. Se o esplendor dentro de Adiah era o que alterara sua aparência, então talvez...

Ela tocou o focinho do Shetani, a palma da mão cobrindo o nariz. Fechou os olhos e tentou se lembrar das palavras de Badwa:

Acalme sua mente.

Ela pensou na mãe fazendo twists em seu cabelo, no som da risada de Jabir. Pensou em Ekon e no jeito como ele sorria para ela. Desta vez, quando se abriu para o esplendor, não o atraiu do chão; ela o puxou do próprio ser do Shetani. Ela instantaneamente sentiu o poder no lugar em que sua pele entrou em contato com a da criatura, zumbindo e entoando em sua mão. Os olhos do Shetani se arregalaram em choque, depois em compreensão, e ele pressionou a cabeça com mais força na mão dela. Uma onda de dor se espalhou pelo corpo de Koffi enquanto uma parte do esplendor se movia de um hospedeiro para outro. O suor escorria pelo seu pescoço enquanto a magia se movia, mas ela permaneceu imóvel. Aquele era o máximo de esplendor que ela já permitira em seu corpo, mas sabia que havia mais, *muito* mais. Ela fechou os olhos e tentou visualizar, como um copo enchendo-se até a borda. Um copo que não podia derramar nem uma gota. Ela não aguentaria tudo, mas podia aguentar uma parte, podia segurar por um tempo, oferecer algum alívio. Uma brisa fez cócegas em sua bochecha, um som que a lembrou de um suspiro. O ar mudou e, quando Koffi abriu os olhos, não havia nenhum Shetani diante dela.

Havia uma jovem segurando sua mão.

O cabelo dela era espesso, cacheado, da cor das asas de um melro-preto. Ela era alta (ainda mais alta que Koffi) e tinha o rosto negro com feições suaves e arredondadas: bochechas cheias, boca curvada como o arco do Cupido. Ela era deslumbrante. Nada em seu rosto revelava sua idade, exceto os olhos, que pertenciam a outra época.

— Como? — Adiah tocou a garganta com a mão livre, aparentemente surpresa com o som de sua própria voz. Era baixa e áspera, como se não fosse usada havia anos, e um pouco do rosnado ainda soava nela. — Como... você *fez* isso?

Koffi assentiu com a cabeça para as mãos delas, ainda entrelaçadas com força.

— Peguei parte do esplendor de você. — Como se a magia tivesse sido invocada, ela sentiu aquela pontada de poder extra dentro dela e estremeceu. — É temporário.

A jovem ainda a estava observando, sua expressão indecifrável.

— Como aprendeu a fazer isso?

— Badwa me ensinou.

A emoção no rosto da jovem era inegável, junto com uma visível compreensão.

— Você é a outra daraja. Senti seu poder, seu chamado, e... fui até você.

Koffi assentiu.

— E você é Adiah.

Lágrimas encheram os olhos de Adiah.

— Faz muitos anos que não uso esse nome — sussurrou ela. — Eu não sabia que ainda havia um de nós antes de te ver. Achei... achei que eu fosse a última.

— Pode haver mais de nós por aí — disse Koffi. — Mas nem um que seja aberto quanto a isso, pelo menos não em Lkossa. As coisas mudaram desde... — Ela hesitou. — Desde que você partiu.

Adiah fez uma careta, uma dor visível puxando os cantos de sua boca.

— Eu não sabia. — As palavras eram baixas, suplicantes. — Eu não sabia o que ele ia fazer, juro. Ele me disse que eu poderia usar o esplendor para tornar Lkossa um lugar melhor e acreditei nele. Eu era tão jovem, tão *tola*. Se eu tivesse sido mais esperta...

— *Não* foi culpa sua — disse Koffi. — Você era uma criança.

Adiah riu sem humor.

— Com certeza não me considerava uma. — Ela disse as palavras com amargura, cheia de escárnio. — Eu era arrogante. Achava que era muito melhor do que todos ao meu redor. Se eu tivesse escutado meus professores, meus amigos... — Uma única lágrima escorreu pela sua bochecha. — Se eu tivesse ouvido o *Tao*, nada disso teria acontecido.

— Fedu é um *deus* — disse Koffi com firmeza. — O que significa que ele teve muito tempo para aprender a enganar as pessoas. Você era só uma menina...

— Que fez algo terrível. — Adiah balançou a cabeça. — O poder que libertei destruiu Lkossa, destruiu a minha casa. Causou guerras, uma ruptura no céu...

— Você não pode mudar o que já aconteceu — disse Koffi baixinho. — Só pode mudar o que *vai* acontecer.

— E ainda vive dentro de mim — continuou Adiah como se não tivesse ouvido Koffi. — Eu o sinto o tempo todo. Você deve sentir também, se está segurando o esplendor dentro de você agora. É uma coisa perigosa e sempre será.

Na verdade, Koffi *sentia*. O esplendor que ela tirara de Adiah não era mais um mero formigamento sob sua pele; estava ficando mais quente, doloroso. Como se lesse a mente de Koffi, Adiah começou a tentar se soltar, mas Koffi a segurou com mais força.

— Há uma maneira de você se livrar disso — disse ela. — Uma maneira de devolvê-lo à terra, onde ele pertence.

Adiah balançou a cabeça.

— Isso não é possível.

— É *sim*. — Koffi apertou a mão dela para dar ênfase. — Durante o Dia do Vínculo, o esplendor na terra sobe à superfície, da mesma maneira que fez cem anos atrás, quando você o tomou. O próximo é daqui a dois meses e você poderá devolvê-lo.

— É muito perigoso. Para remover esse tipo de poder...

— Você não vai liberá-lo aqui — disse Koffi rapidamente. — Ekon e eu temos um plano. Vamos te levar às Planícies Kusonga, onde não há ninguém por perto. Você poderá liberá-lo lá, com segurança.

Ela observou Adiah compreender as palavras, pesando-as e considerando-as. Quando falou, ela parecia ter a idade que tinha:

— Assim que eu sair da selva, Fedu vai me pegar. Ele me procura o tempo todo, noite e dia.

— Vamos escondê-la e viajar com cuidado.

— As Planícies Kusonga estão a uma distância considerável daqui — disse ela. — Não sei se conseguiria ir tão longe.

— Você precisa *tentar* — pressionou Koffi. — Quando o esplendor deixar seu corpo, você vai poder voltar para casa conosco. Vai poder contar a verdade a todos, eles não temerão você...

Koffi estremeceu quando uma nova dor a atingiu e os olhos de Adiah se arregalaram.

— Devolva o esplendor para mim, criança. — A voz dela era urgente. — *Agora*.

— Não até que você concorde... — Algo se retorceu no estômago de Koffi, outra dor aguda. — Não até que você concorde em vir conosco.

— Muito bem — rebateu Adiah. — Irei com vocês para as Planícies Kusonga. — Ela agarrou o antebraço de Koffi e puxou-a para perto. — Mas saiba disso, criança. Se o seu plano não der certo, não posso suportar essa dor por mais um século.

— Você não terá que...

— *Escute.* — Os olhos de Adiah estavam ferozes. Koffi sentiu um puxão, sentiu que ela recuperava o esplendor com um aperto de mão forte. Observou os olhos da jovem ficarem mais frios enquanto o poder retornava ao seu hospedeiro. A voz soou mais de fera do que de mulher quando ela falou: — Não sou forte o bastante para lutar contra Fedu se ele me capturar. Você entende?

— Entendo.

Essa foi a última palavra que Koffi conseguiu dizer antes que Adiah puxasse a mão; desta vez, ela deixou. Assim que se separaram, Koffi sentiu um vazio terrível. Sua vista se encheu de pontinhos, a boca ficou seca, mas não havia como parar. Suas pernas tremeram violentamente e então cederam. Ela se sentiu cair.

A última coisa que ouviu foi um rugido.

— Koffi!

Koffi abriu os olhos. A vista não estava mais cheia de pontinhos, e ao redor tudo o que ela viu foi verde. Verde, e marrom, e *Ekon*. Ele a encarava, a preocupação estampada em cada músculo de seu rosto.

— Você está bem? — A voz dele estava embargada. — Está ferida?

— Não. — Koffi se sentou e olhou ao redor por um momento. O Shetani (Adiah) estava a alguns metros deles, observando. Ela a encarou por mais um segundo, antes de abaixar a cabeça em um assentimento inconfundível; um acordo, um consentimento.

— Não entendo. — Ekon olhava de Koffi para Adiah, a voz confusa. — O que está acontecendo?

Koffi sorriu.

— Estamos indo para as Planícies Kusonga.

CAPÍTULO 26

UM FORTE GOSTAR

O ar ficou mais frio à medida que Koffi, Ekon e Adiah seguiam para o sul.

A cada passo Ekon sentia o mundo mudando ao seu redor. O céu ainda estava azul, mas começava a escurecer; o ar era fresco, mas tinha um leve cheiro de ozônio. Ele reconheceu os sinais da estação das chuvas na Região Zamani se aproximando rapidamente. Em questão de semanas, talvez menos, a maioria da população estaria com água até os joelhos. Os comerciantes locais trocariam as mercadorias, oferecendo roupas apropriadas para as constantes torrentes de chuva por preços inflacionados; os fazendeiros teriam dias de trabalho curtos e rezariam mais pelo bem-estar das safras. Quando criança, Ekon gostava dessa parte do ano, quando os problemas do mundo pareciam desaparecer no dilúvio para que as coisas pudessem recomeçar alguns meses depois. Mas naquele ano seria diferente.

— Tudo bem, vou dizer o que estou pensando...

Ele e Koffi tinham parado mais uma vez para consultar o mapa. Fazia algumas horas desde que Koffi convencera Adiah a se juntar a eles e agora estavam a menos de um dia de distância da fronteira onde haviam começado. Com cuidado, ele abriu o mapa na terra entre eles, traçando duas linhas com os dedos.

— Estamos aqui — disse ele, apontando para a localização deles. — Como pode ver, há várias rotas para sairmos da Selva Maior sem sermos detectados; a fronteira é enorme e não há como os Filhos dos Seis cobrirem tanto terreno. Será apenas uma questão de tempo.

— Quando você acha? — Koffi perguntou.

— Amanhã cedo — disse Ekon. — As patrulhas são sempre mais intensas à noite, pois é quando acham que há mais chances de o Shetani atacar. De manhã, o turno da noite é trocado pelo da manhã. É uma transferência muito bem executada, mas se formos longe o suficiente em direção ao sul...

— Podemos evitá-los?

— Isso — disse Ekon. — O outro desafio que teremos é esconder Adiah quando estivermos expostos. Óbvio que é mais fácil aqui, mas... a área entre a Região Zamani e as Planícies Kusonga é bastante plana e aberta. Estaremos mais expostos lá.

— Podemos nos esconder no capim-limão — disse Koffi. — E prosseguir à noite. O tráfego que chega a Lkossa sempre diminui no início da temporada de chuvas; Baaz reclama disso todo ano. Se mantivermos um bom ritmo, poderemos chegar às Planícies Kusonga em algumas semanas a pé. Então, tudo o que teremos a fazer é ficar quietos e esperar pelo Dia do Vínculo.

— Parece que temos um plano. — Ekon fechou o mapa. — Partiremos amanhã.

O ritmo deles diminuiu conforme o final da tarde adentrava o crepúsculo; Ekon sabia que seria uma noite mais fria. Adiah caminhava um pouco à frente deles, mas Koffi o acompanhava. De repente, ela olhou para o sol poente.

— Devíamos parar aqui.

— O quê? — Ekon olhou para o sol também, se perguntando se havia perdido algo. Era de um laranja-dourado profundo e logo estaria se pondo. — Devemos continuar enquanto temos luz. Quanto mais perto chegarmos de Lkossa esta noite, menos tempo teremos para compensar pela manhã...

— Tem uma lagoa. — Koffi acenou alguns metros à direita, para um pequeno corpo de água brilhando entre as árvores.

Ekon olhou para ela, ainda confuso.

— E?

— E estamos prestes a mudar completamente de terreno — disse Koffi. — Nas próximas semanas estaremos em pastagens abertas, sem acesso garantido a qualquer quantidade substancial de água.

— E...?

— E vou tomar um banho.

Ekon congelou. Levou um momento para encontrar as palavras.

— Você vai... um o quê?

— Um *banho* — repetiu Koffi devagar. — Sabe, aquilo que você faz quando está sujo e gostaria de ficar limpo? Não vou demorar, dez minutos no...

Ekon não ouviu o resto das palavras; estava tentando focar a mente. Banho. Koffi ia tomar *banho*. *Perto dele*. Sem roupa. Até então eles tinham conseguido dar privacidade um ao outro quando precisavam, mas *aquilo*...

— Algum problema? — A voz de Koffi fluiu de volta para ele, doce demais.

— Hã, *não*.

Pense em outra coisa, ele implorou a si mesmo. *Pense em algo que não seja... nisso. Pense no templo, nos irmãos do templo. O nojento do bruto Apunda... qualquer coisa.*

— Ótimo. — Ele deu um pulo quando Koffi deu um tapinha em seu ombro. Não gostou nem um pouco do brilho nos olhos dela. — Você pode começar o jantar, então. Somos só nós dois comendo, acho. Adiah, tudo bem você caçar seu jantar?

Em resposta, Adiah, que havia parado alguns metros à frente deles, piscou. Então abaixou a cabeça no que parecia ser um assentimento e entrou na escuridão. Em circunstâncias diferentes, Ekon teria ficado nervoso com o quão silenciosamente ela se moveu.

— O que *ela* vai jantar?

— Acho que é melhor a gente não saber. — Koffi fez uma careta.

— Sabe — disse Ekon após uma pausa —, quase me sinto mal por ela.

Koffi olhou para ele de novo, visivelmente surpresa.

— Por quê? Ela não vai ficar assim por muito mais tempo. Assim que chegarmos às planícies, ela será humana de novo, livre do esplendor e da dor que ele causa. Adiah vai voltar a ser como era.

— Mas o mundo dela não volta — disse Ekon. Koffi abriu a boca, mas ele continuou: — Ela tem mais de 100 anos, a Lkossa que ela conhecia de antes da Ruptura não existe mais e nem uma das pessoas que ela conhecia está viva. Seus amigos, sua família...

— Todos mortos — disse Koffi, com a voz vazia.

— Não sei como seria — concluiu Ekon. — Voltar para uma casa e uma vida que você sabe que é sua, mas que não reconhece.

A expressão de Koffi era indecifrável um momento antes de ela dar de ombros. O gesto foi casual, mas havia algo nele que pareceu forçado.

— Podemos nos preocupar em ajudar Adiah a se encaixar depois que ela voltar ao normal. — Ela assentiu antes de olhar para o lago. — Enquanto isso, preocupe-se com a nossa refeição. Já volto.

— Não se esqueça de conferir se há cobras na água! — disse Ekon para as costas dela. — E nkalas!

Koffi não se virou, mas Ekon achou tê-la ouvido rir. *Está bem.* Se ela queria que sua sombra fosse comida por um monstro-caranguejo mítico gigante, isto era problema *dela*, embora, para ser justo, as leituras dele sugeriam que as criaturas viviam em grandes extensões de água.

Ele se voltou para o assunto em questão: o jantar. Os ingredientes com os quais tinha que trabalhar eram tão escassos quanto sua habilidade. No Templo de Lkossa a comida não era especial, mas era boa, preparada por um cozinheiro. Ele olhou por um momento para as pilhas de frutas, pão e carnes secas que os yumboes haviam embalado para eles. Então teve uma ideia.

— Terminei — anunciou Koffi.

Quando Ekon estava dando os toques finais na refeição e fazendo uma pequena fogueira, Koffi retornou. As roupas dela estavam um pouco molhadas, mas o rosto estava livre da lama que o endurecera antes. Ekon olhou por cima do ombro.

— Seu cabelo está diferente — observou ele, tomando cuidado para não olhar muito para ela. Ainda não confiava em sua mente. — Você lavou?

Koffi arqueou uma sobrancelha.

— *Que engraçado.*

Ela se acomodou ao lado dele no chão e um cheiro doce preencheu o espaço entre eles.

— Você encontrou mais sementes ponya?

— Não. — Ela desdobrou a túnica suja e revelou várias nozes marrom-claras escondidas nas camadas. *Pareciam* sementes ponya, mas eram maiores. Ela pegou uma e a levou ao nariz dele. — São nozes de carité. São usadas para fazer manteiga para o cabelo e a pele.

— Carité... — Ekon se inclinou instintivamente. Sem aviso, seu peito ficou apertado. Ele levou um momento para descobrir o porquê. — Tem... o cheiro da minha mãe.

— Ah.

Todo aquele tempo ele conhecia o cheiro, mas não sabia de onde vinha. Seus olhos ardiam. A mãe se fora, mas aquilo... era como encontrar uma parte totalmente nova dela, uma parte dela que ele pensava ter estado perdida para sempre.

— Você nunca falou sobre sua mãe antes — disse Koffi baixinho.

— É... — Ekon coçou a nuca. — Bem, é porque ela deixou nossa família quando eu era pequeno. Não sei para onde ela foi, não a vejo há anos.

— Ah. — Koffi baixou o olhar, observando as unhas. — Lamento muito ouvir isso.

Um longo silêncio se seguiu, longo demais para ser confortável. Ekon estava familiarizado com ele. Não falava muito sobre a mãe, mas quando falava, as mesmas coisas aconteciam. Silêncio e depois pena. Silêncio, e depois as desculpas, as banalidades. *Tudo acontece por um motivo. Lamento por sua perda*, como se ela deixar a família fosse culpa dele, consequência da irresponsabilidade *dele*. Ekon mudou de assunto:

— Ela costumava fazer este prato — disse ele. — Acho que era inventado, mas comíamos muito na refeição da manhã. Era meio que essa salada de frutas. Aqui está a minha versão dele.

Koffi olhou para a pilha de frutas cortadas, cuidadosamente arrumadas em um pequeno círculo.

— Você picou?

— Vinte e sete pedaços deliciosos.

— Estou impressionada.

Ekon estava cheio de firulas ao servir duas folhas gigantes.

— Um banquete digno dos deuses.

Koffi pegou um dos improvisados pratos de folha e parte da pilha de frutas para si. Ekon não queria necessariamente observá-la comer (seria estranho), mas queria saber se ela gostou da comida. Era bobo se preocupar com o que alguém pensava de um punhado de frutas picadas, mas por algum motivo ele se importava. Esperava que Koffi gostasse. Obrigou-se a olhar para o próprio prato e contar até 18 antes de erguer os olhos novamente.

— Então, como estava?

Seu coração falhou uma batida quando Koffi respondeu com um sorriso fraco.

— Tão ruim assim?

— Não! — Ela balançou a cabeça. — Não é isso, é só que... — Ela olhou para as fatias de fruta. — Tem mamão.

— Sim?

— Eu meio que odeio mamões.

Ekon piscou.

— Você... *odeia* mamão?

— Bastante.

— Óbvio. — Uma verdadeira risada ecoou de Ekon. Ele massageava o nariz, tentando absorver a informação. — Deixe-me adivinhar, você gosta de alguma fruta estranha e suspeita, como... melão?

Koffi franziu o cenho.

— Melão *não é* suspeito.

— Eu sabia.

Ela lançou a Ekon um olhar fulminante antes de escolher um pedaço específico de banana da pilha de frutas e colocá-lo na boca.

— Tenho uma pergunta para você.

Ekon ficou tenso.

— Que tipo de pergunta?

Ela colocou o prato no chão por um momento e sorriu.

— É sobre o diário de Nkrumah. Você disse que ele fez anotações sobre todas as criaturas e plantas que vivem nesta selva. — Koffi ergueu o olhar. — Mas o que ele diz sobre estrelas?

— *Estrelas?* — Ekon seguiu o dedo que ela apontava. O céu estava salpicado com mais estrelas do que ele podia contar, mil diamantes jogados em um tinteiro. Eram lindas. — Na verdade, não há muito sobre elas no diário — disse ele por fim. — Talvez porque as estrelas não pertençam apenas à Selva Maior ou à Região Zamani. Nós as vemos da mesma forma, não importa onde estejamos neste continente.

— Faz sentido.

Koffi ainda as olhava, mas havia um toque de decepção em sua voz.

— *Mas.* — Ekon se mexeu, tentando pensar em outra coisa para dizer. — Eu *sei* algumas histórias sobre elas, que meu irmão me ensinou. — Ele apontou. — Vê aquelas duas realmente brilhantes, à sua direita?

— Não.

— Elas estão bem...

Ele quase saiu do próprio corpo quando Koffi se aproximou para se sentar ao seu lado, tão perto que seus ombros se encostaram.

— Continue.

— Hum, certo, então as estrelas. — A língua de Ekon parecia desajeitada na boca. — Essas duas são chamadas de Adongo e Wasswa; receberam o nome em homenagem a dois irmãos girafas — explicou ele. — A história diz que um irmão queria ser mais alto que o outro, então eles continuaram esticando o pescoço para ficarem cada vez mais altos, até que seus chifres ficaram presos no céu noturno e se transformaram em estrelas. Agora eles discutem sobre qual deles brilha mais.

Koffi assentiu.

— Interessante.

— Desculpe. Essa... não foi uma boa história.

— Foi sim. — Koffi se virou para ele e Ekon engoliu em seco. Ele achou que estivessem próximos antes, mas seus rostos estavam a centímetros um do outro agora. Ele podia contar os cílios emoldurando os olhos dela.

— Só tem uma coisa. — Tão abruptamente quanto o encarou, Koffi tornou a olhar para o céu, franzindo a testa. — Como as girafas *se tornaram* estrelas?

— Como assim?

— Bem, você disse que os chifres *ficaram presos no céu*, e eles se transformaram em estrelas, mas como?

— Não tenho certeza. — Ekon coçou a cabeça. — Mas não acho que esse seja o ponto da história. Acho que é para ser só uma lição sobre ciúme...

Koffi se virou para encará-lo, as sobrancelhas franzidas.

— Como pode ser uma lição se não faz sentido?

Em resposta, Ekon balançou a cabeça e riu.

— Você realmente retruca tudo.

Ela franziu mais o cenho.

— Não retruco *não*.

— Retruca *sim*.

— Não, eu não retru...

Ele não tinha certeza do que o encorajou, o que o fez obedecer ao estranho impulso repentino, mas diminuiu a distância entre eles e a beijou.

Não planejara e com certeza não tinha se preparado, mas seus lábios encontraram os dela, suaves e quentes, e Koffi não se afastou. A mão dela, leve como uma pena, roçou o pescoço dele, fazendo um arrepio agradável percorrer o corpo de Ekon. De repente, ele não conseguia respirar e não tinha certeza se queria. Eles se separaram, arfando.

— Desculpe. — Ekon não reconheceu a própria voz; estava mais baixa, mais rouca. Não conseguia parar de olhar para a boca da garota. — Eu queria ter perguntado antes de...

Koffi o puxou para outro beijo e algo borbulhou no cérebro de Ekon. Um rugido encheu os ouvidos dele, todos os sentidos fora de controle. De repente, Koffi era tudo o que ele podia ver, cheirar, saborear e sentir. A sensação o consumia. Depois de um momento, ele se afastou novamente.

— Espere, está tudo bem com...?

— Você é *impossível*. — A voz de Koffi também era baixa, quase um murmúrio. — Por que acha que me sentei ao seu lado?

Ekon se afastou ainda mais.

— Você... você *queria* que eu fizesse isso?

— Óbvio que sim. — Ela baixou o olhar. — Gosto de você.

E aquelas simples palavras foram o suficiente, Ekon não precisava de mais. O mundo ao redor dele saiu de foco enquanto os dois afundavam no chão, se ajustando para ficarem deitados lado a lado. Ele deixou seus dedos traçarem o contorno do corpo dela, descendo e subindo novamente enquanto delineavam os quadris. Um novo ardor se acumulou abaixo do umbigo dele. Eles se aproximaram ainda mais e de repente Ekon estava muito ciente de todos os pontos onde seus corpos se tocavam, ciente dos pontos que *gostaria* que se tocassem. Todos aqueles sentimentos, todo aquele desejo, eram estranhos, como mil borboletas presas em sua barriga, mas ele gostou. Voltou a ouvir as palavras dela em sua cabeça:

Gosto de você.

Ekon também gostava dela, muito, e de repente isso parecia a coisa mais óbvia do mundo. Gostava dos twists no cabelo de Koffi, da cor da meia-noite de seus olhos. Gostava do som da risada dela e do jeito que ela sempre discutia com ele. Gostava de tudo nela. Não era amor, ele nem sequer tinha certeza se sabia sentir isso direito ainda, mas era algo *bom*, algo do qual ele queria mais, *um forte gostar*.

Ekon a beijou novamente e Koffi fez um barulhinho contra sua boca. Ele fechou os olhos e milhares de novas perguntas surgiram em sua mente. Ele deveria fazer outra coisa? E *ela*? O que aconteceria depois? Ele abriu os olhos ligeiramente, curioso para descobrir, e então congelou.

Os olhos de Koffi ainda estavam fechados, um pequeno sorriso em seus lábios, mas os dele viram algo por cima do ombro dela a poucos metros deles; um *movimento*. Foi rápido, quase imperceptível. Ele se sentou de imediato.

— O que foi? — Koffi sentou também, alarmada.

— Há, nada. — Ekon tentou esconder o medo de sua voz. — É só que... eu acho que devemos...

— Certo. — Não havia como confundir a mágoa na voz de Koffi. — Sim, nós... provavelmente deveríamos parar aqui.

Não. Era a última coisa que Ekon queria, mas ao mesmo tempo seu coração estava começando a bater de uma maneira nova e desagradável. Ele tornou a olhar para as árvores, onde tinha visto aquele breve movimento. Não queria dizer a Koffi que tinha quase certeza de que outra pessoa estava ali, os observando; principalmente quando esse alguém estava usando um tom de azul muito específico. Ele esperava soar mais calmo do que se sentia:

— É só que... amanhã temos que acordar cedo — disse ele. — Devíamos descansar.

Koffi não olhou para ele.

— Sim. Boa noite, então. — Em silêncio, ela se levantou e bateu a terra da túnica antes de se afastar para o outro lado da fogueira. Ela se deitou de lado, de costas para ele, e não se mexeu mais.

Ekon esperou até que ela estivesse parada antes de se levantar, indo em silêncio em direção às duas árvores onde vira o movimento. Tinha acabado de se colocar entre elas quando a mão de alguém se fechou sobre sua boca.

— *Não. Se. Mexa.*

O alívio e a raiva apagaram o medo no peito de Ekon. Ele conhecia aquela voz. A mão liberou sua boca. Na escuridão, seu irmão mais velho deu uma piscadela.

— Kam. — Ekon tentou manter a voz baixa.

— Em carne e osso.

— Como você...?

— *Shhh.*

Ekon se esquivou do alcance de Kamau enquanto os dois observavam uma grande silhueta emergir da escuridão do outro lado do acampamento. Adiah. A grande fera farejou o ar por um momento antes de circundar um ponto na terra e se deitar ali. Em segundos, ela estava enrolada em uma bola, dormindo.

— Incrível — disse Kamau. Os olhos estavam fixos em Adiah como se ela fosse uma montanha de ouro. — Depois de todo esse tempo, nunca pensei que eu veria esta fera.

Ekon riu sem humor.

— Por que não me abordou?

— Não queria interromper. — Kamau balançou as sobrancelhas sugestivamente. — Você parecia estar se divertindo bastante com sua amiga. — Ele se voltou para Adiah. — Usar o cheiro da comida para atrair a fera para o acampamento foi muito esperto da sua parte.

A cabeça de Ekon estava começando a doer. A situação era demais; havia muitas emoções guerreando dentro dele ao mesmo tempo. Estava com raiva e envergonhado, mas, acima de tudo, inquieto.

— Como me achou?

Kamau revirou os olhos.

— Você nem tentou se esconder. — Por trás da fachada encantadora, Ekon viu um traço de preocupação real. — Pelos deuses, Ekon, eu te disse para cobrir seus rastros. O rastro que deixou não poderia ter sido mais óbvio.

Ekon reprimiu uma onda de humilhação. Tinha assegurado a seu irmão que sabia o que estava fazendo, que conduziria uma caçada competente. Agora, fizera papel de bobo. Pela primeira vez em dias, seus dedos coçaram para iniciar o antigo ritmo. De propósito, ele mudou de assunto:

— Há quanto tempo o grupo de caçadores está aqui? — perguntou ele.

— Faz alguns dias — disse Kamau.

— E vocês... estão bem?

Em resposta, uma sombra passou pela expressão de Kamau, visível mesmo na pouca luz.

— Não exatamente. Ficamos presos em um nevoeiro.

— Perto da fronteira. — Ekon assentiu. — Nós também.

— Levamos um dia inteiro para passar por ele — continuou Kamau. — Quando conseguimos, tínhamos perdido dois guerreiros, Zahur e Daudi, não sei se você se lembra deles.

Em choque, Ekon sentiu um frio intenso na barriga. Ele não disse a Kamau que se lembrava dos dois, que havia falado com cada um deles pouco antes de ele e Koffi entrarem na selva. Agora, percebia a sorte que ele e Koffi tinham tido. Quando ergueu o olhar, seu irmão ainda o encarava, sério. A apreensão tomou conta dele, junto com um tipo estranho de pena. Não sabia como explicaria em minutos tudo o que aprendera nos últimos dias, mas naquele momento decidiu. Precisava tentar.

— Kamau. Eu preciso te contar uma coisa. Grande parte vai parecer estranho de início, mas o Shetani é uma...

— Aquela garota, perto do fogo. A que você estava beijando. — Os olhos de Kamau desviaram-se para Koffi, sagazes. — Quem é ela?

Desta vez Ekon estremeceu.

— O nome dela é Koffi — respondeu. — Eu a conheci em Lkossa e...

— Bem mais ou menos — disse Kamau, esticando o pescoço. Ele olhou para trás bem a tempo de ver a carranca de Ekon se aprofundando e ergueu as mãos, na defensiva. — Ei, não estou julgando. Só não achei que garotas yabaharis comuns fossem o seu tipo...

— Ela não é *comum*, seja lá o que *isso* signifique — disse Ekon entredentes. — E ela não é yabahari. Ela é gedeziana.

A expressão de Kamau mudou na hora.

— O quê?

— Você ouviu.

Ekon nunca tinha falado com o irmão mais velho daquele jeito. Kamau sempre fora maior, então Ekon nunca quisera começar uma briga. Mas a ideia de que Kamau (ou qualquer pessoa) falasse mal de Koffi enquanto ela dormia a poucos metros de distância era algo que ele não toleraria. Ekon observou a incompreensão se espalhar pelo rosto do irmão, sendo logo substituída por uma leve aversão.

— Ekkie, se você quer algo fácil, existem outras maneiras de...

A mão de Ekon tocou o cabo do hanjari, um movimento sutil que Kamau não perdeu. O irmão balançou a cabeça.

— Todo aquele tempo te ensinando sobre armas, quando na verdade eu deveria ter te ensinado sobre *mulheres*. — Ele deu um tapinha na bochecha de Ekon. — Mas não se preocupe. Podemos conversar direito depois de entregar essa abominação ao Padre Olufemi.

— O quê? — Cada músculo do corpo de Ekon ficou tenso. — Do que está falando?

Simples assim, o sorrisinho de Kamau voltou.

— Ah, Ekon, eu sei que queria caçá-lo sozinho, mas acredite em mim, o fato de ter entrado na Selva Maior e encontrado o Shetani será mais do que suficiente para qualificá-lo como guerreiro yabahari. Assim que entregarmos a fera ao Padre Olufemi, você será iniciado em pouco tempo, talvez até promovido a kapteni.

Antes que perdesse a coragem, Ekon falou:

— Kam, preciso *mesmo* que me escute. O Shetani não é o monstro que pensávamos que era, é uma garota humana chamada...

— Ekon. — Kamau franziu a testa. — Você não pode ser tão tolo assim.

— Eu *não* sou tolo.

— Não? — Kamau ergueu a sobrancelha. O olhar estava sério enquanto ia de Ekon à fogueira do acampamento. — Quem disse que o Shetani é humano, hein? A garota gedeziana? Deixe-me adivinhar: ela disse que o monstro era bom e merecia ser livre?

— Kamau. — Um nervo na têmpora de Ekon estava começando a latejar. — Você não viu o que eu vi nesta selva. E você não conhece Koffi...

— Ela é aquela mesma garota do Zoológico Noturno, não é? — Um brilho perigoso reluziu nos olhos de Kamau. — Aquela que você deixou escapar?

Ekon se surpreendeu. Por que Kamau estava falando do que acontecera no Zoológico Noturno *agora*?

— Sim — disse ele baixinho. — É ela.

Kamau o olhou.

— Estranho, não é? — perguntou ele. — Como uma garota que trabalhava no Zoológico Noturno como guardiã de feras de repente tem interesse em ajudá-lo a encontrar a fera mais perigosa de toda a região?

As palavras doeram mais do que Ekon queria admitir.

— Tínhamos um acordo. Ela concordou em me ajudar a rastrear o Shetani, e em troca eu concordei em...

— *Pagá-la?* — A voz de Kamau estava cheia de escárnio. — Achou mesmo que seria o suficiente para manter a lealdade dela se outra pessoa oferecesse um shaba a mais?

Ekon balançou a cabeça.

— Koffi não faria isso. Quer dizer, começou assim, mas ela...

— Você não sabe o que ela faria ou não faria — disse Kamau. — Você não a conhece. Pelas minhas contas, você está nesta selva há pouco mais de uma semana, e esse foi o tempo que levou para acreditar nela mais do que em seu próprio povo, mais do que em mim?

Havia uma mágoa real na voz dele, uma mágoa que Ekon nunca tinha ouvido antes.

— Kamau. — A voz de Ekon era quase um sussurro. — Me desculpe, eu não...

— Eu não preciso das suas desculpas. — A voz de Kamau estava perigosamente baixa. — O que eu quero é a sua palavra.

— Minha palavra?

— O resto do grupo de caçadores do Kuhani está a caminho, eles estarão aqui pela manhã. Quero sua palavra de que você nos ajudará a capturar a coisa amanhã.

Traia Koffi. Era isso o que o irmão estava pedindo. *Traia Adiah. Traia todos os seus planos.*

— Kamau. — Ele balançou a cabeça. — O que está pedindo não é tão simples. Não sei se consigo fazer isso. Eu...

— Não, é muito simples, Ekon. — Os olhos de seu irmão estavam duros. — Amanhã você escolhe. Fique com seu povo ou fique contra nós.

CAPÍTULO 27

DESDE O COMEÇO

Quando Koffi acordou, ela estava quente.

Embora se sentisse esplêndida, não tinha nada a ver com o esplendor, pelo menos no início. A sensação começou nas bochechas e formigou pelo pescoço enquanto ela estava deitada no chão da selva, fingindo dormir apenas mais alguns minutos.

Ele te beijou.

Ela mordeu o lábio inferior enquanto as palavras cruzavam sua mente pela centésima vez, pela milésima. Ekon a beijara, e ela o beijara... várias vezes. A lembrança do beijo penetrara em seus sonhos como uma videira, enrolando-se em torno dela em cores vivas e supersaturadas. Com certeza havia gostado de alguns garotos no Zoológico Noturno, mas nem um gostara dela de volta. Todos os pequenos momentos se repetiram em sua imaginação. Ela pensou na maneira como os lábios de Ekon encontraram os dela, em como o gesto fora repentino. Ele se desculpara por não perguntar (óbvio que sim), mas, então, quando ela dissera que estava tudo bem, ele a beijara de novo... e de novo... e *de novo*, e ela quisera isso. Pensou nas mãos dele, a maneira como se moveram pela sua pele, o som que ele fez quando chegaram mais perto... ela gostara de beijar Ekon, mas a verdade é que houvera outros momentos também, antes daquele beijo. Ela gostava da maneira como Ekon às vezes via o mundo em números, gostava da maneira como ele andava. E gostava das coisas que ele dizia.

Por que não as duas coisas?

Ekon foi a primeira pessoa na vida a sugerir que Koffi não precisava escolher entre o coração e a mente; ele foi a primeira pessoa a gostar de ambas as partes dela.

— Ei, está acordada?

Ela se levantou de súbito, arrancada do devaneio, e se virou. Ekon já estava de pé, a expressão impossível de ler. O acampamento deles já fora desmontado, tudo guardado, incluindo as coisas dela. A poucos metros de distância, Adiah também estava de pé, se espreguiçando.

— Vamos agora? — Koffi olhou em volta. O céu ainda era de um azul profundo, e o sol ainda não tinha aparecido sobre as copas das árvores. Era o mais cedo que eles já tinham se levantado.

— Os Filhos dos Seis farão a troca de turno em breve — disse Ekon. Ele não a olhava. Em vez disto, seu olhar estava focado em algum lugar acima da cabeça dela. — Precisamos ir se quisermos chegar à fronteira logo depois disso.

— Ah. — A troca de turno. Na maravilha que fora a noite anterior, ela quase se esquecera de tudo: o plano deles, o que ainda tinham que fazer. A vida não tinha parado. — Só preciso lavar o rosto — disse ela. — Então estarei pronta.

Não deu a Ekon a chance de dizer outra coisa antes de se pôr de pé e ir até a lagoa. Não era grande, apenas um pequeno corpo de água entre as árvores. A luz pálida do amanhecer agora era refletida na superfície lisa como vidro, tão perfeitamente imóvel que Koffi quase se sentiu mal por tocar. Encheu as mãos em concha, saboreando o frio em seu rosto enquanto se molhava com a água.

Você está imaginando coisas, disse a si mesma enquanto a água escorria pelo seu rosto. *Tenho certeza de que está tudo bem.*

Repetiu as palavras para si mesma, mas no fundo, sabia. Algo em Ekon havia mudado. Sentira assim que acontecera, no momento em que parara de beijá-la e ficara tenso. Ekon tinha mudado de ideia? Decidira que não gostava dela do jeito que ela gostava dele?

Atrás de si, ela ouviu um som, um farfalhar baixo, e se virou. Adiah apareceu, a alguns metros. Era uma fera outra vez, não mais a bela jovem com quem Koffi falara no dia anterior, mas seus olhos pretos estavam estranhamente expressivos. Ela se moveu para ficar ao lado de Koffi na beira do lago, acariciando o ombro da garota. Koffi levou a mão ao focinho dela.

— Obrigada.

Era muito perigoso fazer o que tinha feito antes, tirar parte do esplendor do corpo de Adiah para que ela pudesse ser humana. De repente, Koffi desejou que pudesse. Era indiscutível que Adiah podia entendê-la mais do que qualquer outra pessoa no mundo. Ela se perguntou se, tantos anos antes, a outra daraja já havia se sentido como ela.

— Koffi. — Atrás dela, a voz de Ekon interrompeu o silêncio.

Koffi e Adiah se viraram, perplexas. Adiah começou a beber da lagoa. Koffi se levantou e o encarou.

— Sim?

As mãos de Ekon estavam enfiadas nos bolsos da túnica. Ele parecia visivelmente desconfortável.

— Antes de sairmos, acho... que devemos conversar... sobre a noite passada.

Koffi precisou de toda a força de vontade para manter o rosto impassível, para ficar quieta. Ela não sabia se devia ficar apreensiva ou animada. Ekon queria falar sobre as coisas. Talvez isso significasse que as coisas não tinham ido tão mal como ela pensava. Não faria sentido falar sobre algo se não fosse bom, faria? E se ele quisesse se desculpar pela maneira como as coisas terminaram? E se ele não quisesse que tivessem terminado, para começar? Ela lançou a Adiah um olhar intenso e ficou grata quando a daraja se moveu sutilmente para a borda da lagoa para que eles tivessem um pouco de espaço. Então assentiu para Ekon.

— Tudo bem, vamos lá.

Anos pareceram se passar até que Ekon falasse.

— Ontem à noite foi... inesperado...

Inesperado. Koffi pesou a palavra. *Inesperado* não era uma maneira de todo ruim de descrever um beijo, mas também não parecia promissor.

— Na verdade — continuou Ekon —, tudo nessa aventura tem sido inesperado, desde o momento em que entramos nesta selva. Tentei manter uma estratégia em mente, porque foi assim que fui ensinado a lidar com problemas, mas... mas cometi um erro. Espero que um dia você possa me perdoar.

Um *erro.* Essa foi a única palavra que Koffi ouviu. *Erro. Erro.* A noite anterior fora um erro. De repente, o ar estava insuportavelmente quente, e tudo o que ela queria fazer era se jogar na lagoa para não ouvir o resto.

— Eu estou... dividido. — Ekon estava olhando para os pés. — Achei que sabia o que queria, mas ultimamente tudo ficou, hum, complicado.

Complicado.

E assim o lampejo de esperança no peito de Koffi se apagou.

— Se não queria ter me beijado, pode simplesmente dizer. — As palavras saíram bruscas, mas ela não as retirou. — Não precisa ficar enrolando.

— O quê? — Ekon ergueu a cabeça, os olhos arregalados. — Não, eu...

— Não deveria ter acontecido. — Koffi forçou as palavras, tentando ignorar a ardência crescente em seus olhos. — E não vai acontecer de novo.

— Koffi. — Ekon ficou completamente imóvel. — Pare.

— Não! — Ela piscou com força, tentando controlar o calor crescente em sua barriga. Em algum lugar no fundo da mente, ouviu as palavras de Badwa sobre emoção, mas foram abafadas por outras palavras. Palavras de Ekon:

Erro. Complicado. Erro. Complicado. Erro.

Você foi um erro, uma nova voz sinistra sibilou no ouvido dela. *Óbvio que ele não gosta de você. Olhe só para você. Você é uma bagunça, você é complicada. Você é demais.*

— Koffi!

Ekon deu um passo à frente, mas era tarde. Um rosnado baixo ressoou e os dois viram que Adiah se levantara. Seus pelos estavam arrepiados e os dentes expostos em um grunhido. Koffi ficou tensa.

— O que...?

Não houve nenhum aviso quando a lança cortou o ar. Assobiou sobre o lago, mergulhando como um falcão antes que a lâmina roçasse o ombro de Adiah e caísse em uma árvore próxima com um baque oco, se partindo. O sangue escuro respingou, manchando a terra enquanto ela rugia. Imediatamente, Koffi se levantou, mas não rápido o suficiente.

Ouviu a gritaria primeiro, um som aterrorizante ao seu redor. O medo a dominou quando, uma por uma, viu figuras começarem a emergir da escuridão da selva, todas usando um tom familiar de azul, um tom que ela reconheceu.

Não.

Era impossível; a mente dela se transformou em uma colmeia frenética de pensamentos agitados. Por que os Filhos dos Seis estavam ali? Como sabiam onde encontrá-los? Instintivamente, ela tentou invocar o esplendor, mas parecia escapar dela; era como tentar segurar a água.

Os guerreiros os circundaram como abutres. Do meio deles, um guerreiro particularmente bonito emergiu, e Koffi ficou tensa. Havia uma familiaridade misteriosa no formato da mandíbula, na maneira como ele usava o cabelo escuro e bem-cortado, e no formato estreito de seus olhos. A única coisa diferente sobre ele era o sorriso triunfante que ela nunca tinha visto no rosto de Ekon. Koffi não entendeu as palavras que saíram da boca do guerreiro, reverberando nas árvores:

— Bom trabalho, Ekkie. — A voz dele era alta e cheia de triunfo quando assentiu.

Koffi levou um segundo para perceber que não era para ela que ele olhava enquanto falava. Ela seguiu o olhar e viu Ekon. A expressão dele era rígida como uma pedra.

— Kamau...

— Peguem a corda! — O guerreiro que Ekon chamara de Kamau acenou para vários guerreiros corpulentos. Eles carregavam uma corda tão grossa quanto os braços de Koffi. Ela sentiu o coração falhar.

— Não. — Koffi não reconheceu o som da própria voz. Era frágil e fraca, e mal se fazia ouvir enquanto os gritos dos guerreiros cresciam. — Não, vocês não entendem. Vocês não podem...

Aconteceu muito rápido. Adiah arregalou os olhos de medo. Ela tinha começado a se virar, a fugir, quando um laço gigante cruzou pelo ar, lançado por um dos guerreiros. Enlaçou o pescoço dela e apertou. Ela tentou rugir, mas o som foi abafado. Os guerreiros zombaram.

— Quanto tempo você acha que leva para sufocar um demônio? — Um deles riu.

— Não! — O guerreiro que falara primeiro levantou a mão. — Não o machuquem e sigam o plano. Nossas ordens são levá-lo ao Padre Olufemi. Quem vai lidar com a fera é ele.

As palavras atingiram Koffi como uma facada enquanto ela observava mais cordas voarem, Adiah lutando contra elas. *O plano. Padre Olufemi. Nossas ordens.* Os Filhos dos Seis não estavam ali por acidente, aquilo havia sido planejado, o que significava...

— Ekon. — Um medo frio se apoderou dela. — Você *não* fez isso. Diz que você não...

Ekon ainda não a olhava; era como se não pudesse ouvi-la. Observava Adiah enquanto ela se debatia, os olhos arregalados, mas não se mexeu. Não disse uma palavra.

— Pare! — Koffi correu para Adiah antes que pudessem agarrá-la, puxando as cordas com toda a força. Lágrimas turvavam sua visão e era impossível ver onde uma corda começava e outra terminava em meio à complicada confusão de nós e laços. A mão grande de alguém agarrou seu braço e a puxou de volta.

— Saia daí! — O guerreiro que a havia segurado olhou para ela como se ela fosse um inseto. Com a mão livre, ele cravou a ponta da lança na lateral do corpo de Adiah. A daraja gritou.

— Não! — Koffi relutou nas mãos do guerreiro e uma nova onda de raiva a inundou. Ela chamou o esplendor outra vez, os dedos estendidos como se fosse algo que pudesse agarrar. Ela não estava em paz ou calma, estava apenas com raiva, e focava nisso. Desta vez o esplendor veio com avidez. Ergueu-se do chão, subindo pelas pernas dela até dominá-la.

Solte, uma pequena voz dentro dela implorou. *Solte.*

Ela tocou o braço nu do guerreiro, saboreando quando ele gritou de dor. O cheiro inconfundível de carne queimada encheu o ar. Ele a soltou e deu um passo para trás.

— Ela me queimou! — gritou o guerreiro. — Ela é uma daraja!

O medo se misturou com a raiva quando seu coração acelerou. Ela olhou em volta, desesperada por ajuda de qualquer lugar, de qualquer pessoa. E lá estava Ekon.

— Me ajude! — gritou ela. — Ekon, por favor!

Mas Ekon não se mexeu e devagar Koffi entendeu que ele não ia ajudá-la. Enquanto a percepção apagava o calor em seu peito, ela sentiu o esplendor deixá-la e sabia que não voltaria. Em vez disso, manchas pretas embaçaram sua visão, como se o sangue estivesse correndo de volta para o crânio depois de ser mantida de ponta-cabeça. As pontas dos dedos das mãos e dos pés estavam ficando dormentes, e ela teve a sensação de estar caindo em um abismo profundo e sem fim. O mundo estava ficando cada vez mais distante.

— Devíamos matá-la — Koffi ouviu alguém dizer. — Antes que alguém descubra.

— Não. — Outra voz, do guerreiro que falara com Ekon. — Não a machuque também. Vamos amarrá-la e levá-la conosco. O Kuhani vai...

Koffi não ouviu o resto. A boca se enchera de saliva, como se ela estivesse prestes a vomitar, e sua visão se apagava rapidamente. Ela não pôde fazer nada quando as mãos encontraram seus pulsos e os amarraram com uma corda que irritou sua pele. Alguém a agarrou, arrastando-a pela terra e espinhos como um saco de batatas.

— Ekon... — Ela mal conseguia formar o nome dele. — Ekon, por favor...

A última coisa que ela viu enquanto a visão se apagava foi a silhueta borrada de Ekon enquanto se afastava.

Ele não olhou para trás.

PARTE QUATRO

O GUEPARDO MORRE UMA VEZ; O ANTÍLOPE, MIL

O JARDIM DO CÉU

ADIAH

— Tente de novo, Passarinha.

As estrelas estão brilhantes esta noite, mil joias cintilantes costuradas em um vestido digno de uma deusa. Sua luz prateada é etérea e impossivelmente bela enquanto se derrama sobre todas as rosas e gardênias que desabrocham no jardim do céu do templo. Admiro-as, mas não tenho muito tempo para apreciá-las.

Escuto um *vuush* e sinto a mordida do vento quando me atinge em uma forte rajada. Instintivamente, junto as mãos como se rezasse e estendo os braços à frente, cortando o esplendor que desvia em ambas as direções, passando a centímetros de mim. Do outro lado do jardim, Dakari inclina a cabeça. Ainda é estranho vê-lo aqui, neste lugar que foi um segredo por tanto tempo. Ele sabe tudo sobre o esplendor agora e adora me ver praticar. Vê-lo parado ali, entre emaranhados de flores, é uma justaposição peculiar. Em poucos passos, ele acaba com a distância entre nós. Suas mãos estão quentes enquanto descansam nos meus ombros.

— Você ainda está se segurando — diz ele gentilmente. — Dá para notar.

É verdade. *Estou* me segurando, mas não quero que Dakari saiba o motivo. Ele é uma página em branco, algo novo na minha vida. Não quero afastá-lo, assim como afastei quase todo mundo. Uma culpa familiar morde minhas entranhas quando penso em Tao, nas coisas que ele me disse nas cozinhas do templo. Faz semanas e não nos falamos desde então. Não é por falta de vontade (procurei por ele várias vezes), mas parece que meu melhor amigo se transformou em uma sombra, impossível de encontrar. Ele está me evitando, provavelmente ainda com raiva de mim por ter mostrado a Dakari este jardim. Juro que não entendo. A maneira como ele olhou para mim nas cozinhas do templo ainda me assombra. Não quero que Dakari olhe para mim daquele jeito. Nunca. Quero que Dakari goste de mim. As mãos dele ainda estão nos meus ombros.

— Desculpe.

— *Não* se desculpe. — As palavras dele são firmes, mas gentis. Ele coloca um longo dedo sob meu queixo, erguendo meu rosto para que meus olhos encontrem os dele, castanho-claros salpicados de cinza. Tenho que me esforçar para não estremecer com o toque; tenho que me esforçar para não querer mais. A voz dele é profunda, quase melódica: — Você nunca deve se desculpar por ser quem é. Ou se diminuir para que os outros se sintam grandes.

As palavras acendem algo em mim. Ninguém nunca falou comigo assim antes, com *respeito* de verdade. Ninguém nunca me encorajou a me esforçar assim, a buscar *mais*.

— Tente de novo. — Dakari se afasta, assentindo, e já sinto falta dele. — Desta vez, não se contenha. Me dê tudo.

Ignoro o calor na minha nuca, tento não pensar sobre como essas palavras parecem significar mais. *Me dê tudo*. Eu *quero* beijar Dakari, talvez mais do que isto, mas os Irmãos da Ordem dizem que mulheres direitas devem ser castas antes do casamento.

Estou cansada de ser direita.

Dakari gira sem aviso, jogando três pedras no ar. Invoco o esplendor instantaneamente. Ele estala na noite e eu o sinto se movendo por mim em ondas. Desta vez, deixo de lado as inibições, os limites que me ensinei a ter. Imagino que ergo uma parede gigante com três vezes a minha própria altura. As pedras que Dakari jogou colidem contra ela antes de caírem no chão. Sinto o poder se dissipar ao meu redor, e então a terra fica quieta. Minha pele pinica.

— Eu... — Não tenho certeza de como ler a expressão no rosto dele. Seus olhos estão arregalados. — Não sei como fiz isso. Eu nunca...

— Isso foi... incrível.

Então estou nos braços de Dakari, girando, meu mundo fora de foco. Nenhum garoto nunca me olhou da maneira que ele me olha agora. Ele me coloca no chão e pressiona nossas testas juntas. Meu coração acelera enquanto o polegar dele traça meu queixo, enquanto ele se inclina para mais perto de mim.

— Há algo que quero mostrar a você — diz ele com um pequeno sorriso. — Amanhã.

— Amanhã? — Por um momento, sou arrancada do sonho que ele é, genuinamente curiosa. — Mas amanhã é Dia do Vínculo...

Seus braços envolvem minha cintura, me puxando para mais perto.

— Vai valer a pena. Prometo, Passarinha.

Passarinha. É assim que Dakari me chama, porque adoro cantar. Ele inventou esse apelido só para mim. Gosto do jeito que soa em seus lábios. Gosto que seja algo particular, algo só entre nós.

— Tudo bem, então. Amanhã.

Os olhos de Dakari brilham.

— Me encontra na fronteira da selva logo depois da meia-noite?

— Sim.

Digo as palavras como se fossem um juramento; de certa forma, são. Um sorriso puxa o canto da boca de Dakari e seus lábios roçam os meus. É um gesto fugaz, tão rápido que termina antes mesmo que eu perceba o que aconteceu. Mas ainda deixa minha pele em chamas, ainda me faz desejar que ele faça de novo.

— Vai ser bom, Passarinha — sussurra Dakari. — Prometo.

Sorrio porque ele sorri.

Confio em Dakari. Acho que o amo. Não nos conhecemos há muito tempo, mas sinto que sim. Eu faria qualquer coisa por ele.

Eu *morreria* por ele.

CAPÍTULO 28

UM FILHO DOS SEIS

Ekon observou os corpos das seis mambas-negras emaranhadas na cesta se contorcendo, cada um de seus olhos esperando, fixos nele.

Ele se moveu sem aviso, pegando o pedaço de pergaminho tão rápido que não teve tempo de sentir nada. Elas sibilaram, mas não o atacaram.

O suor escorria da palma enquanto ele abria a mão e entregava o pedaço de papel ao Padre Olufemi, sem olhar. Não precisava, porque já sabia o que dizia. O velho olhou para o papel por um momento e então assentiu:

— Muito bem.

Eles estavam sozinhos na câmara, a mesma câmara que ele ocupara uma vez com os outros candidatos. O silêncio era perturbador, mas Ekon também não pensou nisso. Sustentou o olhar de Padre Olufemi por um momento, antes que o velho apontasse para o chão.

— Ajoelhe-se.

Ekon obedeceu, ignorando o frio repentino das pedras do chão da sala enquanto pressionava um joelho nelas e abaixava a cabeça. Pareceu levar anos para o Kuhani falar outra vez:

— Ekon Asafa Okojo, filho de Asafa Lethabo Okojo e Ayesha Ndidi Okojo.

Ekon ergueu o olhar e viu que o Padre Olufemi o observava com olhos atentos.

— Você demonstrou um verdadeiro ato de valor e, ao fazê-lo, exibiu justiça, dedicação e lealdade muito superiores à sua idade — murmurou ele. — Você honrou seu povo, sua família e seus deuses.

Ekon tornou a baixar a cabeça. Ele ainda se lembrava de como Padre Olufemi havia olhado para ele no Zoológico, na noite em que dissera que Ekon nunca seria um guerreiro yabahari. Muita coisa tinha mudado.

— Candidato Okojo. — As palavras do Padre Olufemi arrastaram Ekon de volta ao presente enquanto o homem santo colocava a mão em seu ombro. — Você jura defender os princípios atribuídos aos guerreiros de nosso povo?

Ekon assentiu:

— Eu juro.

— Você jura, pelo resto de seus dias, agir com honra, coragem e integridade?

— Eu juro. — No fundo da mente, ele viu o rosto de uma garota e seu estômago se retorceu levemente.

— *Olhe para mim*, candidato Okojo.

Lentamente, os olhos de Ekon encontraram os de Padre Olufemi. Uma pequena pontada atingiu o fundo de seu estômago enquanto ele refletia sobre como aqueles olhos severos eram diferentes dos de Irmão Ugo.

— Você jura obedecer sempre aos Seis e àqueles por meio dos quais eles falam, sem hesitar?

Ekon engoliu em seco antes de responder e rezou para que sua voz fosse alta o suficiente.

— Sim, Padre. Eu juro.

— Então, em nome dos Seis Deuses legítimos, eu lhe concedo a unção.

Na lateral do corpo, os dedos de Ekon tamborilavam.

Um-dois-três. Um-dois-três. Um-dois-três.

— Agora você é um guerreiro sagrado e um homem do povo Yabahari — declarou Padre Olufemi. — Levante-se, guerreiro.

Ekon se levantou. Esperou a ficha cair. Ele sabia que aquele era o momento em que *devia* ter sentido alguma coisa. Tinha sonhado em ser um guerreiro yabahari desde que era criança, por mais de uma década. Aquele era o momento em que ele devia ter sentido a onda de poder percorrendo seu corpo, a mesma onda que sentira na primeira vez que se dedicara ao rito de passagem final. Ele deveria estar aterrorizado, animado, ou ambos. Em vez disto, ele sentia como se tivesse bebido água ruim do poço.

Padre Olufemi atravessou a sala até a porta. Assim que a abriu, um grupo de guerreiros entrou. Os Filhos dos Seis deveriam exibir um decoro constante no Templo de Lkossa, mas o deixaram de lado ao cercar Ekon. Os guerreiros rugiram em aprovação, pulando e batendo com força os cabos de suas lanças contra a pedra sagrada, celebrando. Alguém deu um tapa nas costas dele e outra mão deu-lhe algo macio. Quando olhou para baixo, Ekon viu que era um cafetã azul-celeste, bordado com fios dourados e dobrado em um quadrado perfeito. Dava para saber, só com um toque, que aquele tecido fora feito com cuidado, sem dúvida confeccionado sob medida pelo melhor alfaiate da cidade. Nenhuma despesa era poupada para um Filho dos Seis. Era real agora.

— E então, você vai vestir?

Ekon olhou por cima das cabeças dos outros guerreiros e encontrou Kamau. Em toda a vida, ele nunca tinha visto o irmão parecer tão orgulhoso. Kamau não estava apenas sorrindo, ele estava radiante, emitindo uma luz própria. Ekon jurava que quase podia sentir o calor que emanava dele, mesmo a metros de distância. *Kamau está orgulhoso de você*, ele lentamente percebeu. *Você enfim o fez ficar verdadeiramente orgulhoso.* Perceber isto devia ter inundado Ekon de felicidade. Ele esperou por aquela alegria, por aquele alívio. Não aconteceu.

— Sabe... — Um toque de alegria brilhou nos olhos de Kamau. — Se não quiser vesti-lo, ficarei feliz em...

— Guerreiro Okojo, você vai vestir o traje adequado à sua nova posição — disse Padre Olufemi, acenando com a cabeça para Ekon. — Quando terminar, prossiga para o salão de adoração do templo.

Ekon assentiu, grato por uma desculpa para sair. Ele expirou assim que deixou a câmara, logo que encontrou um pequeno cômodo onde poderia colocar sua roupa nova. Sempre admirara o tom azul em Kamau, e ainda mais no pai. Quando criança, ele imaginava o dia em que também o usaria.

Só não tinha imaginado que seria *assim*.

— Só estou nervoso — murmurou para si mesmo ao trocar o cafetã antigo pelo novo. Ele se encolheu quando o tecido deslizou sobre sua cabeça. Aquele cafetã fora costurado pelos melhores alfaiates de Lkossa, feito com algodão da mais alta qualidade, mas... parecia errado. Parecia escamas de cobra sobre sua pele, muito frio. Ele engoliu em seco, aliviando a náusea na garganta, os dedos tamborilando na lateral do corpo.

Havia se passado um dia inteiro desde que ele e os outros guerreiros yabaharis saíram da Selva Maior, cobertos de sujeira, folhas de espinheiro e resíduos. As lembranças daquele momento eram como uma colcha inacabada, remendada com uma costura malfeita que ameaçava se desfazer. Ele se lembrava dos aplausos dos Filhos dos Seis ao seu redor, gritando e jogando as lanças para o alto quando os primeiros sinais da intensa luz do sol começaram a salpicar o solo diante deles. Houvera um clarão repentino de luz e, em seguida, um rugido rasgara o ar. Demorou um momento para Ekon perceber que o som não era de nenhum animal, mas de *pessoas*, centenas delas, de pé na fronteira e aplaudindo.

Gritando por você, ele percebeu aos poucos. *Elas estão te celebrando.*

O resto do dia tinha sido mais difícil de se lembrar. De alguma forma, Ekon sabia que tinha chegado ao templo. Tinha tomado banho, vestido roupas limpas e até mesmo feito a barba. Quando saiu, a fila de pessoas esperando para vê-lo se estendia da porta principal do templo até a entrada dourada e abobadada do Distrito Takatifu. Os guerreiros yabaharis sequer tinham conseguido cumprir o código de vestimenta habitual; pessoas de toda a cidade se reuniram para colocar os olhos sobre ele, para tocá-lo. Os idosos tinham abaixado a cabeça em respeito; crianças tinham colocado coroas de louro e flores aos seus pés. Fornecedores de toda a cidade ofertaram cerâmicas, joias e comida. Eles o trataram como um deus. De novo e de novo tinham dito as mesmas palavras:

Deixou a família orgulhosa.
Igualzinho ao pai...
Um verdadeiro herói.

Fora demais, um sonho que se tornara realidade. Tudo o que Ekon sempre quisera foi o respeito e a aprovação de seu povo; agora, recebia-os multiplicados por dez. Mas a alegria durara pouco. Não demorara muito para que uma sensação desagradável se acumulasse em sua barriga e, um dia depois, ainda a sentia. Ele sabia que, em algum lugar daquele templo, havia uma fera trancafiada. O incômodo cresceu dentro dele e, de uma só vez, uma série de pensamentos que estivera reprimindo surgiu. Ele se lembrou dos guerreiros os cercando na selva, zombando e gritando. Ele se lembrou das cordas emaranhadas em torno de Adiah como serpentes, torcendo e dando nós até que ela fosse abatida. Pior de tudo, ele se lembrou da raiva e do choque no rosto de Koffi quando ela entendera a totalidade da traição. Os olhos dela fixos nos dele com aquela incompreensão, aquela *dor*, cortando-o como uma lâmina.

— Guerreiro Okojo? — Alguém estava batendo na porta. Ekon reconheceu a voz do Padre Olufemi. — Você está pronto?

Ekon se colocou em posição de sentido. Ainda era estranho ouvir aquele título honorífico.

— Sim, Padre.

Ele abriu a porta e seguiu o homem santo pelo corredor; os outros Filhos dos Seis haviam partido. Ekon começava a perguntar para onde tinham ido quando Padre Olufemi abriu uma porta e de repente ele foi lançado em uma onda de luz dourada e barulho. Era tão intensa que Ekon teve que cobrir os olhos por um momento. Quando se acostumou, ele viu que o salão de adoração do templo havia sido transformado.

A sala geralmente sóbria estava enfeitada com faixas e fitas azuis, verdes e douradas, e várias mesas estavam abarrotadas de comida. Era um banquete. Ao perceber que o convidado de honra havia chegado, a multidão que esperava aplaudiu. Parecia que todas as famílias yabaharis importantes estavam ali.

— O quê? — Ekon parou de imediato. — O que é isso?

Padre Olufemi já se afastava, sorrindo, e em seu lugar surgiram vários guerreiros.

— Um banquete! — Fahim passou o braço em volta do pescoço dele e o conduziu para dentro da sala enquanto mais pessoas gritavam. — Em comemoração à captura do Shetani!

Ekon sentiu-se nauseado. A sala estava cheia da elite de Lkossa, pessoas vestidas com suas melhores roupas. Eles pensavam que a coisa que ameaçara a cidade por anos havia sido capturada, que tudo ficaria bem de agora em diante. Ele engoliu em seco.

— Isso é muito — disse ele.

— Saia. — Shomari passou por eles sem muita delicadeza, sem olhá-los, segurando uma taça de vinho. A julgar pela forma como a taça balançava, não era a sua primeira.

— Qual é o problema *dele*? — perguntou Ekon.

Fahim ergueu uma sobrancelha, incrédulo.

— Ele está com ciúme, Ekon. Muitas pessoas estão. O que você acabou de fazer... provavelmente nunca será superado.

Com *inveja*. Aquilo soava estranho. Não muito tempo antes, Ekon tivera inveja de Fahim e Shomari, quisera tanto ter o que eles tinham. Agora as coisas estavam invertidas, outra mudança.

— Não quero isso — disse ele, balançando a cabeça.

— Olha, Ekon. — Os olhos de Fahim não estavam mais nele, mas sim focados em um grupo de garotas yabaharis bem-vestidas. Elas estavam olhando para trás, escondendo as risadas com as mãos. — Sei que prefere livros a uma garrafa de vinho, mas confie em mim, esta é definitivamente uma noite para desfrutar de coisas boas. E por falar em *coisas boas*. — Ele deu às garotas outro olhar significativo. — Acho que algumas das nossas convidadas parecem solitárias...

Ekon observou Fahim cruzar a sala para se juntar às garotas risonhas. Era uma espécie de contraste cruel ver todos tão felizes. Ao redor, as pessoas festejavam e comemoravam porque pensavam que enfim estavam a salvo, mas ele sabia a verdade. Sua mente recobrou as coisas que aprendeu na Selva Maior. Adiah podia ter sido capturada, mas não era ela a responsável pelos ataques; *outra* coisa era, algo que ainda estava lá fora, talvez até naquele momento.

Conte a eles, implorou uma voz em sua mente. *Conte a eles a verdade.*

Ele não podia, não agora, não depois de tudo *aquilo*. Se aquelas pessoas soubessem que ainda havia outro monstro lá fora (algo *pior* do que o Shetani), ele não seria apenas expulso dos Filhos dos Seis, seria rejeitado pelo seu povo.

Ele não tinha estômago para aquilo.

O olhar de Ekon atravessou o salão de adoração e ele viu duas pessoas juntas em um dos cantos. Suas cabeças estavam ligeiramente inclinadas enquanto sussurravam uma para a outra; um estava usando um cafetã azul-celeste; o outro, um agbada azul-escuro. Kamau e Padre Olufemi. A mente de Ekon estava decidida antes mesmo de alcançá-los. Ele tinha que falar com um ou ambos e dizer a eles que algo mais estava lá fora. Não seria a verdade completa, mas já era alguma coisa. Quando os alcançou, eles já estavam se afastando um do outro. Padre Olufemi deu-lhe um sorriso amável antes de se virar para ir ao escritório. Kamau estendeu a mão.

— Parabéns, guerreiro.

— Obrigado... há, Kapteni. — Parecia estranho usar o termo formal para seu próprio irmão. Ele pigarreou. — Estava me perguntando se você tem um minuto para conversar.

— Ah... — Os olhos de Kamau estavam na escada, seguindo Padre Olufemi. — Agora não é mesmo o melhor momento. Tenho alguns negócios a tratar.

Uma pontada de aborrecimento passou pela mente de Ekon quando Kamau tentou passar por ele, mas Ekon o bloqueou.

— Kam. É importante.

Pela primeira vez, Kamau o olhou diretamente, e Ekon ficou surpreso ao ver irritação nos olhos do irmão.

— Então o que é? O que há de errado?

Ekon hesitou, se odiando por isso. Ele e o irmão mais velho tinham a mesma altura, eram iguais em todos os padrões sociais agora, mas Kamau ainda tinha uma maneira de olhar para ele que o fazia se sentir muito pequeno.

— Eu... quero falar com você sobre o Irmão Ugo.

As sobrancelhas de Kamau se ergueram.

— O que tem ele?

Ekon gesticulou pelo salão para dar ênfase.

— Eu queria saber por que ele não está aqui? Como Irmão da Ordem, ele deveria comparecer, não?

Kamau franziu a testa.

— Eu disse ontem que o Irmão Ugo tem estado isolado, rezando.

— Rezando em um momento como este? — Ekon franziu o cenho.

— Ele é um homem de preces.

— O Shetani, a criatura que nosso povo caça há quase um século, foi capturado, e ele vai rezar? — retrucou Ekon. — Isso não parece estranho...?

— Irmão Ugo foi informado sobre a questão do Shetani. — A voz de Kamau de repente estava séria e oficial. — Se ele sair do isolamento, direi, mas até lá tenho outras questões para resolver. — Ele gesticulou para o salão. — Enquanto isso, tente se divertir, está bem?

Ekon não teve chance de dizer mais nada. Em um movimento gracioso, Kamau passou por ele e subiu as escadas. Ekon o observou ir embora, transtornado, antes de tomar a decisão. O que o impulsionou era inexplicável, mas ele seguiu o irmão. Como esperado, o patamar estava no breu quando o alcançou, exceto por uma fresta de luz amarela vindo do escritório do Kuhani. Aquela luz atraiu Ekon, o incitou. Ele sequer percebeu que estava prendendo a respiração, até que seus pulmões começaram a doer. Estava a um metro da porta entreaberta quando as vozes lá de dentro o alcançaram. Ele parou.

— Padre, *por favor*.

Um arrepio tocou a pele de Ekon. Nunca na vida ele ouvira o irmão daquele jeito. A voz de Kamau, forte e confiante havia apenas alguns momentos, estava agora fina pela fadiga, desespero e... havia mais alguma coisa, uma parcela de emoção que Ekon levou um momento para reconhecer. *Medo.* Através da fresta na porta Ekon viu duas figuras. Kamau e Padre Olufemi. O primeiro estava de joelhos; o segundo estava sentado em um lindo sofá, as mãos cuidadosamente entrelaçadas no colo.

— Fale de maneira franca, Guerreiro Okojo. — As palavras do Padre Olufemi eram calmas, como se eles falassem do clima. — O que o atormenta?

— É... é a minha cabeça, Padre. — Kamau ergueu a cabeça para encontrar o olhar do padre, e Ekon viu que o lábio inferior dele tremia. — Eu... tenho visto coisas, estou ficando confuso. Os pesadelos...

— *Pesadelos?* — Padre Olufemi ergueu uma sobrancelha, curioso. — Que tipo de pesadelos?

Kamau baixou o olhar, hesitando como se fosse um garotinho.

— Não os entendo, Padre. Às vezes, parecem sonhos, mas em outras, as pessoas parecem reais e... eu as machuco. Vejo o sangue e quero parar, mas... não consigo. — Lágrimas grossas rolaram pelo rosto de Kamau. — Há outros Filhos dizendo a mesma coisa, Padre. Eles também estão tendo pesadelos. Padre, não sabemos por que isso está acontecendo conosco...

— *Shhh.* — Padre Olufemi se inclinou para a frente, tomando o rosto de Kamau entre as mãos como um pai compreensivo. Ao toque, Kamau ficou quieto. — Não diga mais nada, meu filho. Tudo ficará bem logo. Gostaria de um remédio?

— Eu... — Kamau hesitou, se afastando das mãos do Kuhani. — Não sei se eu deveria.

— Bobagem.

Havia gentileza no tom de voz do padre. Ele se virou um pouco e pela primeira vez Ekon viu o objeto ao lado dele no sofá. Era um cachimbo pequeno de madeira escura do tamanho de sua mão. Embora fosse difícil ver de longe, Ekon distinguiu algo brilhante e prateado embalado em sua pequena câmara, pedaços do que parecia ser folha amassada. Ele levou um momento para lembrar por que aquela cor parecia familiar.

Folha de Hasira.

Devagar, Padre Olufemi pegou uma vela acesa de uma das mesas e segurou-a junto ao cachimbo até ele começar a soltar fumaça. Imediatamente um aroma adocicado e enjoativo tomou o ar. Ekon ficou tenso. Reconhecia aquele cheiro. Padre Olufemi entregou o cachimbo aceso a Kamau e assentiu.

— Inale.

Apesar de sua reclamação anterior, Kamau pegou o cachimbo, ansioso, dando uma longa tragada treinada. Ekon viu, paralisado, quando um violento estremecimento passou pelo corpo musculoso de seu irmão, e então ele relaxou. Quando ergueu os olhos do cachimbo, estavam vidrados, as pupilas dilatadas. Padre Olufemi tornou a tocar a bochecha dele, e desta vez Kamau se apoiou em sua palma como um amante.

— Sei que tenho exigido muito de você, Kamau — murmurou o homem. — Sei que, às vezes, minhas ordens são um desafio. Mas tudo acabará logo. Assim que o Shetani morrer, você e seus irmãos não precisarão matar mais ninguém.

O choque passou pelo corpo de Ekon como um raio. Ele esperou que o olhar vago e vazio deixasse o rosto de Kamau quando as palavras do Padre Olufemi fossem absorvidas. Ele esperou que o nojo aparecesse em algum lugar nos olhos de seu irmão. Não aconteceu.

Padre Olufemi levou a vela ao cachimbo novamente e assentiu.

— Inale um pouco mais.

Kamau pegou o cachimbo e inalou, um pequeno gemido escapando dele quando outro trago da folha alucinógena o inundou.

Padre Olufemi observou, divertido.

— Como se sente?

— Me sinto... bem.

O homem santo assentiu.

— E vai continuar se sentindo assim, contanto que permaneça obediente. Escute, garoto. — Ele colocou o dedo sob o queixo de Kamau, forçando-o a olhá-lo. — Estas são as minhas ordens: você não contará a ninguém sobre os seus pesadelos e instruirá seus irmãos a fazer o mesmo. Entendeu?

— Eu... entendi. — Kamau assentiu, e então deu ao outro um olhar encabulado. — Padre, posso... posso inalar mais?

A risada do Padre Olufemi não continha humor algum enquanto acendia o cachimbo pela última vez e o entregava a Kamau.

— É evidente que sim, meu filho. É evidente.

Ekon não soube quando se afastou da porta, seu coração batendo forte no peito. As palavras de Padre Olufemi reverberaram nas paredes de sua mente:

Você e seus irmãos não precisarão matar mais ninguém.

Lembranças fragmentadas voltaram para ele, deformadas. Ele se lembrou do último ataque, dos corpos espalhados pelo chão, e então... uma conversa com Kamau:

Eu... perguntei onde você estava ontem à noite.

Padre Olufemi tinha um trabalho para mim, confidencial.

Ekon estremeceu. Não existia nem um outro monstro, nunca existira.

Ele se afastou da porta devagar, rezando para que Padre Olufemi não erguesse a cabeça. A última coisa que viu enquanto retornava à escuridão foi Kamau dando uma tragada final no cachimbo, perdido em um delírio que Ekon não conhecia.

CAPÍTULO 29

O HORRÍVEL DEPOIS

As estrelas de Lkossa cintilavam como diamantes contra o céu escuro como obsidiana. Pela janela gradeada Koffi não conseguia vê-las.

Levou vários minutos para ela entender onde estava quando pedaços da consciência voltaram, enquanto seu corpo avaliava os danos. Ela estava dolorida em alguns pontos, cortada, e nunca na vida se sentira tão esgotada. Devagar, ela piscou para tirar a areia dos olhos e tentou colocar o ambiente desconhecido em foco. Estava deitada de costas, olhando para o teto de granito de um prédio que não conhecia, mas o cheiro de mofo era vagamente familiar.

A superfície dura embaixo dela estava fria e úmida, assim como o ar que respirava. Algo pequeno e peludo deslizou sobre seu pé e ela se ergueu de súbito.

O desespero a percorreu enquanto sua cabeça girava, enviando-a para a escuridão absoluta por um momento, mas seu batimento cardíaco se estabilizou enquanto seus olhos se ajustavam. Paredes de granito a cercavam, combinando com o teto, e diante dela havia um conjunto de barras grossas de aço indo do teto ao chão. Ela não conseguia ver muito além delas, mas em algum ponto do corredor uma fraca luz laranja piscava. Estava em algum tipo de prisão, percebeu, mas onde? Como? As perguntas vieram de repente; ela não tinha respostas.

Quem a colocara ali e por quê? E assim os fragmentos cortantes e horríveis de uma lembrança voltaram para ela como pedaços de cerâmica quebrada. Todos eram dolorosos e nem um deles fazia sentido. A última coisa de que se lembrava era da Selva Maior. Lembrava-se de um pequeno lago, o som de guerreiros gritando e, em seguida, um rugido. Ela se encolheu. A lembrança estava ficando mais nítida. Houvera um ataque. Inexplicavelmente, alguém tinha ido atrás delas na selva, alguém tentara levar Adiah embora, e...

Ekon.

Era a última peça da cerâmica quebrada e, quando Koffi a encaixou, uma nova dor apunhalou seu corpo enquanto o resto da lembrança chegava. Não fora qualquer um que as atacara e não fora uma surpresa. Elas tinham sido vítimas de uma emboscada e foram sabotadas; Ekon estivera por trás de tudo. Ele traíra os planos, traíra Adiah, traíra... *ela*. Um gosto amargo invadiu sua boca e a fez querer cuspir, mas ao som de passos se aproximando ela olhou para cima.

— Ah. — Uma voz rouca soou na escuridão. — Ela está acordada.

Koffi ficou de pé quando outra pessoa, fora de vista, riu. Correu para a porta da cela e envolveu as barras com os dedos. Eram frias e fediam a metal velho, mas as segurou, olhando de um lado a outro no corredor até que os donos das vozes emergissem das sombras. Um deles, um jovem musculoso, carregava uma pequena tigela com um mingau suspeito, amarelo-acinzentado; o outro garoto era mais alto, tinha a pior tentativa de barba que Koffi já vira. Ele carregava apenas uma lança e um sorrisinho.

— Hora do jantar para a rata daraja — disse o primeiro, estendendo a tigela. — Aqui!

Ele enfiou a mão entre as barras e esperou até que Koffi estendesse a dela antes de deixar a tigela escapar de seus dedos e se espatifar no chão. Imediatamente a gosma viscosa e acinzentada (fosse lá o que fosse) espalhou-se pelas pernas de Koffi, e um novo cheiro fétido azedou o ar. Ela se afastou das barras, enojada, e os guerreiros riram de novo.

— Onde estou?

Koffi tentou parecer confiante ao fazer a pergunta, mas quando falou percebeu que sua voz estava rouca e áspera, como se ela não falasse havia dias. O pânico a dominou. Fazia quanto tempo que estava ali?

— Ora, ora, a coisa fala. — Barbicha inclinou a cabeça, divertido. — Você está exatamente onde devia estar, gedeziana: na cadeia, onde ficará até encarar sua punição amanhã.

Punição. Outro arrepio de pânico passou pelo corpo dela e mais perguntas correram pela sua mente. De que "punição" o guerreiro falava?

— O que aconteceu com A... há, com o Shetani? — A pergunta escapou antes que ela pudesse contê-la e Koffi se arrependeu de súbito.

O sorriso dos guerreiros desapareceu do rosto e seus olhos endureceram.

— Aquele monstro vai virar churrasquinho — disse Barbicha em um tom perigosamente baixo. — Logo depois de a gente acabar com *você*.

Foram palavras que deviam ter assustado Koffi, deviam tê-la preenchido com um pânico mais profundo. Em vez disto, ela pensou em Adiah. Seu estômago embrulhou ao imaginar o que o guerreiro havia dito. *Aquele monstro vai virar churrasquinho*. Com uma dor terrível, ela imaginou Adiah sendo conduzida para a praça da cidade como um animal de sacrifício. Ela viu as massas de rostos zombeteiros, cuspindo, assobiando e vaiando enquanto Adiah era torturada. Pensar nisto a fez querer vomitar, mas seu corpo não tinha nada para jogar fora. Koffi se firmou e encontrou os olhos de Barbicha de novo.

— Senhor. — Ela fez o seu melhor para soar cortês. — Por favor, preciso falar com o Padre Olufemi. O Shetani não é o que as pessoas pensam. Ele...

— *Cale a boca.* — Os olhos do Barbicha brilharam perigosos e Koffi fechou a boca. Havia um agouro silencioso nos olhos do guerreiro ao se inclinar o mais perto que as barras permitiam. O outro guerreiro assistia, com olhar cauteloso. — Aquela abominação matou pessoas por *anos*. Amanhã, ela vai pagar.

O coração de Koffi doeu, mas ela não podia desistir:

— *Por favor*. Outra coisa tem matado o povo de Lkossa e ainda está lá fora. Poderia ser...

— Chega! — A voz de Barbicha tremeu no ar, cortando o resto das palavras dela. — A coisa será morta amanhã, logo depois do seu açoitamento. Se eu fosse você, passaria o resto da noite fazendo as pazes com os Seis. Você pode não ter outra oportunidade.

Medo infiltrou-se nos ossos de Koffi. A boca ficou seca ao tentar invocar mais palavras, qualquer coisa para fazer os guerreiros yabaharis ouvirem, mas era tarde demais. Tão rápido quanto eles chegaram, lançaram a ela uns últimos olhares zombeteiros antes de deixá-la na escuridão outra vez. Na ausência deles, o silêncio era doloroso, e os pensamentos arrepiantes que a esperavam no fundo da cela pareciam rastejar para encontrá-la.

Você falhou.

As duas palavras prenderam-se nela como garras, arranhando-a e cravando na alma, não importando o quanto ela tentasse se livrar delas. Pairavam no ar fétido, sufocando-a, fazendo a cabeça latejar cada vez que ecoavam em sua mente. Ela tentou mandá-las embora, engolindo em seco, mas elas permaneceram obstinadamente presas em sua garganta.

Você falhou. Você falhou com todos.

Não havia como negar, nem como evitar. A verdade daquelas palavras passou por ela como ondas, atingindo-a. A barganha dela não serviria de nada. A mãe e Jabir não seriam libertos. Adiah iria morrer.

O cóccix doeu quando ela abraçou os joelhos contra o peito e se balançou para a frente e para trás, pensando em plano após plano. Cada um era como um pássaro, entrando e saindo de sua mente muito rápido para ser lógico, mas ela os considerou do mesmo jeito. Poderia implorar misericórdia ao Kuhani, apelar pela clemência dos Seis. Mas não, algo disse a ela que o velho saberia. Assim que a visse, identificasse o mesmo medo nos olhos, ele a reconheceria do templo. Se a punição dela era ruim agora, seria dez vezes pior quando ele descobrisse. Não haveria misericórdia. Koffi olhou de novo em direção à minúscula janela com barras, vários metros acima dela. Não era de fácil acesso, mas talvez... Uma terceira ideia deslizou em sua mente como uma víbora venenosa.

Você poderia fugir, sugeriu. *Use o esplendor e fuja. Vá embora e nunca olhe para trás.*

O pensamento embrulhou o estômago de Koffi, nauseante, e ela soube que também não poderia fazer isso. Não poderia deixar a mãe e Jabir para trás para sofrer pelos seus erros, ou deixar Adiah ali para morrer depois de ter prometido que iria ajudá-la. Ela não podia nem os salvar nem os deixar; não podia fazer nada. Lentamente, ela voltou ao chão de pedra da cela, deixando aquele frio familiar se infiltrar em seus ossos e, com ele, a resignação. Koffi não tinha certeza de quando ouviu pela primeira vez o novo conjunto de passos, só que, uma vez que os ouviu, eles ecoaram, forte e deliberadamente, contra a pedra fora da cela. Ela se sentou ao ver uma figura aparecendo do outro lado das barras.

— Koffi? — A voz que disse o nome era familiar. — Você está aí?

Os dentes dela rangeram ao mesmo tempo que algo pulsou em seu peito. Era um sentimento confuso, feliz e zangado ao mesmo tempo. Ekon deu um passo à frente, a luz da tocha do corredor deixando um lado de seu rosto na sombra. A barba rala que ele tinha da última vez que ela o vira sumira; ele estava bem barbeado e usava uma reveladora túnica azul de Filho dos Seis. A expressão dele era hesitante.

— Koffi — sussurrou em uma voz que só ela pôde ouvir. — Koffi, eu sinto muito. Eu...

Algo surgiu em Koffi naquele momento, um calor. Não era agradável nem formigava, não era como ela se sentia com o esplendor, e não foi nada parecido com a alegria que sentira quando os lábios de Ekon encontraram os seus na selva. Desta vez, as palavras saíram da boca espontaneamente:

— Eu te *odeio*.

A frase cortou o ar como uma lâmina e ela observou deixar sua marca no rosto de Ekon. Ele recuou, os olhos brilhando com uma dor que quase a fez lamentar. Quase. Ele olhou para os pés, comprimindo os lábios.

— Olha, Koffi. Sei que está com raiva de mim. Você tem todo o direito de estar. Mas eu...

— Todas aquelas palavras... — Koffi precisou de toda a força de vontade para evitar que a voz tremesse ao falar. — Nem uma delas era verdade.

— *Eram* sim. — Ekon ergueu o olhar, e embora um dos lados de seu rosto ainda estivesse obscurecido pela sombra, o outro era suplicante. — Eu queria dizer alguma coisa para pará-los...

— Então por que não disse?

Ekon encarou as mãos como se procurasse as palavras certas.

— Por muito tempo, tudo o que eu quis foi ser um Filho dos Seis. Era a única maneira que eu conhecia para honrar minha família e meu pai. Tudo o que fiz, toda escolha que tomei, foi com esse objetivo em mente. Quando fiz o trato com você, era o que eu tinha em mente. Eu não ligava para mais nada. Você era só uma ponte até o meu objetivo.

Koffi se encolheu, surpresa com o quanto as palavras doíam. O trato que fizeram parecia uma coisa de outra vida, de Antes. Assim se dividia a realidade agora, duas partes de um todo, separadas no tempo Antes da traição de Ekon e o terrível Depois.

— Mas quando entramos na selva — prosseguiu Ekon —, as coisas começaram a mudar. O que vimos lá, o que fizemos... eu não estava esperando. E então *eu* comecei a mudar, comecei a perceber que talvez eu ainda quisesse ser um Filho dos Seis e deixar minha família orgulhosa, mas também queria outra coisa, queria... — Ele olhou para o chão. — Eu queria *você*.

Koffi engoliu em seco.

— Então meu irmão veio até mim e foi como se eu fosse arrancado de um sonho. Era como ser puxado em todas as direções, entre um desejo antigo e outro novo. — Ele olhou para ela. — Você nunca sentiu isso, esse puxão?

Koffi não respondeu, ela não queria. Ela já *sentira* aquele puxão, ela já *tinha sido* puxada em duas direções diferentes. Durante a maior parte da vida, ela ficara dividida entre seguir seu coração ou sua mente.

No final, fora Ekon quem dissera que ela não precisava ceder ao puxão. Fora ele quem dissera que ela poderia seguir os dois. Ela ergueu a cabeça e descobriu que os olhos de Ekon estavam fixos nos dela. Não conseguia ler a expressão no rosto dele. Outro minuto se passou antes que ele falasse.

— Quero que saiba que me sinto um lixo — disse baixinho. — Nunca me senti tão mal na minha vida e sei que isto ainda não é o bastante. Sei que não posso pedir para você apenas perdoar e esquecer o que fiz.

Koffi também não sabia se poderia perdoar e esquecer.

— Mas vou tirá-la daqui — disse ele, a voz contida. — Vou consertar isso.

— E Adiah?

Ekon enrijeceu, desviando o olhar de Koffi para o corredor antes de se aproximar.

— É por isso que vim. Sei o que está realmente matando as pessoas agora.

Koffi deu um pulo.

— O quê?

Ekon hesitou.

— São os... os Filhos dos Seis.

Koffi deu um passo para trás. Seu corpo foi tomado pelo medo enquanto absorvia as palavras impossíveis de Ekon. Não, não era verdade, não *podia* ser. Os Filhos dos Seis de fato podiam ser brutais, e terrivelmente dedicados ao seu dever, mas não eram assassinos. Seu trabalho era *proteger* o povo da cidade. Não fazia sentido.

— Como? — A voz dela estava vazia. — Como eles puderam fazer uma coisa dessa?

Ekon estava balançando a cabeça.

— Não estou certo de que eles entendem por completo o que estão fazendo. Eles estão sendo... drogados. Quando estava no templo, vi o Padre Olufemi com um dos guerreiros. O guerreiro só se lembrava de ferir pessoas, mas descreveu como se fosse um sonho, algo que ele não tinha certeza se era real. E então o Padre deu algo para ele fumar num daqueles cachimbos.

Koffi praguejou, sentindo o rosto empalidecer. Ela olhou para a incompreensão no rosto de Ekon.

— Vi o cachimbo quando entrei no escritório do Kuhani. Estava na mesa dele, mas não consegui ver o que havia dentro.

— Foi difícil ver — disse Ekon. — Mas parecia prata, como uma das plantas sobre as quais li no diário do Nkrumah. Acho que era chamada de hasira, ou...

— Folha *zangada* — completou Koffi. — Minha mãe e eu a usamos para sedar grandes animais. É muito perigosa. Se um humano a ingerisse...

— Os efeitos colaterais são muito ruins — disse Ekon. — É alucinógena e altamente viciante. Acho que o Kuhani dá hasira aos Filhos dos Seis e então ordena que saiam para matar.

Koffi balançou a cabeça, perturbada. Pensou nas pessoas, nas incontáveis pessoas que foram mortas; pensou em Sahel e na maneira como seu corpo fora encontrado, dilacerado. Ela estremeceu.

— Tem uma coisa que ainda não entendo — disse ela. — Por que o Padre Olufemi faria isso, Ekon? O que ele tem com...?

Eles congelaram, entendendo ao mesmo tempo. Disseram o nome em uníssono:

— Fedu.

— Badwa disse que seja lá o que estiver matando o povo de Lkossa vem dele — disse Ekon. — E se ele já estiver aqui, controlando o Padre Olufemi?

— Mas onde ele estaria?

— Não sei. Mas precisamos encontrar Adiah e tirá-la daqui antes que ele a encontre.

— Aqueles outros guerreiros. — Koffi assentiu na direção em que os dois tinham ido. — Eles disseram que vão matá-la amanhã, logo depois que... — Pela primeira vez, ela sentiu o toque gelado do medo. — Depois que eu for açoitada.

O rosto de Ekon endureceu.

— Isso não vai acontecer. Não vou deixar. Vou tirá-la daqui, Koffi, prometo, e então salvaremos Adiah. Vamos chegar às Planícies Kusonga e terminar isso.

As palavras eram nobres e Koffi lembrou-se de outra vez em que Ekon dissera algumas palavras nobres que a inspiraram. Ela acreditara nele, mas...

— Como? Como é que vamos fazer isso?

Ekon cobriu a boca com ambas as mãos, perdido em pensamentos antes de olhar para ela outra vez.

— Tenho um plano, mas preciso que confie em mim.

Koffi ficou tensa. Ela não confiava nem um pouco em Ekon.

— O que você...?

— Ei, Okojo! — Uma voz soou no corredor. Barbicha. — Ainda está aí?

Ekon olhou para o corredor e então de volta para Koffi.

— Por favor.

As palavras saíram da boca de Koffi antes que ela pudesse pará-las e ela rezou para não se arrepender:

— *Vamos nessa.*

CAPÍTULO 30

UM PEQUENO LUTO

Suor escorria das têmporas de Ekon enquanto ele caminhava pelo corredor úmido da prisão.

Ao lado, ele pensou ter ouvido os dentes de Koffi batendo, mas não olhou para a garota. Os pulsos dela estavam amarrados e ele a apertava com força (provavelmente força demais), mas precisava disto para ser convincente.

Tinha que ser convincente.

Eles chegaram ao final do corredor, onde dois Filhos dos Seis estavam encostados na parede. Ekon os conhecia, Chiteno e Fumbe, guerreiros do ano de iniciação de Kamau. Ele não gostava de nem um dos dois.

— Tenho que dizer — falou Chiteno primeiro, lançando um olhar de cima enquanto Ekon e Koffi se aproximavam — que estou surpreso em vê-lo aqui, Guerreiro Okojo. Achei que estivesse aproveitando a festa lá em cima.

Ekon manteve o rosto impassível.

— Ainda tenho coisas a fazer.

Fumbe deu uma risadinha.

— Eles são sempre ansiosos no início.

— Sim. — Algo brilhou nos olhos de Chiteno. — Vai demorar alguns meses antes que deixe de ser novidade, antes que você tenha que fazer o trabalho sujo.

Trabalho sujo. Ekon tentou ignorar o arrepio na pele. *Vocês são assassinos*, ele pensou observando-os rir. *Um de vocês, talvez os dois. Vocês são assassinos.*

Durante toda a vida, ele quis fazer parte da irmandade, porque pensava que seria a maneira mais certa de provar a si mesmo e ao seu povo que era um homem. Ele descobriu que não queria mais nada daquilo.

— O que está fazendo com a rata daraja? — perguntou Fumbe, acenando com a cabeça para Koffi. — Disseram que ela ficaria aqui até de manhã.

— Houve uma mudança nos planos. — Ekon tentou soar tão confiante quanto possível. — O Padre Olufemi quer ver a daraja esta noite. Tenho ordens de escoltá-la ao escritório e de ser discreto a respeito. Ele não quer que mais ninguém a veja.

— Certamente. — Um sorriso perverso apareceu no rosto de Chiteno. — Então leve-a. Talvez você encontre uma sala vazia no caminho até lá; ela parece frígida.

O estômago de Ekon se retorceu de nojo, mas ele manteve o rosto neutro.

— Ele me disse para ser rápido, então preciso ir agora.

Assentiram antes de permitir que Ekon passasse por eles com Koffi. Assim que subiram as escadas e chegaram ao patamar seguinte, ele soltou o braço de Koffi e enfim se atreveu a olhar nos olhos dela. Era uma lembrança estranha. Aquele era o corredor onde eles se reencontraram, embora em circunstâncias muito diferentes. A mandíbula dela estava projetada em desafio, mas os olhos brilharam quando ele cortou as cordas com o hanjari. Quando caíram no chão, ela assentiu:

— Obrigada.

— Eles machucaram você, antes de eu chegar?

— Não. — De certa forma, a recusa de Koffi em chorar era pior do que se ela simplesmente tivesse chorado. — Estou bem.

— Ótimo. — Ekon tirou a bolsa do ombro e removeu uma capa azul de dentro dela. — Comprei isto para você — disse ele, enrolando a capa nela.

Koffi puxou o capuz sobre o rosto e pareceu relaxar um pouco.

— O que fazemos agora?

— Adiah está aqui, em algum lugar deste templo — disse ele. — Meu palpite é que eles a estão mantendo no estábulo, mas não tenho certeza disso. Você tem alguma maneira de encontrá-la?

Koffi franziu a testa por um momento, pensativa.

— Da primeira vez que a encontrei, na selva, consegui fazer algo com o esplendor no corpo dela. Como daraja, senti uma conexão com ele. Há uma chance de que eu possa usar a mesma conexão para encontrá-la, mas não sei se vai funcionar.

— Você tem que tentar — disse Ekon. — Faça tudo o que tiver que fazer para encontrá-la. — Ele pressionou o cabo de seu hanjari nas mãos dela. — *O que tiver que fazer.*

— Ekon. — A ansiedade tomou conta da voz de Koffi. — O esplendor é afetado pelas minhas emoções, não sei até que ponto é confiável...

— Não temos outras opções, Koffi — disse Ekon, tentando evitar que o pânico transparecesse em sua voz. — Acabei de mentir para aqueles guerreiros e, cedo ou tarde, eles descobrirão. Precisamos encontrar Adiah e sair de Lkossa o mais rápido possível.

Koffi pareceu ponderar. Ela engoliu em seco.

— O que você vai fazer enquanto procuro Adiah?

— Eu... — Ekon hesitou. Essa era a parte do plano em que ele menos confiava e a parte que ele sabia que Koffi menos gostaria. — Também vou procurar alguém.

Koffi franziu a testa.

— Quem?

— Meu mentor. O nome dele é Irmão Ugo.

— Espere, *irmão*? *Irmão do Templo?* — A incredulidade no sussurro de Koffi era quase desequilibrada. — Ekon, você perdeu o juízo? Acabamos de descobrir que o Kuhani tem usado os Filhos dos Seis para cometer *assassinatos*. Pelo que sabemos, o templo inteiro é corrupto. Por que você quer procurar por ele?

— Porque Irmão Ugo é... diferente. — Mesmo para ele, as palavras pareciam bobas ditas em voz alta, mas Ekon continuou: — Ele tem sido o meu mentor por toda a minha vida, Koffi, e não é nada parecido com o Padre Olufemi. Para ser sincero, estou preocupado com ele. Ninguém o viu desde que voltamos da selva.

Koffi revirou os olhos e Ekon ficou quase animado por ver um pouquinho da garota que conhecia.

— Então você acha que *agora* é hora de procurar por ele?

Ekon massageou as têmporas.

— Não posso explicar, tenho um mau pressentimento. Acho que algo aconteceu com ele. O Irmão Ugo nunca apoiaria o que o Padre Olufemi e os Filhos dos Seis estão fazendo. Se ele descobriu a verdade e o Kuhani teve que silenciá-lo...

— Ekon. — Havia um toque de empatia real na voz de Koffi. — Se isso for verdade, há uma boa chance... — A voz dela tinha um pedido de desculpas. — Há boa chance de que já...

— Por favor, Koffi. — Ekon sussurrava. — Por favor. Ele pode estar morto, mas também pode estar vivo, e se estiver, pode nos ajudar.

Koffi comprimiu os lábios.

— Se você não conseguir encontrá-lo...

— Vinte minutos — disse Ekon. — Prometo que se não conseguir encontrá-lo nesse prazo iremos embora. Encontrarei você atrás do estábulo. Ninguém deve estar lá fora essa hora.

Ela fez uma pausa, pensativa.

— Trinta.

— O quê?

Ela ergueu a sobrancelha.

— Pensei que gostasse de números divisíveis por três. — Koffi segurou o hanjari com mais firmeza. — Trinta minutos e é *melhor* você não se atrasar. Ou juro, você *nunca* mais vai ver sua adaga de novo.

— Feito.

Koffi lançou a ele outro olhar descrente antes de avançar pelo corredor como uma sombra.

E então desapareceu.

Ekon serpenteou pelos corredores do templo em silêncio.

De longe, ainda podia ouvir os aplausos e gritos da festa, ficando mais altos e barulhentos à medida que a noite avançava e o vinho era bebido com mais liberdade. Era um contraste estranho, quase enervante. No salão de adoração, Fahim e Shomari ainda estariam comemorando. Em outras circunstâncias, talvez ele também estivesse. Talvez, em outra versão de sua vida, Ekon tivesse se tornado um Filho dos Seis, seguido os passos do pai, como sempre tinha imaginado. Aquele plano não existia mais, eram páginas que pertenciam a uma história que nunca escreveria. Ele não estava necessariamente arrependido pelo que estava prestes a fazer, mas... o antigo desejo ainda o atraía. Sendo sincero, havia até um pequeno luto. Não ficaria triste em deixar o Templo de Lkossa para trás, mas sim em abandonar o lugar que um dia pensou ser. A mãe o deixara por escolha, o pai o deixara à força, mas aquele sempre fora o lar dele. Aquela era a vida que ele e Kamau melhor conheciam e, depois daquela noite, ele nunca mais a teria.

Ele ficou de ouvidos abertos e os olhos atentos ao se mover pelos corredores. Em algum lugar daquele prédio, com sorte, Koffi estava a caminho de encontrar Adiah e ir embora. Cada vez que pensava nisso, o estômago dele revirava.

Pense, Ekon, instruiu uma voz em sua mente. *Pense. Onde o Irmão Ugo poderia estar?*

Verificou todos os lugares habituais (as salas privadas de oração, o Salão do Memorial, até mesmo as cozinhas) e não encontrou ninguém. Mais desesperado, ele se aventurou na ala oeste do templo, onde os Irmãos da Ordem dormiam. Alguns dos quartos estavam ocupados por velhos adormecidos (ele espiou com cuidado dentro de cada cômodo), mas a maioria estava vazia, uma vez que os membros da ordem que os ocupavam estavam aproveitando as festividades. Por fim, Ekon encontrou a porta que procurava e bateu suavemente, sussurrando:

— Irmão? Irmão Ugo?

Nenhuma resposta. Ekon empurrou a porta aberta e olhou dentro do quarto.

Ele teria se sentido melhor se o quarto tivesse sido destruído, saqueado ou marcado por algo que indicasse uma luta. O que ele viu, em vez disto, o perturbou mais. O quarto do Irmão Ugo estava intocado. A pequena cama no centro estava bem-feita, com as dobras e vincos dos lençóis perfeitamente alinhados, como se ninguém tivesse dormido nela por algum tempo. Uma pilha de livros estava alinhada perto da janela simples e as poucas roupas que Irmão Ugo possuía estavam dobradas em seu baú. Nada sobre o quarto parecia errado, mas continha um vazio específico. Ekon pensou em uma velha história, a história de outro velho estudioso daquele templo que havia desaparecido sem deixar vestígios.

Satao Nkrumah.

Ekon foi tomado pelo terror. E se alguém tivesse levado Irmão Ugo contra a vontade dele? E se o estivessem prendendo em algum lugar, machucando-o? O mentor dele era esperto, mas velho, então não seria preciso muito para feri-lo. Ekon passou a mão pelo cabelo, tentando conter uma onda de pânico.

Onde?, ele se fez a pergunta de novo e de novo em mente. *Onde você está?*

Ele deixou a ala oeste e correu por um corredor diferente. Havia mais um lugar que não tinha verificado: a biblioteca do templo. O acesso era restrito aos Irmãos da Ordem e àqueles com permissão especial do Kuhani. Era um lugar grande o suficiente para esconder alguém, um lugar fácil de se bloquear.

Por favor, esteja lá...

— Guerreiro Okojo.

Ekon parou de repente e girou, calafrios percorrendo suas costas. Uma figura emergiu das sombras de uma porta pela qual ele havia passado às pressas, sem olhar. Os pelinhos em seus braços se arrepiaram, o luar entrava por uma das enormes janelas salientes do templo e lançava uma luz prateada em um lado do rosto do Kuhani. Ekon engoliu em seco.

— Padre. — O hábito o fez se abaixar em reverência.

O velho santo deu um sorriso fraco.

— Admito... — A voz dele estava suave, mas seus olhos tinham um brilho afiado. — Estou surpreso em vê-lo aqui.

Ekon se endireitou.

— Surpreso, senhor?

— *De fato* — disse Padre Olufemi. Com alguns passos, ele acabou com a distância entre os dois. — Esperava que você estivesse no salão de adoração, celebrando a captura do Shetani com seus novos irmãos.

Irmãos. A palavra causava repulsa, mas Ekon forçou um pequeno sorriso.

— Eu estava, Padre — disse cordialmente. — Mas saí. — Ele gesticulou para o salão de adoração, e então para as estátuas dos Seis, observando em silêncio. — Eu queria homenageá-los, agradecer aos deuses por essa vitória.

— Entendo. — Padre Olufemi assentiu. — Isso é bastante... maduro. Kamau ensinou-o muito bem. Vejo as semelhanças entre vocês mais do que nunca.

Ekon precisou de todo o controle para não reagir à menção a Kamau. Ele não queria ver as imagens que tomavam sua mente, mas era impossível não se lembrar do rosto frouxo do irmão, não ouvir a risada melancólica do Padre Olufemi. O sorriso de Ekon falhou por um momento, só um pouquinho. Ele o consertou.

— *Obrigado,* Padre.

O Padre Olufemi olhou por cima do ombro, como se estivesse perdido em pensamentos, antes de falar outra vez:

— Gostaria que você fosse ao meu escritório amanhã. Agora que é um Filho dos Seis, há questões confidenciais referentes à... *segurança* da cidade que deve saber.

Ekon lutou para manter a voz impassível enquanto se abaixava.

— Sim, Padre. Boa noite.

— Boa noite.

Os músculos de Ekon já relaxavam quando o Padre Olufemi começou a se virar, mas, sem aviso, o homem deu meia-volta. Desta vez, se aproximou, colocando a mão enrugada no ombro de Ekon. Imediatamente o cheiro doce da folha de hasira preencheu o espaço entre eles. Ekon prendeu a respiração.

— Estou ansioso para você se juntar à nossa causa — disse o padre. — O que fazemos é um dever, um trabalho honrado.

Ele se afastou sem dizer mais nada, tão devagar e deliberado quanto antes. Inquieto, o rapaz o observou partir. O Padre Olufemi o vira ali, o que significava que eles tinham menos tempo que antes. Ekon olhou pela janela, para a lua outra vez. Ele e Koffi haviam concordado em se reencontrarem dali a exatos trinta minutos; mais da metade do tempo se passara e ele não estava nem perto de encontrar o Irmão Ugo. Ele fechou os olhos e tentou pensar em cada detalhe, cada lugar em que estivera com o mentor. Eles fizeram passeios pela cidade, passaram horas nas salas de estudo, eles...

A percepção o atingiu com tudo, fazendo-o parar de súbito. O suor desceu pela sua testa enquanto se dava conta e o pânico se misturou com a alegria quando Ekon se virava para seguir por um dos corredores.

Ele sabia onde o Irmão Ugo estava.

CAPÍTULO 31

VAGA-LUMES

Koffi sentiu o denso cheiro de feno ao se aproximar do estábulo do templo.

Ao redor, ouvia os sons dos habitantes: os roncos suaves do gado. Aqueles sons e aromas a inquietaram e confortaram ao mesmo tempo; a faziam lembrar do Zoológico Noturno.

Avançou pelas baias, espiando dentro de cada uma e tentando discernir seus residentes na escuridão. Ekon disse que Adiah poderia estar ali, mas ele não tinha certeza; ela tentou não se concentrar na palavra *poderia*. Tinha meia hora para localizar a daraja transformada e encontrar Ekon para que pudessem partir. Parecia muito tempo. Ela sabia que não era.

Cada sombra dentro do estábulo parecia ficar mais longa à medida que os segundos passavam, a luz da lua escorria pelas fendas entre as tábuas de madeira do telhado. Ela inspirou fundo e sentiu um novo cheiro, ozônio, o cheiro que sempre precedia a chuva. A temporada de chuvas estava chegando, não havia mais dúvida; quando chegasse, esperava que eles já estivessem longe.

Uma nova onda de ansiedade começou a se reunir nos dedos dela. Koffi lutou contra ela fechando a mão em punho.

— Acalme sua mente — sussurrou para si mesma enquanto fazia uma curva no estábulo.

Calma, precisava ficar calma. Reconheceu aquela parte do estábulo, estivera ali uma vez com Jabir, logo antes de eles se separarem. Koffi se agachou nas sombras, deixando seus dedos roçarem o chão de terra. Era uma sensação diferente; enquanto a terra da selva era quente e convidativa, a do estábulo era mais fria e nitidamente menos viva. Ainda assim ela ficou aliviada ao sentir o pulsar familiar do esplendor; não tão poderoso quanto antes, mas presente. Ela o invocou de uma forma que esperava ser gentil. *Preciso encontrar Adiah. Ajude-me a encontrá-la. Ajude-me a salvá-la.*

Houve uma pausa incerta antes que a energia respondesse com um puxão, em algum lugar perto de seu umbigo. Koffi se levantou de uma vez quando pequenos e familiares pontículos de luz dourada se formaram perto das pontas de seus dedos, antes de se erguerem, girando, quase brincalhões, no ar diante dela. Ela levou um momento para reconhecer o que pareciam: vaga-lumes.

Ajudem-me, pediu Koffi. *Ajudem-me a encontrá-la.*

As luzes se moveram para formar uma corrente. Koffi observou, encantada, enquanto elas se tornavam mais cheias, iluminando o caminho descendo o corredor à direita dela e fazendo uma curva. Perfeito. Dali, tudo o que ela teria que fazer era seguir as luzes e...

— Mas que...

Não. Koffi praguejou. Ela reconheceu o rapaz que fizera a curva. Era aquele que ela e Jabir encontraram quando se aproximaram do estábulo; ele agora a encarava com uma mistura de surpresa e horror. Koffi se escondeu em uma baia a alguns metros de distância enquanto ele parecia ter escolhido se agarrar à última emoção.

— Socorro! — gritou ele por cima do ombro. — Alguém me ajude!

Mais passos soaram e o coração de Koffi parou de bater. Ela começou a invocar o esplendor, chamando-o de volta, e então congelou. Os pontinhos de luz desapareceriam ou flutuariam de volta para ela e revelariam seu esconderijo? Ela não estava disposta a correr esse risco. Mais dois rapazes se juntaram ao primeiro no corredor. Por um momento, eles olharam para as luzes de Koffi com o mesmo tipo de espanto, confusos.

— O que é isso? — um deles perguntou.

— Algo ruim — respondeu o primeiro. — Parece magia.

— A daraja ainda está na prisão, não é?

— Ela deveria estar, mas... — Um dos rapazes deu um passo à frente e cutucou a luz com um dedo. Koffi se encolheu de dor. — Ela pode estar tentando se comunicar com o Shetani para que ele a liberte. O Kuhani precisa saber imediatamente.

Não. As luzes falharam. Uma nova ansiedade tomou conta de Koffi ao pensar no Kuhani. Se ele fosse ver como ela estava na prisão e descobrisse que Koffi escapara, o plano dela e de Ekon estaria arruinado antes mesmo de começar.

— Ele estava no escritório da última vez que o vi — disse o rapaz, gesticulando para um dos outros. — Vá buscá-lo. Vamos trancar as saídas, só para garantir.

A cada passo, ele se aproximava de Koffi. Ela entrou mais na baia, pegando o hanjari de Ekon e o segurando contra o peito, lembrando das palavras dele:

Faça o que tiver que fazer.

— Ei! — Os olhos do garoto a encontraram. Ele abriu a boca, prestes a gritar...

Koffi pulou sobre ele.

O movimento veio a ela como um instinto. Um dos braços se estendeu e ela girou, fazendo um círculo perfeito. O cabo do hanjari acertou o lado da cabeça do rapaz e ele caiu no chão, inconsciente. Koffi mal tinha recuperado o fôlego quando ouviu mais passos.

— Ela está ali! — gritou um dos garotos, correndo em direção a ela.

— Não se mexa, ou...

A luz explodiu.

Foi repentino e absoluto. Koffi arregalou os olhos quando a luz pura explodiu das chamas antes minúsculas e se tornaram auras magníficas de ouro cintilante. Ela se levantou e entrou no corredor. Os arredores pareciam quase brancos, desbotados e desprovidos de qualquer cor, exceto o mesmo tom constante de ouro branco. Koffi olhou para baixo e viu que o rapaz que estivera correndo estava agora de joelhos.

— Não estou enxergando! — gritou ele. — Alguém me ajude, não consigo enxergar!

Koffi se livrou do transe. O esplendor ainda a ajudava. Com calma, correu na direção oposta. Assim que saiu do corredor, sentiu a luz do poder começando a ficar mais fraca, ouviu os gritos desconexos do garoto, mas Koffi continuou correndo com a trilha de luz sobre a cabeça. O esplendor a guiava para a frente.

Alcançou uma grande porta de madeira no final do corredor e o ímpeto em seu umbigo ficou mais forte, mais insistente. Os batimentos cardíacos falharam no peito quando ela parou diante da porta, incerta. Não ouvia nenhum som do outro lado para indicar que havia algo lá, mas era ali que os vaga-lumes tinham parado.

Por favor, rezou. *Por favor estejam certos.*

Tocou a maçaneta, que, para sua surpresa, girou sem protestar. Ao entrar na sala, Koffi congelou.

Parecia uma velha despensa, vassouras e baldes deixados ao acaso nos cantos. Um grande monte de feno cobria o chão de pedra no centro e em cima dele estava Adiah. A maior parte do corpo estava ensanguentada, envolta em uma variedade de ferimentos e cortes, e as poucas partes que não tinham cortes estavam amarradas com corda grossa. Só de olhar para eles Koffi se encolheu.

— Adiah!

Ela atravessou o cômodo, caindo de joelhos ao lado da criatura. Adiah rosnou, mas baixo, um som derrotado. Hesitantes, os dedos de Koffi acariciaram a cabeça, as costas e as patas cortadas. Eles a haviam ferido de modo terrível. Lágrimas encheram os olhos de Koffi, furiosa.

— Vou tirar você daqui. — Sustentou o olhar de Adiah, esperando que a mensagem fosse entendida. — Aguente firme, vou tirar essas cordas. Só não sei...

Koffi cutucou os nós maiores, perto do pescoço da fera, com toda a força, mas eles sequer se mexeram; em seguida, tentou usar a adaga, em vão. Demoraria muito para cortar todos os nós. Sentada sobre os calcanhares, praguejou.

— Alguma ideia?

O olhar de Adiah não estava mais sobre ela, mas no hanjari de Ekon. Ela olhou da arma para a garota várias vezes antes que Koffi entendesse.

— Ah. Nunca tentei isso.

Adiah assentiu, encorajando-a, e Koffi baixou os olhos para a lâmina. A náusea estava começando a revirar seu estômago e ela sabia que estava chegando ao limite de quanto esplendor poderia permitir que passasse pelo seu corpo em um espaço de tempo tão curto, mas o usou mesmo assim. Com seu comando, o calor a inundou instantaneamente, como se tivesse engolido um pedaço do sol ao nascer. Ela se concentrou no hanjari até que a lâmina de prata brilhasse dourada. Desta vez, cortou os nós facilmente, como se fossem manteiga, e, em questão de segundos, o resto caiu ao redor do corpo de Adiah. A fera se levantou e se esticou.

— Vamos. — Koffi ficou de pé e foi em direção à porta. — Temos que sair daqui!

Tão rápido quanto possível, ela conduziu Adiah pelo corredor. Seu coração deu um salto quando vozes soaram na outra ponta:

— Estava bem aqui! — gritou uma voz familiar, ficando cada vez mais alta. — Não sei explicar. Padre, venha rápido!

O estômago de Koffi revirou. Os músculos tremiam pelo esplendor que já havia usado, mas não tinha escolha. Tornou a chamá-lo. Desta vez veio em uma onda, passando por ela tão rápido que seus joelhos dobraram. A luz encheu o corredor e se espalhou, ficando mais brilhante a cada momento. Em sua luminosidade, quatro novas figuras estavam curvadas no chão, cobrindo os olhos. Uma vestia uma túnica azul profundo que ela reconheceu. O Kuhani. O rosto dele estava tomado do mais puro medo enquanto tateava inutilmente, com os olhos bem fechados. Koffi e Adiah deram a volta no Padre Olufemi, que expunha os dentes com o rosto contorcido em uma careta.

— Isso é coisa da daraja! — disse ele. — Ela fugiu e libertou o Shetani! Encontre os Filhos! Diga a eles para trancarem o portão de entrada da cidade e que enviem homens para as fronteiras, *agora*!

Os rapazes não se mexeram.

— Agora!

— Senhor, nós não podemos...

Depressa, Koffi conduziu Adiah pelo corredor. Sabia que assim que a luz se dissipasse e os olhos se recuperassem eles recomeçariam a busca, e ela queria estar bem longe quando isto acontecesse. A garota sentiu um sobressalto no estômago quando entendeu as palavras do homem santo. Ele estava enviando guerreiros para a fronteira, as saídas da cidade seriam bloqueadas. O tempo acabara. Ela, Ekon e Adiah tinham que partir.

— Mais rápido!

Cada músculo do corpo de Koffi doía enquanto ela se esforçava para avançar pelo último corredor, de volta à saída. Estava ficando mais difícil respirar, mais difícil de ver, e ela sabia que tinha ido longe demais. Pagaria por isso mais tarde.

Elas alcançaram a parte de trás do estábulo e uma onda de alívio inundou seu corpo, apesar da dor. Agora, se apenas pudessem encontrar... Koffi congelou ao ouvir um grito.

Partiu o silêncio do templo, longo e agonizante. Adiah rosnou e Koffi ficou tensa. *Conhecia* aquela voz e a quem pertencia. Ela a reconheceria em qualquer lugar.

Ekon.

CAPÍTULO 32

A LOUCURA

Quando Ekon chegou ao corredor, estava encharcado de suor.

Ele correra do salão de adoração o mais rápido que pôde, mas chegar ali ainda parecera levar uma eternidade. Seu coração batia forte contra as costelas quando ele abriu a porta do velho armário e subiu os degraus estreitos, ansioso. Não sabia por que não havia pensado no jardim do céu antes; talvez porque o lugar parecia mais um sonho do que real. Talvez porque não quisesse. De qualquer forma, era o último lugar onde vira o Irmão Ugo e a sua última chance.

Por favor, ele rezou. *Por favor, esteja certo.*

Com o ombro, abriu o alçapão e se lançou para cima, entrando no jardim do céu.

A lua estava baixa e assustadora ao lançar um brilho prateado sobre as flores descuidadas. Mas Ekon as ignorou, procurando, até que encontrou uma figura sentada em um banco de pedra no centro do jardim. A pessoa estava de costas, mas ele reconheceu sua forma.

— Irmão Ugo!

Ao som de seu nome, o velho se virou. Uma dor atingiu Ekon enquanto ele observava o mentor. O rosto do Irmão Ugo estava diferente; havia se deteriorado como se uma década inteira tivesse passado desde que eles se viram pela última vez. O coração de Ekon deu um salto quando o velho estendeu a mão frágil e trêmula e sorriu.

— Ekon, meu querido menino.

As palavras tiraram Ekon do transe. Em duas passadas, cruzou o jardim e jogou os braços ao redor do velho o mais cuidadosamente que pôde. Era perturbador sentir tantos ossos protuberantes, mas ele não se importou. Irmão Ugo estava *vivo*, seguro.

— Pensei que eles... pensei que você estivesse... — Ekon descobriu que não conseguia terminar nem uma das frases. Ele se afastou do Irmão Ugo para examiná-lo com atenção. Fora o rosto deteriorado e os olhos cansados, ele parecia bem, e isto era o que importava. — Estou feliz em ver você, Irmão.

Irmão Ugo deu um sorriso gentil, embora confuso.

— Assim como estou em ver você, Ekon. Admito, eu não esperava uma visita tão cedo. Se minhas informações estiverem corretas, agora estou falando com um Filho dos Seis iniciado. Parabéns.

A culpa ousou perturbar Ekon, antes que ele a afastasse.

— Irmão...

As palavras vieram, mas morreram em sua garganta. Ekon sabia, desde o segundo em que ele e Koffi seguiram caminhos separados, o que teria a dizer a Irmão Ugo se o encontrasse. Tinha repassado as palavras mais de uma vez enquanto procurava no templo. Mas olhando nos olhos do velho que ajudara a criá-lo e lhe ensinara tudo o que sabia, Ekon descobriu que o que tinha a dizer era quase impossível. Ele teria que partir o coração de seu mentor.

— Irmão — murmurou ele. — Vim porque preciso dizer uma coisa.

— Depois, depois. — Irmão Ugo dispensou as palavras como quem espanta moscas. — Quero ouvir tudo sobre sua aventura heroica na Selva Maior! Já ouvi partes, óbvio, mas quero detalhes de *você*. Como sobreviveu? Como encontrou o Shetani? Foi difícil capturá-lo?

— Irmão. — Ekon falou com mais firmeza. — Por favor, me escute. Precisamos sair deste jardim agora, precisamos sair de Lkossa. Não é seguro aqui. *Você* não está seguro aqui.

— Seguro? — As sobrancelhas brancas de Irmão Ugo arquearam. — Pelo contrário, Ekon. Lkossa está mais segura do que esteve em quase um século, graças a você. Disseram que o Kuhani está se preparando para destruir a criatura neste momento. Não vai haver mais mortes!

— É esse o ponto, Irmão — disse Ekon. — O Shetani *não* esteve matando. — Ele engoliu em seco. — São os Filhos dos Seis que estão cometendo os assassinatos.

— O quê? — Irmão Ugo pressionou a mão contra o peito como se seu coração estivesse prestes a falhar. — *O que* você disse?

O coração de Ekon doeu com a descrença do mentor, mas ele prosseguiu:

— Mais cedo, ouvi meu irmão e o Kuhani conversando no escritório dele. O Padre Olufemi admitiu que ele mesmo ordenou os assassinatos. E Kamau admitiu ter matado. Ele implicou que outros guerreiros também estão envolvidos.

O Irmão Ugo balançou a cabeça, a boca ainda pendendo de horror. Ele pareceu tão pequeno, tão indefeso.

— Eu... eu não acredito — gaguejou ele. Os olhos estavam úmidos, aterrorizados. — A Ordem não permitiria... nossos próprios guerreiros nunca poderiam fazer algo tão...

— Acho que é mais complicado do que parece, Irmão — disse Ekon. — Quando vi Kamau, ele não parecia... ele mesmo. O Padre Olufemi deu a ele uma coisa chamada folha de hasira para acalmá-lo, e então o mandou manter a boca fechada. Li sobre ela no diário do Nkrumah. Tem vários efeitos colaterais ruins, alucinações e perda de memória, por exemplo. Quando Kamau descreveu as coisas que fez, falou como se fosse um pesadelo, como algo que ele não entendia por completo. Se outros guerreiros estão tendo experiências similares, eles podem estar matando pessoas há anos sob a influência da folha, sem entender.

— Ekon...

— Você se lembra de como Shomari estava daquela vez no templo — continuou Ekon. — Aquela vez em que ele arrumou briga comigo à toa e ficou com uma raiva inexplicável? Acho que era um efeito colateral da folha de hasira. Acho que ela faz as pessoas ficarem violentas.

— *Ekon*. — Irmão Ugo havia se afastado dele no banco, balançando a cabeça enfaticamente. — Isso é inimaginável, mesmo pela imaginação mais fértil. A Shetani é um *monstro* e ela tem matado o nosso povo por anos. Você sabe quantos corpos eu vi cremados, as marcas que vi neles? Aquelas vítimas... os ferimentos não poderiam ter sido feitos por seres humanos. *Ninguém* pode ser violento assim.

Ekon estremeceu, também se lembrando dos corpos. Aquelas pessoas não tinham apenas sido assassinadas, elas foram diaceradas, mutiladas. O pensamento causou um arrepio em seu corpo.

— Até me lembro do dia em que seu pai morreu — disse Irmão Ugo baixinho. Havia dor na voz dele. — Foi uma coisa horrível de se ver, o brilho deixando os olhos dele. Acredite em mim quando digo que esse tipo de violência é coisa de uma fera, Ekon. — Ele olhou para o rapaz. — *Não* é o feito de um homem.

Algo frio e perturbador tocou o corpo de Ekon, fazendo sua boca ficar seca como papel. Devagar, ele se levantou do banco e olhou de cima para Irmão Ugo.

— Eu não estava com meu pai quando ele morreu. Quando os Filhos o encontram e o levaram de volta para nossa casa, ele partira havia muito tempo. O legista achava que ele estivera morto há horas, que não havia como ele ter sido salvo. — Ekon sustentou o olhar do mentor. — Então como você *viu* o brilho deixar os olhos do meu pai?

Irmão Ugo franziu a testa.

— Eu...

— E um segundo atrás você chamou o Shetani de *ela* — continuou Ekon, tentando evitar que a voz tremesse. — Por que faria isso?

Aconteceu devagar. Os lábios do Irmão Ugo se esticaram em um sorriso desagradável, expondo gengiva rosada e dentes quebrados. Não havia mais o brilho assustado em seus olhos, e quando falou, as palavras foram frias:

— Você se parece tanto com seu pai. — Ele se levantou. — Atento, astuto e um ouvinte *ativo*. É o que o fez ser um servo tão bom, Ekon, e é o que fez Asafa ser tão fraco.

Servo. A palavra pareceu estranha a Ekon, *errada*. Fragmentos de sua memória se juntaram e então se separaram. Ele viu o pai mandando-o correr, lembrou-se do que Irmão Ugo dissera a ele e a Kamau mais tarde. O pai fora encontrado na fronteira da selva; Irmão Ugo fora quem o encontrou morto. O Irmão Ugo, que agora estava dizendo que o pai de Ekon *não* estivera morto quando o encontrou. Algo apertou a garganta dele, uma onda de náusea ameaçando vir à tona.

— Ele sabia demais — disse o velho baixinho. — Matá-lo foi uma tragédia, mas um ato necessário. — Ele juntou as mãos. — Com certeza foi mais difícil me livrar dele do que de Satao.

Ekon focou em uma única palavra, sentiu-a ser gravada em sua psique letra por letra com a crueldade da ponta de uma adaga. *Necessário*. Palavras e histórias se misturaram em sua mente, como chá quente derramado sobre tinta. Lá no fundo, ele teve um pensamento. Estudiosos disseram que Satao Nkrumah havia desaparecido. Eles procuraram, mas nunca o encontraram...

— Sabia que você seria diferente, sabia que você não falharia comigo nem faria perguntas demais — disse o Irmão Ugo, começando a andar de um lado a outro. — Você era a combinação perfeita: jovem e forte, inteligente e meticuloso. Acima de tudo, você era *interessado*, desesperado por aprovação. Foi fácil moldá-lo ao que eu precisava. Agradeço por isso, Ekon, por sua *obediência*, sua lealdade.

Ekon se encolheu.

— Mas nosso plano quase foi frustrado — continuou o Irmão Ugo sem olhar para Ekon. — Quando seu ato tolo de compaixão forçou o Kuhani a expulsá-lo da candidatura, pensei que nossas expectativas não seriam atendidas. — Os olhos dele dançavam. — Mas então me ocorreu *outra* ideia, melhor do que a primeira. O resto foi fácil. Você já estava tão ansioso para provar o seu valor, tudo que eu tive que fazer foi apresentar um discurso sobre o destino, te colocar no caminho...

Ekon sentiu como se estivesse afundando em alguma superfície desconhecida enquanto as palavras o inundavam. O homem que falava *parecia* seu mentor, a voz era a mesma, mas.... nada daquilo parecia certo.

— Você matou meu pai. — Ele mal conseguia dizer as palavras. — Você matou o Mestre Nkrumah.

— Sim. — Irmão Ugo fez uma reverência. — Matei.

— Eu... eu não entendo — gaguejou Ekon. — Pensei que o Kuhani...

— O *Kuhani*? — Irmão Ugo parou de caminhar para examinar Ekon. — Você pensou que o Padre Olufemi seria esperto o bastante para orquestrar tais coisas? Você pensou que *ele* poderia levar guerreiros a matar seu próprio povo por um século sem ser descoberto? — Ele balançou a cabeça, pesaroso. — Você o superestima, Ekon.

— Você... — Ekon lutou para encontrar as palavras. Ele olhou por cima do ombro, para o alçapão ainda aberto do jardim. Parecia muito distante. — Onde está o verdadeiro Irmão Ugo? O que fez com ele?

A expressão do velho era quase de pena.

— Seu garoto tolo. Irmão Ugo nunca existiu.

A cabeça de Ekon girou. Instintivamente, ele deu um passo para trás e o velho imitou seus passos. O contorno dele começava a ficar borrado nas bordas, os olhos ficando mais vermelhos.

— Era um disfarce inteligente — disse ele. — Um homem velho de bom coração que na maior parte do tempo se mantinha reservado. Engraçado, ninguém nunca *conseguia* se lembrar de quando cheguei aqui. — Ele deu a Ekon um olhar quase divertido. — Suponho que as pessoas simplesmente pensavam que eu sempre estive por aqui.

Ekon estava lutando para juntar palavras e formar uma frase coerente; fazer perguntas estava além de seu alcance. Ele olhou para o velho com o rosto familiar, mas uma voz estranha. Um frio terrível estremeceu seu corpo.

— Quem é você?

— Você ainda não sabe? — O velho inclinou a cabeça. — Achei que fosse óbvio.

E então *era* óbvio, tão óbvio que Ekon se odiou por não juntar as peças antes. Ele sussurrou o nome:

— *Fedu.*

O deus da morte assentiu.

— Você se provou inestimável para mim — disse ele. — Tenho tentado tirar Adiah da selva há anos, e em questão de dias você não apenas a retirou, mas a trouxe para mim. É uma pena que você não seja daraja. Daria tudo para você fazer parte do novo mundo que criarei com o poder dela.

A mente de Ekon estava agitada, tentando entender o que ele ouvia e via. Uma única pergunta lhe escapou:

— Por quê? Por que está fazendo isso?

Para sua surpresa, momentaneamente o sorriso sumiu do rosto do Irmão Ugo (ou Fedu) e ele viu algo mais na expressão do velho deus. Tristeza.

— Não espero que entenda — disse ele. — Mas como você me serviu bem, *vou* dizer. Meus irmãos e irmãs se reuniram para criar o mundo que conhece, um mundo que você acha que é bom. Depois que o trabalho foi concluído e estavam contentes, cada um deles voltou para seu reino. Mesmo agora, quatro deles dormem, sem saber o que está acontecendo. — Os olhos do deus brilharam. — Mas *eu* não dormi. Fiquei acordado, de olhos abertos, e observei. — Ele gesticulou para os muros do jardim, como se visse algo muito além deles. — Vi o mundo produzir coisas que meus próprios irmãos nunca poderiam ter imaginado: guerras, doenças, fome. Vi darajas lutarem e às vezes até sacrificarem suas próprias vidas para manter a ordem na humanidade, um terrível desperdício de habilidade e poder.

"Os outros optam por desviar o olhar das partes brutais daquilo que criamos, optam por acreditar que o que criamos não tem falhas, que é inerentemente *bom*, porque era isto o que *desejavam*. Mas não vejo as coisas como gostaria que fossem; eu as vejo como *são*. Este mundo está coberto de sujeira e chegou a hora de ser purificado."

— Matando pessoas — disse Ekon baixinho. — Matando *milhões* de pessoas.

— *Sim*. — O deus assentiu, solene. — Você vai se lembrar de que, quando era pequeno, eu te disse que as escolhas mais difíceis geralmente vêm das mentes mais fortes.

— Ela não vai te ajudar — disse Ekon. — Adiah sabe o que você é agora. Ela nunca vai te ajudar a fazer isso.

— Convenci Adiah uma vez — retrucou Fedu calmamente. — Tenho certeza de que pode ser convencida outra vez. — Havia um tom perigoso na voz dele. — De uma forma ou de outra.

— Ela se foi. — Ekon disse as palavras com a maior confiança que pôde, movendo-se lentamente de volta para a entrada do jardim. Não era longe; ele poderia escapar se calculasse certo.

Fedu ergueu a sobrancelha, curioso.

— Em todos os anos em que ajudei a criá-lo, nunca pensei que fosse um mentiroso, Ekon.

— Não estou mentindo. — Ekon forçou as palavras a saírem. — Ela e Koffi escaparam, me certifiquei disso.

— Ah, sim, a outra daraja — disse Fedu. — Isso não importa. Você vai me levar até elas.

— Não, eu não...

Não houve nenhum aviso antes que a dor atravessasse seu corpo. Ekon caiu de joelhos, arqueando as costas enquanto a dor pulsava através dele em ondas agonizantes, como mil facas cravando cada centímetro de sua pele de uma vez. Nunca na vida ele sentira algo assim; ele queria morrer. Tão rápido quanto veio, a dor desapareceu. Ekon se encolheu em uma bola, metade de seu rosto pressionado na terra. Quando ele se forçou a abrir um olho, viu Fedu parado acima dele.

— Uma coisa curiosa sobre o esplendor — disse ele suavemente. — Ele *pode* entrar no corpo de alguém que não seja um daraja, embora me tenham dito que é doloroso quando isso acontece. — Ele sacudiu o dedo e a dor voltou dez vezes mais intensa. Ekon gritou. — Eu me pergunto quanto tempo vai levar até que ceda, até que diga o que quero saber.

Outra onda de dor atravessou o corpo de Ekon. Desta vez não foi como facas, mas fogo, escaldando-o de dentro para fora. Através da névoa, ele viu Fedu inclinar-se ao seu lado. Os olhos dele estavam frios.

— E o que mais me pergunto — sussurrou no ouvido de Ekon — é o que vai te matar no fim: a dor ou a loucura?

Ekon não conseguia responder, não conseguia falar enquanto seus pulmões começavam a se comprimir, ficando mais tensos à medida que a dor envolvia seu corpo.

A última coisa que ele ouviu foi o baque distante do alçapão do jardim.

CAPÍTULO 33

CORAÇÃO E MENTE

Koffi ouviu outro grito.

Ao som, Adiah girou, as narinas dilatando. Ela ergueu o focinho no ar para inspirar, deixando escapar o rugido mais assustador que Koffi já ouvira. Seus olhares se encontraram na escuridão só por um momento, antes que uma decisão fosse tomada.

— Vamos!

Koffi deu meia-volta, em direção ao templo. Adiah seguiu logo atrás, rosnando. Koffi sabia que era um ato imprudente, sabia que a qualquer momento poderiam encontrar mais trabalhadores do templo ou os Filhos dos Seis, mas a sorte permaneceu com elas. Em algum lugar distante, dava para ouvir o tilintar de copos e risadas. Estava acontecendo algum tipo de festa? Ela não teve tempo para pensar sobre isso.

Ekon. O olhar dela buscava em cada corredor, confuso. *Onde você está?*

Koffi não conhecia a disposição do templo além do que Ekon contara: os corredores e portas levando a passagens mais escuras pareciam infinitos. Adiah rugiu mais alto quando outro grito irrompeu de um dos corredores, desta vez ainda mais perto. Koffi seguiu o som até chegar a uma porta entreaberta. Uma escada estreita levava ao que parecia ser um alçapão acima, iluminado pelo luar. Ela subiu com Adiah logo atrás, e tentou abri-lo, sem sucesso. Koffi ouviu um rosnado baixo e mal teve tempo de se abaixar antes que as garras de Adiah rasgassem a madeira em um movimento cruel. Cobriu a cabeça e fechou os olhos enquanto pedaços da porta destruída choviam ao redor delas. Houve outro rugido e ela sentiu Adiah passando e, quando abriu os olhos novamente, a ponta da cauda dela já estava desaparecendo pela abertura quadrada acima. Koffi içou-se e então parou.

Koffi sabia que o jardim que via devia ter sido lindo em algum momento; havia flores velhas e mortas cobrindo cada centímetro dele. Em outra época, talvez em outra era, provavelmente era uma espécie de paraíso, um refúgio. Mas ela não se importava com as flores; seus olhos se fixaram nas duas pessoas no centro do jardim. Uma estava de pé, de costas para ela, e a outra, caída no chão. Ela se concentrou na última.

Ekon.

Koffi soube que algo estava muito errado assim que o viu. Sob o luar prateado, ela não podia ver nem um ferimento no corpo de Ekon, mas ele estava tremendo de uma forma que ela só tinha visto uma vez antes. Lágrimas escorriam pelas bochechas e os olhos dele estavam desfocados, como se ela não estivesse ali.

— Ekon!

Ele se encolheu sob o som da voz dela, parecendo estar com dor. Devagar, piscou, e isto pareceu ajudá-lo a recuperar o foco. Os músculos de seus ombros relaxaram e ele ergueu os olhos, arregalando-os ao vê-la.

— *Koffi*. — Ele falou com voz áspera, audivelmente em sofrimento. Naquela única palavra, ela ouviu uma emoção que demorou a nomear: medo. Ekon soava assustado. Ele começou a sacudir a cabeça, fechando os olhos com força. — Não... — Um gemido escapou dele enquanto pressionava as palmas das mãos contra a cabeça, tentando bloquear algo que Koffi não conseguia ouvir. — Não, você não pode estar aqui. Você tem que...

— Ah, as darajas — disse uma voz fina e desconhecida. — *Enfim aqui, eu sabia que você viria.*

Koffi deu um pulo. Estivera observando Ekon tão intensamente que quase se esquecera da figura de pé a alguns metros dele. Era enervante; na escuridão, quase não dava para vê-lo, uma silhueta que ela não conhecia.

Atrás dela, Adiah rosnava.

— Quem é você? — As palavras de Koffi ecoaram nas paredes de pedra do jardim enquanto a figura dava um passo à frente, o rosto ainda obscuro. Ela apontou para Ekon. — O que fez com ele?

— Depois de todo esse tempo, estamos reunidos — disse a voz suave.

— Faz tanto tempo.

Koffi pausou, confusa. Aquela não era a resposta para sua pergunta; as palavras nem faziam sentido. Só quando houve outro rosnado ela entendeu. As palavras não faziam sentido porque não eram para *ela*.

A figura deu outro passo para mais perto, enfim iluminada pelo luar. Ele era pequeno e frágil, com pele negra e cabelo branco ondulado. Rugas estavam gravadas profundamente em suas feições e ele parecia velho o suficiente para ser bisavô dela. Mas algo sobre ele não estava certo. Koffi ficou tensa quando ele estendeu a mão.

— Vejo que você não mudou. — Ele não olhava para Koffi, mas sim por cima do ombro dela. — Pelo menos não nas partes que importam. Diga-me, Passarinha... você ainda canta?

Em resposta, Adiah rugiu, mas não era como antes. Havia outra emoção audível sob o rugido, uma angústia terrível. Koffi quase podia sentir o esplendor crepitante no ar. Ela não se atreveu a se virar para olhar para a outra daraja; não tinha certeza do que veria. O apelido que o homem estranho usara era desconhecido.

Passarinha?

— Estou feliz que você enfim pôs a cabeça no lugar — continuou ele — e escolheu o caminho de menor resistência. Até me trouxe algo fresco, uma assistência para ajudar em nosso trabalho.

Para ajudar em nosso trabalho.

Então Koffi se deu conta. Ekon fora em busca de seu mentor, um velho que ele acreditava ter sido ferido. Em vez disto, encontrou outra pessoa, alguém que passava longe de ser seu mentor.

— Você é Fedu — sussurrou ela.

— Garota esperta. — O deus a olhou, dando um sorriso capaz de congelar o sangue. — Acredito que devo um agradecimento a você também. Ouvi dizer que ajudou Ekon a encontrar a minha daraja. Vocês a trouxeram para mim.

— Ela não vai a lugar nenhum com você! — Koffi cerrou os dentes.

Ao lado, ela sentiu um zumbido de poder enquanto Adiah se agachava, compreendendo. Fedu olhava de uma à outra, parecendo se divertir.

— Não gosto de derramar sangue daraja. — Havia uma risada em sua voz, embora os olhos permanecessem sérios. — Mas não se engane, criança, você não passa de uma formiga. Se ficar no meu caminho, te esmagarei.

Koffi não respondeu, não esperou. Os dedos dos pés dela se encolheram enquanto ela focava a mente e invocava o esplendor, tremendo enquanto o poder serpenteava pelos seus membros e instantaneamente a esquentava. Ela ouviu um berro e sentiu o chão tremer enquanto Adiah rosnava.

Então elas se moveram em harmonia, Koffi correu para a esquerda e Adiah, para a direita. Ela nunca tinha feito isso antes, nunca tinha tentado usar o esplendor em uma luta, mas o poder que fluía parecia entender o que ela queria, como se tivesse uma mente própria fundindo-se com a dela. Ela se virou e sentiu mais poder entrar por uma das mãos, passando pelo seu coração e saindo pelo outro lado. Um raio de luz dourada escapou dela como uma fita, como uma cobra enrolando-se no ar antes de atingir a bochecha de Fedu. Ele sibilou, virando-se para encará-la, mas antes que pudesse reagir, Adiah o atacou por trás, dando uma cabeçada que o fez sair voando, embora ele tenha caído de pé com uma facilidade azucrinante. Ele se virou quando Koffi foi para cima dele, erguendo uma das mãos em um movimento rápido, e uma dor incandescente roçou a bochecha de Koffi. Ela voou e gemeu ao pousar no chão, perdendo o ar. Uma névoa turva confundiu sua visão, mas por meio dela conseguiu distinguir Fedu e Adiah. Eles se circundavam.

— Vamos, Adiah — disse Fedu suavemente. — Você está tornando isso mais difícil do que tem que ser.

A daraja expôs os dentes. Ela avançou até ele, uma série de movimentos de garras ameaçando seu rosto, mas Fedu se desviou com facilidade.

— Veja o que se tornou após todos esses anos, Passarinha. — Ele dançou para fora do alcance dela, dando um sorriso enquanto Adiah tentava atacá-lo outra vez. — Veja o que segurar todo esse esplendor fez com você. Você costumava ser a maior daraja a caminhar sobre a Terra: inteligente, linda e poderosa. Parece que agora você não passa de uma fera confusa: *burra, feia e fraca.*

Ele está provocando, Koffi percebeu. Adiah gritou; não havia outra forma de descrever. Era um som de fúria e violência, mas também de agonia. Ela atacou novamente, e Koffi entendeu um segundo tarde demais o que Fedu iria fazer. Seus lábios tentaram formar as palavras de advertência, mas não foram rápidos o bastante. Houve um estalo horrível quando o punho de Fedu acertou a mandíbula de Adiah, atingindo-a com uma força desumana. A força do golpe a mandou voando para trás, caindo a centímetros de Koffi. Adiah não se levantou.

Fedu afastou a poeira da roupa, tranquilo.

— Se você não vai me dar o que quero, então pegarei à força. — Ele começou a avançar em direção a ela, passos lentos e deliberados.

Adiah. Koffi não se mexeu (não queria que Fedu soubesse que ainda estava consciente), mas tentou buscar os olhos da outra daraja, comandar que se abrissem. *Adiah, por favor, acorde.*

Fedu estava se aproximando, a apenas alguns metros delas agora. Koffi olhou para a própria mão, a centímetros da pata imóvel de Adiah. Por alguma razão, quanto mais olhava para ela, com mais nitidez ouvia a voz de Adiah. Ela se lembrou das duas na Selva Maior, do momento em que olhou nos olhos de uma garota que estava perdida, cansada, com medo.

Não posso suportar essa dor por mais um século, ela dissera. *Não sou forte o bastante para lutar contra Fedu se ele me capturar. Você entende?*

Koffi *havia* entendido. Elas tinham um plano que falhara. Fedu havia vencido. Ele levaria Adiah embora, como sempre pretendera, e a usaria para seus próprios meios. E Adiah deixaria, não porque queria, mas porque não tinha mais nada, porque não conseguia mais continuar fugindo.

Um dia, uma vida antes, ela tinha sido outra pessoa, uma garota com esperança, e sonhos e amores e desejos. Era uma garota presa entre o coração e a mente. No final, ela escolhera os dois, a coisa mais assustadora a se fazer, mas também a mais corajosa. Koffi refletiu sobre isso. Talvez houvesse algo a ser dito sobre aprender como fazer isso, como fazer a escolha mais corajosa. Ela se lembrou das palavras improvisadas de uma velha no mercado, uma lição: *tudo pode ser barganhado, se você souber o verdadeiro valor da coisa.*

Naquele momento, ela soube o que fazer.

Seus dedos se estenderam, o menor dos movimentos, até roçarem o pelo de Adiah. Mal estavam se tocando, mas era tudo de que ela precisava. Assim que o esplendor sentiu seu toque, o toque de uma nova hospedeira, foi até ela, avançando tão repentina e poderosamente quanto uma tempestade. Ela assistiu em uma névoa quando o corpo de Adiah começou a mudar, se transformando e se remodelando em algo mais humano. De longe, uma voz gritou:

— O que está fazendo?

Koffi não olhou para ele, mas podia sentir a perplexidade na voz do deus, sua incompreensão. Ela o ignorou. Quando a alcançou e dominou, o ímpeto do esplendor afogou o resto das palavras. No mesmo momento que sentiu encher seu corpo por completo, ela soube que era demais, mas ela não o soltou. Aquela era sua escolha, sua barganha.

Ela pensou ter ouvido o ar mudar quando enfim soltou Adiah e se sentou. O movimento custou algo a ela; seus músculos doíam e seus ombros latejavam. Ela se sentia… mais pesada.

— Como fez isso?

Koffi ergueu o olhar e descobriu que Fedu havia parado a poucos metros dela, seus olhos arregalados pelo choque.

— Como seu corpo consegue segurar essa quantidade de esplendor? Não deveria ser possível...

— Quero fazer uma barganha. — Koffi mal conseguia manter os olhos abertos. — Deixe Adiah e Ekon em paz e me leve. Vou sem resistir.

— Koffi, *não!*

Algo se rasgou dentro dela enquanto olhava na direção de Ekon e via o horror se espalhar nas feições dele. Era pior do que ela jamais poderia ter imaginado. Em vez disto, ela se obrigou a olhar para o deus, esperando.

— Muito bem. — Fedu ainda a olhava surpreso, mas pareceu gostar da ideia. Ele estava assentindo. — Você virá comigo, *agora*.

Koffi não discutiu. Foi necessária cada fibra de sua vontade para se erguer do chão, para caminhar em direção ao deus que a esperava. O esplendor reverberava por ela a cada passo. Sua boca ficou seca quando os dedos de Fedu acorrentaram seus pulsos, não diferente das cordas que antes prendiam suas mãos, mas ela resistiu à vontade de estremecer. Não demonstraria medo, não ali. Não demonstraria nada. Ela olhou para Ekon uma última vez; foi a última coisa que ela viu.

Então Koffi se foi.

CAPÍTULO 34

PREDADORES

Houve um clarão pelo jardim e então tudo se acalmou.

Demorou vários segundos para o zumbido nos ouvidos de Ekon diminuir. Mesmo depois disso, os olhos dele permaneceram fechados. Segundos se passaram antes que ele se sentasse, tossindo na névoa de fumaça e detritos que enchia o ar. Ele olhou ao redor do jardim por um momento, antes de seu coração se sobressaltar.

— Koffi? *Koffi!*

Ele se pôs de pé, ignorando a nova dor. O jardim do céu estava irreconhecível, carbonizado como se uma força invisível tivesse devastado cada gota de vida ali. Até o solo, antes rico e marrom, havia se tornado quebradiço e cinzento. Ele olhou para o lugar onde Koffi estivera segundos antes, diante de Fedu, enquanto sua mente tentava juntar as peças. Ela estivera lá, *bem ali*. Agora não estava mais.

Não. O pânico foi instantâneo, dominando a mente de Ekon. Pela primeira vez em muito tempo, uma antiga névoa ameaçou sua visão.

Não, não, não.

De repente, ele se lembrou do olhar no rosto dela, as duas emoções guerreando em cada centímetro de sua expressão. Havia uma tristeza terrível naquele olhar, mas também algo mais assustador ainda: determinação misturada com resignação, uma decisão sendo tomada. Koffi havia feito a escolha de ir com Fedu, mas para onde ele a levara? Para onde eles foram?

Seus olhos se voltaram para o jardim do céu e pararam. Um pequeno movimento chamou sua atenção. Ele levou um momento para entender o que estava vendo e, quando o fez, sentiu calafrios. Era um corpo. Devagar, com cuidado, ele se aproximou, os músculos tensos. Ekon parou e olhou para baixo, confuso.

O corpo pertencia a uma mulher de idade indeterminada. Ela era alta e magra, com cabelo escuro e cacheado emoldurando seu rosto como uma auréola. Pétalas de flores e folhas estavam espalhadas pelo seu corpo nu e seus olhos estavam fechados da maneira mais serena. Ekon supôs que ela pudesse estar dormindo, mas no fundo sabia que não. Ele também suspeitava saber quem era essa mulher, ou pelo menos quem ela já tinha sido. Sem hesitar, ele a ergueu com cuidado. Algumas das pétalas de flores que a cobriam caíram, mas outras pareciam agarrar-se a ela com lealdade conforme ele a carregava para o canteiro de flores e a colocava nele. Não havia terra suficiente ali para enterrá-la, mas algo o impediu de ir embora ainda. Ele procurou no chão até encontrar uma rocha com uma ponta afiada o suficiente e se ajoelhou ao lado dela uma segunda vez. Cada músculo de seu corpo doía enquanto traçava as palavras na terra, mas ele se obrigou a terminar. Quando o fez, ele observou as palavras:

Satao e Adiah

Era inadequado, Ekon sabia enquanto olhava para a pequena inscrição, mas era tudo o que podia fazer. Com esforço, tornou a se erguer, deixando a pedra escorregar de seus dedos. O ar pareceu mudar, mas ele ficou parado, esperando por algo que nem tinha certeza de que poderia nomear. Era irônico; durante toda a vida, ele aprendera as maneiras de ser um guerreiro e pensava que essas também eram as maneiras de ser um homem. Enterrar o corpo de uma jovem não tinha feito parte do treinamento, mas, quando o fez, ele se sentiu distintamente mais velho, como se tivesse pagado um preço. Não era costume de seu povo, o ato não seguia a tradição, mas ele descobriu que não lamentava. Deu à daraja uma última olhada antes de se dirigir ao alçapão do jardim. Foi estranho pular por ele, aterrissando na escada em meio a fragmentos da porta de madeira que Adiah havia destruído. Ao longe, ouviu os sons das pessoas ainda no salão de adoração do templo, mas parecia que eram habitantes de um mundo totalmente diferente agora, como algo separado. Em silêncio, Ekon saiu da escada e fechou a porta atrás de si. Sabia que, em algum momento, era provável que alguém encontrasse o alçapão e o jardim do céu; até lá, ele já teria partido.

Ekon seguiu pelo corredor, em direção aos dormitórios. Um plano começou a se formar em sua mente. Ele pegaria suprimentos do quarto, comida das cozinhas se tivesse tempo, e então...

— Ekon?

Ekon ficou tenso, assustado e inquieto ao mesmo tempo. Ele soube, assim que ouviu a voz, quem encontraria ao se virar, mas isto não tornou mais fácil olhar nos olhos de Kamau. O irmão estava parado na outra ponta do corredor, franzindo a testa, confuso.

— O que está fazendo aqui? — perguntou Kamau. — Por que não está na festa?

— Estou indo embora, Kamau. — Ekon engoliu em seco. — Não posso... não posso ser um Filho dos Seis.

— Indo embora? — repetiu Kamau como se fosse uma língua estrangeira, e então balançou a cabeça. Depois, deu uma risada. — Você não vai nem se despedir de mim ou do Irmão Ugo?

Ekon sentiu o coração bater dolorosamente no peito. Mesmo naquele momento, horrorizado pelas ações do irmão, ele não gostou de dizer a verdade. Inspirou fundo e então estufou o peito.

— Kam, o Irmão Ugo... se foi.

Foi como se Kamau tivesse levado um tapa no rosto; ele cambaleou para trás quando as palavras o atingiram. Houve um momento triste quando o horror atravessou seu rosto.

— Se foi? — repetiu ele. — Como assim?

Não havia mais motivo para esconder. A voz de Ekon tremeu:

— Ele não está mais aqui.

— Mas *como*? — Kamau deu um passo à frente, a dor transpassando seu rosto. — Por que ele...? — Então pausou, como se chegasse a uma conclusão. A expressão foi contorcida pelo ódio. — Você o *machucou*.

— O quê? Não, Kamau...

— Eu te *disse* que ele estava rezando. — Kamau avançou, os dentes expostos. — Você não tinha que ter ido perturbá-lo. Você fez alguma coisa com ele.

O coração de Ekon martelou no peito. As palavras que o irmão dele dizia, as emoções, nada era lógico. Um raio de luar passou por uma das janelas do corredor e iluminou o rosto de Kamau enquanto ele se aproximava. Naquele breve momento, Ekon viu.

As pupilas de Kamau não pareciam certas. Estavam enormes, assustadoramente dilatadas.

Um cheiro adocicado e enjoativo tomou o ar, fazendo o nariz de Ekon se retorcer enquanto tentava não inalar. Esforçou-se para manter a voz calma:

— Kamau, me escute.

O ataque veio do nada. Ekon mal teve tempo de se preparar antes que Kamau estivesse sobre ele. Estrelas explodiram em sua visão quando os corpos colidiram antes de caírem sobre o chão de pedra. Ele tentou se libertar, se esquivar das garras do outro enquanto o irmão agarrava seus pulsos e o imobilizava. De perto, ele sentiu o cheiro da folha de hasira nas roupas de Kamau, viu os seus olhos supervermelhos. Ekon o chutou o mais forte que pôde e Kamau cambaleou para trás, mas a ação teve um preço. Uma punhalada de dor atravessou um lado de seu corpo como fogo e ele estremeceu. Era tudo o que Kamau precisava. Em segundos, estava de novo em cima do irmão, desta vez com os dedos fechados em volta do pescoço de Ekon, que engasgou. Pontos pretos se formavam em sua visão, o mundo ficando mais nebuloso a cada segundo.

— Kam... — chiou ele. — Kam... por favor...

Ekon não sabia o que provocou aquilo, se foi o tom de sua voz ou a maneira como disse o nome de Kamau. Mas naquela fração de segundo, do olhar duro de seu irmão, ele viu outra coisa: uma centelha. Era minúscula, quase invisível, mas ainda estava lá. Essa centelha, mínima nos olhos de Kamau, era a parte dele que o veneno da folha de hasira não conseguia alcançar. Ekon sustentou o olhar de seu irmão e se fixou naquilo, implorando.

— Por favor — sussurrou enquanto o irmão o apertava com mais força. — Por favor.

Os dedos de Kamau afrouxaram um pouco, só por um momento, mas Ekon aproveitou a chance. Ele se ergueu de uma só vez, dando uma cabeçada tão forte que o irmão caiu no chão, nocauteado. Devagar, Ekon se levantou, tentando ignorar o mundo nebuloso ao redor e a nova dor na testa. Encarou o corpo de Kamau e lutou contra o aperto em sua garganta. Quando as lágrimas se acumularam e escorreram, ele não as interrompeu; estava cansado demais. Por toda a vida, ele tivera os mesmos ensinamentos. Homens não choravam. *Guerreiros* não choravam. Ele quisera ser um guerreiro, acreditara que o título e a posição lhe dariam algo que queria, algo de que precisava. As emoções eram algo a ser enterrado sem remorso porque era assim que se mostrava força. Então, ele enterrara a dor. Passara anos enterrando qualquer coisa que o deixasse incomodado, chateado ou nervoso, e fugira dos próprios pesadelos até que eles o caçassem como predadores.

Ekon também estava cansado de fugir.

Ele se ajoelhou ao lado do irmão, gentilmente o apoiando contra a parede. Apertou a mão dele antes de se levantar.

— Adeus, irmão.

Ele se virou e correu.

Quando alcançou a porta dos fundos do templo, o céu estrelado estava obscurecido por nuvens. Cada músculo do corpo de Ekon protestou quando ele se agachou, mas não havia escolha; não podia ser visto. Fez uma oração silenciosa de agradecimento ao mesmo tempo em que se esgueirava sob os arcos dourados do Distrito Takatifu, logo encontrando os postos abandonados; ou os guerreiros que dali tinham ido para a festa ou foram alertados de que havia problemas em outro lugar.

As ruas da cidade também estavam vazias, uma indicação de como era tarde. Ekon estremeceu quando os primeiros chuviscos caíram em seus braços nus, fazendo suas sandálias deslizarem e tornando cada passo mais difícil. Ele estava perto do Distrito Chafu, as favelas da cidade. Se conseguisse chegar lá e se esconder até que estivesse descansado o suficiente para viajar até a Selva Maior...

— Você aí — chamou uma voz. — Todos os cidadãos têm ordem de ficar em casa. Informe o seu objetivo!

Calafrios tomaram Ekon enquanto ele apertava o passo.

Ouviu os passos de outra pessoa, seguindo-o.

— Alto! — gritou a voz enquanto quem falava começava a correr. — Em nome dos Seis!

Ekon começou a correr. Virou à direita, se agachando em um beco estreito ao ouvir o som de mais guerreiros se aproximando. Aqueles becos não eram familiares. Ele não sabia se estava conseguindo despistar os guerreiros ou se perder ainda mais. Chegou ao fim de uma rua e parou. Estava chegando ao seu limite, o corpo ainda abatido pelo encontro com Fedu.

— *Psiu!*

Ekon deu um pulo. A rua ao seu redor estava escura, vazia, mas o som que ouvira fora inconfundível. Os olhos dele se arregalaram, procurando.

— *Psiu*, garoto — disse uma voz feminina. — Aqui, rápido!

Ekon olhou para a esquerda. A porta de uma das lojas que ele pensara estar fechada tinha se aberto de repente e uma figura encapuzada ali acenava.

— *Venha!*

Era perigoso e talvez estúpido, mas Ekon não tinha outra escolha. Ele disparou para dentro da loja; a figura que acenou para ele saiu do caminho apenas por tempo suficiente para deixá-lo passar antes de fechar a porta. Foi por pouco; segundos depois, o som da marcha dos Filhos dos Seis passou. Quando eles se foram, Ekon observou o novo ambiente.

Era impossível discernir o que fora vendido um dia naquela loja. Devagar, Ekon olhou para sua salvadora.

— Quem... quem é você?

A figura, ainda encapuzada, não respondeu.

— Por que me ajudou? — pressionou Ekon, a voz um sussurro. — Por que nos ajudou?

Desta vez, a figura assentiu.

— Você está ferido e precisa de tratamento.

Ekon franziu a testa.

— Não até que me explique...

— Explicarei tudo, prometo — disse ela. — Mas, primeiro, venha comigo antes que piore. Tenho um lugar onde pode se deitar.

Ekon queria fazer mais perguntas, mas seu cansaço estava aumentando. Devagar, seguiu a figura encapuzada ao longo de um corredor sinuoso até chegarem ao que parecia ser a parte de trás da loja, onde normalmente o estoque seria mantido. Mas aquele não era o estoque. As paredes empoeiradas eram iluminadas por uma pequena e bruxuleante lamparina a óleo, e vários sacos do que parecia ser farinha estavam juntos em um canto, formando uma cama improvisada. A figura gesticulou para que Ekon se sentasse. Assim que o fez, a dor voltou. Nunca sentira tanta dor em toda a vida e, pior, ainda havia algo latejando dolorosamente em sua lateral, como um golpe de faca. De maneira involuntária, ele esfregou o local e a dor foi multiplicada por dez. Ele gemeu.

— Deite-se — instruiu a figura. — Seus ferimentos são graves.

Com a vista turva, Ekon encarou um ponto na lateral do corpo onde a dor era pior; não havia nada lá. O olhar dele voltou para a figura, tentando encontrar um rosto por baixo da sombra do capuz.

— Estou bem — murmurou ele. — Não há nada aqui.

— Não estou falando das suas feridas *físicas*, garoto.

Ekon começou a discutir, mas sem avisar a figura enfim puxou o capuz para trás. Ekon levou um susto.

Só tinha visto a velha uma vez antes, mas a reconheceu. Foi uma sensação estranha e ele sentiu algo retornar a si, como um sonho meio esquecido. Viu o cabelo curto e macio, a pele negra e um amuleto pendurado em um cordão de couro em volta do pescoço. De perto e com uma luz melhor, viu um símbolo grosseiramente cravado no metal, mas ainda não sabia o que significava. Na primeira vez que a viu, nas ruas das favelas da cidade, ela parecia diferente, mas...

— Você. Foi você que...

— Meu nome é Themba. — A mulher se apresentou antes de apontar para os sacos. Mechas do cabelo branco saíam de seu turbante. — Deite-se e pare de se mexer antes que se machuque mais.

— Estou bem... — Ekon parou de falar sob o olhar desafiador que a mulher lançou para ele. — Tudo bem.

Themba colocou as mãos cheias de calos nos ombros de Ekon e o pressionou sobre os sacos de farinha com uma força surpreendente, depois se endireitou para inspecioná-lo. Depois de um momento, fez um gesto tenso com a boca.

— Pior do que pensei — disse ela com um suspiro, como se falasse consigo mesma. Estalou os dedos e olhou para Ekon, a expressão preocupada. — Tentarei fazer isso gentilmente, mas preciso te alertar: vai doer.

Ekon mal teve tempo de se sentar.

— O que você vai...?

Então a dor o atingiu, ainda mais insuportável do que aquela que sentira no jardim. Suas costas se arquearam quando sentiu algo ser puxado com força. A dor se foi tão rápido quanto veio, mas novas lágrimas ainda brotaram dos olhos de Ekon.

— Essa foi a pior parte — disse Themba. — Você vai se sentir melhor pela manhã. Agora você precisa de sustância.

Ekon tentou manter os olhos abertos enquanto ela ia até o canto do cômodo, mas estava perdendo a batalha. Tentou se mexer, mas um grunhido deixou seus lábios. A velha estava certa, a pior parte da dor de fato se fora, mas ele ainda estava dolorido. Não sabia quanto tempo se passara antes que abrisse os olhos e Themba estivesse perto dele outra vez, segurando uma pequena cabaça de água.

— *Beba.*

O corpo se mexeu antes que a mente pudesse reagir e Ekon bebeu o líquido em goladas ávidas. A mulher o observou sem dizer nada até que ele terminasse.

— Como você se sente agora? — perguntou baixinho.

— Melhor — respondeu Ekon.

— Ótimo.

Ele hesitou antes de devolver a cabaça.

— Obrigado — disse após de um momento. — Por me ajudar.

Themba assentiu.

— Como fez isso? Como tirou a dor de mim?

Themba deu um sorrisinho triste.

— Você pode chamar de… *dom.*

Ela mexeu os dedos e um pequeno brilho dançou entre eles. Ekon se sentou.

— Você é uma… daraja?

— Muito bem, meu jovem.

— Mas eu pensei… — Ekon olhou das mãos delas para as suas. — Irmão Ugo… pensei que todos os darajas estivessem mortos.

— Muitos estão — disse Themba, tristemente. — Mas não todos.

Ekon fechou os olhos e balançou a cabeça, tentando transformar aquele quebra-cabeça em algo lógico. Um segundo depois, ele os abriu e encontrou o olhar da velha.

— Quantos mais existem? Quantos outros darajas?

— Não sei — disse Themba. — Faz anos que não encontro outros.

— Por quê?

— Porque estive me escondendo. — Ela se afastou, se agachando para colocar mais óleo na lâmpada. — Esta cidade não era segura para a minha raça. Temo que ainda não seja.

Ekon tentou se levantar, cambaleando.

— Não posso ficar aqui. Preciso ir.

Themba ergueu uma sobrancelha grisalha.

— *Deite-se,* criança.

— Você não entende... — Ekon se forçou a ficar de pé, ignorando as novas estrelas que preencheram sua visão. — Preciso ajudar minha amiga. Ela também é uma daraja e foi levada, ela...

— *Sei* do perigo que Koffi corre.

Ekon ficou tenso, as estrelas temporariamente esquecidas.

— Você... você *conhece* Koffi? Você a encontrou?

— Só duas vezes, embora *ela só se lembre da segunda.* — *Os olhos de Themba* demonstravam tristeza. — Da primeira vez, ela era apenas um bebê.

Ekon a encarou por um momento, confuso.

— Não entendo. Koffi sequer sabia o que era até recentemente. Como é que *você* sabe?

— Porque conheço Koffi há muito tempo — disse Themba. — Por mais que ela não me conheça. Por mais que ela não tivesse *permissão* para me conhecer.

— Mas...

Themba se levantou, erguendo a mão para silenciá-lo, mas seus olhos eram gentis.

— Descanse, criança. — Ela cruzou o cômodo e fez Ekon voltar para os sacos de farinha. — Você tem que se *curar.*

De perto, havia algo familiar na mulher, mas Ekon não conseguia descobrir o que era enquanto se recostava.

— Preciso encontrar Koffi...

— *Durma* — insistiu ela. — Amanhã, quando estiver melhor, traçaremos um plano.

Os olhos de Ekon estavam fechados e as palavras desapareciam. Themba falava tão baixinho que ele não tinha certeza de que ouvira mesmo o que ela murmurou consigo mesma:

— E então encontraremos minha neta.

NOTA DA AUTORA

Em maio de 2015, enquanto estava sentada em um quarto repleto de caixas de mudança, comecei a escrever uma história que, muitos anos depois, se tornaria o *No coração da selva* que a maioria conhece hoje. A história evoluiu significativamente ao longo do tempo, transformando-se de uma ideia vaga e ambiciosa na minha cabeça para um romance de fantasia totalmente pronto, repleto de todas as armadilhas que eu adorava e desejava ver na literatura para jovens adultos. Conforme eu escrevia e revisava essa história ao longo dos anos, ela se tornou mais do que uma válvula de escape criativa para mim; também se tornou um dispositivo de catarse, uma chance de explorar, reivindicar e celebrar uma herança que foi violentamente apagada como consequência da escravidão transatlântica.

Refiro-me a *No coração da selva* como uma fantasia pan-africana porque, embora Eshōza não seja um lugar real, muito de sua influência e inspiração foi moldada pelo verdadeiro continente africano. A decisão de não me concentrar em uma região da África foi deliberada; como uma mulher negra americana, a realidade é que nunca saberei exatamente (ou mesmo aproximadamente) onde meus ancestrais viveram e prosperaram antes de serem capturados, então esta história homenageia as culturas, os mitos e o folclore de diferentes regiões do continente. Também explora o fenômeno de ser o produto de uma diáspora forçada. Se você está familiarizado com os estudos africanos e afro-americanos, pode ter captado algumas das referências sutis e abertas incluídas nas páginas desta história, mas sinto que aqui é meu devido dever expor as coisas em termos compreensíveis para aqueles que podem ter perguntas.

Um personagem importante, mas em grande parte invisível, apresentado em *No coração da selva*, é o famoso estudioso naturalista Satao Nkrumah. Embora ele não seja baseado em nenhuma pessoa real, foi nomeado em homenagem a duas figuras distintas. A primeira é Kwame Nkrumah (1909-72), que foi um proeminente erudito ganense e figura política amplamente reconhecida como um dos pais do pan-africanismo, a ideologia que incentiva a unidade entre os afrodescendentes. O nome Satao vem, aliás, de um elefante. Aqueles que me conhecem bem sabem que gosto muito de elefantes. Satao, o Elefante (1968-2014) era mais conhecido por ter presas raras tão longas que quase tocavam o chão. Em maio de 2014, ele foi torturado e morto por caçadores de marfim em um golpe devastador na preservação da vida selvagem da África Oriental. Assim, Satao Nkrumah recebeu o nome de um homem revolucionário e um belo elefante.

Há várias sutis referências a anticolonialistas e líderes políticos pan-africanos em todo o mundo. Para mim, era importante que Ekon (um jovem negro que ama livros) estivesse cercado não apenas por estudiosos, mas por estudiosos que se parecessem com ele. A erudição, a literatura e a história negras foram historicamente marginalizadas, alteradas e diminuídas ao longo do tempo; para simplificar, eu queria que Ekon existisse em um mundo onde a excelência negra fosse preservada e celebrada, como vemos em lugares como a biblioteca do Templo de Lkossa. Você perceberá que vários dos mestres do templo onde ele mora têm nomes de líderes políticos negros aclamados e revolucionários, como Nnamdi "Zik" Azikiwe (o primeiro presidente da Nigéria), Julius Nyerere (o primeiro presidente de Tanganica, que agora é a atual Tanzânia), Jomo Kenyatta (o primeiro presidente do Quênia), Patrice Lumumba (o primeiro primeiro-ministro da independente República Democrática do Congo) e Marcus

Garvey (o fundador da Associação Universal para o Progresso Negro e Liga das Comunidades Africanas).

A língua zamani usada em *No coração da selva* é baseada na língua suaíli, que é falada principalmente na África Oriental por cerca de 11 milhões de pessoas até hoje. Fique aqui notório que não sou fluente em suaíli, mas a escolhi como minha língua-base porque sempre achei que é uma bela língua, e é de onde meu próprio nome (Ayana) vem. Os leitores de língua árabe podem notar que algumas palavras em suaíli são semelhantes ou iguais em árabe; isto ocorre porque, após anos de comércio e intercâmbio cultural, o suaíli evoluiu e adotou algumas palavras em árabe. Embora em um ponto eu tenha considerado usar "uma linguagem construída" em *No coração da selva*, no fim decidi que fazer isso seria uma forma de Alteridade. Crescendo, vi muitas línguas do continente europeu serem usadas na fantasia, mas nunca vi nenhuma língua do continente africano, e queria mudar isto.

Os seres mitológicos e criaturas na história foram (na maioria) retirados do folclore real de todo o continente africano, e são uma das coisas que mais gostei ao escrever esta história. Embora os jokomotos não sejam de nem um mito (não consegui encontrar uma criatura do folclore que se encaixasse na descrição que eu precisava), o resto é. O que Ekon disse uma vez sobre grootslangs é verdade: eles vêm da mitologia sul-africana, e acredita-se que os deuses dividiram os grootslangs em dois animais distintos (elefantes e cobras) para torná-los menos assustadores.

Biloko (plural de eloko) vem do povo Mongo da República Democrática do Congo, na África Central. De acordo com a tradição Mongo, eles são criaturas anãs cruéis que vivem nas partes mais densas das florestas tropicais. São conhecidos por assumirem a forma de crianças inocentes, portarem sinos que podem ser usados para lançar feitiços sobre os desavisados e têm um gosto insaciável por carne e ossos humanos. Em muitos mitos, na maioria das vezes é a mulher "tola" que é enganada por biloko, então em *No coração da selva* escolhi subverter esse tropo e deixar Ekon ser aquele que é enganado por um.

Yumboes vêm do povo Wolof, do Senegal, na África Ocidental. Há inconsistências sobre suas origens e aparências, e as evidências sugerem que os mitos podem ter evoluído após a invasão europeia da África Ocidental, mas, de modo geral, são conhecidos por serem amáveis entidades semelhantes a fadas, que dançam ao luar e adoram banquetes suntuosos. Queria incluí-los no livro porque achei que soavam adoráveis, e também queria que pelo menos um dos seres que Koffi e Ekon encontraram na Selva Maior fosse amigável.

A árvore umdhlebi (às vezes escrita como *umdhlebe*) é outra criação da tradição zulu, na África do Sul, e é chamada de árvore do homem morto na vida real. Seu nome em latim é *Euphorbia cupularis* e, embora não seja considerada tóxica ou venenosa na modernidade, as histórias contadas boca a boca sobre seu poder são aterrorizantes.

Os seis deuses de Eshōza não são reais e a religião de onde eles têm origem é inteiramente inventada. Embora o continente africano esteja repleto de religiões belas e fascinantes (incluindo variações do islamismo, cristianismo e religiões locais), não achei apropriado usar em um romance de fantasia uma religião real à qual as pessoas aderem e praticam.

Os yabaharis e gedezianos não são povos reais, mas eles representam uma pequena fração das diversas populações étnicas que frequentemente residem lado a lado em todos os países e regiões africanas. Apesar do fato de que, para um estrangeiro, muitas dessas pessoas pareçam fenotipicamente iguais, muitas vezes falam línguas diferentes, têm religiões e tradições diferentes e às vezes nem mesmo se dão bem.

No coração da selva tem um capítulo chamado "A mamba e o mangusto", que se tornou um dos meus favoritos de escrever, baseado em sua realidade. Na verdade, a mamba-negra oriental é uma das cobras mais mortais do mundo; seu veneno pode matar um homem adulto em aproximadamente 15 minutos, e a maioria dos que são picados por ela morre simplesmente porque não tem tempo suficiente para receber ajuda médica. Também é verdade que o mangusto é o inimigo mortal da mamba-negra. De modo fascinante, as células dos mangustos evoluíram de modo que são imunes ao envenenamento da mamba e, aliadas à velocidade incrível que possuem, quase não são afetados por ele. Assistir a uma luta entre eles é uma das verdadeiras maravilhas da natureza.

Por último, o mito do Shetani, que significa "demônio" em suaíli, foi parcialmente inspirado por uma história real que ocorreu no Quênia entre março e dezembro de 1898. Aconteceu que, durante vários meses, dois leões irmãos perseguiram e assassinaram brutalmente trabalhadores que tentavam construir a Ferrovia Quênia-Uganda, que uniria os dois países. Os leões não eram incomuns na área de Tsavo, mas o comportamento *desses* leões em específico era o que os tornava estranhos (leões machos geralmente não caçam e certamente não juntos). À certa altura, os assassinatos eram tantos que a ferrovia corria o risco de não ser concluída. Por fim, os irmãos leões (apelidados de "O Fantasma" e "A Escuridão") foram caçados e mortos, mas o mistério de *por que* eles começaram a caçar humanos permanece sem solução mais de um século depois.

AGRADECIMENTOS

No coração da selva é a manifestação criativa de que mais tenho orgulho até hoje, a concretização da junção de desejos e esperanças. Há tantas pessoas às quais quero agradecer de todo o coração por me ajudarem a realizar esse sonho.

Devo meus primeiros agradecimentos ao meu agente literário e mais feroz defensor no mundo editorial: o extraordinário Pete Knapp. Pete, o que você faz todos os dias pelo mundo da literatura infantil é nada menos que pura magia. Obrigada por acreditar nesta história de todo o coração e por acreditar em mim. Obrigada por responder a cada uma das minhas perguntas, por transformar o *RuPaul's Drag Race* em uma lição importante de desenvolvimento de personagens e me lembrar de nunca ter medo de fazer pedidos aparentemente impossíveis. Um sincero agradecimento também a Emily Sweet, Andrea Mai e à fabulosa equipe da Park & Fine!

Meu segundo agradecimento é para minha sensacional editora, Stacey Barney. Stacey, desde o início você guiou *No coração da selva* pelo mundo editorial com um cuidado incomparável, e sei que sou uma escritora melhor por causa do seu olhar editorial aguçado (por falar em olhos, você estava certa; havia muitos!). Obrigada por ser uma alma gêmea nesta jornada e por nossas discussões entusiasmadas sobre processadores de alimentos e T-Pain. Acima de tudo, obrigada por não "me deixar pendurar uma melancia no pescoço". (Me lembrei!)

No coração da selva simplesmente não seria o livro que é sem os incríveis times Penguin Young Readers e G. P. Putnam's Sons Books for Young Readers, que mostraram tanto amor e entusiasmo desde o início. Um sincero agradecimento em nenhuma ordem especial a Jennifer Loja, Jennifer Klonsky, Felicia Frazier, Emily Romero, Kim Ryan, Shanta Newlin, Carmela Iaria, Alex Garber, Venessa Carson, Summer Ogata, Lathea Mondesir, Olivia Russo, Ashley Spruill, Cindy Howle, Caitlin Tutterow, Shannon Span, Bezi Yohannes, James Akinaka e, óbvio, Felicity Vallence (Aussie! Aussie! Aussie!). Eu realmente espero que esta história deixe todos vocês orgulhosos.

Um enorme agradecimento a Ruth Bennett, Natalie Doherty e Asmaa Isse, da Penguin Random House UK, por levar *No coração da selva* para o outro lado do oceano e apresentá-lo a novos leitores no Reino Unido e à grande *Commonwealth*. É uma alegria saber que o meu livro encontrará um lar em lugares que eu ainda não estive.

Muito obrigada ao meu dinâmico agente cinematográfico, Berni Barta, por defender este livro nessa indústria com tanta paixão e fervor.

Sou muito grata a Theresa Evangelista, a mente brilhante que transformou *No coração da selva* de um documento bagunçado no meu computador em algo tão bonito. Theresa, obrigada pelo carinho, visão e talento! Obrigada a Marikka Tamura por dar vida às páginas deste livro com um design tão cuidadoso e perfeitamente renderizado. Devo meus sinceros agradecimentos a Virginia Allyn pelos incríveis mapas desenhados à mão deste livro.

Não menos importante, estou em dívida com Chandra Wohleber, que provavelmente (definitivamente) me salvou de um constrangimento total várias vezes durante as edições. Obrigada, Chandra.

Há um grupo especial de pessoas que têm sido minhas amigas ao longo da jornada de publicação de *No coração da selva*. Elas têm sido parceiras de crítica, confidentes e um grupo de suporte insubstituível que eu não teria conseguido ficar sem. Obrigada a Lauren Blackwood, Lane Clarke, Natalie Crown, Alechia Dow, J. Elle, N. T. Poindexter, Emily Thiede e Amélie Wen Zhao. Um agradecimento especial a Maiya Ibrahim, que leu o livro mais do que qualquer outra pessoa e foi uma verdadeira amiga.

Para Roshani Chokshi, meu Virgílio de confiança nesta jornada: estou tão feliz que o universo nos uniu no auge de uma pandemia. "Obrigada" nunca irá abranger o quanto sou grata por tudo que você é, mas agradeço pelos conselhos, pelo apoio infinito e pelo lembrete de "sempre esconder minhas presas para que nunca vejam a mordida".

Obrigada aos autores das minhas histórias favoritas: alguns de vocês escreveram obras que mudaram a minha vida, e alguns gentilmente voltaram para encorajar uma autora iniciante nervosa e cheia de perguntas bobas: Sabaa Tahir, Renée Ahdieh, Leigh Bardugo, Shelby Mahurin, Brigid Kemmerer, Adalyn Grace, Kate Johnston, Samantha Shannon e Shannon "S. A". Chakraborty.

Eu não teria alcançado esse marco sem o apoio de tantos amigos da comunidade de escritores on-line: Daniel Aleman, Veronica Bane, Rena Barron, TJ Benton, Kat Cho, Becca Coffindaffer, Tracy Deonn, Brenda Drake, Ryan Douglass, Sarah Nicolas, Kellye Garrett, Stephanie Jones, Allie Levick, Lori Lee, Taj McCoy, Cass Newbould, Molly Night, Claribel Ortega, Tóla Okogwu, Tómi Oyemakinde, Jamar Perry, Ryan Ramkelawan, Irene Reed, Jesse Sutanto, Jeida Storey, Brandon Wallace, Catherine Adel West e Margot Wood. Obrigada aos blogueiros, críticos de livros, bibliotecários, livreiros e educadores que apoiaram e defenderam este livro desde o início. Também sou muito grata aos influenciadores e criadores de conteúdo negros que realmente me apoiaram nas redes sociais quando *No coração da selva* estreou; suas vozes são verdadeiramente poderosas.

Para Corey e Ashley: obrigada por todas as aventuras; as boas, ruins e todo o resto. Obrigada pelo seu amor e apoio, e por sempre serem o motivo pelo qual quero fazer o bem no mundo. Espero que cada um dos seus sonhos se torne realidade e que eu esteja sempre lá para vê-los.

Para meus pais: obrigada pelo Yellow House, por Big Top Circus, por sempre arrumarem meu cabelo, não importa quantos anos eu tenha, e pelo macarrão com queijo e torta de batata-doce que sempre tem gosto de casa. Obrigada por me deixarem pegar emprestados da biblioteca todos os livros que pude carregar e por fingirem não perceber quando continuei escrevendo sob as cobertas depois que vocês me disseram para ir dormir. Obrigada por me ensinarem a "insistir" e ser gentil. Eu amo vocês dois.

Para vovó Elezora, vovó Geri e vovô Ronald: obrigada pelo seu amor e por me darem pequenos pedaços de vocês para fazerem de mim quem sou. Para o vovô George, a vovó D e meu amado vovô Aston: lamento muito que vocês não estejam aqui para ver este momento, mas espero que isso os deixe orgulhosos. Sinto muito sua falta o tempo todo.

Para minhas muitas tias, tios e primos: obrigada por me criarem, por me erguerem e por regarem uma florzinha para que ela pudesse crescer. Agradeço também à minha família australiana por me lembrar que sou amada em todo o mundo. Para Paul, Gail, Matt, Natalie Brett, Michael, Tarek, Huda, Medina e Latifa: *mahalo nui!*

Para a tia Meredith e a tia Rhonda: obrigada por tantas risadas e belos momentos, e por me lembrarem que Deus não me deu um espírito medroso.

Para minhas duas melhores amigas de longa data, Adrie e Robyn: vocês são insubstituíveis. Obrigada por sempre estarem ao meu lado e por me abençoarem com duas belas amizades que se estendem por décadas e continentes. Cresci melhor com e por causa de vocês.

Há tantos amigos e mentores incríveis que me mostraram uma gentileza infinita. Obrigada a Bates, Bricker, Brumett, Jarret, Billie, Akshay, KI Fall '12, Daniel, Katie e Sterling, Chris, Kim, Michelle, Kris, Alison, Stacey, Joan, Mackenzie, Ronetta Francis, Erin Hodge, Jon Cannon, dra. Angela Mosley Monts, dra. Janine Parry, dr. Calvin White, Jr., sr. William "Bill" Topich, sra. Megan Abbott, Dean Todd Shields e especialmente ao dr. Jeff "Jefe" Ryan e a turma Polvios de 2013, que mudou minha vida.

E para o meu Puddin': você esteve comigo em cada passo do caminho, mesmo quando a vida foi cruel e nos manteve a quilômetros de distância por um ano inteiro. Seu intenso amor e fé inabalável em mim não conhecem limites; que honra é chamá-lo de meu e ser sua. Um brinde às viagens rodoviárias pelo Outback, aos piqueniques nas encostas, a um banco de parque em Nova Orleans e a uma praia no Havaí. De todas, a nossa história é a minha favorita.

Este livro foi composto na tipografia
Adobe Garamond Pro, em corpo 11,5/16,2, e impresso
em papel offwhite 80g/m² no Sistema Cameron da
Divisão Gráfica da Distribuidora Record.